方韶毅
编注

夏承焘师友信札

浙江古籍出版社

图书在版编目（CIP）数据

夏承焘师友信札 / 方韶毅编注. -- 杭州 ：浙江古籍出版社, 2025. 4. -- ISBN 978-7-5540-3269-5

Ⅰ. I267.5

中国国家版本馆CIP数据核字第2025A340J6号

夏承焘师友信札

方韶毅　编注

出版发行	浙江古籍出版社
	（杭州市环城北路177号　邮编：310006）
网　　址	https://zjgj.zjcbcm.com
责任编辑	周　密
封面设计	吴思璐
责任校对	张顺洁
责任印务	楼浩凯
照　　排	大千时代（杭州）文化传媒有限公司
印　　刷	浙江新华印刷技术有限公司
开　　本	710 mm × 1000 mm　1/16
印　　张	27.75
彩　　插	4
字　　数	411千字
版　　次	2025年4月第1版
印　　次	2025年4月第1次印刷
书　　号	ISBN 978-7-5540-3269-5
定　　价	168.00元

如发现印装质量问题，影响阅读，请与市场营销部联系调换。

飛步凌江瞰一掠滄𣿟
縱度錦衣過鴈來忽惜
湖無浯鼇駕空傳海不
波末掩啼痕殘甲楷整
明詩眼好山河四串佳
蕙絲相尼玉室仙人正
哎呵

　云近北錢江大橋晚眺诗寫呈
瞿禪先生大吟壇雨正

王荣年致夏承焘

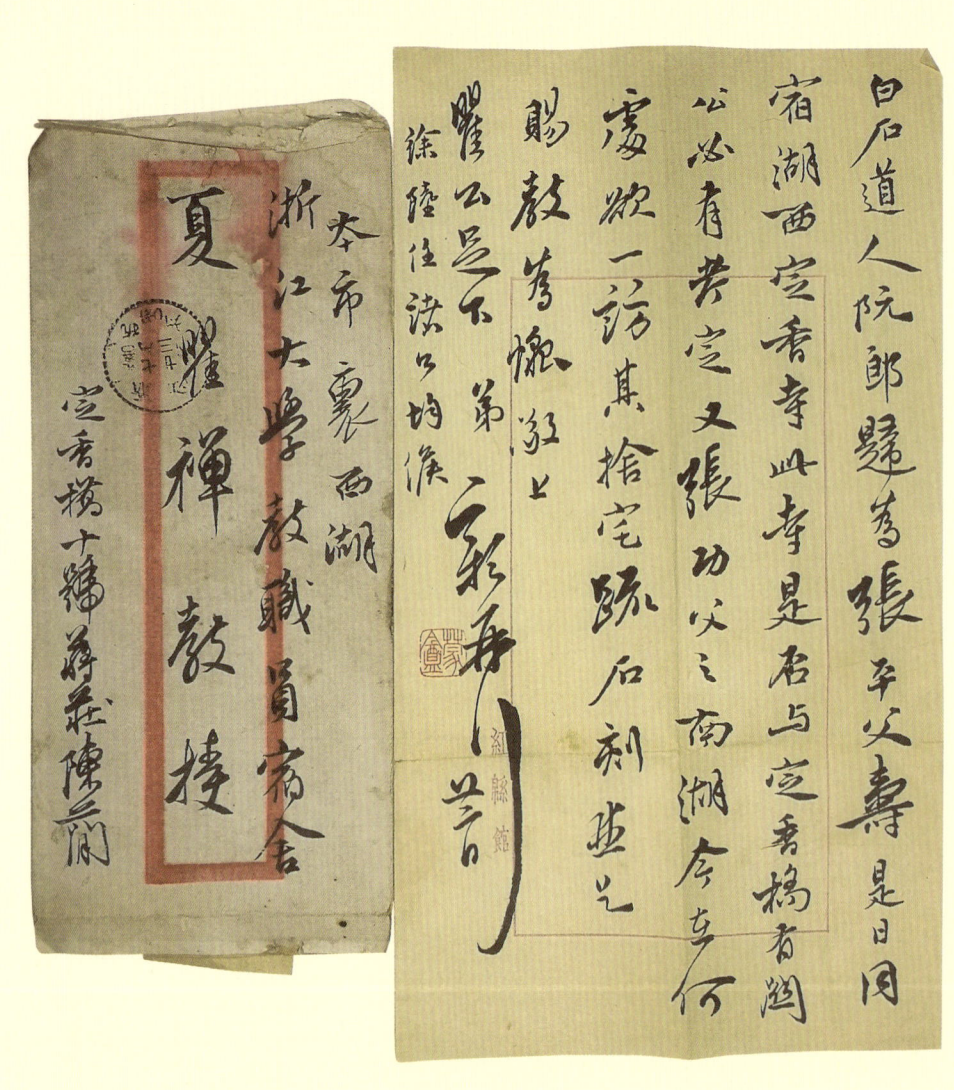

白石道人阮郎疑為張平父壽 是日同
宿湖西定香寺此李是君與定香橋者趨
公必有芳定又張功父之南湖今去何
處欲一訪其捨宅跡石刻並之

賜教芳懷紅上

矅公兄弟

徐陞住法公均候

彰再拜

陈运彰致夏承焘

中國人民郵政明信片

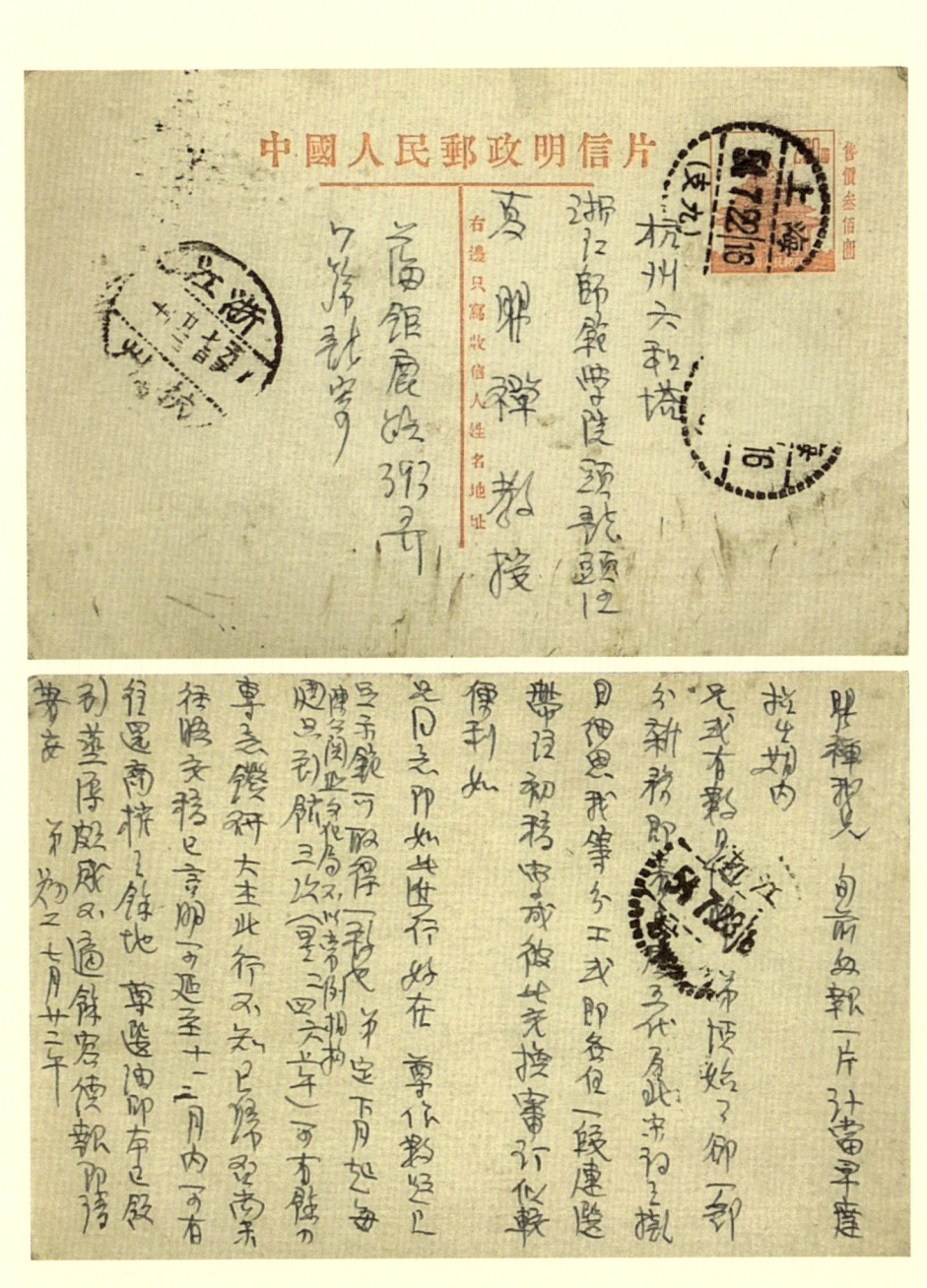

浙江師範學院轉龍駝頭12
夏瞿禪教授
右邊只寫收信人姓名地址
上海鉅鹿路393弄
7號龍寄

瞿禪吾兄：
日前奉報一片，計當早達。茲半期內兄或有暇南下，弟便始可卻卻分新務，即應代兄求釋之職。目前思我輩分工或即可作一段後便，帶至初秋或可成彼此共接審訂仕較便利如。
弟日之即如此行好在專作鄭起已，丁子銳可取還，俟民弟定下月起每信只問此作信寫，約三次（望二四六年）可有陸力專至饋和大主此行不知已屈出南禾往滬交稿已言明，否延至十二月內可有往遠商接之餘地，專請油印本甚殷，到藩厚敢威函適錄寄使報頭請曹産和物二十月十二午

龙榆生致夏承焘

瞿禅老主：前接温州来信，惊闻老主有悼亡之痛，昔日戚戚言身后事，今朝都到眼前来，词人多情，将何以堪，辄致唁言，并巽亦有悼亡之作否，前日接奉大札，敬悉一是，关于孟晋老遗嘱捐赠一事，已与王冶秋同志谈过，昨日遇及，据云已嘱北京图书馆派专人赴杭，以便与孟晋老面洽一切，如浙江文化机构欲保留在浙，可归浙江收藏，如颁赠与中央，则由北京图书馆入藏，现下中央政策大力照顾地方之积极性，曾向之建议，此事是属捐献，但最好能的予奖励金也，在救济安之积稿，不知在何人手中，如何商治，请孟晋老告之，宗中近来落实中央知识分子政策，原在五七干校者一部分已调回北京，故刚老以高年多病，未去干校，默存子藏皆曾下干校，现已返京，已代为致意二公，亦嘱乞代向老主问候，冯夷初老于己於七0年五月间去世，享年八十六岁，当时人民日报（某月某日）曾刊登其逝世消息，王仲闻老主不知仍在中华否，查查询清楚后再行函告事，此敬请
撰安
夏鼐敬上 七三年七月十四日
孟晋老处乞代为致意。

夏鼐致夏承焘

瞿禪先生大鑒：

別後歲久，後承時于報端讀
近作，藉承教益為慰。書件久未上，頗厭
藏拙之渡，但給讀完不可負謹守之為郵寄
去。弟為二十年前舊作，所惜舊者竹必新，在嶽山
堀東二三里，那地所出樹，東園舊有樹二三株，
盡挹兵火。自今祝之，皆悅若隔世矣。亦暑切祈
珍攝，順政

敬神

弟朱東潤謹上1962.7.2
上海復旦一舍六號

耀辉吾长兄大鉴：

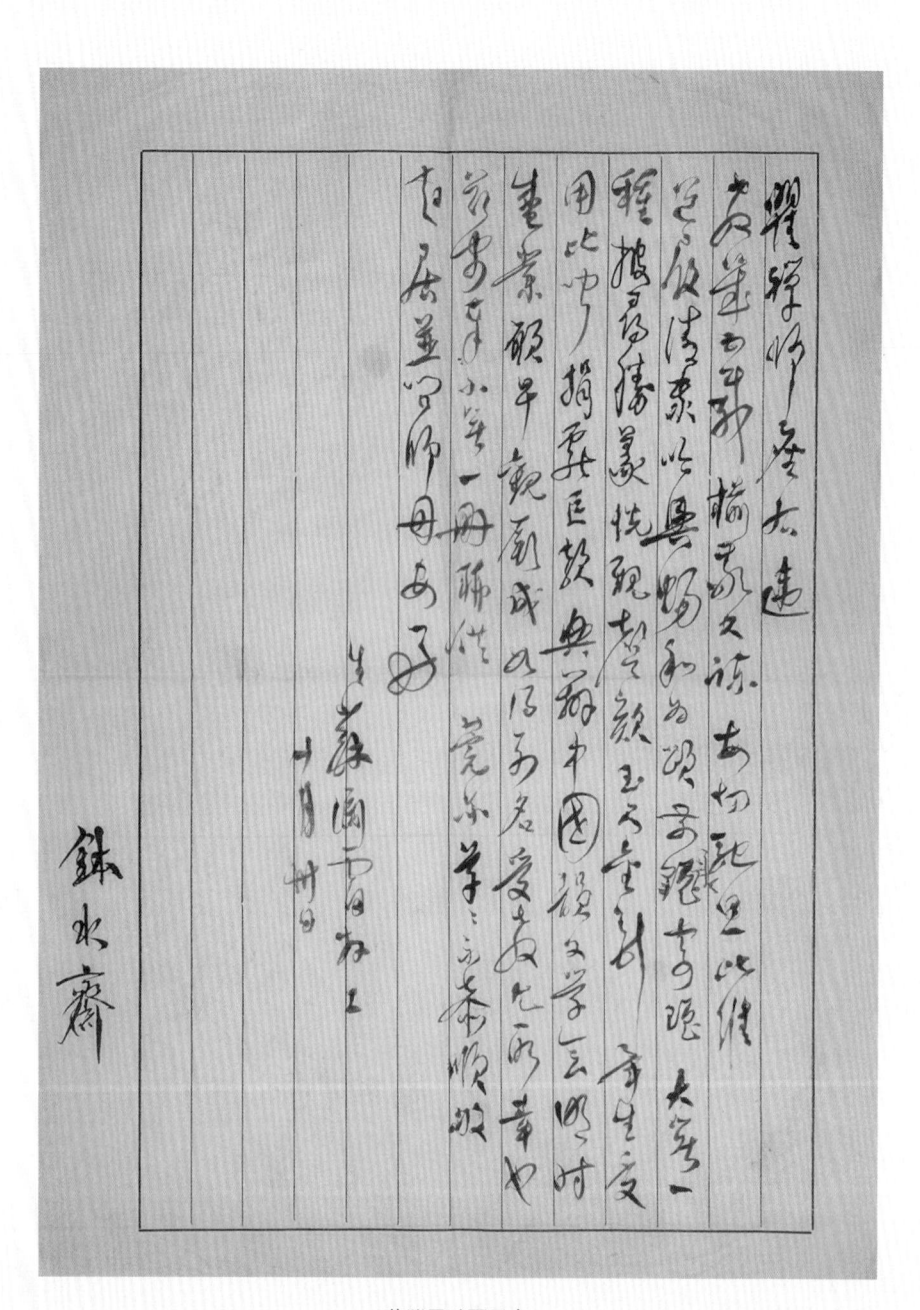

久违四年，弟辗转敌文诛，去初北上此任
足以得清泉以垂勿扬承为颂书物项大忌一
程搜罗多得蒙蔡徙鬼现若领玉石垂分幸生度
用此中了揣要医致與丽中圆籀文学云明时
重要郁不寛剧成旧多名艾艾光而革也
先复雪示小学一册诵传覓求某立秦顺晚
右屋美叩师母右子

　　　　　　弟苏渊雷上
　　　　　　十月卅日

钵水斋

苏渊雷致夏承焘

序

  无可否认，当今移动互联网的普及让信息传递变得愈发便捷，从而助推人类社会一步跨入了信息时代。看今天都市地铁车厢里，几乎所有乘客，不分坐立，均不约而同低头玩着手机；在大小超市里，连老头老太们购物都能掏出手机轻松完成扫码；至于几近八旬的我，也不例外，蹲家手机聊天看信息，间或购物点餐，忙得不亦乐乎。生活节奏骤然加快，还真有点让人不适应。有时甚至会想，倘若我父母亲他们能够穿越到今天，又会是怎么样的一种光景？起码，父亲那些经多年伏案积累但最终未及完成的大部头词学著述，像《词例》《词林系年》等，一定能够在今天互联网大数据、人工智能等高科技加持下加快完成；另外，他也可以采用今天的高效网络通信方式与师友亲朋们交流问学了……

  2022年，浙江古籍出版社出版发行了《夏承焘日记全编》12卷本，读者诸君可以从时间跨度几近70年的日记中，见证到我父亲是怎样从一个20世纪20年代志向满满的年轻学者逐步成长为一位享誉海内外的词学大家乃至被学界尊称为"一代词宗"的历程。细思起来，我以为这一切成就取得全然来自于父亲的那种坚守一生的"沉浸书海任游弋，淘尽沙砾求真金"的执着和"开放自我广交友，不拘一格采众长"的气度。而这其中，师友间的交流显然成了他做学问不可或缺的支点，不间断地书信往来也俨然成为他生活和求学的一种常态。于是乎，在不经意间就留存下了大量极有价值的文人信札。常年笔书通信，这对生活在互联网时代的人们来说是难以想象的，因而也更反衬出本集所展示的这批有幸跨越世纪保存下来的信札的珍贵。

  7年前的一个冬日，温州《瓯风》杂志主编方韶毅君来北京找到我，想了解我父亲留下来的信札情况，表示如可能愿意承担这本信札集的整理工作。父母相继去世后，我由于自身工作上的羁绊，很长一段时间没有腾出时间整理他们遗留下来的书稿，当然也包括信札部分。当时，所有信札都已由母亲生前用细线绳分类绑成小捆存放。韶毅先生来访之后，我把现存的全部信札打开捋了一遍，列出来信者名单，并将这些信件一一翻拍后陆续传给了韶毅先生，希望这些尘封已久的信札能通过公开发行，让它们潜在的学术价值得到释放。

前年北京全国图书展会期间，见到浙江古籍出版社王旭斌社长，他告诉我古籍社已将信札集列入了出版计划。就在今年初春，我收到了韶毅先生传来的信札集校样，并希望我为此写一篇序。其实父亲晚年，整理出版他的相关著述都是由我母亲操持的，如果母亲今天还健在的话，这篇序也应该是由母亲来完成的，而现在只好由我勉力代为了。

从信札集校样中收录的众多信件看，有从我这里集中提供的部分，也有韶毅先生通过其他途径收集到的部分，总体数量庞大。在每封信的前面，韶毅先生都要对写信者的生平和学术成就作一个梗概介绍；每封信的后面还要对相关内容编写详尽的注释，其工作量和难度可想而知。信札集后记中有述，韶毅先生为编好这本集子，曾广泛求教于业内专家、学者，查阅了众多书刊及相关资料，历时数载才有了今天这本厚重的信札集出版。所以在这里，我要特别感谢韶毅先生为编注此集所付出的超常心力！也感谢所有在编注过程中给予协助的专家朋友！

当然，这次出版的信札集，亦或还有美中不足之处，那就是书中未能达成往返信札的同时载入，还有就是仅将少量信札真迹影印而未能还原所有信札原貌。随着时光流逝，这些信札距今已达数十年至近百年不等，想搜集到这么长过往时段的往返信札，其难度不可想象；而全部信札影印出版又可能涉及成本问题。即便如此，仍瑕不掩瑜，这些保存数十年的信札能得以抢救整理出版，已充分体现出业界对这批信札学术价值的肯定。在这里，我想不论出版方、编注方还是家属方，都会心怀同一个愿望，希望这本信札集的出版能为我国传统诗词文化的传承和研究贡献一份的薄力！

吴常云

2024年春于北京

编选说明

一、本书所收夏承焘诸师友信札来源主要有四：一是吴常云先生所藏；二是夏承焘日记稿本所粘贴及夏承焘日记所摘录，夏承焘日记稿本现亦藏于吴常云先生处；三是相关书刊所载；四是公私藏品。

二、夏承焘晚年事务多为吴无闻夫人代办，故一部分写给吴无闻的函件视同夏承焘师友信札收入。

三、《唐宋词人年谱》《姜白石词编年笺校》附《承教录》，多是夏承焘师友信札节选。因两书较为常见，本书只选部分，未予全部收录。吴常云先生所藏亦有少量普通读者来信、公函、残件之类未录，仅选个别作代表。

四、本书按各家第一通发信时间先后排序。落款时间不详者，均作了考证，交代依据。暂未能考证出年份的，排于书末。且所收书信一一核查《夏承焘日记全编》（浙江古籍出版社2021年11月版，本书简称《夏承焘日记》），能找到记录的，均作了注解，以便对应。同时，对发信人及信中提到之人事力所能及作了简介，古人或现代名人如胡适、钱锺书等一般不注，侧重注释词坛人物及与夏承焘关系密切者，供读者参考。

五、书札整理时，除抬头格、谦称小号字等未予保留外，行文及落款中的数字等不作统一，行文中一些当时口语、异体字、不符现代语法之处亦不作修改，以保持原貌。残缺及难以辨认之字以□代替。明显原文误字则用（）标示校改字。

目 录

1　钱名山　1通

3　王陆一　1通

5　朱彊村　5通

10　夏敬观　1通

12　吴梅　8通

23　陈思　2通

28　程善之　1通

30　许之衡　1通

32　查猛济　2通

35　黄云眉　1通

41　张尔田　18通

60　周泳先　1通

62　刘绍宽　1通

65　郭延　1通

66　唐圭璋　3通

70　李佩秋　2通

72　高谊　1通

73　赵柏庼　2通

76	商务印书馆	3通
79	邓广铭	3通
82	吴庠	3通
86	卢兆显	1通
89	王荣年	1通
90	陈运彰	1通
91	吴鹭山	2通
94	夏承照	1通
96	郑汝璋	2通
98	龙榆生	3通
102	汤国梨	1通
103	程千帆	2通
106	钱仲联	2通
109	杨荫浏	2通
112	梅冷生	3通
115	任中敏	3通
121	张凤子	3通
125	胡继瑗	2通
128	王仲闻	1通
130	罗蔗园	1通
132	蒋礼鸿	2通
134	浦江清	1通
135	缪钺	9通
142	汪世清	4通
149	刘永濋	3通

153	周汝昌	4通
161	马一浮	1通
162	夏鼐	2通
165	朱东润	2通
167	胡乔木	1通
169	萧欣侨	1通
172	欧初	1通
173	王贵忱	2通
175	王蘧常	4通
179	谢国桢	1通
180	陈述元	1通
182	吕剑	1通
184	马里千	1通
185	顾学颉	1通
186	孙功炎	5通
191	荒芜	5通
195	游止水	1通
197	叶圣陶	4通
201	易祖洛	2通
203	杨绍箕	1通
204	陆维钊	2通
207	彭靖	19通
228	胡蘋秋	2通
231	陈声聪	1通
232	顾敦鍒 徐绮琴	1通

233	张伯驹	1通
234	陈贻焮	1通
235	陈增杰	1通
237	徐朔方	1通
239	徐邦达	2通
241	吴肃森	2通
243	冯统一	2通
246	陈冬辉	1通
247	梅之芳	1通
249	中华书局编辑部	1通
250	王荣初	1通
251	上海古籍出版社	3通
254	李学颖	1通
255	刘耀林	5通
260	陈书良	1通
261	施蛰存	10通
271	济南市博物馆	1通
272	王延龄 常虹	2通
275	《文学遗产》编辑部	1通
276	弥松颐	2通
278	陈大兴	1通
280	黄起衰	2通
283	湖南人民出版社服务部	1通
284	曹中孚	1通
285	王顺来	1通

286	苏步青	1通
287	徐家昌	1通
289	琦君	2通
292	寇梦碧	2通
294	施议对	1通
295	袁华偬	1通
296	陈凡	2通
298	陈耀东	1通
300	杨勇文	1通
301	黄拔荆	1通
303	邱世友	1通
304	李达强	1通
305	吴战垒	7通
311	陈光明	1通
313	陆坚	3通
316	赵为民 程郁缀	4通
320	朱则杰	1通
322	牟家宽	1通
324	马国权	1通
325	陈海烈	2通
328	黄君坦	2通
330	羊春秋	1通
331	绍兴市文物管理处	1通
332	王季思	1通
333	于冠西	1通

334　胡子远　1通

336　苏渊雷　1通

337　谢孝苹　2通

339　李鹏翥　4通

342　俞吉法　1通

344　潘国存　1通

346　花城出版社诗歌编辑部　1通

347　齐治平　1通

348　吴小如　1通

349　林从龙　1通

351　吴广洋　1通

353　李铁石　1通

354　蔡义江　1通

356　王阜彤　1通

358　西泠印社编辑部　1通

359　蒋德闲　1通

360　周锦芳　1通

362　朱鹏　1通

364　顾志兴　2通

366　吴鋆　1通

368　周瑞光　1通

370　王权　2通

373　清水茂　1通

374　梁志成　1通

376　洪静渊　1通

378	傅光	2通
381	芦田孝昭	1通
382	朱国才	1通
383	淳安县千岛湖风景区规划建设办公室	1通
384	遂昌县文联	1通
385	张宪文	1通
386	唐弢	1通
387	陈邦炎	1通
388	杨宝霖	1通
390	费在山	2通
392	湖州市碧浪碑廊筹建委员会	1通
393	史鹏	1通
394	李谊	1通
395	刘锡荣	1通
396	周少雄	1通
398	中国作家协会浙江分会	1通
399	季炜	1通
401	马镜泉	2通
403	沈善钧	1通
405	卢声亮	1通
406	徐培均	2通
408	张令杭	1通
410	周采泉	1通
412	江西波阳县文联	1通
413	浙江省人民政府办公厅教卫处	1通

414 虞佩玉 1通

417 黄屏 1通

419 杨向群 1通

420 戴家祥 1通

421 浙江图书馆 1通

422 陈太一 1通

424 沈祖安 1通

425 夏步瀛 1通

426 王伯尹 1通

427 周振甫 1通

428 编后记

钱名山　1通

钱名山（1875—1944），字梦鲸，名振锽，晚以号行，江苏常州人。光绪二十九年（1903）进士，后辞官回乡办学。抗战时期，避居上海。著有《名山集》等。

蒙示长调三首，倾倒之至。第一首已读过，余二首海山仙境，忽有《关雎》钟鼓之音，真不朽之盛事也。"人间何世"忽改为"甚人间世"，不知何意？出入不细，恐阁下不免为万红友[1]一辈人所误。天下上乘文字，未有不合于音律者，吾辈自得之。"人间何世"句法浑成，必无不合律之理。彼谈律者于天籁、人籁都无所见，但依古人成作之平上去入呆呆填砌，以为合律，岂是通人。譬之"关关雎鸠"岂必四字皆平，"窈窕淑女"，岂必四字皆仄？以古乐论，古音朴质，原不及后世之音悦耳。以俗乐论，则何字何调不可唱？而吾辈转不如不通之优伶乎？能作"渭城朝雨"，自然可作《阳关三叠》；能作"黄河远上"，自然可入旗亭之唱；能作《清平调》，自然可令李龟年按谱而歌。我辈但忧文字不逮古人，无忧其不合律也。先辈好谈词律者，何曾有一首好词，且又未必能唱。只将古人失传之律，以文其佶屈聱牙耳。阁下天生豪杰，勿为所愚！其《齐天乐》"人间何世"句慎勿可改。

---

[1] 万红友（约1630—1688），名树，一字花农，号山翁、山农，江苏宜兴人。明末清初诗人、词学家、戏曲文学家。著有《词律》《拥双艳三种曲》《香胆词》等。

傥有以为不合律者，幸告我，我请扼其吭。[1]

（原载《名山文约》三编卷三，题为《与夏瞿禅书》）

---

[1] 夏承焘日记1928年3月30日有记："得常州钱名山先生闰二月初四日书。"并摘录此信，云"近方欲为文讨论词律，故录于此"，其中信末为："倘有以为不合律者，幸告我，我请扼其吭。妄言发公大噱。"略不同。"'窈窕淑女'，岂必四字皆仄"夏录为"'在河之洲'，岂必'在'字定仄？" "能作《清平调》，自然可令李龟年按谱而歌"夏录为"能作太白《清平调》，自可令玉环按谱而歌"，可能钱名山后有改。闰二月初四为3月25日。

王陆一　1通

王陆一（1896—1943），名天士，陕西三原人。西北大学肄业，后随于右任参加革命工作。曾任职于国民党上海执行部、上海大学文书部、西安成德中学等，又留学于莫斯科中山大学，归国后任国民联军驻陕总司令部办公厅主任、国民党中央党部秘书处书记长、安徽大学文学院院长、监察院晋陕监察使等。著有《长毋相忘诗词集》。

臞禅我兄左右：

自春前获展赐书，兼聆雅制。遭时纷怱，肆应綦难，以尘溷之身，方欲掬水湔肠，作计而退。风吹天半，长唤奈何。不但投我琅玕，无以为报，即堂陔恭上笙诗，亦复稽迟成罪。惠子知我有其棘心，属当穆颂清风，为来年升堂之祝耳。三月间谢事中央，曾一涉广陵、吴、杭之胜，平山松影，邓尉梅澜，太湖之淼浩，西湖之淡冶，恨不与故人共之也。八月从右任先生一返秦中，人民城郭一切俱非。不腊虞亡，其数久决，不省谁失其鹿，且至今不获也。封狼生㺄，坐据平地，太华有雪，河冰塞川，遂缓缓南矣。秣陵厌胜，气绝葱茏，钩党声哀，固自昔社人缇索之地，婵娟能国，婥直难归，千顷之波，转让顾眉横绝耳。青丝白马，人盼其来，时日偕亡，民安敢诅？弟之栖沉歇渚，尚恨不师襄入海也。忍而难舍，偶托小词，慰我零思，惟兄丽则。

子逸[1]先生刻在京中，亦常通问否？

---

[1] 子逸为李元鼎（1879—1944），字子彝，晚号漫西居士，陕西蒲城人。曾就读于三原宏道高等学堂，后留学日本。同盟会会员，历任陕西军政府教育司司长、国民政府审计部部长、监察委员、陕西省第二届临时参议会议长等职。著有《老曼斋诗存》。

余再肃，即祝

著祺

弟王陆一敬上
十一月十四日[1]

沁园春　寄远

投珓空江，采尽蘼芜，长毋相忘。算酣嬉夷坦，累人特甚，芬菲绵恻，误我何妨。千仞青溪，倘容绝世，旧依徊望下方。人间去，又花吹蕊嚼，宕气回肠。　　心头断影迷茫，要自检、温馨熨创伤。恐紫台归远，声余环珮，青旗势异，胜绝排当。销歇豪华，苍天已死，君看秋来柳最黄。江南赋，莫轻轻指出，城郭斜阳。

（原刊《夏承焘日记》）

1　夏承焘日记1929年11月17日有记："得陆一上海蒲柏路大益公寓卅五号房挂号信，一笺一词，各极典则。持示杲明，相与叹赏。春间数信概不道及，想皆浮沉矣。作一复书，告年来拥书山僻，与世澹忘，致力词书，聊以自遣。附寄《金缕曲》《浪淘沙·桐庐》二词，《西湖看桃花》一七古，则属转示子彝丈。"即是此函。然信文则附录于11月21日记。11月18日："发陆一上海蒲柏路大益公寓函，附李子彝一笺，询及云南李贞白先生，子彝在京寓其家。前见段凌辰有赠诗数首，称为豪杰之士。又某君赠句有'手洒星球如雨响，昆仑绝顶立斯人'之语，颇心仪其人也。"并录有复函。

朱彊村 5通

朱彊村（1857—1931），原名孝臧，字古微，后改名为祖谋，号沤尹、彊村，浙江归安（今湖州）人。清光绪九年（1883）进士，官至礼部右侍郎。后寓居上海。著有《彊村语业》等，刊刻《彊村丛书》。

1

瞿禅道兄阁下：

榆生[1]兄转贲惠笺，十年影事，约略眼中。而我兄修学之猛，索古之精，不朽盛业，跂足可待，佩仰曷极！梦窗生卒，考订凿凿可信，益惭谫说之莽卤矣。梦窗与翁时可、际可二人为亲伯仲，草窗之说也。疑本为翁氏，出为吴后。今四明鄞、慈诸邑，翁姓甚繁。倘有宋时家牒可考，则梦窗世系亦可了然。弟曩曾丐人广求翁谱，未之得也。我兄于彼郡人士有相洽而好事者，或竟求得佳证。梦窗系属八百年未发之疑，自我兄而昭晰，岂非词林快谭，阁下其有意乎。弟衰惫之质，无可举似。闳著有写定者，尚盼先睹也。

率复，即颂撰安，不一一。

弟期孝臧顿首
十一月初六日[2]

（原刊《夏承焘日记》，又载于《词学季刊》创刊号，上海民智书局1933年4月1日出版）

1　龙榆生，见本书98页。
2　夏承焘日记1929年12月11日有记："早接朱彊村先生上海东有恒路德裕里函，谦光下逮，想见其人。灯下作一复，由榆生转。录如次。"即指此函及复函。

2

臞禅我兄足下：

顷奉还云，敬承一一。灵鹣阁[1]藏《白石词》，固未寓目，即况氏移写本，亦未获睹，殆已易主矣。沈阳陈思[2]亦有《白石词考证》及《年谱》，弟曾睹稿本，极翔实，惜未刊行。陈君在北方，近亦不稔其踪迹也。台从道沪，幸一相闻，当图良晤。

率复，即颂

撰安

弟期孝臧顿首
十二月十八日[3]

（原刊《夏承焘日记》，又载于《词学季刊》创刊号）

3

瞿禅我兄著席：

为别数月，得书良慰。[4]新作词高朗，诗沉窈。杲明[5]何人，甚愿知其姓名

1　灵鹣阁乃清江苏人江标（1860—1899）室名，藏书颇丰，身后为盛宣怀所得，捐予圣约翰大学。

2　陈思，见本书23页。

3　夏承焘日记1929年12月23日有记："接朱彊村先生十八日书，谓'灵鹣阁藏《白石词》固未寓目，即况氏移写本，亦未获睹，殆已易米矣。沈阳陈思亦有《白石词考证》及《年谱》，弟曾睹稿本，极翔实，惜未刊行。陈君在北方，近亦不稔其踪迹也'。又约余冬间过沪相访。"即指此函。日记稿本未录此信，《天风阁学词日记》出版时始编入。12月28日作复函："午后作致彊村先生书，论郑叔问校《白石词》，不惬意，未发。"12月29日："作致彊村先生论郑校《白石词》信。"

4　夏承焘日记1930年10月6日有记："发彊村先生书，附《浪淘沙·桐庐》词、挽杲明诗。"即指此函。

5　李杲明（1900—1930），名杲，浙江瑞安人。北京法政学院毕业，后任教于浙江省立第九中学等。精金石之学，为容庚所请，入燕京大学研究院，途中得疾，至京而卒。遗著有《说文解字古文疏证》。

学行也。刘子庚[1]十年前曾一见，所辑词当是别后所得，中惟《篁嵊词》得一见，字书无此字，而《广韵》有"嵊"字，疑传写之误。仅三数阕，故未刻。刘本能略增否？尊友所藏，必求宛转代假为盼。邮局挂号，决无他虞。夏间小极，承注谢谢。何时道沪，甚盼一握手。书画写上。

复颂

撰安

孝臧顿首

八月十二日[2]

（原刊《夏承焘日记》，又载于《词学季刊》创刊号）

4

臞禅我兄足下：

日前奉书，并《词辑》二册，碌碌未答，适有吴门之行，昨甫言旋，又读惠笺，敬承一一。子庚先生辑本，诚有功词苑，而所称得自诸家藏本者，如《金荃集》具出《金奁集》，所增《杨柳枝》十首，则见诸诗集。《荆台佣稿》即《花间》《尊前》之词，此外更无一字。《舒学士词》较《乐府雅词》止多一首。《黄华先生词》即《中州集》之十二首。《疏斋词》较《天下同文》多二首，不知昔人何以定为别集之本。若文澜阁之柯山、月岩，关中图书馆之秋崖、碧涧，洵为珍籍，非裁篇别出可比。弟拟补入拙刻丛书

1　刘子庚（1867—1928），名毓盘，号嚼椒，浙江江山人。光绪二十三年（1897）拔贡，官陕西兴阳县知县。后任教于浙江第一师范学校、北京大学，著有《濯绛宦词》《嚼椒词》《中国文学史》《词史》等。

2　夏承焘日记1930年10月9日有记："接彊村先生复，许予'词高朗，诗沉窈'，并问杲明何人，属予借刘子庚所辑词。谓《篁嵊词》当时曾一见，以止三数阕，故未刻。字书无'嵊'字，而《广韵》有'嵊'字，疑传写之误。彊村说。附来《白石道人歌曲考证》题签一纸，并贻新刻揭阳曾习经刚父《蛰庵词》一册，新会陈洵述叔《海绡词》卷二一册。"即指此函，而日记未录落款及时间，现据《词学季刊》补上。《词学季刊》刊载无"书画写上"四字，"书画"疑为"书签"。1930年农历八月十二日为10月3日，早于发信时间，应误，疑为八月十六日。10月10日："发彊村先生复书。"

朱彊村　7

中，惟仓猝未克录副，如能由馆人代钞甚善，钞费当照缴。榆生付印，聂君如见许最便，不则当先行寄还，以清手续，统候示复遵行。《白石歌曲》，范氏刻三家词本未经寓目也。论词二首，持论甚新，何不多为之，以补厉氏所不及。

　　率复，即颂
著安

孝臧顿首
九月十日[1]

（原刊《夏承焘日记》，又载于《词学季刊》创刊号）

5

朣禅我兄著席：

　　叠奉手笺[2]，碌碌未报，比连苦病，不尽关衰慵也。承示珠玉，诗非所喻，不敢妄谈；词则历落有风格，绝非涂附秾丽者所能梦见。《题梁汾词扇》一阕尤胜，私庆吾调不孤矣。《梦窗年谱》曩日妄作此想，竟未属笔，以无资粮故也。小笺承是正疏谬，极为佩荷。他日当一一理董，以副盛意。待考数事，少暇疏上，求助我翻瞽，幸甚。子庚所辑词，榆生代录五种，弟未及校，今呈上，请至馆时再为点勘一过。柯山、月岩二种，子庚校云求之文澜阁旧钞本，又云辑得，殊未了然，亦请示及。

　　率复，即颂

---

[1] 夏承焘日记1930年11月4日有记："接彊村先生复，谓刘子庚先生《词辑》，《金荃集》《荆台佣稿》《舒学士词》《黄华先生词》不足观。柯山、月岩、秋崖、碧涧，则甚可珍，非裁篇别出者可比，欲补入《彊村丛书》中。范氏刻《白石词》未见。许余论词二诗'持论甚新'，嘱'多为之，补厉氏所不及'。附来榆生信，言寄还《词辑》。"即指此函。而日记未录落款及时间，现据《词学季刊》补上。1930年农历九月十日为10月31日。

[2] 夏承焘日记1930年11月17日有记："发彊村先生信，问其旧作《梦窗年谱稿》。"11月30日："发彊村先生信，问《梦窗年谱》，附去《月轮楼纪事》四首，《题顾梁汾遗墨》一词。"应指此两函。

起居

弟孝臧顿首[1]

嘱写拙词，容少迟报命。

（原刊《夏承焘日记》，又载于《词学季刊》创刊号）

---

[1] 夏承焘日记1930年12月5日有记："接彊村先生挂号函，许予《题梁汾词扇》一阕。谓《梦窗年谱》，昔有此愿，以无资粮未属笔。属予为理董其《梦窗小笺》，并属代校柯山、月岩、碧涧五种子庚辑词。"即是此函。日记稿本未录此信。"私庆"，《词学季刊》本为"私幸"。

夏敬观 1通

夏敬观（1875—1953），字剑丞，晚号咉庵，江西新建人。光绪二十年（1894）举人。曾任江苏提学使、中国公学监督、涵芬楼撰述、浙江省教育厅厅长等职。晚年闲居上海，专事绘画与著述。著有《忍古楼诗》《咉庵词》等。

臞禅先生左右：

奉示敬悉。[1]夏间由榆生转示尊著，甚佩考订精微，为今研究词学者所不及。仆所举谱字出于龟兹，与汉乐律吕绝无关系，凌次仲[2]之说颠扑不破，盖隋唐书所载已明，《辽史》复直接道破，无可疑也。陈兰甫欲制古乐器，知求周尺。后世琵琶岂凭周尺所造耶？四旦二十八调出于琵琶，而说乐者必欲以律吕强合之，其说愈梦。释律吕不言，诸疑皆释矣。中国古乐皆一器一律，故钟磬皆有十二，兰甫试制铜管亦十二。羌笛则惟一耳，在一笛中求十二律，能乎不能，此甚易明也。然历朝之兴，必制礼作乐，必曰用中国古乐。而所谓古乐者，自唐以来，无非四旦二十八调，必文饰之以律吕以欺帝王，郑译之伎俩也。自来谈乐书，皆不能免为郑译所愚。凌次仲书实有特见，仆著《词调溯源》多发挥其说，日后出书，当以求教。至尊著系校姜词旁谱，此节当无关宏旨也。

此颂

1　夏承焘日记1930年9月15日有记："录致夏剑丞丈函稿。"9月16日："作剑丞、榆生书。"9月17日："发榆生信及《扁舟载酒词》，附夏剑丞信。"即指此函。
2　凌廷堪（1757—1809），字次仲，安徽歙县人。著有《燕乐考原》等。

撰祺[1]

（原刊《夏承焘日记》）

---

[1] 夏承焘日记1930年9月22日有记："接夏剑丞先生上海复书，录如次……剑丈不答《词源》论律吕诸节，殆无以解乎玉田所云，或玉田亦不明俗谱来自外域耶？"即指此函。

吴梅 8通

吴梅（1884—1939），字瞿安，号霜厓，江苏长洲（今苏州）人。先后执教于苏州东吴大学堂、存古学堂、北京大学、东南大学、国立中央大学、金陵大学等校。著有《顾曲麈谈》《词学通论》《曲学通论》《中国戏曲概论》《霜厓词录》《霜厓曲录》等。

1

瞿禅先生道席赐鉴：

损书执谦，万不敢当。[1]读大作《姜词考证序例》《白石石帚辨》，精博确当，无任钦服。

承询姜谱歌法，弟实无心得，何足以答下问。惟兹事之难，不在译成俗谱，在译成后不知节拍。且一字一声，尤不美听。曩尝与蕙风[2]议及，辄相对太息而已。姜词工尺，皆当时俗字，南汇张氏[3]已一一订明，无须更易。弟所谓节拍者，盖按歌时之节奏也。今曲歌时，辄以鼓板按定拍眼，北曲有四拍、两拍之别，南曲有多至八拍者，抑扬顿挫，皆随拍生。今姜谱止有工尺，未点节奏，缓急迟速，无从臆断。纵译今谱，仍不能歌。雍如[4]弟谓弟能歌姜词者，仅就工尺高下聊以和声而已，非真能按节也。戴氏《律话》、谢

---

[1] 夏承焘日记1930年10月22日有记："作致吴瞿安书，未发。"即指此函。
[2] 蕙风乃况周颐（1859—1926），字夔笙，广西临桂（今桂林）人。晚清民国著名词人，著有《蕙风词》《蕙风词话》。
[3] 张氏即下文所指啸山（1808—1885），名文虎，号孟彪，其字啸山，亦作小山，江苏南汇（今属上海）人。曾入曾国藩幕，晚年担任南菁书院院长。著有《舒艺室诗存》《索笑词》等。
[4] 顾雍如，见本书232页。

氏《碎金》[1]，皆出杜撰，不可依据。弟意大作成时，可将旁谱注明俗乐工尺，不必说明歌法，较为妥善，未识高明以为然否。

弟尚有一议：宋词歌谱，皆一定不移，如今之小调然。非如南北曲逐字分配，故姜谱旧调皆无谱字，而自度自制则详载之，俾歌者可按唱也。梦窗九调，以无谱而学者不多。玉田《西子妆》词题可证。白石十七谱具存，故并世步趋者不少，此亦见古今唱法之不同也。啸山答小舫书中，今唱曲家遇南吕宫调，每唱作工字调；仙吕宫调，每唱作凡字调；此工、凡二字互误。

草复，即请

著安

弟吴梅顿启[2]

一九三〇年十月十四日

（原刊《夏承焘日记》，又载于《文献》1980年第三辑《关于词曲研究的通信》，题为《（二）吴梅致夏承焘》）

2

瞿禅先生大鉴：

承惠两书[3]，殷殷以白石词谱见询，弟一知半解，何以答盛意。因以二日之力，将尊作《白石道人歌曲考证》读之，是正前人，极有见地。鄙见所及，签标上方，别由邮局挂号奉上，收到后请赐复焉。

1　《律话》为清琴家戴长庚所著。《碎金》应指《碎金词谱》《碎金续谱》《碎金词韵》几书，乃清谢元淮之作。

2　夏承焘日记1930年11月17日有记："夜顾雍如递来吴瞿安复书，谓白石旁谱无节拍，一字一声不可歌。宋词歌谱皆一定不移，如今之小调然。非是南北曲逐字分配，故姜谱旧调皆无谱字，而自度自制则详载之，俾歌者可按唱也。梦窗九调以无谱而学者不多。玉田《西子妆》题问可证。白石十七谱具存，故并世步趋者不少。此亦见古今唱法之不同也。瞿安书札工整可玩。许予《叙例》及《白石石帚辨》为'精博'。雍如谓其人极执谦。"即指此函。而日记稿本并未录，《天风阁学词日记》出版时编入。另，此信载于《文献》时注明写于1930年11月14日，现补入。

3　此两书指夏承焘1931年6月26日、7月21日致吴梅函，夏承焘日记刊有两信全文，而日记稿本只录有6月26日函。

大著中驳大鹤[1]寄杀之说，弟所极佩；赏指声从方仰松[2]说，又为确当；仙吕犯双调改正旧说商调之非，更足振聋发聩；读公新作，可补小山、叔问之缺陷多矣。惟次序排列，似宜仍依原书先后为是。又，《徵招》之"迤逦"，《角招》之"犹有"，词中过片换头处多作二字短句，南曲中遇此等处，皆极美听。词在今日，虽不可歌，以南词相比，理或可参，此意似可畅发之。弟虽标签上方，亦未请增益也。

又歌词之法纵不能知，但必如小令之唱法，词可换字，谱仍旧。故《湘月》《满江红》句调平仄有异，而歌谱未易也。此意亦望洗发一番。

委作序文，统俟全书告竣后，细读一过，再行动笔较妥。来书以涪翁相况，不敢当、不敢当。

霪雨成灾，低田皆成泽国，民食一艰，必铤而走险，奈何奈何！复请
著安

弟梅顿启

七月廿五[3]

顾新之[4]兄前问候问候，承惠花露，代言谢谢。

（原刊《夏承焘日记》，又载于《文献》1980年第三辑《关于词曲研究的通信》，题为《（五）吴梅致夏承焘》）

---

1 大鹤及下文所提叔问均指郑文焯（1856—1918），字俊臣，别署冷红词客，奉天铁岭（今辽宁）人。晚清著名词人，著有《大鹤山房全集》。

2 方仰松（1713—1808），名成培，号岫之，安徽歙县人。精诗词，尤爱戏曲。著有《听奕轩小稿》《雷峰塔传奇》等。

3 夏承焘日记1931年7月27日有记："接吴瞿安复，谓以二日之力，校余《姜词斠律》。赏余驳大鹤寄杀之说，谓赏指声从方仰松之说，又为塙当。仙吕犯双调政正旧说商调之非，更足振发聋聩。又谓词中过片二字短句，南曲中遇此等处皆极美听。又歌词之法纵不能知，但必如小令之唱法，词可换字，谱则仍旧。故《湘月》《满江红》句调平仄有异，而歌谱未易也。二意似可畅发之，允读全稿后为予作序。"即指此函，而日记稿本未录。

4 顾新之即顾雍如。

3

臞禅先生大鉴：

奉惠书[1]，祗承一一。以俗冗稍稽笺答，恕我懒也。

垂询二事，弟所见到处，亦未敢自信，略述其愚，以供参考而已。

《扬州慢》"角""药"旁谱为几折，弟意在今日可暂作一定论。尊意微有不安者，不过所用折号未必皆三字进退句中，实则谱之气韵与辞句之分配，在词中未必全合。兄举《越九歌》"高田莱芜"句折在首字为疑，然上文曰"予父母"之"母"字，本注应钟则合。"高田"句歌之仍在应折，应并无可疑。弟尝谓折字之法，据白石词中明言"上折字下无字即其声，比无字微高"，是指下二字言。如应折应但以折应二字言也，实则第一字仍是应。今南北曲中往往有六五六、上尺上、工六工谱法，将五尺六三音吹花腔，俗名漱腔。折字当即此意，故无本音，第就上下音何字而中间略高，故白石又云："余皆以下字为准。"尊书亦以下字作上下之下。所谓下字，并非指下一字，盖谓所用何字，如弈棋下子之下也。白石诸谱，弟尝倚笛吹之，虽无拍节，而字字相辨，未必尽属美听。惟《鬲溪梅令》一曲，非常流美。而厼Ʒ厼之Ʒ字，亦以南北曲漱腔吹之，尤为可听。用敢呈教足下也。琴之进复退复，亦是此意。至戴氏谓拍号字下者，今之底板在旁者，即腰板，此说亦可从。惟少头板符号耳。

起调毕曲，朱子以首一字为准者，是雅乐之法也。通行燕乐，皆在一韵两结。尊论不尽在第一韵，且以《霓裳中序》《长亭怨慢》《暗香》《疏影》等为证，弟则与尊见略异。鄙见以为：一词起首数句，必一气贯下。故首二句或协或不协，皆非停拍处。《霓裳中序》须在"力"字断，《长亭怨慢》须在"户"字，《暗香》《疏影》须在"笛""宿"二字上断，文气如

---

1 夏承焘日记1931年7月30日有记："作致吴瞿安信。"7月31日："写发吴瞿安信。"即指此函。8月5日："发吴瞿安一片，告前函'姜谱拍号若不在谱字之下，即在其右，从无在其左者'二语，左右字误倒。""夜又发吴瞿安一片，问前函过誉芜篇足补小山、叔问缺陷，小山何人。"亦与吴梅此复有关。

是也。其前数语或协或不协，概不作第一拍。曩大鹤以《惜红衣》"琴书换日"为协韵处，弟曾以此言献之。故首数句纵有协处，皆不作拍，不可谓或在第二第三韵也。词之用作南词引子者至多，歌时读处用小鼓，句处用板。俗伶谓二三锣。至今日仍未更易，此又可证也。至次仲谓宫调之辨，不在起调、毕曲，此说诚是。各宫调腔格，有一定气韵，用六凡调者如商调、黄钟、南吕等。其声必低咽；用小工、尺字调者如仙吕、中吕、道宫等。其声必高扬。笛管一吹，自能分析，不必视起调之何若，而后知某宫某调也。次仲所云：中脱一字，若云不仅在起调毕曲，则圆满矣。

承询小山，即南汇张文虎，张号孟彪，字啸山，亦作小山，并非别有一人校订姜谱也。近江右蔡桢[1]亦有姜谱校订之作，弟未之见，开学后晤见时，当取读之，再告足下耳。

拉杂奉复，即请

著安

弟梅顿首
八月十日[2]

（原刊《夏承焘日记》，又载于《文献》1980年第三辑《关于词曲研究的通信》，题为《（七）吴梅致夏承焘》）

1　蔡桢（1891—1944），字嵩云，江西上犹人。20世纪30年代，曾任教于河南大学。著有《词源疏证》《柯亭长短句》。

2　夏承焘日记1931年8月12日有记："早接吴瞿安挂号复书，谓《扬州慢》'角''药'旁谱为凡折，在今日可暂作定论，以南北曲中六五六、上尺上、工六工、花腔漱腔证姜谱三字进退句甚佳。惟解白石折字法，上折字下无字之下，为弈棋下子之下，不作上下之下解，究不可通。谓姜谱惟《鬲溪梅令》倚笛吹之，最为流美。而夵3夵之3亦以南北曲漱腔吹之，尤为可听，此亦实验之谈。谓起调必在第一顿首数句，协不叶无关，以非停拍处，此与予意合。其以词作南词引子者，歌时读处用小鼓，句处用板为证，又甚佳。又谓江右蔡桢亦有姜谱校订之作，不知何许人。瞿安复书皆极精详，洋洋千言，至可感佩。"即指此函，而日记稿本未录。

4

臞禅先生撰席：

得本月三日、十九日两手示[1]，承询唐君[2]论白石旁谱各条，弟何足以辱明问，行箧无书，姑就管窥，略疏于下：

（一）尖声各字，校《广记》中管色指法一图相合，惟厶当云尖勾，不当与㐅并作尖尺，指法图中无厶字，但有㐅。至尖一即下一，以《广记》下五作尖五为证，此是唐君误处。试思四清声中，人人知为六下五高五㐅囗ㄢㄣ四字，按《广记》明言尖五夹钟清声，未尝以ㄨ下五作尖五也。大小住及打、反、拽确精当，足补啸山诸人所未及。（下缺）[3]

（原刊《夏承焘日记》，又载于《文献》1980年第四辑《关于词曲研究的通信》[续完]，题为《（十）吴梅致夏承焘》）

5

臞禅吾兄道鉴：

惠书及《斠律》初稿俱至。[4]尊论词谱融字法，极是极是。初稿中征及鄙

1　夏承焘日记1931年11月3日有记："发吴瞿安苏州信，论唐兰白石谱，问江西蔡桢论姜谱书，并告撰《词源疏证》。"11月19日："发吴瞿安信，举二证补充唐兰宋词一句一拍说。一、《破阵子》又名十拍子，恰十句。二、王灼谓越调《兰陵王》三段廿四拍，清真一首正廿四句。并问唐君彴丁为打，ᄀ为反，ノ为拽，其所译谱能叶箫管否。"即指此两函，而日记稿本均未录。

2　唐君即唐兰（1901—1979），号立庵，浙江嘉兴人。曾任故宫博物馆专门委员、辽宁教育厅编辑、东北大学讲师、西南联大副教授、北京大学教授，后在故宫博物院、中国社会科学院历史研究所工作。著有《古文字学导论》《中国文字学》等。

3　夏承焘日记1931年11月28日有记："接瞿安南京大石桥六号复，谓宋词有底拍，当亦有节拍、流拍。《霓裳》前散序，此散板止有底拍也。中序为慢拍，即为节拍；入破则快拍，即为流拍。姜谱中间容或有散拍，但不当谓全可用散拍歌也。《兰陵王》《破阵子》亦可以有散有节之说解之，又大小住，可作节拍解。瞿安谓未见唐君原文，此未为定论，属为暂秘。"即指此函，而日记稿本未录。另，《文献》1980年第四辑刊发时注明此信写于1931年11月26日，夏承焘12月6日所刊复函亦有"奉廿六日手教"句，故日记云六号应为廿六日。

4　夏承焘日记1933年10月8日有记："发吴瞿安苏州信，亦问词曲唱法之异同，并奉宣楮乞书。"即指此函。

吴梅 | 17

说，并谓旧腔定声当作音谱解，尤征圆满。因忆及数条，可为词守旧谱之证者如下：

（一）白石《霓裳中序》题一则云："因得其祠神之曲，曰《黄帝盐》《苏合香》。"二则云："得商调《霓裳》十八调，而总之谐虚谱无词。"又云："予不暇尽作，作《中序》一阕传世。"是以《白石词》第四卷止《中序》一首有谱，他词皆无，可知此谱即从乐工故书中得之，而实以新词。后人再作《中序》，即歌此谱，更无疑义也。

（一）修内司所刻《乐府混成集》，至明尚存一册，见王骥德《曲律》卷四。王云："《正林钟商》一调所载词至二百余阕，皆平生所未见。中如《娟声》一调，有谱无词。《小品》一调，词谱俱全。"是又可知宋人先制谱调，后实词句，故二百余阕中，无词者颇多，正待文人作词也。

（一）草窗《解语花》题云："羽调《解语花》音韵婉丽，有谱而忘其辞……倚声成句。"此亦足证先谱后词之意。

以上三则似可采取，为前此鄙说所未及者，寄奉教正。至吾兄云："元曲初起，实仍用宋词歌法。"此说弟亦以为然。而"实仍用"三字未妥，何也？试观董解元《西厢》所用诸牌，如《醉落魄》《哨遍》《点绛唇》等等，句法与宋词无异，或用宋谱按歌，亦未可定。但往往有"缠令"二字，则必非墨守旧谱可知。若云：间仍用宋词歌法，则较无语病矣。惜董词今亦无谱，《大成谱》采录董词皆备，一一制谱，实皆庄邸门客杜撰，不足凭也。

宣纸一幅，亦由舍间转到，当遵命录旧作求正。[1]

弟今岁本拟就申事，此间主人见留，仍居白下敝寓大石桥十四号。他日赐函，可径寄寓中也。

西湖十二年不至矣，颇思一游，当期之明年耳。

手复，即请

---

[1] 夏承焘日记1933年10月19日有记："吴瞿安先生寄来写词一帧。"即指此事。

著安

弟梅顿首

十月十三日[1]

秋涧南乐言怀，盖去北谱一凡两音也。今《南乡子》不列南北词中，无可考。

（原刊《文献》1980年第四辑《关于词曲研究的通讯》［续完］，题为《（十六）吴梅致夏承焘》）

6

臞禅先生大鉴：

惠书奉悉。[2]承询词乐蜕化为曲，此本自然之理，但旧籍皆不载蜕化之迹。弟前读《董西厢》，略有所悟，愿呈酌择焉。董词所用《哨遍》《醉落魄》《点绛唇》等等，固与词同；即创调如《文序子》《倬倬戚》《甘草子》等，备载《燕乐考原》。亦概用双叠，与词无异；亦间有三叠者。词亦有《秋宵吟》《瑞龙吟》等。与元人套剧之单用前叠迥然不同，此足证歌法与词不甚相远也。又南北词中，如《浪淘沙》《风入松》二谱，较普通唱法大异，其声低咽幽怨，与昆腔绝不相类。弟尝谓宋词谱之存于今者，或仅余此二调。他若南词中借作引子者，皆非词腔，可勿论也。总此二端，是词曲递嬗之迹，虽不甚可考，而尚留一二支为后人研讨之地，或可佐足下一篑也。又《大成

1　夏承焘日记1933年10月15日有记："接吴瞿安先生中央大学复，举三证补其词守旧谱之说。一白石《霓裳中序》序，二《曲律》载《混成集》，三草窗《解语花》题。谓予论词谱融字极是，旧腔定声当作谱解，尤征圆满。元曲初起仍用宋词歌法一说，只可云он仍用，不当云实仍用。举《董西厢》为证。惜《董西厢》今已无谱，不可深考耳。"即指此函。《文献》1980年第四辑刊发此信时，注明写于1937年10月13日，应误。夏承焘日记1933年10月20日有记："发瞿安先生南京复，论元曲初用宋词歌法，何以至后一反宋词？此说未能自信。附去译《暗香》谱二纸，译例一纸，并谢其写词。"即此信之复函，刊于《文献》1980年第四辑，为《关于词曲研究的通讯》（续完）之《（十七）夏承焘致吴梅》，时间亦误标为1937年10月，应为1933年10月20日。复函内有"接十三日手教"句，亦可作依据。

2　即夏承焘日记1933年10月20日所记复函，内容参见上条。

九宫谱》所载董牌，无一不备。其订注旁谱，固出于庄邸上客之手，未必旧谱如斯。但细按声节，亦有与元词不同处，故次仲以董词为元曲之先河，每调备列各宫者，良有以也。惟词曲过程如何，实无书可证，此则有负下问之盛意尔。

《词刊》所载东塾《白石词谱》[1]，实无板眼，仅每句用底拍处注一板字而已，其圆围处是断句，非歌谱之中眼也。弟意第三期当申明此意，庶不致贻误来学。望兄转告榆生为托。姜词十七谱欲尽译行世，此盛业也。以上字配宫亦佳。但每调须通译过方妥。不嫌烦否？十二律七音似可不必注。

　　专复，即请
著安

弟吴梅顿首
十月廿六[2]

《斠律》初稿奉缴。

（原刊《文献》1980年第四辑《关于词曲研究的通讯》［续完］，题为《（十八）吴梅致夏承焘》）

7

瞿禅尊兄先生道鉴：

前承惠书，至昨日始达。[3]弟出门后，家中仅妇孺，遂有此误。顷又奉第二书[4]，备悉种切。

白石旁谱指法一层，殊难臆论。诚如尊论，唐立庵云ㄣ为折，ㄈ为反，ノ为拽，丁为打，ㄨ为掣，为小住，为大住，按之字形，似皆可通。

1　东塾即陈澧，其《白石词谱》即《陈东塾先生手谱白石道人歌曲》，载于《词学季刊》第一卷第二号，1933年8月1日出版。此亦可证此信作于1933年。

2　《文献》刊载此信标明时间为1937年10月26日，据信意应为1933年。然夏承焘日记1933年10月23日10月30日缺页，故未有记录。

3　夏承焘日记1937年2月11日有记："早发一函与瞿安，商榷译旁谱指法。"即指此函。

4　夏承焘日记1937年2月21日有记："作瞿安信，问前书到否。"即指此函。

细绎姜词，尚多抵牾。吾兄所举《扬州慢》《玉梅令》《鬲溪梅令》《霓裳中序》等，确有不可通处。弟意凡丷字用处，若在起调、毕曲，止可作底拍看，不当作掣字解，则《玉梅令》《鬲溪梅令》《霓裳中序》诸调可以解决，而顿住韵住之说，仍是怀疑。至折字用法，前弟与兄言过，如南北曲之漱腔，此腔简书时如上尺上作上。即姜谱《九歌》中折也。若细书上尺上，则又如ヵろ等矣。揆诸度声，亦无大变。先生明达，不识以为然否？所难订定者，为クろ二字耳。愚意译定姜谱，似以但书工尺不书指法为是。而以指法中种种不可通处，备载于后，则既非武断，又深合古人阙疑之理。大雅又以为何如？

尊作写定，乞惠赐数册，为枕中鸿宝。海内治此学者殊不多见，弟向与大鹤、夔笙言之，亦不得要领。大作立基已固，所难定者，惟在指法，此固无如何者也。辱承明问，不足仰答雅意，深自惭恧耳。弟廿年奔走，筋力渐衰，颇思戢景家园，整理旧稿，湖上之约，秋以为期可也。

手复，即请

著安

小弟吴梅顿启

二月二十五日[1]

赐示乞寄南京大石桥厚福里五号敝寓，如寄校中，容易遗失。

（原刊《夏承焘日记》，又载于《文献》1980年第四辑《关于词曲研究的通信》[续完]，题为《（十二）吴梅致夏承焘》）

8

瞿禅先生道席：

得四月三日惠书[2]，备承存问，感篆莫名。

---

1 夏承焘日记1937年2月26日有记："接吴瞿安先生复，谓白石谱指法难得定论，译谱但书工尺，为合阙疑之理。又谓丨字用在起毕者，止可作底拍看，不当作掣字解。"即指此函。

2 夏承焘日记1938年4月3日有记："吴瞿安湘潭函。"即指此函。

弟自去岁十月携眷浮潭，时以小儿适就湘黔局事，故以就养之名，实作避兵之计。匆匆半载，无善可言。吴门惟老姨太坚不肯行，故嘱大儿奉侍。及大儿二人仍居旧第。近日来书，知老屋幸存，而衣服器皿，劫洗一空。旧藏书籍，亦有残缺，逐部整理，戛乎其难。幸未全付绛云，已出望外。万事达观，此心转安矣。远承垂问，更深铭佩。

松岑[1]先生在苏时曾一晤对，自弟移木渎，即无确音。雍如家弟曾居二十日，后以入鄂计决，始与分袂，渠又送我至舍，盛意可感。后闻挟策入都，不无惴惴。今读来书，心始释然。如有函去，望为弟代达区区也。圭璋[2]仍在宜昌。渠《宋词记事》已成，弟虽作一序寄去，尚无复音。榆生近亦有书，又有《玉阑干》词见示，知近况安谧也。兄避地计划究定何方。雍如以沪上为宜，弟亦赞同此说。惟囊资如何，不可不计。海上赁屋不钜，而顶费竟有至千金者，舍弟仲培[3]来信如是云。此非措大所能办，盖与榆生商之。

手复，即颂

著安

四月十九日

弟吴梅顿启

儿孙随叩[4]

（原刊《文献》1980年第四辑《关于词曲研究的通讯》［续完］，题为《（十九）吴梅致夏承焘》）

1　金松岑（1894—1947），名天翮、天羽，江苏吴江（今苏州）人。曾任吴江教育局长、江南水利局长、上海光华大学中文系教授等。著有《天放楼诗文集》等。

2　唐圭璋见本书66页。

3　吴仲培（1900—1970），名大本，字孟云，江苏长洲（今苏州）人。吴梅堂弟。曾任苏州信孚银行、田业银行及苏州电器厂董事，酷爱昆曲，先后参加苏州道和曲社、吴社曲社、苏州昆剧研究会，后被聘为民锋苏剧团昆曲教师。与人合编有《昆剧选浅注》等。

4　夏承焘日记1938年4月30日有记："接吴瞿安先生湘潭复。"即指此函，并录有信文。后刊于《文献》1980年第四辑，较日记为详，一处修正，两处补夹注，故现用《文献》所载。

陈思 2通

陈思（1873—1932），字慈首，奉天辽阳（今辽宁辽阳）人。清末举人，曾任江苏江阴知事等职，后为奉天师范学校、东北大学教授，辽宁通志馆纂修。工诗词，撰有《西王母通释》《穆天子传疏证》《玄奘法师年谱》《白石道人歌曲疏证》《白石道人年谱》《辛稼轩先生年谱》《清真年谱》等。

1

瞿禅先生道鉴：

去年暑假将归，拜奉环章，匆匆就道，未能肃复。秋初回馆，卒逢时变，寻又回宜。波浪虽起复，行李尚安和。惟旧雨星散，益伤孤陋。镇日闭门，检校丛〔残〕，聊以遣闷。昨玉岑[1]兄转来手示，远劳系念，铭感奚如。过承推奖，弥深颜汗。

立庵先生去春游沈，时时过从，所撰《白石旁谱稿》，曾屡拜读。其考指法，心上窃有所疑，诚如尊意。当时曾以郑峰大曲《拓（柘）枝歌头》《拓（柘）枝令》二首，朱刻虽无旁谱，缪氏原本今虽不知所在，而四库本亦出宋椠，大可覆按。日本书库颇有旧籍，彼都艺妓，闻尚有唐宋歌曲脚本，亦可并搜，成此盛业。立庵颇以〔为〕不谬，近闻又返北平，文津库本，想当检阅。弟前在沈，虽有文溯库本，奈因当道虎而冠，非我文人所能借阅，思之怅然。窃再思惟，解此难题。

---

[1] 谢玉岑（1899—1935），名觐虞，江苏常州人。钱名山弟子，并娶钱氏长女素蕖为妻。曾任教于浙江省立第十中学、上海南洋中学、上海商学院等，诗文、书画皆善，与夏承焘交谊甚深，有《玉岑遗稿》存世。

考谱固第一义，然因文推测，终不如验之以器。乐器尺度虽今古不同，倘能求得声调和雅，实胜于空言聚讼，抑或从此又发见新声。心藏于此，已十余年。朋好中通音律者虽不乏人，惜不工词，又昧于古今声律嬗变原理，且多我执。惟老友蒋青蕤先生[1]，工词善笛又好事。无如年已八旬，复又多病，力难办此。湖上英文萃集，鼓吹春声，定有发思古幽情，一声横度秋碧者矣。不审先生于意云何？

前示梦窗从白石游苕霅，当在白石晚年。考《湖州志》杨长孺于嘉定四年三月到湖州任，五月八日回京。白石《永遇乐》词结用"湟尊"二字，此皆足〔为〕白石再到苕霅之证。又考梦窗词多绍定至景定之作，此又足为从游苕霅在白石晚年之证。无如梦窗《喜迁莺》甲辰冬至寓越一首起云："冬分人别，渡倦客晚潮，伤头俱〔白〕。"设生于开禧初年，是时甫及四十，似不应头颅如此。《惜红衣》一首设非去白石逝世未久之作，则题中"伤今感昔"四字亦苦无着。所以旧作不得不从刘氏绍定癸亥已八九十之说。管见如此，不知是否。拟有余暇，遍求南北宋人集及总集细检，或当遇有佳证。

癸叔周兄[2]，桂林一年疑别之误，已二十年。雁旅无定，久疏通问。初冬过常州，闻在金陵，曾寄一函，尚未得复。

旧作《白石年谱》《白石词疏证》《清真年谱》，现均重理粗就，一俟钞成，即先呈政。

春间承示《清明渡太湖至鼋头渚》新词，温厚安雅，钦佩无似，曾成次韵一首，步学邯郸，前函匆促，忘未封入，兹再录呈，不审尚可作门下一扫除否？万恳指教，幸勿客套。

---

1 蒋青蕤（1855—1932），名兆兰，字香谷，江苏宜兴人。蒋捷后裔。清增贡生。著有《词说》《青蕤盦诗》《青蕤盦词》等。

2 周癸叔（1872—1942），名岸登，字道援，四川威远人。光绪十八年（1892）举人。曾在广西、四川、江西等地任知县、知州、道尹等职，后在厦门大学、安徽大学、重庆大学、四川大学等校任教。著有《蜀雅》《蜀雅别集》《梦碧簃曲稿》等。

复颂新喜，并祝

著祺

思　顿首

一月七日[1]

三姝媚　和瞿禅太湖词

疏梅皱雪舞，记梅园探梅，笛吹仙吕。燕客飘零，只共春流转，梦惊溪鹭。雨冷云昏，何处是、於陵荒圃。无力东风，犹似年时，蝶慵蜂去。　　飞下湖天新句。想酒动鳞红，气豪吞虎。翠叶书成，带露华将与，弄珠龙女。絮乱丝繁，慢寻问、遥山娇妩。却待相逢，细诉相思病苦。

（原刊《词学季刊》第三卷第二号，开明书店1936年6月30日出版，题为《与夏瞿禅论词乐及白石行实》）

2

瞿禅先生史席：

去秋回宜，满拟走访，畅聆麈教，不意水荒，无以为食，因又北上，瞬将一岁。虽车停甚贤，不以世务相累，而音问难通，日深怅惘。近两月来，别开途径，又限于家信。昨由常州寄来大札，并玉岑兄书，欣谂安隐，幸甚幸甚。

承示《白石谱》稿各节，前请益于彊村先生所未肯言，而先生倾筐倒箧，一一指点，相爱至此，感当如何！《白石谱》草于苏州围城之中，初拟依冯氏、张氏《玉溪谱》例草年谱[2]，江氏《山中白云》例疏词与诗、辑佚

1　夏承焘日记1932年正月十八日有记："陈慈首宜兴白果巷函，谓在沈与唐立庵游，见其《白石旁谱考》，亦于其论指法有所疑。其友人蒋青蕤工词善笛，惜年已八旬，又多病，力难办此。于白石行实，举二证足予晚年重到苕霅说。其《白石年谱》《白石词疏证》《清真年谱》，允钞成寄示，附来和予《三姝媚·太湖》词，录后。"当指此函。括号内文字为《词学季刊》编辑所植。

2　分别指冯浩编《玉溪生年谱》、张尔田编《玉溪生年谱会笺》。

文[1]，录《绛帖评》及《诗说》《续书谱》，合而刊印。虽不能复白石丛稿之旧，亦可名以丛刻或丛编矣，自揣力不能及，于是诗词后案语皆并入谱，以为编年之证。枝枝蔓蔓，因而横生。白石为平甫上客，庆元、开禧间两党之中，皆有知交。征引各传记非详，又无以见白石之高，此又繁冗之一因也。又拟撰《校勘记》，补许刻所未备。丁卯春，见金陵陈小树[2]先生撰校记极详核，因而作罢。又拟将陈先生《铙歌》《九歌》考谱，桐乡冯水[3]先生《琴曲古怨释》录入各篇之后，其余旁谱，一一依《词源》释出。蒋香谷先生云，工尺虽可识，但板眼无征。因又作罢，遂订《年谱》为单行之稿。《词疏》所列，实《年谱》剩料。白石诗词字字皆有来历，附录词后，聊备观览。兹承开示，此稿尚有可采，即乞风斤，芟除枝蔓，渥承笃爱如此，定俯如所愿。

叶遐庵[4]先生欲将此稿刊入《词学》杂志，深恐粗陋，难登大雅。但数年前屡索《西王母通释》《穆天子传疏证》《山海经经籍互证表》，因人作嫁，无暇写定，久未报命。今又转索，乞删定后转托玉岑兄代交，并祈代候。再白石工书，周草窗《癸辛杂识》内"贾廖碑帖"条刻白石墨迹，漏未叙入，如须补入，即乞分神酌办。所见《白石小传》，以《湖州府志》辑传为最，《诂经集》严传次之，张羽一篇，不但未见，且未尝闻，承示弥感。

《清真年谱》，去秋回宜写成初稿，引证有数事皆就《古今词话》郑本附录转载，须寻原谱勘正。王静庵先生《清真遗事》[5]，今春购得，考订精

1　指江昱《山中白云词疏证》。
2　陈小树（1883—1959），名世宜，号匪石、倦鹤，江苏江宁（今南京）人。曾东渡日本，学习法律，加入同盟会。南社社友。先后任教于江苏法政学堂、上海公学、中国大学、华北大学、持志大学、中央大学等，又担任过《光华日报》《民权报》《生活日报》《上海新报》《民国日报》等多家报纸记者及北京政府农商部秘书、江苏省建设部秘书等职。著有《宋词举》等，今人编有《陈匪石先生遗稿》。
3　冯水（？—1942），字叔莹，号若海，浙江桐乡人。名医，又精通琴学。著有《简易良方》《广陵散谱》等。
4　叶遐庵（1881—1968），名恭绰，字誉虎，广东番禺（今广州）人。民国时期，曾任北京政府交通部总长、广东军政府财政部长、南京国民政府铁道部长等职；中华人民共和国成立后，出任过北京中国画院首任院长、中央文史馆代馆长。精于诗文书画，富收藏，著有《遐庵诗稿》《遐庵词》《遐庵汇稿》《遐庵谈艺录》等。
5　王国维《清真先生遗事》刊罗振玉编《国学丛刊》，1910年印行。

详，得未曾有。惟定卒年，王先生据《玉照新志》，拙稿据《宋史》《东都事略》《咸淳临安志》《新修杭州府志》《处州府志》《浙江通志》，小有异同。再王先生以《少年游》为庐教后知溧水前作，拙稿据集中各词字比句勘，定为入京师以前之作。又证明游师师家当是李邦彦。如清真游师师家，则当属张子野赋《师师令》之师师也。此稿已钞有清本，如急欲观，请玉岑兄向小儿函索可也。但稿未定，切勿示人，祷切祷切。

再《韦端己年谱》亦粗成，词可编年者甚少，诗则十分之八可编年。

腊初拟回宜，如航海，晤玉岑兄后即先造访，俟定行期，再转函奉闻。赐教寄常州周线巷岳家弄陈元素或宜兴白果巷陈太元，均可转到。

冬寒日深，伏惟珍卫，不宣。

弟思顿首
十一月三十日[1]

（原刊《词学季刊》第三卷第二号，题为《与夏瞿禅论白石、清真年谱》）[2]

1　夏承焘日记1932年12月14日有记："接陈慈首先生自沈阳转来长函，措辞谦挹。谓《白石年谱》草于苏州围城中，初欲依冯氏、张氏《玉溪年谱》例草年谱，江氏《白云》例疏词与诗，辑佚文，录《绛帖平》及《诗说》《续书谱》，复《白石丛稿》之旧。旋力不能及，乃以诗词注后按语皆并入谱，故枝蔓横生，嘱予为其删削。又谓丁卯春见金陵陈小树有《姜词校刻记》极详核，陈又有《铙歌》《九歌考谱》。桐乡冯水有《琴曲古怨释》。皆予所未闻者，当去书询之。慈老拟腊前回南过予。"即指此函。12月15日复函并赠诗："夜作复慈首先生信，问蒋香谷、陈小树、冯水三人著述，附奉怀一诗。"《得陈慈首辽东书奉报》："幼安不返渡辽船，狼火巫间望隔年。人海秋声来白雁，江关铅泪送铜仙。买田罨画归非晚，叠简藏山世孰传。野史中州公莫让，令威城郭已茫然。"

2　《词学季刊》刊发陈思两函时，附有夏承焘识语："右辽阳陈慈首先生赐书二通，皆作于东省变后。时先生自辽宁通志馆避地南游，旋复北上。函札往来，皆须由常州其嗣君许转递。予接后函，曾报一诗相慰藉。书犹在道，遽闻其猝病下世，此殆为先生最后论学文字矣。予与先生未一奉手，六七年前闻彊村老人称其《白石年谱》，因以谢君玉岑之介，获读其手稿。其遗著予已见者，白石、清真二谱及《白石词疏证》外，有已印之《稼轩年谱》，未成之《韦浣花年谱》。先生前函告予，云尚有《玄奘年谱》《山海经发微》，殆即后函所云《山海经经籍互证表》《西王母通释》《穆天子传疏证》《黄帝甲乙经集杨全王注疏证》，皆具稿未定。闻其嗣君元素、太元二君，能传家学，甚盼早日刊布，慰天下喁之望，不仅衣被词人已也。前书论白石交梦窗年代，其时予犹误持白帚即白石之说，故有此纠葛，后予为《石帚非白石辨》，先生不及见矣。廿四年十一月，承焘附识。"

程善之　1通

程善之（1880—1942），名庆余，号小斋，安徽歙县人。同盟会会员，南社社员，曾任扬州府学堂教员、《中华民报》编辑、《新江苏报》主编等职，著有《沤和室诗存》《残水浒》《骈枝余话》《倦云忆语》等。

瞿禅先生大鉴：

顷得暨南大学龙先生来翰，仍以词社见招。弟虽勉强应之，但自问于音律全属外行，性又懒惰，偶然拈笔，亦只寄意，却非用功，未免贡献大少。既蒙先容，还乞豫为告罪。

叔涵[1]于十日前赴沪，闻系医学报编辑，通讯处为马浪路新民村四号。未动身时，有词一首，特嘱呈正。其工夫绵密处，的确无懈可击。先生以为何如？

弟意文生情，情亦生文，而文之由情生者，其意旨深厚沉挚，自成一家。若由文生情，更由情生文，不免落第二义。尝戏语叔涵，君之于词，在文学方面，于梦窗殆升堂入室。然而近不能接武彊村，远不能比肩水云，缘泽于古者深，而感于今者浅。何不大嫖特嫖，制造出许多悲欢离合之环境来，以作词之背景，他日必多可笑、可泣、可传之作。叔涵笑而不应也。弟于词所得甚浅，而私以为文字之学，会有穷期，惟情感为无穷无尽。彊村先生之超出古今者，缘其情感深厚，而所关者一代之兴衰。以视水云楼之仅缘个人身世者，迥乎不同。扬城善词者，只王、丁两君[2]，叔涵功力虽深，而悲

---

[1] 王叔涵，号碎玉词人，江苏扬州人。1938年被日军杀害于扬州。夏承焘日记1931年5月21日有记："叔涵今年才廿三四岁，所为词惊才绝艳，自愧不及。"可推知王叔涵生于1907年左右。

[2] 王君即前提叔涵，丁君乃丁宁（1902—1980），号怀枫，原籍江苏镇江，后居扬州。曾任职于南京图书馆、安徽省图书馆，安徽省文史馆员。著有《还轩词》等。

切沉痛，则丁女士自写其环境，非他人所能望也。蒋鹿潭[1]之眼界心思，比丁为宽，而彊村先生则尤宽。感情之真挚，不可扑灭则一。而范围之大小，因以为格局之高卑，斯又不仅在文字者。若取古人名作，朝夕省览，依永和声，久而俱化，仍属文生情一边事。倘其人一生所处，只是顺境，如王渔洋、吴縠人辈，所造不过如此。成容若、项莲生便不然，则小小逆境为之。大概境愈逆，情愈悲，则成就愈大。而尤必其人素常抱温柔敦厚之品格，不甘于餔糟啜醨，时时存蝉蜕滓秽之心而不遂，乃掩抑摧藏而出于文字，凡诗文皆然。特长短句之晦曲艰深，最适于此种情性。诗文所不能及者，于此皆能托之。扬城惟丁女士近此，早岁尝从弟讲习，比年屡忧其夭折，今年三十余矣。得大雅诸公，时通笔墨，令时时有新眼界可开，识力不及者，亦得以指出破绽，相与是正。于近今词坛，造就出一人才，功德无量。

弟年来浏览佛乘，觉得情字正是种业，未能涤除，要亦不宜过为增上，因此借口，更为藏拙。惟间作壮浪语，偶然适意，殊不敢求工也。国家多难，俗习愈漓，回思少年时，如何期许，如何想望者。今兹一切幻梦，实万万所不料也。幸假比兴，以寄所感，免扞文网，倚声真是妙道。往昔衰周《节南山》《雨无正》诸什，不可赋矣。偶发狂谈，遂已盈纸，惟谅其轻率是幸。

肃白，即请

撰安

弟程善之鞠躬[2]

（原刊《词学季刊》创刊号，题为《与臞禅论词书》）

1　蒋鹿潭（1818—1868），名春霖，江苏江阴人。曾任苏北两淮盐官，后去职，生活遭变，困顿潦倒。著有《水云楼词》。
2　夏承焘日记1932年10月20日有记："接善之函，论词，附来王叔涵一词甚工。谓叔涵词泽于古者深，感于今者浅，尝戏劝其入淫坊造悲欢，以助词境。扬州工词者，近惟叔涵及丁宁女士。丁女士所谓以百凶成就一词人，非王君所能望矣。文艺以情感为上，专饰文字已落下乘，近日所见惟一丁宁可为后主、纳兰。自惟未历忧患，性又拘迂，只能修身为乡愿，偶喜为开放语效东坡、稼轩，境遇、性情去之甚远，长此以往，必不能为作者。故年来遁为研求搜讨之业，欲以此自见。尝笑以渔洋、竹垞之平生而欲以诗文见长，用违其遇，亦犹叔宝、锺隐之君人国耳。"即指此函。

许之衡　1通

许之衡（1877—1935），字守白，室名饮流斋，广东番禺人。毕业于日本明治大学，曾任教于北京大学、北京师范大学。著有《中国音乐小史》《曲律易知》《饮流斋说瓷》《守白词》等。

瞿禅先生左右：

逖闻鸿名，钦迟已久。近由罗膺中先生转交下惠赠大著《白石歌曲旁谱辨》[1]，浏览之余，钦佩无既。《白石旁谱》，为从来不易整理之业，尊著爬梳缕析，嘉惠学者至多。篇中并述及拙著之说，不胜惭恧。

弟应商务印书馆之约编《中国音乐小史》时[2]，属稿草草，未尽其说。窃谓琴曲歌辞之说，乃以琴声度之，而不必乐器定用琴也。尝听昆曲《玉簪记·琴挑》一出，所歌"雉朝雊兮"一曲，曲谱明写琴曲，而唱时以箫协之，极其美听，视其谱则固一字一音者。疑《白石谱》之一字一音，用琴声法而仍可以箫管协，此必前代已有之。匆促间未查书考证，容暇再考，然必不始于昆曲也。若宋词当时用琴协之，则琴声极沉闷，必不美听。而姜词自序固屡言箫管，且多极言音之谐美者。以意度之，必与昆曲中《琴挑》一出之琴曲唱法相同，然后乃有谐美可言。此就乐理一方面之，因匆促未及考据

---

[1] 罗膺中（1900—1950），名庸，江苏江都人。毕业于北京大学，曾任教于北京大学、中山大学、浙江大学、西南联合大学等，著有《中国文学史导论》《儒学述要》《习坎庸言》《鸭池十讲》等。夏承焘《白石歌曲旁谱辨》刊于《燕京学报》第十二期，燕京大学燕京学报社1932年12月出版，有抽印本。夏承焘日记1933年9月19日记："以《旁谱辨》寄马一浮、林同庄、朱东润、陈叔谅、夏朴山、张慕骞、罗膺中、许守白、任中敏。"即指此赠。

[2] 《中国音乐小史》，商务印书馆1930年4月初版，系万有文库之一种。后收入百科小丛书，商务印书馆1931年8月初版。

也。但乐理似可无大谬。

又拙著有"其中皆不止一字"之语，固属未有真确之认识，然在乐理中，古乐所谓一字一音者，乃举多数而言，其中亦有一字不止一音，但是少数，此观于清代《律吕正义续编》各谱可知。《正义》固主张一字一音最力者，而其所订之谱，则常有不止一音，盖多数而不拘少数也。弟见古乐谱多有此，因疑《白石谱》亦有之。固见之未莹，然尚非矛盾也。

拙著因为体裁所束缚，故对于《白石旁谱》之管见，未能详为发挥，殊属憾事。今读尊著，则益昭若发矇，获益不少矣。至于宋词无拍之说，则按之乐理，似为决无之事。尊著所举论拍四说，盖拍决不止一种，拍之不同，视其所唱之调而异。有一句一拍者，但必不多。如《霓裳散序》，散序即散板，即一句一拍，亦即吴瞿安所谓止有底拍者也。有一字一拍者，有数字一拍者，大抵视一句一拍为多。盖一句一拍，究稍欠美听，而极声音之美者，必为一字一拍与数字一拍之二种。至谓慢曲必十六拍，引近必六均拍之一说，当是北宋时一种旧例。及后慢曲新声日出，必须变通。宋人记载，乃偶举旧例言之耳。以上论拍诸语，虽属未有考证之臆见，然拍决不止一种，及视所唱之调而异，则按之乐理似不谬。即再详考证，亦不无线索可寻也。

率复鸣谢，并草草布臆，幸有以教之。

顺颂

著祺

弟许之衡拜上
十月一日[1]

（原刊《词学季刊》第二卷第一号，开明书店1934年10月16日出版，题为《与夏瞿禅论白石词谱》）

1　夏承焘日记1933年10月7日有记："接北平许守白之衡书，谓前定白石谱为琴曲者乃以琴声度之，而不必乐器定用琴也。"即指此函。10月8日复函："发北京许守白复，询词曲歌唱有悬殊之一点，即曲谱随字音清浊而移音节，而词则按旧调音谱，可融字声。旧为《白石歌曲龡律》《满江红》词臆立此说，究可通否。"

查猛济 2通

查猛济（1902—1966），字太弢、宽之，号寂翁，浙江海宁人。曾就读于浙江第一师范学校，后任《新浙江报》《之江日报》编辑，上海建国中学高中部主任、英士大学教授等。浙江文史馆馆员。著有《寂斋文存》《为无为堂诗词集林》《焦里堂的力行哲学》《周易系辞传新诂》等，编著有《中国书史》《唐宋作家散文集》等。

1

臞禅先生史席：

顷奉还毕并尊著两册，当分别转递邱、万二君[1]，特为代谢。先师斠注《词律》之稿，弟未见其全，故《季刊》所载《词通》是否即其遗著[2]，亦未敢妄断。兹就信疑参半各点，拉杂陈之。

先师[3]早年著书，皆系四言小叙于卷端，而此稿无之，此其一也。先师称引他说，必加按字，而此文中不多见，此其二也。先师北上以前，未见古

---

[1] 夏承焘日记1933年10月7日有记："以《旁谱辨》寄陈寅恪清华大学，另二本寄查宽之转万湘澂、邱竹师二君，查君代索者。"可知邱、万指邱竹师、万湘澂。邱竹师（1912—1992），名汉生，浙江海门人。毕业于大夏大学，曾任教复旦大学、大夏大学，后任职于上海市教育局、人民教育出版社等，中国社会科学院历史研究所研究员，著有《四书集注简论》《诗义钩沉》《宋明理学史》等。邱竹师为查猛济弟子。万湘澂（1906—1975），云南蒙自人。曾就读于云南省立高等师范学校、上海暨南大学，后任云南省立蒙自师范学校教师、昆明商会秘书、云南省教育厅教育委员等职。1949年后，历经审查，生活困顿，郁郁而终。著有《云南对外贸易概观》等。

[2] 《词通》连载于《词学季刊》创刊号、第一卷第二期、第一卷第三期、第一卷第四期，创刊号有龙榆生按语，云赵尊岳于上海书肆得无名氏《词律笺榷》手稿八册，《词通》为其中一卷。

[3] 查之先师指刘子庚。

老所辑词，此其三也。《词通》文体与《词史》相近，此其四也。先师每稿名称屡易，如《词话》之改为《词心雕龙》，在北师大所讲之《诗学》，后改《诗心雕龙》，则《笺榷》或系《斠注》之原名，此其五也。《斠注》次第，悉依红友《词律》，而《词通》适亦如之，此其六也。先师生平不作行书，尤善蝇头小楷，体制与弟略相似，而工整远过之，誊录素不雇写手，惟在浙中所著稿，由弟缮校者居多，此其七也。最好能将此稿移一单页寄弟审览，则是否先师手泽，过眼即辨矣。倘单页未便割裂，邮寄又恐不妥，则公或榆生兄不妨携此瑰宝，驾临鄙乡，乘便亦可与垂死之人，了却会晤之愿。苟先师佚稿，果得发露于小子之身，则其快心当不仅潮音同听、江光共赏而已也。

榆生兄久无消息，不知《季刊》二期何时可以出版。宁湘陈秀玄与弟虽同隶刘门，未得通问。早年闻曾在松江女中讲业，最近知已他往，未识刻在何处，便希示知。

余不一一。专复，并候
讲绥

弟查猛济顿首
九日[1]

（原刊《词学季刊》第一卷第三号，上海民智书局1933年12月1日出版，题为《与夏瞿禅言刘子庚先生遗著书》）

2

瞿禅先生左右：

前函辨先师佚稿之真伪，想已达览。《词律笺榷》之稿，纵非《词律斠

---

[1] 据夏承焘日记1933年10月7日所记，再联系第二通落款时间，可推断此函写于1933年10月9日。

注》之副本，亦必与刘门有关，或系江山先生之父泖生[1]先生之遗著，亦未可知。

　　缘十年以前，师遭家变，其姬人谋焚其善本书。师恐，悉取其先人未刻本以付弟，中有论词学之抄本，计十余册，据云未入《古红梅阁全集》，亦即两种《斠注》之重要蓝本。时弟方从师治丙部学，于丁部之籍不甚注意，故并其书名亦不能省记矣。嗣后师即北上，未及携去。弟嘱同门□□□时钱能训氏招师任内务部秘书，此人亦在部中供小职，不著其姓名者，为师门隐也。带往北京，不意其抵燕后，诡称此稿途中被窃，师大怒，盖知其诈也。其人惧，遂襆被南还，杜门不敢出。

　　师复函弟，命必穷究，弟既遇其人，严诘之，始知在天津与某遗老博雀戏，负四百金，无以偿，此老为沪上寓公，因慕梅兰芳到津，颇通音律，知其箧中有此稿，遂迫其出以为质，必备相当代价，方得赎还。弟无可如何，遂依实以报师。师与此老为同年，得报，立贻书商之，久未报闻。迨弟至沪上，而此老已没，其子皆不能守父业，钟彝古玩，散失殆尽，此稿想亦早归书贾，赵君所得，或即此物欤？倘确系此稿，弟犹能认其字迹也。关于此稿，龙君处兹不另函，便希有以转告之。匆匆不多及。

　　专此，顺颂

著祺

弟查猛济顿首
十月十二日[2]

　　（原刊《词学季刊》第一卷第三号，题为《与夏瞿禅言刘子庚先生遗著第二书》）

1　刘泖生（1827—1879），又字彦清，名履芬，号沤梦，浙江江山人。清诸生，授户部主事，后代理嘉定知县。精诗词，富藏书。著有《古红梅阁集》《鸥梦词》等。
2　夏承焘日记1933年10月12日有记："接查宽之书，谓无名氏之《词律笺榷》，即非子庚《词律斠注》之副本，或系子庚尊人泖生先生之遗著。十年前子庚遭家变，其姬人谋焚其善本。子庚恐，取其先生未刊稿，以付宽之，中有词学抄本十余册，云未入《古红梅阁全集》者，亦即两种《斠注》之蓝本。子庚北上，属其弟子携往。过天津与某遗老博，负四百金，乃以此稿为质。遗老旋卒于沪，其子不能守父业，书籍古玩皆散出，赵叔雍所得《笺榷》或即此也。此当转告榆生。"即指此函。

黄云眉 1通

黄云眉（1898—1977），字子亭，号半坡，浙江余姚人。曾任金陵大学、沪江大学、山东大学等校教授。著有《邵二云先生年谱》《史学杂稿订存》《史学杂稿续存》等。

《宋史》于诸史中号为芜杂，南渡以后，又极荒略，弟校以他书，往往得其牴牾所在，皆前人未尝道及者，若细细读之，并集前人诸说，成《宋史纠谬》一书，其所剔抉匡正，视吴缜之于新唐、五代，何啻倍蓰？顾弟以为今人读古籍，着眼既与前人迥殊，则万卷纵横，必别加一番检讨工夫，始有以发其藏而显其隐。数十年雨窗埋头，匆匆易逝，又奚暇规误绳愆，自列前人之诤友。惟是饥驱奔走，编务丛脞，于《宋史》一书，不特所谓纠谬者未尝作；即其中可致力之处，亦未尝稍稍致力。承吾兄垂问及此，甚愧无以请益左右也。

大抵元人修《宋史》，凭借独厚，而考订之功，亦坐此最疏。盖宋代诸帝，皆有日历以先实录，有实录以先国史，历朝本末，不虞放失。使修史者但加整齐，怠于旁求，亦不难蔚为巨帙。然国史之修，忌讳孔多，恩怨未泯，易代编纂，非博采私家著述，详勘慎取，增补阙遗，必不能文直事核，无惭信史。而元世秉笔诸臣，恃旧乘之繁富，期汗青于俄顷，四百九十六卷之全史，竟于二三年间，匆匆卒业。观其分合国史，犹存参差之迹，则袁伯长、苏滋溪所拟购访诸书，虽令一一牒上史馆，彼辈之不愿从容探索，亦可知矣。是则芜杂荒略，何由而免？黄晋卿《跋温公通鉴草》曰："今之文人，类以敏捷相高，贵轻扬而贱持重，使温公复生，未必能与之追逐也。"晋卿以内忧未预修史之役，而彼时史臣之卤莽灭裂，轻扬自喜，则晋卿所目睹，宜其寄慨之深欤！

虽然，著述之事，或可以蔽当时，而决不能诬来世。《宋史》既出，指摘纷起，其扼腕思以欧、宋自试者，亦先后继武。元末，周以立欲改修《宋史》而未果，明正统末，其曾孙叙复请于朝以缵先志，诏许自撰。诠次数年，未成而卒。厥后乃有王洙《宋史质》、柯维骐《宋史新编》二书。王书旨在以明继宋，柯书亦夷辽、金于外国，皆争正统以自矜义列，由今观之，但觉可嗤，然柯氏穷二十年之力，且自宫以专意虑，始成此书，其间不无一二可取之处，要非王氏之胆粗手快，但以任意抹杀为史法者比也。

归熙甫颇有改修《宋史》之愿，自谓少好司马子长书，独有所悟，而怪近世数代之史，卑鄙凡猥，不足自振，欲为删定以成一家之言，然熙甫文人，其积力于子长之书，文辞之转折波澜耳，而牵率于场屋之业，犹未足以尽子长；以云史家之别识孤裁，恐熙甫去之愈远。今熙甫《宋史》无遗稿，惟《论赞》一卷存《别集》中，寥寥二十余篇，了不异人。亦足证其经纬一代，未必能绰有余裕矣。

熙甫而后，有事于《宋史》者，则汤义仍、王损仲、刘晋卿三家。晋卿之书未成，勿论。义仍手摩《宋史》，朱墨涂乙，某传宜删，某传宜补，某人宜合某传，某人宜附某传，州分部次，已具隐括。义仍既卒，其子秘弗肯出，吴兴潘昭度抚赣得之。网罗宋代野史十余簏，招艾千子、曾弗人、徐巨源等欲卒其功而未果。嗣吕及甫婿于潘氏，得此稿并十余簏野史，请吾宗梨洲先生为之勒定，先生忻然许之。未几而及甫殂谢。及甫从子无党携以入都，无党亦逝。王渔洋仅录其目，后乃归马氏、沈氏，而终归太仓金氏。先生竟无由材官众神，施其黼黻。盖全谢山答李穆堂问汤氏《宋史》札子之言如此。同时顾宁人削《宋史》成稿九十余册，殁后归徐健庵而旋失之。二先生以文献委输之身，当清室修《明史》时，皆抗节自远，不拜新朝之命，人皆为《明史》惜，而不知其于《宋史》，又各有一段关涉，令人追恨不置也。

损仲之稿，亦归昭度，朱竹垞尝借钞之，见《静志居诗话》，后归闻氏、王氏，今当尚在。而汤稿之归金氏者，则不可问矣。然二稿以同出吴兴，见者不免混淆莫辨。昭度所欲与曾弗人、徐巨源共事之稿，谢山属之汤氏，而《明史》属之王氏。渔洋录存《凡例》之本，即竹垞借钞之本，见《蚕尾集·跋宋史记凡例》；只以目有涂乙，传有增删，未敢断其必为王稿，而谢山遂以汤稿当之；则谢山之言，未尽足据。按谢山谓"汤书本纪、志、表皆有更定，而列传体例之最善者，如合道学于儒林，归嘉定误国诸臣于奸佞，列濮、秀、荣三王为一卷以别群宗，皆百世不易之论。至五闰禅代遗臣之碌碌者多补，建炎以后名臣多补，庶几《宋史》之善本。"核之王氏所刻《宋史记凡例》，殆无出入。然《凡例》无奸臣、叛臣等目，而汤稿似有奸佞之目。又谢山谓汤书累易其主，所存仅本纪、列传，而王氏所藏之稿二百五十卷，本纪、表、志俱全，惟缺列传四卷耳。意者吴兴二稿，俱归无党，无党殁后，汤稿入马氏，而王稿则辗转入闻氏而王氏，谢山仅见汤稿，未见王稿，遂以王稿事著之汤稿欤？前人有谓王稿之涂乙增删，实依汤稿，盖昭度校二稿而一之。则但使王稿尚在，汤稿虽亡犹不亡矣。昭度采摭野史，以备参订二稿。亦有类于长编之书，杨傅九曾见其残本十余册，今亦不可访。

钱牧斋《跋东都事略》谓"与损仲商榷史事，横襟相推。损仲挥斥柯氏《新编》，陈俗腐谰，徒乱人意"。今按《凡例》：立辽国、金国二传，更瀛国为帝㬎，而增端宗、帝昺二纪，列荣王于濮王、秀王，皆袭《新编》之旧。其他增删厘订，琐节细目，无关宏旨。惟不分儒林、道学一事，最为有识。寻厥大体，以视《宋史》，可云彼善于此；以视《新编》，未容强为轩轾。且王偁《东都事略》、李焘《续通鉴长编》，为北宋典实渊薮。后人改修《宋史》，而有意于博考众籍，则二书必不可废，所谓观水必观澜也。损仲属稿之际，虽尝援据《事略》，而《长编》一书，除牧斋钞自内阁之卷初数册外，竟未寓目。当时柯氏缀辑，人已病其不能藉手是书，损仲同其贫薄，而徒奋笔自雄，欲以跨越柯书，宁非侈望！竹垞谓王书"未见出人意表"，岂诬也哉？损仲尝以征事《汉书》，指腹骄人，颇近于浅流之自喜；其尘土柯书，不胜虚辞盛气，无足怪者。

黄云眉

至清乾隆时，陈和叔亦有《宋史》之作，王述庵赠诗云"柯王旧本丛残甚，新史何时付汗青"是也。书凡二百一十九卷。纪十二，志三十四，表三，传百七十。其纠旧史之失，谓韩琦不应与陈升之、王珪同传，陈东、欧阳澈不应与宋季一僧一道士同传；康保裔战败降契丹，而误冠忠义；杜审琦卒于天成二年，而误冠外戚；李穀、窦贞固皆五代遗臣，入宋未仕，不应立传。其于《奸臣传》，则出曾布而入王安石、史弥远、史嵩之、郑清之等。然前后义例不一，纪传无论赞，志无总序，盖犹未定之稿。较之柯氏《新编》，当在伯仲之间。此钱竹汀跋陈黄中《宋史稿》云尔也。按《清史·文苑传》，称"黄中晚年病《宋史》芜杂，撰纪、传、表百七十卷"，与钱跋不符，未知何据？此稿弟所未见，无由参其管窥。然如介甫变法，犯笑怒、凌群议而赴之，不悔不豫，庶几孟子所谓"大勇"。后人以"执拗"病介甫，已非介甫所甘受，而和叔遽用苏明允《辩奸论》伪文之言，入介甫于奸臣之目，可乎哉！竹汀谓介甫虽兆宋祸，而初无奸邪之心，不应入《奸臣传》，犹非确论。

最后则吾乡章、邵二先生之于《宋史》，其足令人追恨，尤有过于顾、黄者。实斋谈史，新义辐辏，刘、郑而后，允推独步，然当时惟二云知之最深，而二云之学，淹贯博综，亦惟实斋最切仰企。史才难作，并世而两，穷微入奥，莫逆于心，又皆不欲载之空言，而相督以赵宋一代为致功之标的。发愿之始，精力方盛，意气甚舒，假令合并有缘，风雨明烛，上下三百年间，以二云海涵川汇之闻见，实斋之别识创义，相资为用，纲纪鸿业，无论同编异纂，要其旨趣，必有以冥会于规矩准绳之外，而卓然千古。虽不能决其必胜黄、顾，而成书之望，以较梨洲先生之一诺难践，初未窜笔，亭林之孤力营构，崦嵫已迫者，固为易操左券。失之顾、黄，收之邵、章，何快如之！其书若行，不特芜杂荒略之《宋史》可废，即向者诸人之书，亦传之不足喜，不传不足戚矣。然而南北暌违，商讨易阻，官程私课，分力又多；五十以后，日月淹忽，钟期既殒，伯牙绝弦，美志蹉跎，终随流水；岂不重可痛哉！

二云有《南都事略》之辑，而实斋谓二云能独成全史，则彼当别撰一书，如二谢、司马诸家之《后汉》，王隐、虞预诸家之《晋书》，以备一家之学。故亦欲取名数事实，先成卷帙盈千之比类《长编》为刊削之资，脱此二书能完稿流传，则异日有志于宋史者，譬之匠氏造室，宎大桷细，是取是求，不必更以斧斤入山林，其所以拜二先生之赐，亦岂不既优既渥乎！无如实斋《长编》，迄未着手；二云《事略》，浮沉难知。盖自竹汀已不能索其稿，今《养新余录》有"儒学""文艺""隐逸"三目，即竹汀所代拟者，罣漏尚多，度二云未必惬意，不足当《事略》之吉光残羽。李审言《窳记》谓马端敏督两江，有人持此稿以献，将付局梓行，而端敏邃卒。李莼客《越缦堂日记》又谓曾文正将刻之，以移督直隶而止；而谭复堂日记且谓海宁唐端甫曾见活字本。似其稿未必绝迹人间；而弟则访问已穷，久作泥牛入海想矣。弟与邵先生庐舍相望，见其嗣裔式微，著述散佚，时为邑邑！今言及《事略》消息，不免又作三日恶耳。

以上诸家撰著，偶就所见述之，不能尽悉。至牧斋、竹垞、谢山辈虽有其志，而逡巡不遑者，皆勿复及。然要可见一代记载，出之官修，则翰苑摇笔，聊充钞胥，宰臣领衔，但禀虚命，限日程功，无异反掌；出之私家，则采摭必广，裁削必精，殚神疲虑，穷老不休，始克蒇役，而一篑未施，含恨入地，往往有之。是成书之难易即如彼。官修之史，颁于学舍，美板流行，人诵户习；而私家之稿，生前不能付之梨枣，死后惟转辗于一二爱好者之破笥敝架，非遇大力赏音，鲜有不饱蠹腹。则传书之难易又如此。盖自官史之修，奉为故事，专家之学，久等刍狗，诸贤之苦心淹没，本非例外，若弟哓哓于诸书体制之得失，则责备之过论耳。迄于辁近，学术多门，才智之用，横驰旁突，皆可建树……一史佳恶，谁复厝意？而吾兄乃于讲授余隙，继轨曩贤，董治加密，斯亦可谓荒谷之足音也已。

虽然，吾辈若得早生数十年，自审足以胜改修之任，如柯凤孙氏之独撰《新元史》，成否姑勿论，此愿固可怀也。今则政制民俗，截然往昔，纪传之书，理绝因仍。使吾辈而尚有意于改纂旧史，弟以为且当扩诸志之畔域，举凡户口、种族、土地、道路、泉货、畜产、语言、风习之要，类事命题，钩稽贯串，俾览者有以见其源流沿变、升降异同之概，亦庶几别面目于陈

黄云眉 | 39

编,表指归于新录。否则究心积岁,总不离君臣庙廷之间,岂不可以已乎?

《宋史》东都芜杂,南都荒略,笔削之功,后难于前。钱抑之之《南宋书》,直是钞《宋史》而节去奏疏及官阶而已。彼不知南都之当增补而但芟削,可谓妄作。吾兄于宋史先治南都,于南都又从人表入手,盖先其所难,则易者自迎刃而解。弟意吾兄即但成南宋一史,亦当远过钱书无疑。然吾辈生晚,似不必复为此书赘讨论润色之勤。此书卷帙繁富,吾辈但以史料视之,要亦《事略》《长编》之比。必如诸贤之瑕疵此书,图为帝王别成较善之家乘,今固非其时矣。若夫人表乃专门之学,万季野所以迥绝千古者。吾兄于此致深沉之力,不朽盛业,自可预卜。宋代人表,除宋人所撰之《中兴三公年表》外,季野有《宋大臣年表》,近人吴廷燮有《北宋经抚》及《南宋制抚年表》各二卷。吾兄又为南宋之理学文学立表,则其事更切,其用弥宏;仰企之殷,幸快先睹。此与改修《宋史》可分两事,固不必附庸《宋史》为也。弟顽钝懒废,学无所名。懔家业之霄坠,怀梓桑之敬恭,二毛既见,愧悔始深。甚望吾兄有以策之!庶几骐骥千里,一日而通,驽马十驾,兼旬亦至尔。[1]

(原刊《文澜学报》第二卷第一期,浙江图书馆1936年3月编印,原题为《与夏瞿禅论改修〈宋史〉诸家书》)

---

[1] 夏承焘日记1934年12月30日有记:"发黄子亭函,告治《宋史表》,作《词林系年考》《永嘉学系年考》。"1935年8月4日:"接黄子亭片,云将有三千余言之长函致予。"8月5日:"接黄子亭一三千余言长函,及评太炎《广骈枝·微子》篇一文。长函论各家重修《宋史》,原原本本,殚见洽闻。谓今日治此书,且当扩诸志之畛域,举凡户口、种族、土地、道路、泉货、畜产、言语、风习之要,类事命题,钩稽贯串,庶几别面目于陈编,表指归于新录。近年正有此意,未遑动笔。得黄君此言,益坚予志。黄君谓作此书费三夜力,当永宝之。"8月6日:"复子亭,告以长函刊《文澜学报》。"即指此往来信札。

张尔田 18通

张尔田（1874—1945），一名采田，字孟劬，浙江钱塘（今杭州）人。曾任北京大学、燕京大学教授。著有《史微》《玉溪生年谱会笺》《遯堪文集》等。

1

瞿禅先生左右：

一昨不遗，辱承赐书，眷逮周妥，惭感如何。[1]比日海上被倭，久未得榆生消息，想已迁徙他处矣。

彊村丈归道山，父执师资，又弱一个。追维畴曩，百哀寸断。诸君子眷怀旧德，为谋遗稿之传，闻之怃慰。委拟序言，所不敢辞。曩晚多病，讲务苦烦，当俟暑期中为之，想不汲汲也。

彊村丈曾有一清词选本，名曰《词莂》，因内有丈词，故托名于弟。当时为作一序，其稿系丈手书，小楷精绝，近藏北都友人许，同人等拟醵金付石印，俟竣工寄奉采览。[2]

尊词清空沉着，雅近南宋名家，诵之无斁。弟比亦有一阕，另纸写呈，并祈转寄榆生同观之。

专肃，复颂道祺，不一一。

弟张尔田顿首[3]

1　夏承焘日记1932年1月26日有记："作张孟劬函，请作《彊村语业》卷三序。"即指此函。

2　《词莂》后收录于《彊村遗书》，民国二十二年刊，木刻本，未见石印本。

3　夏承焘日记1932年2月29日有记："接张孟劬先生燕京大学复，谓北方诸友人拟醵金印彊邨先生《词莂》，将以寄示。附示《声声慢》悼彊邨词。"即指此函。《天风阁学词日记》误置此信于1932年2月28日。

声声慢　　张尔田

闲步郊原，追念彊村翁不置，赋示榆生、瞿禅诸君，同此凄断也

碧将山断，红带霞分，登临无限霑衣。醉后羊昙，西园处处花飞。芳洲已无杜若，便涉江、欲采贻谁。还解佩，甚楚兰盈把，化作相思。

怕听黄垆醉语，几夜窗秉烛，惊梦犹疑。旧隐沤边，如今应怅人非。飘零坠梅怨曲，尚泠泠、海上心期。愁更远，抚霜鸿、弹断素丝。

（原刊《夏承焘日记》）

2

瞿禅我兄先生执事：

大病中得惠书，久未报，近始起床。顷榆生亦有书，拟刻彊丈遗词，嘱为作跋。[1]心如眢井，如何可以握笔。拟即将前所填《声声慢》一阕，作为题词，附刻其后，古人固有此例也。至彊丈心迹，前序已详，似无庸重赘矣。

拙编《史微》[2]，商务有售本，可托榆生代访。

匆复，敬颂

著安

弟尔田顿首

四月八日发[3]

（原刊《天风阁学词日记》）

1　夏承焘日记1932年3月14日有记："发张孟劬燕京大学信，告影印《彊村三集》，属制序言。彊村词虽灵蛇夜光，必不埋照，然时变日亟，总宜及早图之，免后人有屋壁蜡车之叹。附去寄榆生《减兰》词。"当指此函。

2　《史微》有光绪三十四年铅字排印本、宣统三年木活字刊本、民国元年刊本、民国十五年覆校本，这里所指应为民国十五年覆校本。

3　夏承焘日记1932年4月16日有记："接张孟劬先生复，谓大病初起，不能作《彊村集序》。拟即将前填《声声慢》词，附刻词后作题词。"即指此函，而日记稿本未录。《天风阁学词日记》有载，而《夏承焘日记全编》未录。

3

瞿禅先生有道：

奉到惠书，循环雒诵，实获我心。永嘉之学，仆最心折者，厥维水心，其次则止斋。少日读《水心集》，但钦其学耳；近则并其文而好之矣，以为南渡古文，无第二手。北宋门户郛廓之习，至水心始一空之，学乃诣实。然后人颇有病其杂者，杂亦何害。仆生平论学，不讳杂也。

前书所言"四明哲理"，"哲理"二字，前人所无，当改为"心性"。慈湖提唱"心之精神谓之圣"。窃谓此言，真可药晚近物质之流毒。四明之学，后渐折入于史，受金华影响最大。吕成公讲中州文献之学，维与朱、陆为友，而倾重象山，则甬东史学统系，仍自一贯。季野不必论，即谢山亦不甚宗程、朱。慈湖之风，实有以默启之。亭林生当明季，目睹王学末流之空疏，故归过于横浦、象山者甚峻。今考据破碎之弊，甚于空疏，且使人之精神，日益逐外，无保聚收敛以为之基，循此以往，将有天才绝孕之患，斯又亭林之所不及料矣。古人学案，如医方须随症转手，岂可执一方以治百病哉！

词至彊村，已集大成。后来殆不能复加，何如移此精力，多治有用之学，且多治古人未竟之学，叠床架屋，如涂涂附，岂是学问？今人治学如市然，至杭州满街皆王老娘，至扬州满街皆戴春霖。又如妇女之装饰，一时有一时之花样，试问此是何种动机，吾最恨之。孟子不必似孔子，荀子不必似孟子，贾、董不必似荀、孟，而同传尼父之道者安在？是故以梨洲学梨洲，必非梨洲也。以亭林学亭林，必非亭林也。推之以水心学水心，亦必非水心也。吾人学古，当以意师上，而尤贵存本生利，"青取之蓝而胜于蓝，冰水为之而寒于水"。知此方可与言继绝学，知此方可与言开来学。

足下拟专治宋史，此正邵二云有志而未逮者，以足下之心想缜密，诣力精勤，自当突过前人无疑。仆何敢效老马之导，抑亦孟子所云："闻之喜而不寐也。"

委题《北堂图》，仆素不娴于题咏，孤负佳纸，辄唤奈何。[1]

手肃，复请

著祺

弟尔田顿首

一九三二年十一月八日发[2]

（原刊《夏承焘日记》）

4

瞿禅先生有道：

昨奉惠诰，当复一笺，想尘玄览。来书期我以遗山，仆之遭际，视遗山抑又不逮。区区志愿，雅不欲以文自见，矧在于词？故国三百年，不以词名而其词卓然可传者，只一陈兰甫。兰甫经学大师，而其词乃度越诸子，则以词外有事在也。词之为道，无论体制，无论宗派，而有一必要之条件焉，则曰真。不真则伪，真与实又不同，不可以今之写实派为真也。伪则其道必不能久，披

---

[1] 夏承焘日记1932年10月21日有记："发燕京大学顾颉刚信，问《白石旁谱辨》，附去七古一章并三纸，乞张孟劬、容希白书。"应指此函。

[2] 夏承焘日记1932年11月13日有记："早接孟劬先生复，谓永嘉之学最心折者厥维水心，其次则止斋，近并水心之文而好之，以为南渡古文无第二手。慈湖心之精神谓之圣，此言可药挽近物质之流毒。今日考据破碎之弊甚于空疏，且使人之精神日益趋外，无保聚收敛以为之基，循此以往，将有天才绝孕之患。词至彊村已集大成，后来殆不能复加，何如移此精力多治有用之学，且多治古人未竟之业，叠床架屋，如涂涂附，岂是学问？以亭林学亭林者必非亭林，以水心学水心者必非水心，学古当以意师，而尤贵存本生利，知此方可言继绝学、开来学云云。晚复一函，言东莱文献开浙东史学之先路，而当时朱子已讥其杂博。永康、永嘉之蒙讪诟更无待言，实则多识蓄德，正浙东学风长处，与程朱言道统专守一家者不同。后人从程朱之说以讥浙东诸儒，皆偏阿门户之论。孟劬谓平生言学不讳杂，洵守浙东坠绪者。亭林以实学拯明季之空疏，而近日考据之弊实承亭林而来，所谓鸡瘫豕零，是时为帝，学古人岂可拘其迹末？问治宋史条例及着手之方何如。此公欲予竟邵二云未竟之志，何敢当哉？"即指此函及其复函。日记稿本未录张尔田函，记有赠诗，应10月21日夏函所言七古。《虫鱼二首呈孟劬先生 孟劬劝予弃考证之学，治浙东诸儒之业》："浙东坠绪渺难攀，绝学何人乞九还。一叹横流沧海日，虫鱼吹沫欲漂山。""横塘潜室旧跻攀，绝顶迟公数往还。呼起水心祠畔月，迢迢归梦永嘉山。"并有眉批："孟劬谓二诗能实能超，风骨高骞，在倚声之上。二诗未尝费力求工，此不虞之誉也。"故张尔田复函论永嘉学派。《天风阁学词日记》误置此信于1934年11月12日，张函落款时间也误为1933年。

文相质，是在识者。今天下纷纷宫词，率有年学子，无病而呻，异日者，谁执其咎？则我辈唱导者之责也。彊村诸公，固以词成其家者，然与谓其词之可贵，无宁谓其人之可贵。若以词论，则今之词流，岂不满天下耶？古有所谓试帖诗，若今之词，殆亦所谓试帖词耶？每见近出杂志，必有诗词数首充数，尘羹土饭，了无精采可言。榆生所编《词刊》，较为纯正，然也不免金锦互陈，尚未尽脱时下结习。盖杂志体裁，本应尔尔。仆有恒言：真学问必不能于学校中求，真著述亦必不能于杂志中求。

公所纂词人谱录，考证皆甚精，他日似当孤行，且须刊木，不宜与牛溲马勃滥厕之也。愚管偶及，以为何如？

专肃，祗问道祺，不一一。

弟尔田顿首

仆未尝与古层冰[1]有书，公于何处见之？能以原文见示否？又及。

一九三三年十月八日发[2]

（原刊《夏承焘日记》）

1　古层冰（1885—1959），名直，字公愚，广东梅县人。早年投身辛亥革命，并创办梅州中学、龙文公学等校，曾任封川、高要县长，后为中山大学教授。广东省文史研究馆馆员。著有《转蓬草》《隅楼集》《汉诗辩证》《客人对并笺》等。

2　夏承焘日记1933年11月1日有记："又接孟劬先生函，自谓遭际视遗山又不逮。又谓清三百年不以词名，而其词卓然可传者只一陈兰甫，则以词外有事在也。彊村诸公固以词成家，然与其词之可贵，无宁谓其人之可贵。又谓榆生《词刊》，亦不免金锦互陈。今日真学问必不能于学校中求，真著述亦必不能于杂志中求。谓予所纂词人谱录考证皆甚精，他日当孤行，且须刊木，不宜与牛溲马勃滥厕云云。此所以相待者甚厚，恨未尝一识其人也。"即指此函。《天风阁学词日记》误置于1933年11月12日。夏承焘日记1933年11月2日有记："复张孟劬先生北平函，论宋学推重水心，比为一彗星，朱、陆外无可抗衡，并告近拟弃词学治宋史。附去《北堂吟韵图》征题。"即此复函。

5

瞿禅先生有道：

颉刚[1]处转到惠札，读之欣慰。不鄙狂言，俯荷嘉许，泰华取尘，云梦纳芥，学人襟度，正复如是，至钦至佩。弟学无似，独好谈史，而于诗之可以证史者，则尤好之。近见谈迁《北游录》钞本，载梅村诗事极夥，且出之梅村口述，多为注家所未详悉。刺取书之简端，又采掇各书关于清初轶事者胜录之。衰晚多病，恐未能成书，异日当仿康成、子慎故事，举贻先生，倘为《吴诗笺谱》，择而存之，以不没区区拾补之劳，于愿足矣。

辞讲以来，倏经一载，衰病颠连，近燕大同人，又复浼作冯妇，不得已而应之，然亦殊自苦也。闻暑后仍在之江，榆生失一良助，然海上嚣糜，终不如明圣湖头为高贤栖息佳处。故乡烟水，梦寐不忘，归田无计，徒唤奈何。前岁北行，口占《浣溪纱》一词，用唐英诗句足成之，今写上："一别春风又八年。归来商略买山钱。南云茅舍阿谁边。　红杏花时辞汉苑，绿杨雨里上淮船。雨迎花送故依然。"词不工，庶聊以见意。北都文献之区，何时乘兴来游，当以儗园相馆，剪烛论心，商榷旧艺，亦一乐也。此间非无可谈者，然大都以学问为稻粱之具，挟恐见破，谁敢招尤，人之著书，不能无类，自考据学行，入室操戈，遂成惯习。钱竹汀、孙渊如之辨太阴、太岁，段茂堂、顾千里之争西郊、四郊，已不免意气用事，今则更甚。交道之伤，往往在此。子玄感慨于知音，扬雄寂漠而尚白，自非好古敏求之君子，安能乐取于人以为善耶。惠子知我，心乎爱矣。

手肃，敬颂

---

[1] 顾颉刚（1893—1980），江苏苏州人。毕业于北京大学，曾任中山大学、燕京大学、中央大学、复旦大学等校教授，中国科学院古代史研究所研究员。著有《古史辨》《秦汉的方士与儒生》《汉代学术史略》等。

撰祺

弟尔田顿首

一九三四年九月五日由顾颉刚君转发[1]

（原刊《夏承焘日记》）

6

瞿禅先生左右：

  甫上一缄，又辱惠函眷逮，祗承极慰，拳拳之私，备详前札，不复觊缕。弟少年于《玉溪》《樊川》《长吉》《金荃》四家，皆拟为之补笺，仅成《玉溪》一种。《樊川集》有宋人夹注，征引繁苅，多久佚之籍。朝鲜孤椠，实远胜于冯注，惜只存前二卷。《长吉歌诗》，佳刻较多，而诗则难解。《飞卿集》竟无善本，但以意校出一字。《寄分司元庶子》诗："刘公春尽芜菁色，华厩愁深苜蓿花。"顾侠君引颜延之赋"文骊列于华厩"为注，然刘公句用刘先主故事，华厩岂可以对刘公？考《晋书》，华廙免官削爵，栖迟家巷垂十年。帝登凌云台，望见廙苜蓿园，阡陌甚整，依然怀旧，乃复袭爵。始悟华厩为华廙之讹，盖分司闲曹，元由庶子左迁，大非得意，故以华廙家居为比，而又祝其重官辇下也。瘦闻怄见，写质一粲。至行年事实，则宏撰已极翔确。未逮之志，于是乎弥。二十年来，领史东华，授经北冑，多致力于元清两朝掌故，汉魏六代辞章，素业顿荒。玄谈是骛，兼以少小观书，便好名理，综其所造，亦不过徐幹、刘昼一流而已，尚不敢望裴几原、颜之推。今又颓然老矣，不能效仲任之著《养性书》，嘉祥之制《死不怖

---

[1] 夏承焘日记1934年9月9日有记："接张孟劬先生函，谓近见谈迁《北游录》钞本，载梅村诗事极夥，且出之梅村口述，多为注家所未详，悉剌取书之简端。又采掇各书关于清初轶事者胜录之，欲仿康成、子慎故事，举以贻予，为《吴诗补笺》。又约予游旧京，许以傲园相馆。又谓彼间非无可谈者，然大都以学问为稻粱之具，挟恐见破，自考据学行，入室操戈，遂成惯习。竹汀、渊如之辨太阳、太岁，茂堂、千里之争西郊、四郊，已不免意气用事，今则更甚。子玄感槩于知音，扬雄寂漠而尚白云云。此老居北，殆甚郁郁也。"即是此函。《天风阁学词日记》误置于1934年9月11日。

论》。既晚无还，命以不延，呼嗟悲哉！

先生湛深于词人谱牒之学，文苑春秋，史家别子，求之近古，未易多觏。窃谓骚人墨客，放浪江湖，本不能如学者之事功烜赫，其可以成谱者不论，凡不足成谱者，宜别勒一编，或题曰《词林年略》，或题曰《词故琐征》，玉屑盈筐，弃之可惜。世方灭典，天将丧文。淫嘌之唱载途，风雅之绪扫地。及今不为搜讨，后恐更难为功。披淮南之一篇，补河东之三箧。尊旨想复同之，裁笺叙心，尚望随时示以音问，不悉。

弟尔田顿首

金松岑与石遗、太炎合办之《国学杂志》，顷寄到数册，考据之末流，辞章之颓响，噫！三百年汉宋宗传之绪斩矣。游魂为变，曾何足当腐鼠之一吓。使人见此，良用增叹。榆生久无书来，闻暨校党派纷歧，主任亦殊不易也。

一九三四年九月七日发[1]

（原刊《夏承焘日记》，又刊于《词学季刊》第三卷第一号，开明书店1936年3月31日出版，题为《与夏瞿禅论词人谱牒》）

7

瞿禅先生有道：

损书旷若复面。[2]去岁东海聘弟佐纂《清儒学案》，弟见其体例芜杂，居停又不悦学，辞之，仅为重辑竹汀一案及代撰一序。序中表章圣祖，皆东海

---

[1] 夏承焘日记1934年9月10日有记："再接孟劬先生书，论顾注《飞卿集》之误。自谓少小观书便好名理，所造亦不过徐幹、刘昼一流，尚不敢望几原、颜之推。许予词人各谱为文苑春秋、史家别子，求之近古，未易多觏。其不足成谱者，宜别勒一编，题曰《词林年略》，或题曰《词林琐征》，及今不为搜讨，后恐更难为功。披淮南之一编，补河东之三箧云云。函末又斥松岑、太炎之《国学论衡》为考据之末流，词章之颓响，三百年汉宋之真传斩矣。孟劬极不满太炎，不知何故。"即指此函。《天风阁学词日记》误置于1934年9月11日。《词学季刊》刊时，《飞卿集》前多"惟"字，且无最后论金松岑与石遗一段。

[2] 夏承焘日记有1935年3月27日有记："发孟劬先生函，告为《宋史社会志》《述林清话》《永嘉学年谱》。性喜旁骛，恐一无所就。"即指此函。

之意，弟则但负文责耳。辱承褒饰，恧焉何如。永嘉学派，亟应阐导，非大雅莫属。闻暑后临莅旧京，良觌匪遥，曷胜劳企。

余容续布，扶力此白。敬问

著祺

弟尔田顿首
四月三日发[1]

（原刊《夏承焘日记》）

8

瞿禅先生左右：

顷奉惠简，祇承壹是。隘堪所著《彦高年谱》，辛亥年脱稿，仆曾见之，不过数纸。[2]所采亦不过《归潜志》《中州集》等书。《东山词》清初尚未佚，谱中亦未之及。当日曾就质于彊村先生。今隘堪遗箧既无此书，则其稿或尚在人间，亦未可知。祈一询榆生如何。

静安与罗龃龉事诚有之，然在自沉之前一年。闻静安未死前数日，梁新会在研究室偶谈及：冯兵将到天津，行在可危。静安颇为之动，则其死自当以殉君为正因也。但静安与罗关系实深，辛亥革命，同避至日本。静安不名一钱，全仰给于罗，为之代撰题跋、考订文字。其后在沪数年，馆谷所入，又皆托罗储蓄。此静安所自言。至贩卖古籍，乃罗所为。静安书生，不问家人生产，必无其事。嗟乎！静安往矣，身后为其门弟子滥肆表扬，招人反感，流言固有自来耳。可为一叹。我辈三人，静安读书最博，隘堪治学最专，仆皆不如，惟通之一字，虽不能至，心向往之。衰病日增，恐亦不复永

1　夏承焘日记1935年4月6日有记："接张孟劬先生复，劝予提阐永嘉学派。"即指此函，日记稿本未录。

2　夏承焘日记1935年12月16日有记："发孟劬先生函，问孙隘堪《吴彦高年谱》及王静安死因。孟劬与孙、王皆挚交，沈寐叟所谓'三客一时集吴会，百家九部共然疑'也。"即指此函。孙隘堪（1869—1935），名德谦，字受之，江苏吴县人。曾任东吴大学、大夏大学、交通大学等校教授，著有《古书读法略例》《太史公书义法》《诸子通论》等。

年,奈何奈何。

　　肃复,敬问

著祺

　　　　　　　　　　　　　　　　弟尔田顿首

　　　　　　　　　　　　　　　　十二月廿日发[1]

　　(原刊《夏承焘日记》)

9

瞿禅先生足下:

　　惠书眷逮,惭感交并。旧纂《史微》,王充谈助之书也,久已刍狗视之。蒙公倾倒,弥征谬爱。[2]涉世为口,素业荒顿,所欲为《外篇》等著,至今皆未俶稿,忽忽老矣。岁不我与,刘光伯之身世流离,挚仲洽之文书荡尽,视阴数箭,辄唤奈何。

　　《蕙风词话》,标举纤仄,堂庑不高。重拙指归,直欺人语。愚昔年即不以为然。而彊老推之,殊不可解。彊老与蕙风合刻所为词曰《鹜音集》,愚亦颇持异议。尝有论词绝句,其彊村、蕙风两首云:"矜严高简鹜翁评,此事湖州有正声。临老自删新乐府,绝怜低首况餐樱。""少年侧艳有微辞,老见弹丸脱手时。欲把金针频度与,莫教唐突道潜师。"即咏其事。彊老当日见之,颇为怃然。此亦词坛一逸掌也。

1　夏承焘日记1935年12月23日有记:"接孟劬先生复,谓隤堪之《彦高年谱》,辛亥年脱稿,仅数纸,所采亦不过《归潜志》《中州集》等书。《东山集》清初当未佚,谱中亦未及。当时曾就质于彊村,今不知在何许。又谓王静安与罗振玉龃龉事诚有之,然在自沉之前一年。自沉自当以殉君为正。因贩古籍亏累,必无其事。孟劬谓静安读书最博,隤堪治学最专,其自承则一'通'字也。"即指此函。

2　夏承焘日记1936年3月12日有记:"阅《史微》完,作一函与孟劬先生。有云'浙中旧学,李越缦文采甚丰,读书至博,而为学条理不及章实斋,惟公能兼二家之长'。并问吴彦高词集清初尚存,见于何书,及大鹤、蕙风交恶情状。"即指此函。

彦高《东山集》，国初未亡。乃亡友吴伯宛[1]见告者，云竹垞曾及见之，但未检出于何书。伯宛目录专家，多见抄校旧籍，所言或当不谬耳。世变谲觚，迥非越缦、实斋时比，寄身已漏之舟，流涕将沉之陆，学问之道，无可言者。惟文字结习未忘，聊与诸君一角逐之。写上旧诗数章就正，尚望随时示以音问。

复颂

著安[2]

无题

碧藓红扉牡蛎窗，卷帘看画对秋江。乌龙睡足娇难稳，青雀归飞恨自降。玉作弹棋仍败局，金为落带亦空缸。若教得结同心侣，栀子钗头戴一双。

夜漏迢迢书漏徂，簟纹蕲竹水平铺。烧船破栈徒为尔，比翼连襟是所须。未必将缣能比素，转令看碧更成朱。酒家也有金茎露，渴病年来救得无。

脉脉翻成病，怅怅祇益疑。肠危妨促柱，腹冷怯弹棋。蝶岂无遗粉，蚕应有尽丝。如何金带枕，犹自梦佳期。

宛转香涂额，连蜷翠扫眉。秦王卷衣罢，越客弄珠迟。北渚应同降，东邻许再窥。无由见交甫，解佩更贻谁。

（原刊《夏承焘日记》）

---

1 吴伯宛（1868—1924），名昌绶，晚号松邻，浙江仁和（今杭州）人。光绪二十三年（1897）进士，官内阁中书。民国时期，曾任北京政府司法部、陇海路局秘书。著有《宋金元词集见存卷目》《松邻遗集》等。藏书甚丰，刊刻有《双照楼词》《松邻丛书》等。

2 夏承焘日记1936年3月20日有记："接孟劬先生快函，谓吴彦高《东山集》清初尚在，朱竹垞曾见，此说闻之吴伯宛，而未知出于何书。伯宛目录专家，多见钞校旧籍，所言或当不缪。又谓《蕙风词话》，标举纤仄，堂庑不高，重拙指归，真是欺人语。附来四诗，学义山《无题》，语多不可解，当有隐事。"即指此函。

10

瞿禅先生有道：

一昨匆匆肃复一书，谅达渊听。

蕙风生平最不满意者，厥为大鹤，仆尝比之两贤相阨。其于彊老，恐亦未必引为同调。尝谓古微但知词耳，叔问则并词而不知。又曰：作词不可做样。叔问太作样，太好太好。实则大鹤词曲绚烂归平淡。其绚烂处近于雕琢，可议；其平淡处断非蕙风所及，不可议也。

在沪时与彊老合刻《鹜音集》，欲以半唐[1]压倒大鹤，彊老竟为之屈服，愚殊不以为然。惟亡友王静安则极称之，谓蕙风在彊老之上。蕙风词固自有其可传者，然其得盛名于一时，不见弃于白话文豪，未始非《人间词话》之估价者偶尔揄扬之力也。

大鹤为人，不似蕙风少许可，独生平绝口不及蕙风。又尝病彊老词不能清浑，无大臣体，举水云为例，谓词必须从白石入手，屯田、梦窗，皆不可学。《词刊》载与映庵论词书，往往流露此意。盖两家门庭皆尽窄，以视彊老为大鹤刻《苕雅余集》、为蕙风刻《鹜音词》，度量相去直不可道里计。

文人相轻，自古而然。若在近日文坛，必不免一场论战。皮里阳秋，以蕴藉出之，殆犹行古之道也。恐观者不察，故复为公一言。

专肃，复颂著祺，不一一。

弟尔田顿首
三月十八日发[2]

（原刊《夏承焘日记》）

1　半唐即王鹏运（1849—1904），字佑遐，号半塘老人、鹜翁等，广西临桂（今桂林）人。同治九年（1870）进士，曾官礼科给事中、内阁侍读等。工词，著有《味梨词》《鹜翁词》等。

2　夏承焘日记1936年3月22日有记："早又接孟劬先生函，谓大鹤尝谓古微先生词不能清浑，无大臣体。蕙风亦谓古微只知词而已，大鹤则并词而不知。二公对微老皆有微词，而微老为大鹤刻《苕雅余集》，与蕙风合刊《鹜音集》，度量过二公，不可以道里计矣云云。"即指此函。据此函发信时，可知上信写于1936年3月17日。

11

瞿禅先生左右：

奉到惠复并玉照一帧，谨当什袭珍之。瞻仰风度，千里倾筐，吾两人真可为神交矣。[1]

仆谓彊村词深于碧山，谓其从寄托中来也。学梦窗者多不尚寄托，彊翁不然，此非梦窗法乳。盖彊翁早年从半唐游，渐染于周止庵[2]绪论也深。止庵论词，以有托入，以无托出，彊翁实深得此秘。若论其面貌，则固梦窗也。此非识曲听真者，未易辨之。虽其晚年感于秦晦明师词贵清雄之言，间效东坡，然大都系小令。至于长调，则仍不尔。故彊翁之学梦窗，与近人陈述叔[3]不同。述叔守一先生之言，彊翁则颇参异己之长。而要其得力，则实以碧山为之骨，以梦窗为之神，以东坡为之姿态而已。此其所以大欤。尝与汪景吾[4]先生论之，亦颇以愚言为然。尊意以为如何？

衰丑素不蓄照像。既荷雅爱，容拍影续寄报命。小词一章奉答，附上。

手肃，敬问

著祺

弟尔田顿首

虞美人　寄答瞿禅先生之江

庾郎词赋供憔悴，犹有哀时泪。故人千里茂陵书，为报江南春好雁来无。　　京门一卧垂垂老，作计消愁抱。明年拟采五湖莼，相送扁舟

1　夏承焘日记1936年3月25日有记："发孟劬先生函，问彊村词从碧山入手否。附去一相片并《虞美人》词。"即指此函。

2　周止庵即周济（1781—1839），字保绪，江苏荆溪（今宜兴）人。常州派重要词论家，著有《止庵词》《介存斋论词杂著》。

3　陈述叔（1871—1942），名洵，号海绡，广东新会人。晚年曾任教于中山大学，著有《海绡词》。

4　汪景吾即汪兆镛（1861—1939），字伯序，广东番禺（今广州）人。清光绪十五年（1889）中举，曾入岑春煊幕，后随伍廷芳出访美国。辛亥后，避居澳门。著有《微尚斋诗》《雨屋深灯词》等。

载雨到西兴。

> 丙子春仲,尔田写稿,时客大都
>
> 三月廿四日发[1]

(原刊《夏承焘日记》)

12

瞿禅先生有道:

前肃两函,谅达签掌。兹寄上摄影一枚。罗隐貌寝,虞翻骨屯。紫塞清霜,早凋鬓发;黑河秋雨,还拨琵琶。感兹白傅,处处屏风;愧彼放翁,家家团扇。此日翻经踞灶,老聃见若非人;他年皱面观河,梵志宁为昔我。黄鸡唱罢,不无百年之徂悲;赤雁邮来,聊当一时之嘉会。惠子神交,尚希纳存。

专肃,祗问著祺,不次。[2]

(原刊《夏承焘日记》)

13

瞿禅先生执事:

今日递到惠函,并承和词,诵之快慰。[3]尊论《补题》遗掌,昭若发蒙。碧山诸人生丁季运,寄兴篇翰,缠绵掩抑,要当于言外领之,会心正复不远。然非详稽博考,则亦不能证明也。碧山他词如《庆清朝》咏榴花,当亦

---

1 夏承焘日记1936年4月1日有记:"接孟劬先生复,谓彊老词以碧山为骨,梦窗为神,东坡为姿态。"即指此函。

2 夏承焘日记1936年4月13日有记:"接孟劬先生快函,附来近影,函辞骈丽,有云:'此日翻经踞灶,老聃见若非人;他年皱面观河,梵志宁为昔我。'"

3 夏承焘日记1936年4月15日有记:"发孟劬先生长函,说《乐府补题》本事,并奉一词。"《虞美人·奉答孟劬先生北平,并谢寄照象》:"百书一面重回首。归计吴鸿后,严滩负了钓丝风。却向铜驼陌上,约相逢。孤亭野史今无地,鹍语堪垂涕。围城玉貌暮年心,看到幽州日与、陆同沉。"即指此函。

暗寓六陵事，托意尤显。张皋文谓指乱世尚有人才，殊不得其解。得尊说乃可通矣。

尊札当装付行卷，以供把玩。得便或转寄榆生，载之《词刊》中也。

肃复，敬颂著祺，不一一。[1]

（原刊《夏承焘日记》）

14

瞿禅先生左右：

久未得音问，顷奉惠告，快慰之至。[2]须溪词洵为稼轩后劲，昔彊村亦言须溪在后村之上，与尊论不谋而合。培老[3]学须溪者也，而生平谦谈，未尝一及须溪。文人狡狯，得力处多不轻以示人，惟知言者会之于微耳。尝论须溪之学，不免伧气。而词则卓然大家。惜集本讹字太多，又读书极博，随手掎撦，往往不得其出处。彊村所校，似亦尚未尽也。大祸将临，二十年所种之因，已无可挽救，奈何奈何！一息尚存，多通消息，惟此之望。

复颂

道祺

日内移居燕京大学东大地后王家花园，通讯请寄彼处为妥。

弟尔田顿首[4]

（原刊《夏承焘日记》）

---

[1] 夏承焘日记1936年4月22日有记："接孟劬先生复，以予考《乐府补题》事为然，云《花外集·庆清朝》咏石榴亦指六陵事。夕取《花外集》读之，得一札记。"即指此函。

[2] 夏承焘日记1936年10月14日有记："上午作孟劬先生函，谢暑间寄《新学商兑》，并问沈寐叟曾校须溪文，于须溪有他著述否，以近来欲作《须溪年谱》及《词笺》也。"即指此函。

[3] 培老指沈曾植（1850—1922），字子培，号寐叟，浙江嘉兴人。光绪六年（1880）进士，曾任安徽提学使、安徽布政使等职，晚年寓居上海。著有《海日楼诗集》《海日楼文集》等。

[4] 夏承焘日记1936年10月26日有记："接孟劬先生函，示感时数诗。"即指此函。张诗未录。

15

瞿禅先生左右：

损书下问，极感存注。[1]仆于寐叟，踪迹过从，不似彊翁之密。又其门庭峻绝，亦不似彊翁和易近人。燕闲既不轻道其生平，人亦未敢轻问。故其词事多未能尽知。尝记在海上出一卷词，嘱为删去小令两首，叟曰："此词诚可去，但其本事颇欲存之。"问其事，亦不之言。又尝示以一诗，满纸佛典。曰："此诗子能为我笺注。"余阅之曰："诗中典故，我能注出，但本意则不敢知。"叟笑曰："此亦当然。本意本非尽人能知者。"举此二事，则笺注其词，殆甚难也。寐叟词除一二僻典外，所用佛典，大都习见语，出于语录者为多，然欲征其出处，则亦甚费力。此不特注家为然，即作家亦是随一时记忆所及，未必尽能记其出处也。又寐叟用典多不取原义，而别有所指。即使尽得其出处，而本意终不可知。如其诗"刘郎字未正邦朋"句，"邦朋"，出《周礼》。"刘郎正字"，则用刘晏事。两典合用，而其意则讥今之党人。其词亦然。惜其当时事迹，我辈无从尽晓耳。此亦如李长吉诗，凿空乱道，任人钦其宝而莫名其器，自是天地间一种文字，公以为何如。其词稿拟留置案头，浏览有得，当略注一二，藉共商榷。

手肃，祗问撰祺，不一一。

弟尔田顿首
一月五日发[2]

（原刊《夏承焘日记》）

---

1 夏承焘日记1936年12月30日有记："早作书寄孟劬先生，求笺注寐叟词之隐事及僻典，以为永久纪念，附去《曼陀罗词》一册。"即指此函。
2 夏承焘日记1937年1月9日有记："接孟劬先生复，谓寐叟词本事多不可知，殊难笺注。"即指此函。

16

瞿禅先生左右：

得杭州书，曾寄一函，而南朝风景已全非矣。

榆生书来，知兄已返故里，安居乐业，定如私祝。浩劫方长，惟愚方可自全，惟忍方可自度，生平言议，远见前睹，今亦将无言，言之徒益人悲。此间一切照常，弦歌无辍。九渊之下，尚有天衢。远道传闻，或恐失实，故略报一二。近著三篇，从《史学年报》抽印奉寄采览，有便当示我数行也。

手颂著安，不一一。

弟尔田顿首[1]

（原刊《夏承焘日记》）

17

瞿禅先生左右：

前得两书，适家人多患时疫，弟亦病莫能兴，久稽裁答，甚歉。[2]

尊词胎息深厚，足为白石老仙嗣响，不易得也。事变方殷，古人隐居求志，以待天下之清，今更无山可隐。此间亦非乐土，幸在外人宇下，或不至鱼烂耳。

顾君敦鍒时见，曾道起居近况。沪行有期否。弟今年亦衰，吟咏亦复不作，惟有饰巾待尽而已。拙撰《史微》，版存苏州，已毁，尊处有书，祈为

1　夏承焘日记1938年2月14日有记："接孟劬先生二月四日北平书。谓燕大弦歌不辍，一切如常，九渊之下尚有天衢云云。知远道传闻之词皆不足信云。有著作四篇寄予，又尝复予杭州书，前者未到，后者遂失坠也。"即指此函。《天风阁学词日记》误置于1938年4月21日。

2　夏承焘日记1938年1月31日有记："作孟劬先生燕京大学书，附去梅花词。"2月22日有记："发孟劬先生北平函，告欲治宋史，无下手处，附上《虞美人》词。"应指此两函。《虞美人》词记于2月7日日记："昨榆生来片，附来孟劬先生寄示一词，和成一首，未邮去也。"《虞美人·寄榆生，并谢孟劬先生自燕京邮示近词》："望乡泪落《登楼赋》。梦里无吾土，相怜马队校书人。空负荆轲咏罢，胆轮囷。　　江关一老同萧瑟。龙汉看残劫，秦灰满地雪盈颠。为问空山写集，此何年。"眉批："威弧天未愁难控。魂梦余飞动。"

我保之。豹死留皮，亦一念也。得便无吝书札。

复颂道祺，不一。

弟尔田顿首
廿七年二月四日[1]

（原刊《夏承焘日记》）

18

瞿禅先生左右：

顾君敦铼过谈，并得惠书，新词两篇，诵之无歝。[2]尊词于朋好中，胎息神骨，俱臻超绝。永嘉文章，流风未沫。昔大鹤丈盛推武林陈伯弢词，谓楚材高骞，非吴下阿蒙。恨其未见君作也。

叶遐庵《广箧中词》选录拙制五首，谓具冷红神理，可谓知音。然何不选《莺啼序》，此词乃吾所最得意者也。仆自四十后扫残兔颖，如何奈何。时局稍定，收召魂魄，还乡读书，当与公等结岁寒之侣，进境或当不止于此。兹寄上小令一章就正。

瓯海一隅，闻尚安谧，沪行或当迟迟耶。

复颂著安，不次。

弟张尔田顿首[3]

1　夏承焘日记1938年4月21日有记："夜接孟劬先生四月十日北平函，许予词胎息深厚，足为白石嗣响。谓《史微》板存苏州，已毁，属予代保其书。此公多病，耄年丁此大劫，诚可喟矣。"即指此函，然书信落款时间2月4日与日记所记不一致，应为2月10日，疑录入有误。《天风阁学词日记》误置此信于1938年2月14日，所云2月4日北平函乃另一通，见前。

2　夏承焘日记1938年5月13日有记："发雍如燕京复，并附孟劬先生书，寄《小重山》词。"6月11日："发雍如函，坿词与孟劬先生。"应指此函及新词两篇。

3　夏承焘日记1938年7月7日有记："大人来，谓顾雍如、张孟劬先生有信来，劝予及早避沪，须作一年半载计划。伪府犴会时压迫燕大，如加重，或迁地避之。孟劬函谀予词'于朋好中胎息神骨，俱臻超绝。永嘉文章，流风未沫。昔大鹤盛推陈伯弢词，谓楚材高骞，非吴下阿蒙。恨其未见君作也'云云。此虽过誉，亦足感奋。又谓其《莺啼序》最得意，惜《广箧中词》未收。"即指此函。

木兰花令

繁华催送,人生恍然真一梦。何处笙歌,水殿风来散败荷。　饥乌啄肉,回首都亭三月哭。泪洒晴空,国破山河落照红。

(原刊《夏承焘日记》)

周泳先　1通

周泳先（1910—1987），云南大理人。上海暨南大学毕业，曾在杭某中学教书，后受聘于云南大学中文系。1949年后，任职于云南图书馆，从事古籍鉴定、整理、编目等工作。辑有《唐宋金元词钩沉》。

瞿禅先生著席：

船子和尚生平，日来据《至元嘉禾志》《大藏经·景德传灯录》《续藏·禅林类聚》《佛果击节录》《空谷集》《五灯会元》等书，搜集材料不少，所得结论，殊出前之所料。泳前作《金奁集后渔父词十五首之作者考》时，据黄山谷、吴师道两跋，断船子为宋初人。圭璋辑《全宋词》据《蕙风簃随笔》引《法苑春秋》一首，亦以为宋人。今乃知皆大误。

船子生卒虽已不可详，但其师惟俨与同门圆智、昙晟生卒年月，皆可考知。惟俨生于唐肃宗乾元二年，卒于唐文宗太和二年。圆智生于大历四年，卒于太和九年。昙晟生于建昌三年，卒于会昌元年。又船子弟子善会卒于中和元年。船子之卒，据诸书盖早于圆智、昙晟，则必大历、元和间人也。其词除《金奁集》后十五首外，《五灯会元》另有《渔父》三首，与绝句偈语三首，蕙风据《法苑春秋》引一首，亦在其中。始悟吴礼部跋中所谓"船子和尚夜静水寒之偈亦以乐府歌之"者，盖据此三首。现拟整理所得材料撰《唐词人船子德诚禅师考》一文，船子在词史中之地位，恐不亚于张志和也。先生以为何如？

匆匆，敬颂

著安

周泳先上[1]

（原刊《词学季刊》第三卷第一号，题为《与夏瞿禅言船子和尚事》）

---

[1] 夏承焘日记1935年12月12日有记："接泳先复，谓近据《至元嘉禾志》《大藏经·景德传灯录》《续藏·禅林类聚》《佛果击节录》《空谷集》《五灯会元》等书，考船子和尚行实。船子生卒虽不可详，但据其师惟俨及同门圆智、昙晟生卒年月，可考船子乃大历、元和间人。惟俨生肃宗乾元二年，卒文宗太和二年。圆智生大历四年，卒太和九年。昙晟生建昌三年，卒会昌元年。山谷、吴师道断为宋初人，《蕙风簃随笔》引《法苑春秋》，以为宋人，皆非。其所作词，除《金奁集》后十五首外，《五灯会元》又有《渔父》三首，绝句偈语三首，其在词史之地位，当不亚于张志和云云。周君拟作一文曰《唐词人船子德诚禅师考》。闻前日又肺病发热，妇将分娩，而处境又甚窘，至可念也。"即指此函。

刘绍宽　1通

刘绍宽（1867—1942），字次饶，号厚庄，浙江平阳（今属龙港市）人。曾入震旦学院，东渡日本考察教育，担任过温州府中学堂监督、浙江省立第十中学校校长、籀园图书馆馆长等职，编纂《平阳县志》，著有《东瀛观学记》《厚庄文钞诗钞》《厚庄诗文续集》《厚庄日记汇钞》等。

　　日前梅君冷生以来书见示，欲为弟作启，醵建别墅，以作七十纪念，深荷诸君之厚意。惟弟于此举，有期期以为不可者，请为吾兄毕陈之。[1]

　　迩来国步方艰，谋国者急筹建设，而于崇建市楼，广辟衢路，皆有关于都会之观瞻，而弟尚觉有时绌举嬴之虑。况更兴土木于无益之事，糜金钱于无用之地乎？然使家本素封，财力富有，溢而为宫室台榭之举，若西湖之刘庄、宋庄，斥其所余，以资湖山之点缀，未为不可。若家本寒素，网罗他人之财，而为此耗费，且以私人之息游，劳大众之邪许，不几于僭且妄耶？

---

[1] 夏承焘日记1936年2月21日有记："接冷生函，属助里中诸友编《永嘉诗征》，永嘉一县，以余及池仲林、陈仲陶、严琴隐分任之。又谓厚庄丈今年七十，同人拟为醵建一别业于籀园左侧，生前为寓庐，千秋即以供香火，属予为作醵金启。"2月23日："作《募建厚庄别业疏》，眠食为损，夜饭止啖一包。刘次老往年曾为大人作寿序，未尝称谢。故冷生属代具稿，不敢坚辞。用思过久，腹饱腋汗。"2月27日《募建厚庄别业疏》稿成："敬启者：平阳厚庄刘次饶先生，缵孙籀廎吴祁甫坠绪，巍然瓯骆灵光；齐七十悬弧，老矣绛人甲子。望刻中以办隐，早笑嘉宾；爱南村而移居，晚同征士。先生近侨寓永嘉。同人等佥谓祝延议礼，无如安宅论仁。藜阁星辰，本中垒雠书之地；（眉批："中垒"可对"东坡"。）带湖沤鹭，知稼轩投老之盟。爱营依绿之一区，待奉杀青以万卷。先生曾长籀园图书馆，即依绿园故址。兹相地其左为别业，移先生藏书实之。高门宜柳，近水明楼。儿童熟问字之车，龟鱼识过桥之杖。比邻桑落，容次公为酒狂；生日在十月。异日苬庵，共弥陀之佛火。千秋即于此供尸祝。嘻嘻！蒲轮藻席，既废西京问治之风；撰屦抠衣，期复东胶敬长之教。敢求解橐，伫唱抛梁。此疏。"3月1日："发冷生函，寄《募建厚庄别业疏》。"即此事前后。梅冷生，见本书112页。

若谓西湖俞楼已有先例，则弟实非其伦。曲园先生，吾浙经学巨儒，自提学罢归，掌教诂经精舍数十年，造就人才遍海内，台阁公卿，多出其门，文采风流，照耀一世，则俞楼之建，自足为湖山增色。若弟则乡曲腐儒，名不出里闬，一二知旧，相从于荒江寂寞之滨，瓠落而无所用，何可妄与比拟乎？吾郡孙籀廎先生与曲园先生同时在浙，东西相望，并为海内宗师。籀师没后，门生故旧为筑籀园于绿园旧址，而地处偏隅，游人罕至。幸当创建时，即设图书馆于其中，使阅览图书者日常得至其地，否则三径蓬蒿，无人过问矣。徐班侯先生以侍御归田，光复之际，维持桑梓，吾温全郡藉资镇慑，功德在人，没后，邑人为建祠江心，立石纪念，而今至者阒如。平阳杨琴溪先生于金钱会匪之乱，以团练保全江南一乡，使前后不蹂于兵匪，乡人为立祠报功，春秋祭祀，迄今未七十年，而后进少年至有起而议废者。以诸前辈之名德丰功，在人耳目，后人追思纪念，尚难保其永存，况于不才衰朽之年，谋非分游观之乐，而谓其可存在乎？

若谓风亭月榭，借此兴筑，以妆点名胜，则华盖、积谷之间，公园花木，足资游赏。大观、积谷两亭，足供眺览。飞霞之洞，东山之祠，可修葺以壮旧观，何必再事兴筑乎？际此沧桑世变，兴废不常，坊表临衢，昔以为荣宠也，今以为障碍而去之。城池御侮，昔恃为金汤也，今以为无用而夷之。盖时易势殊，议论各异，先崇后替，瞬息改观。逆料此墅果成，不数年后鞠为茂草！诸君何必多费心力，为此必不可存之举乎？

且弟年五十时，同人为醵刻拙集；六十时，又为醵购《藏经》。猪肝累人，已非一次，兹何可复循前辙！况年来水旱兵戈，疮痍满地，独吾乡差安，然伏莽窃发，时常有之。兼之民穷财尽，生计维艰，亲知故旧，常以失业托为谋事。或以婚丧之急，求为佽助，力不从心，往往有白袤千丈、广厦万间之叹，复何忍于此添锦上之空花，掷黄金于虚牝乎？然如世之人，假美名为豪举，自谓慨撤筵资以助义赈，实则敛他人之钱而攘其善，弟以薄而不为。若如孙籀师六十岁时，自出筵资数百金，以资赈济，高则高矣，而弟寒士绵力，亦不能为。

惟思永嘉同人方有选刻《诗征》之举，而吾兄并拟选辑《词征》，此二事者，发微阐幽，实为盛举。论撰先美，人有同心，知全郡人士及乡先哲子孙必有起而应和者。弟愿于衰朽之年，竭其驽钝，从事襄校之役。书成，得附骥尾，亦可藉以不朽，固较之兴土木、糜金钱于无用者，固相胜万万也。《记》云："贫者不以货财为礼，老者不以筋力为礼。"夫襄校文字，固非货财为礼，而书生本业，亦不觉筋力之劳，此固所愿自任者也，幸惟吾兄裁之。[1]

（原刊《浙瓯日报》1936年3月21日，题为《与夏瞿禅书》，署名刘次饶）

---

[1] 刘绍宽日记1936年3月3日有记："余今年七十，同人拟为营建别墅，夏瞿禅为作一醵金启。余函与瞿禅，辞之。"可知此函写于该日。夏承焘日记1936年3月5日有记："接次饶先生长函，谓建别业，必不敢当，引曲园、籀庼事为喻。"即指此函。3月11日："接冷生复，言次老甚爱《建别业疏》，而终不以此举为然。"亦指此事。

郭延 1通

郭延（1879—?），字季吾，四川叙永人。先后就读于泸州川南经纬学堂、日本高等测量学校地形科，曾任四川陆军测量局局长、中央陆军军官学校教官等职。约20世纪40年代初逝世于西安。著有《丹隐诗》《丹隐词》等。

瞿禅先生道席：

鄙人前寄拙著，浅陋之至，不迨欲就正有道耳。赐教奖饰，益增惶恐。[1]大著时于《词学季刊》得读，渊雅精当，钦仰之至。鄙人十年常校录蜀词近二十家，惟家鲜藏书，见闻僻陋，时作时辍，聊以自娱。先生邃于考据，如有关于蜀词之考证，时时赐教尤感。

附上《陵阳诗》[2]及《香宋笔（杂）记》各一册，察纳。

即颂

道安

郭延 再拜

十月九日[3]

（温州市图书馆藏）

---

1 夏承焘日记1936年9月15日有记："成都郭季吾延寄《丹隐词》《丹隐诗》刻本二册。此人素昧平生，枕上阅一过，知香宋老人弟子，年已五十余，即覆一函。"即指此赠及夏承焘复函。香宋老人指赵熙（1867—1948），四川荣县人。清光绪十八年（1892）进士。曾任翰林院庶吉士编修、江西道监察御史等职，后出掌凤鸣书院、东川书院、经纬学堂。诗、词、书、画、戏皆精，著有《香宋诗抄》《香宋词》等。

2 此信原夹于《陵阳诗》内。

3 夏承焘日记1936年10月23日有记："四川郭季吾寄来《陵阳集》《香宋杂著》。"即指此函。

唐圭璋 3通

唐圭璋（1901—1990），字季特，江苏南京人。毕业于东南大学，曾任中央大学、金陵大学、南京大学、南京师范大学教授。编有《全宋词》《全金元词》，著有《宋词四考》《词学论丛》等。

1

瞿髯尊兄：

得来示并拙稿，大快慰。盖方疑兄未来之信也。

《樵歌》补遗中《秋霁》一调檃括东坡赤壁词，又似见《翰墨大全》[1]，无名氏作，但记不清，檃括东坡词确见《大全》，惟不知是否《秋霁》耳，当再查之。作跋亦须此首能明才可。

《二晏词》似有宋本，毛斧季校本底本即似自宋本出，有《乐府补亡》之名否，序著名氏否，词亦多出否？龙榆生亦有钞本。不知温玉海楼为何有此本，有印记否？原为何人所藏，展转之迹可窥见否？[2]

《兵要词》蕙风亦言之[3]，特未见有传本。大事记想属南宋居多，四名臣想不可少。《云麓漫钞》载胡松年亦可收入，《词史》成其半否？为念。

1　《翰墨大全》即元刘应李辑《新编事文类聚翰墨大全》。

2　夏唐讨论《樵歌》《二晏词》皆玉海楼旧藏，乃孙孟晋所借。夏承焘日记1936年7月19日有记："早孟晋携其家藏旧钞《珠玉》《小山词》来，写甚工，有朱笔改讹字，有何焯义门手笔。诸章改笔，当出于何氏，与毛刻字句小有异同，而胜字颇多，当再取彊村本《小山词》校之。孟晋属作一跋。"7月26日："早孟晋来，携示玉海楼旧藏《樵歌》及《拊掌词》共一册。《樵歌》比朱本少中卷一卷，而末有补遗数首，全卷比王、朱二本多词七首，此可告圭璋入《全宋词》者。"即此前后事。

3　《兵要词》应指《兵要望江南》，晚唐易静的词集。

寄上《如社词钞》两本[1]，一贻兄，一贻泳先，当别函问候。仲骞[2]起居如常，便问。

匆颂

大安

弟圭璋顿首
廿一日[3]

（游汝岳藏）

2

瞿禅兄：

久疏问候，想"鸣放"期间，定更忙些。

方志记柳永父柳宜为南唐监察御史，《江表志》作柳宣（永叔父）为南唐监察御史，宜、宣字形相似易误，不知孰是？

顷南大同学吴新雷和徐惜阴[4]两位研究生来贵校从学，吴同学研究宋元文学史，此来特求教于钱南扬[5]先生进行南戏研究，并乞兄知道宋词研究；徐同

1　如社由吴梅1934年创立于南京，参加者有廖恩焘、周树年、林鹍翔、仇埰、陈匪石、乔大壮、唐圭璋等。每月集会作词，1936年结集为《如社词钞》一卷，内有十二集，共二百二十六阕。

2　李仲骞（1897—1972），名骧，号蕙园，浙江永嘉（今温州鹿城区）人。毕业于东南大学，曾任四川大学、安徽大学教授，与夏承焘等人被誉为"永嘉七子"。浙江文史研究馆馆员。晚年居温，从医。

3　夏承焘日记1936年11月23日有记："接圭璋片，言《二晏词》。"应即此函。

4　吴新雷（1933—），江苏江阴人。毕业于南京大学，留校任教，后为博士生导师、中文系教授。著有《中国戏曲史论》《两宋文学史》等。他与徐惜阴皆是陈中凡研究生，同去浙江师范学院进修，应在1957年。此信开头言及"大鸣大放"，亦在该年启动。故系此信于该年。又据南京宋健转问吴新雷先生本人，确认是在1957年去浙师进修两个月，主要从钱南扬学。夏居所与钱家近，就请唐圭璋开了介绍信。其间曾拜访夏三五次，请教过一些问题。另得告徐惜阴读到研二即提前毕业，分配到盐城师专，成家后调到南京一中学任语文教师。南京嘉宁拍卖公司2022年秋拍曾现其1957年所校注《永乐大典戏文三种》手稿。

5　钱南扬（1899—1987），浙江平湖人。北京大学毕业，先后任教于武汉大学、杭州大学、南京大学。毕生致力于中国戏曲史研究，尤精于宋元南戏，著有《永乐大典戏文三种校注》《元本琵琶记校注》《宋元戏文辑佚》等。

学研究明清阶段文学史,重点在明清小说戏曲方面,尚烦介绍贵校专家指导研究,纫感无既。

匆候

著安

弟唐圭璋
六月十九日

(西泠印社拍卖公司2015年秋季拍卖会拍品)

3

瞿禅先生:

六月三日手示及《韵文学会组织缘起》均早收到[1],一因千帆[2]往济南讲学,一因孙望[3]住院,故迟迟未及将签名奉上,六月杪始征得南大及南师老友签名寄出,想已收到。

《全金元词》已出书,兹寄赠一部上下二册,力薄能鲜,错误定多,聊供翻阅而已,尚乞随时教之。王仲闻[4]遭劫自戕,近得其子函始知之,惜其稿已散失。

闻万里[5]逝世,尚未见报,不知是否真实,无任系念。先生如知其情况,望略知一二。彼所藏善本甚多,所未发表之文稿亦多,不知可有人为之整理出版,以惠士林。十四(日)见报,已知万里兄开过追悼会,人天永隔,可为痛悼。

---

1 夏承焘日记1980年6月2日有记:"统一带来韵文学会抄件四纸,张伯驹起草。晓川交与,嘱转王季思、施蛰存、唐圭璋、王瑗仲等"。应即此函。
2 程千帆,见本书103页。
3 孙望(1912—1990),江苏常熟人。毕业于金陵大学,曾任金陵大学、南京师范大学教授。著有《小春集》《煤矿夫》《元次山年谱》等。
4 王仲闻,见本书128页。
5 赵万里(1905—1980),字斐云,浙江海宁人。毕业于东南大学,后任职于北平北海图书馆、北京图书馆,并曾在北京大学、清华大学、辅仁大学等校任教。著有《词概》《校辑宋金元人词》《北京图书馆善本书目》。

北京孔凡礼[1]同志自《诗渊》明初类书，季沧苇藏，稿在北图。补得宋词四百余首，亦可惊可喜之事。

　　研究生作《张炎世系考》，得张炎祖父名濡字子含，足以纠正胡适、刘大杰[2]之误，亦系快事。

　　弟身体不行，难以恢复，路不能走，书不能查，脑不能用，字不能写。

　　蛰存[3]先生来京，想晤及，力图筹办《词苑》，精神极盛，至可钦佩！

　　中敏[4]五月卅日到扬州师院，过宁匆匆，未及一晤。

　　匆候

俪福

弟唐圭璋
七月十六日[5]

　　（原刊《夏承焘日记》）

1　孔凡礼（1923—2010），字景高，安徽太湖人。毕业于安徽大学，后任教于北京三中。著有《苏轼年谱》《宋代文史论丛》《全宋词补辑》《宋诗纪事续补》等。

2　刘大杰（1904—1977），湖南岳阳人。毕业于国立武昌师范大学，日本留学归国后曾任上海大东书局编辑、安徽大学教授、四川大学中文系主任、暨南大学文学院院长等职。新中国成立后，长期担任复旦大学教授，著有《中国文学发展史》等。

3　施蛰存，见本书261页。

4　任中敏，见本书115页。

5　夏承焘日记1980年7月18日有记："收到唐圭璋七月十六日南京函。"并录有此函。7月22日："唐圭璋寄赠《全金元词》。"7月24日复函："复唐圭璋信。"

李佩秋　2通

李佩秋（1884—1953），名涑，号小山，湖南衡山人。民国初年曾任南田、象山等地知事，后客居杭州、上海。上海文管会特约顾问。与陈曾寿、黄群、刘景晨、黄式苏等均有往来。著有《书林清话校补》等。

1

瞿禅先生著席：

荷手教，考正易安生年为元丰甲子，极精审，可称最后定案。[1]前人所考及弟鄙作，皆从《金石录后序》末署绍兴二年玄黓岁推算，致有蝉翳之蔽。今尊论就易安之文定易安之年，最为得实。至画象晚出，不过旁证耳。又《后序》云：绍兴辛亥春三月后赴越，壬子又赴杭。虽此语以下未尝言壬子后事，但其词气乃述往迹。若《后序》作于壬子，所叙次当不如是。此亦可立一证。然则《后序》末署绍兴二年确为五年传写之误，应作绍兴五年壮月玄黓朔甲寅。古人书日，多有用阳岁者。即《容斋四笔》所称绍兴四年，亦写误也。"桂子飘香"，诚如尊说。状元策全文在《横浦文集》卷十二。鄙作未谛，深用为愧。请公为我藏拙，拉杂摧烧之，幸甚，幸甚。

顷借得《人间词话》，观堂未考时代，误疑《花间集》不登正中词，大著《冯谱》所驳甚是。

附近作《王周士词跋》，乞指正后掷还。

此颂

---

[1] 夏承焘日记1936年5月20日有记："发佩秋复，论易安生年。"即指此函。

讲祺

　　　　　　　　　　　　　　　　　　　　弟李涞
　　　　　　　　　　　　　　　　　　　　五、廿一倚装[1]

（原载《词学季刊》第三卷第四号残存校稿，1936年编排。附录于夏承焘《俞理初易安居士事辑后案》）

2

瞿禅吾兄先生撰席：

　　奉还教并惠大著及《学报》各一册，笺证白石词乐极详覈，快服快服。惟吾岳祠古曲久同《广陵散》，无人知之矣。陈君乐素[2]，名父之子，曷任钦迟，俟游杭时□候之。能评谢山文，多中肯，然亦有误□者。惜未见秋室校本，不知陈君有之否？南屏神观如常，但以少年人而有老名士气。

　　手此复谢，即颂

讲安

　　　　　　　　　　　　　　　　　　　　弟涞顿首
　　　　　　　　　　　　　　　　　　　　三月十九日[3]

（吴常云藏）

1　夏承焘1936年5月22日有记："接佩秋复，言《易安事辑》，赞予前说。寄来《王周士词跋》一篇，甚精详。"即指此函。

2　陈乐素（1902—1990），广东新会人。陈垣之子。曾留学日本明治大学，攻读政治经济学。回国后，初执教于广州南武中学等校，后为浙江大学所聘。1949年后，改任人民教育出版社编审，相继组建杭州大学历史系宋史研究室、暨南大学宋史研究室等。著有《求是集》等。

3　此函信封尚在，两方邮戳分别可见"上海、27、4、48""浙江、廿八、四月、卅七"等字样。李佩秋书收发地址之外，还写了日期"四、二七"，故系此信于1948年。然目前夏承焘日记暂缺该年部分内容，故未见有关信息。

高谊 1通

高谊（1868—1959），字步云，号心博，一作性朴，晚号蕙园，浙江乐清人。曾留学日本，就读于早稻田大学。后曾任教于两广方言学堂、浙江省立第十中学，创办柳市女子小学、西河国民学校，又被聘为温州乡哲遗著会委员。著有《蕙园文钞》《蕙园续文钞》《岭南吟草》等，今编有《高谊集》。

得复，感与愧并。拙著卑靡，奖借逾分。读至终篇，知受有道之诲者实多。吾乡诗家于陈、叶外，独推霁山卓识可佩。四灵以"二妙"为宗，立脚已低，水心曾屡诋之。但浪仙格调比少监为高，不能一概论也。若就二徐、翁、赵而言，当以紫芝为冠。要其每首所锻炼磨莹处多在中权。其于前后但求稍合题意，且其中权之工，亦多可移之它题。不独四灵有此病，即九僧希昼、惠崇辈之病亦复如此。而且晚唐人之病，莫不皆然。九僧自以惠崇为胜，然少变化，其气韵间出晚唐之上。世或谓其清苦工密，嗣响浪仙，以其时在宋初，去唐未远也。要其源实在出于中唐，其高处非贾所及。

当宋盛时，诗才竞出。主韵者蕴藉娴雅，主律者苦硬瘦劲，其格皆高于九僧。而四灵踵起穷海，得占一席，颇觉其难，独其祈向太卑，以刻意造作之才调，求为后山之苦硬瘦劲，尚不可得，安望其为杜老之雄浑。是知取法乎上，未必得上，取法乎中，所得必下，有小结裹，无大涵容，宋人之诗往往而然。霁山晚出，具此伟抱，所作能戛戛独造，始知诗学不以时代限。纪晓岚砭宋作，谓世降而材愈薄，宁为定论。备承雅诲，聊贡一得之愚，藉供研究，统希裁夺为盼。

丁丑五月

（原刊《蕙园文钞》，题为《复夏瞿禅书》，1938年铅印线装自印本；今收录于《高谊集》，高益登编，线装书局2013年7月第一版）

赵柏颀 2通

赵柏颀（1902—1943），原名百辛，又作伯辛，浙江乐清人。曾任浙江省立第四中学校长秘书等职，宁波东社社友。周采泉辑录其遗稿成《百辛剩墨》，与孙诒《瓶梅斋遗稿》合刊。

1

瞿兄师事：

不闻动定者六月有余，平陆成江，风云益恶。兄以绝人之力、天挺之才，抚事忧时，屹然为声家一杜，篇章亹亹，水云楼不足抗行也。所可叹者，瞿兄我石交，乃不获读兄之诗词、著述，奉为中郎枕秘，此积年之所甚憾，寤寐之所未安，愿见之私益逾于醮灏矣。

友生杨君百泉[1]心胆轮囷，英英自异，乐赴师友之急，尽瘁无所辞，在素流中鲜见其比。今秋与弟同辞育青教职[2]，拟来沪益求深造，公则伏膺已久，扫门之请，朝夕所望，因为介一言，如无己之事豫章，不胜幸羡，望勿没其向往之诚也。

弟近为国清创修灯史，日依穷谷，如表圣之卧王官，持一寸已灰未死之心，营此藕孔，兄能竖一指以援之否耶？贱状泉弟能详[3]，便希勿靳诲字。

---

1 杨百泉，曾就读于天台文华小学，乃许杰学生，后任福建建阳县长胡福相秘书。许杰《坎坷道路上的足迹》有忆及。

2 育青中学原开设于上海，1937年因战乱停办，同年迁于浙江天台复校。赵柏颀从该校辞职，曾居天台国清寺，夏承焘日记有记，时在1938年，故此函应写于当年。

3 泉弟指周采泉，见本书410页。

（原刊《百辛剩墨》，周采泉辑，1952年印行。原题为《致夏瞿禅教授》）

2

瞿禅我兄师事：

前岁秋初一别，暌旷至今，诵仲宣如雨之诗，徒深慨结。十八日得沪埭海帖，把绎惊喜，逾于所望。东坡云，久不见伟人过江，见滕元发，巍然使人神耸，可差喻此时情也。弟避地山城，交游寥落，独我兄破器录旧，久而不缩其初，怀袖沉吟，几疑梦寐。承示《落叶》词[1]，微寻曲到，演漾不可穷，吐气如霜，直使城乌俯咽。此作不难于寄慨，而难于稜层，枯而能腴，允推大制。清人有云："莫怨愁声，那知秋到，无声更苦，则如败鼓。"浑然失国之音矣。

弟去冬侍老父来台，举家依僧寮以食。白云在袖，朱霞可招，侑食皆箜韵松声，眼山川而腹溪谷，享用太过，入春一病几死，赋质本薄，至是益支离待尽，昏昏索索，不得比数于人。病起复为童子师，日与冷蠹枯蟫争食，偶思述作，辄苦目长足短，如敝帚之聚散尘，御侮徒恃笔锋，亦见陈人之智索也。

时事日亟，庾公之尘犹污人目，肩山欲蹶，腹剑争鸣，男子化为妇人，皆《五行志》未收之灾异，始识灵均之雠蒐愬茝，异代有同其悲。而一饱无时。久思远适，顾举世视为弃核，去亦伥伥安所之？海上讲肆如林，不鲜托命栖心之地，恃兄凤眷，能为"叫群哀雁"[2]一策稻粱之谋否耶？

---

1 夏承焘日记1938年12月9日有记："作百辛天台书，两年疏隔，无一字往复，附去《落叶》词。"即此去函。

2 "叫群哀雁"为《落叶》词中句，作于当年11月28日，29日改成。词题为《水龙吟·心叔、云从各示〈落叶〉词，念碧山有是解，依韵报之》："故林一夜惊霜，叫群哀雁知多少。江南江北，翠阳门巷，回头似扫。逝水同归，枯根共命，翻怜幽草。满吴宫汉苑，赚人清泪，谁来问，荒江道。 终古哀蝉凄调。伴啼乌，旧枝空绕。千重碎锦，争妍换色，半亭残照。明日槎风，蓬壶方丈，遡红纵到。（眉批：闻□遣信使往东国。）总羞丛乱艳，停车忍说，比花时好。（眉批：上片流民，下片国难。）"后收入《夏承焘词集》，略有改动，如"叫群哀雁"改为"失群哀雁"。

许君蟠云[1]近携家泊宅于此，与弟居仅牛鸣之隔，休沐偶有过从，属询尊纂《瓯海词征》有无脱稿[2]，敢为代叩，便中乞见知。

甬人李君蕙苏[3]，年甫弱冠，独嗜为词，积稿近百首，颇多忧时之作，金仙寺亦幻[4]上坐愿任流通，以为生辰纪念，转乞我兄先为审定并宠题数语，代署《静霞词》一签。凤知乐诱素流，必蒙远塞其求，不以选事横干见责也。

弟病后久废咏歌，秋蟀哀蝉，近益怯言其志，周旋里耳，尘土之气安得不日积日深。旧作数纸，伴缄献笑之余，更求痛削，勿虚龙津曝甲之诚，异日或梓，以代口耳。

盛制已载报端者，率能暗记，余望出一二传眎，以当埻绳。

兄寒假暂归过年否？谢邻新宅落成，尚疏奉贺，词流坛坫，所在布置，当大佳，何时载酒相过，望东山以招康乐，播之歌咏，应不让六客风流也。

（原刊《百辛剩墨》，原题为《致夏瞿禅教授》）

---

[1] 许蟠云（1892—？），名震寰，别署警楬龕小主人，浙江黄岩人。早年毕业于北京大学，曾在温州任浙江第三特区行政监察专员办事处专员、永嘉行政监察区专员公署专员、第八区行政监察专员公署专员，后任浙江省政府委员、立法院立法委员等职。著有《建国大纲的研究》《平阳畲民调查》等。

[2] 《瓯海词征》即指《永嘉词征》。

[3] 李蕙苏，宁波女诗人，有诗词、文章发表于《民族诗坛》《宁波日报》等。

[4] 亦幻法师（1903—1978），号慧律，浙江黄岩人。早年出家，就读于武昌佛学院，与大醒、芝峰等同学。曾任闽南佛学院教师及慈溪金仙寺、宁波延庆寺等住持，弘一法师曾受其供养。后居上海，任上海市民政局顾问。

商务印书馆 3通

商务印书馆1897年创办于上海。1951年起，编审部、出版部等部门逐渐转移至北京。1954年，总管理处迁北京，实行公私合营，设上海办事处。

1

瞿禅先生大鉴：

昨承枉教，畅谭为快。[1]前荷订购《丛书集成》，预约凭单遗失，依照敝馆通章，必须刊登广告方可取书。兹经贵校文理证明，自应特别变通，附拟收据壹纸，祈即核缮付下，俾资存查，一面即可将第四期所出之书送上也。

专此，敬颂

台安

拔

廿八年五月二日[2]

附：

敬启者：敝校教员夏瞿禅先生往年于贵馆杭州分馆定购道林纸《丛书集成》一部，由贵总馆径寄温州夏蓬仙[3]君转交，书费、寄费皆已交缴清，缘定

---

[1] 夏承焘日记1939年4月29日有记："傍晚往商务印书馆访李拔可，为《丛书集成》事。小坐即出。"即为此事。

[2] 夏承焘日记1939年5月6日有记："得拔可复，予旧定《丛书集成》号码为B—○○二，日内可取第四期书。"即为此函。李拔可（1876—1953），名宣龚，号墨巢，福建闽县人。清光绪甲午（1894）举人，商务印书馆经理、发行所长。著有《硕果亭诗》等。

[3] 夏蓬仙为夏承焘之父，见本书425页。

单于杭州沦陷时失落，谨为证明如右。

此致

商务印书馆

私立之江文理学院启
中华民国廿八年三月十一日

（孔夫子旧书网2010年10月12日结拍拍品，为商务印书馆存档文件。）

2

瞿禅先生：

　　八月廿日来函，并附来前我杭馆《丛书集成》登记表，及李拔可先生覆信和你的身份证明，已照收悉。查我馆帐册记录，你已取过第一至三期及第五期书，尚有第四期及六、七期书可取。惟预约凭单（号码：杭B1002）甚为重要，既已遗失，此次重办登记，须请在沪市或杭市日报刊登遗失作废广告，并将报纸寄下，以便存查。兹附上空白重行登记表二纸，祈察收照，填后，签名盖章，连同登报广告，一并寄下，以便登记。

　　覆致

敬礼

商务印书馆上海办事处
一九五四年八月廿四日[1]

（吴常云藏）

3

瞿禅先生：

　　寄来你在我前杭州分馆所定《丛书集成》重行登记表二纸，及《浙江日

---

[1] 夏承焘日记1954年8月25日有记："接商务印书馆复，《丛书集成》尚有三期书未取。"即指此信，为商务印书馆公函（54）商沪字第178号。

报》所登遗失广告报纸一份,已照收到。现在登记手续已经办妥,特将51号重行登记表一纸附上,至祈詧收为荷。

此致

敬礼

商务印书馆上海办事处
一九五四年九月二日[1]

（吴常云藏）

---

[1] 夏承焘日记1954年9月3日有记:"得商务印书馆复,寄还《丛书集成》登记表第五十一号。"即指此信,为商务印书馆公函(54)商沪字第241号。夏承焘订《丛书集成》于1935年,当年5月16日有记:"商务印书馆余、周二君来,揽买《丛书集成》,云八折三百六十八元可成交。"5月20日日记:"商务印书馆周文德来,说成《丛书集成》三百六十八元,预约四百八十元八折。寄费十元。以数百金购书,此为破题矣。"5月22日:"商务印书馆送来《丛书集成》定单。"1954年10月22日记:"托文华往上海商务印书馆取《丛书集成》,午动身往。"10月25日:"文华自上海取《丛书集成》千余册来,费资斧十万元。取来第七期书损失赔偿费五十余万元。"此事得到圆满解决。1981年,夏承焘决定将寄存在温州游止水家的藏书,包括半部《丛书集成》,捐献温州图书馆。1998年底,游汝岳等以其父游止水先生名义,将夏承焘留在温州故居"谢邻"的藏书、手稿、日记、信札等捐赠温州市图书馆,共计3052册,其中《丛书集成》为2490册。另有半部《丛书集成》留在杭州,曾让吴思雷刻藏书印钤上,不知今在何方。

邓广铭　3通

邓广铭（1907—1998），字恭三，山东临邑人。曾就读于辅仁大学、北京大学，毕业后任复旦大学、北京大学等校教授，毕生致力于中国古代史特别是宋史的研究，著有《辛稼轩先生年谱》《稼轩词编年笺注》《岳飞传》等。

1

瞿禅先生：

《遗山乐府》，已将高丽本与涉园、彊邨两翻刻本校读一过，兹将校语录呈，敬祈詧收甄采。张家鼐刻本，不知尊处有是书否？斐云先生数年前曾于杭市购得一本，为光绪中重刊者，想与初刊无甚异同，如需用，当可奉假也。

《词录》一书，据斐云先生云：数年前确曾有此计划，欲将宋元以来词家倚声之作，无论其已有专集或仅散见于总集、选本、类书中者，均汇录其目，以为一书。近年来则又感于此书之可有可无，而书籍之颠沛流亡，亦以近年为最，板本之考校，佚文之搜辑，在在为难，遂乃放弃原意，已经采获之材料，亦复束置高阁矣。

立庵先生想已离沪，铭亦屡受旧日师友之召邀，势亦终须步唐先生之后尘，为期想或在八、九月间，至时定当过沪稍停，面承教益也。

敬颂

著祺

> 后学邓广铭敬上
>
> 五月十九日[1]

（原刊《温州读书报》1999年第一期，为阿逊《邓广铭初晤夏承焘》所附影印件，原件藏温州市图书馆。阿逊系该馆馆员潘猛补之笔名）

2

瞿禅、吴闻先生：

去年由陈贻焮[2]先生转来大著《论词绝句》，即打算于拜读之后即进城趋谒致谢，不料一再蹉跎，未遂所愿。日昨又承贻焮先生转来《月轮山词论集》一册，急忙捧读一至十五各篇，对《辛词论纲》《论〈龙川词〉》《〈满江红〉词考辨》诸篇更再三诵习。其中有几篇前此虽已读过，但这次重读，仍得到新的启发和教益，敬佩无已。只是回头再看一九七八年五月新作的《前言》，觉其中对各篇的评价不免谦挹稍过耳。

许久以来，不唯杂务丛脞，被邀参加的社会活动也与日俱增。为此深感苦恼，然亦莫如之何。看来只有到春节才能趋谒聆教了。

沪上李伯勉[3]先生，为"辛词笺经"事与我通信已久，我于七九年三月赴蓉开会后，特地飞沪相访，并以改编词注事请其代劳，不料他刚把辛诗注释完毕，竟于十二月二日因心脏病去世了！

1　夏承焘日记1939年5月24日有记："接恭三北平函，寄来高丽本《遗山词》校记数纸，附示吴伯宛批彊村本数条，颇不满于古老此刻。恭三八九月间将过沪往昆明联合大学。赵斐云《词录》今已搁置矣。"当指此函。5月1日："接恭三北平函复，谓赵斐云新于友人处假得明刊高丽本《遗山词》，行款悉与涉园景印本不同，字句亦与彊村本有异，谓可代予作校语寄示。石洲刊本则一时恐不易得也。"亦谈函中所提之书。

2　陈贻焮，见本书234页。

3　李伯勉，时任教于上海师范学院，撰有《王安石生日考》《王安石生日续考》等论文。与夏承焘、邓广铭有书信往来。李去世后，夏承焘曾作《挽李伯勉》："飞来噩耗浦江边，回首沧桑四十年。叮嘱吟魂且稳睡，不须念荷半山编。伯勉对半山研究有素，曾写《安石诗词系年》十余册，'文革'中被捆载而去。"载夏承焘日记1979年12月26日。

顺问，并祝

俪安！

邓广铭上

1980.1.13

（吴常云藏）

3

瞿禅先生、无闻夫人：

　　近年来贱躯亦渐衰老，极怕挤乘公共汽车，以致久久未得趋谒聆教，殊深怅惘。

　　拙撰《岳飞传》（增订本）[1]已于去秋出版，谨拜托陈贻焮同志带上一册，乞予教正。此书在去年春间付排时，我曾进城一次，本拟趋府恳请题写书签，俾得藉以为重，及抵城之后，方闻出版社一同志说，瞿禅先生于时正住医院中疗养，因而未能如愿。此次印行之本，封面设计毫无意义，事前也并不曾征求过我的意见。我现在决定待再版时请出版社改换封面设计，"岳飞传"三字仍拟恳请瞿禅先生大笔一挥，并拜托贻焮同志代为面恳，千万俯允为幸。

　　专此，敬颂

双安！

邓广铭敬上

1984.4.8

（吴常云藏）

1　邓广铭《岳飞传》（增订本）由人民出版社1983年6月第1版，系根据三联书店1955年版增订重排。2022年8月29日至11月6日，北京大学举办邓广铭诞辰115周年学术纪念展，展品中有夏承焘题写的《岳飞传》墨迹原件。但此后再版未见选用由夏承焘题写的书名。

吴庠 3通

吴庠（1879—1961），原名清庠，字眉孙，别号寒芋，江苏镇江人。幼从陈廷焯学词，能诗文，尤工于词，精藏书版本之学。曾任交通银行秘书长。著有《寒芋阁集》《遗山乐府编年小笺》等。

1

昨谈极快。孟劬翁题品晚清词手，首推陈兰甫先生。聆其弦外之音，盖致慨于伪体《梦窗四稿》耳。庠于此道，粗窥门径，私心不喜，约有三端：当代词人，务填涩体，字荆句棘，性梏情囚，心力虚抛，语言鲜妙，此其一也。谓填创调，必依四声，本不能歌，乃矜合律。且四声之中，古有通变，入固可以代平，上亦可以代入。沤尹丈洞明此理，故当时朋辈以律博士推之。乃彼迂拘，一声不易，如斯泥古，大可笑人，此其二也。吾家梦窗，足称隐秀，相皮可爱，学步最难。近代词坛，瓣香所奉，类皆涂抹脂粉，碎裂绮罗，字字饾饤，语语襞绩，土木之形骇（骸）略具，乾坤之清气毫无，作者先难其详，读者更莫名其妙，此其三也。此在老手，或犹讲音律，而兼识辞章。乃使少年遂欲假艰深以文浅陋，词学不振，盖有由来。区区管窥，间发争议，不图开罪友朋，惟有噤口不开而已。

孟劬翁远在旧京，恨不能奉手请益。猥承雅爱，忽发狂言，不足为外人道也。[1]

（原刊《同声月刊》第一卷第三号，同声月刊社1941年2月20日出版，原题为《致夏瞿禅书》）

2

瞿禅我兄惠览：

拜读大著《四声平亭》一卷，元元本本，切理餍心，洵今日词林中不刊之论。最后谓死守四声，一字不许变通者，名为崇律，实将亡词，尤为大声疾呼，发人深省。不佞观近今死守四声者之词，率皆东涂西抹，蛮不讲理，且凑字成句，凑句成篇，奄奄无生气，若此只可谓之填声，不得谓之填词。不佞所以深致厌恶，不谓四声之说可尽废也。善哉玉田之言，音律所当参究，辞章尤宜精思，惜死守四声之未悟也。

居恒流览古今词刻，其守四声者，宋人如方千里、杨泽民、陈西麓、吴梦窗，皆能依清真四声。方、杨、陈三家词，与当时作手比较，皆不见佳。其纰缪处，大著已略举。梦窗佳矣，然合四稿观之，究多费解语。昔人谓梦窗意为辞掩，不佞以为意之受累于辞，实辞之受累于声。盖梦窗能知清真之词，不能知清真之词之声，所以清真一调两词，能自变通其声，而梦窗不能，其不能也，其不知也，惟有拘守而已。特其聪明过人，故伎俩较方、杨、陈三家为高耳。清人如戈顺卿、谢默卿，词亦不见佳，而谢尤甚。晚清如沤尹年丈、大鹤先生，音律辞章，可称兼美。然其四声变通之处，亦非彼死守四声者所能深晓。若夫不斤斤较量四声，其词尽足名家，由宋迄今，指不胜屈，夫谁得而废斥之哉？其故可思也。

四声之说，得大著不破词体、不诬词体两义，就词言声，可称精善。

---

[1] 夏承焘日记1940年6月21日有记："接吴眉孙函，示《高阳台·皂泡》词、《水龙吟·挽袁伯夔》及《夏初临》社课长函，论近人学梦窗者为伪体。谓私心不喜，约有三端：一填涩体，二依四声，三饾饤襞襀，土木形骸，毫无妙趣。眉孙颇向往龙劬先生，当转此函与孟翁共商榷之。"即指此函。6月23日记："发眉孙复，引《荀子》'乱世之文匿而采'说梦窗词。附去挽铁师词，改易数字。"即复此函。

不佞请就声言词，附以两说，为守四声、学梦窗者进一解。一曰不蔑词理。昔人论长吉诗，稍加以理，可奴仆命骚。愚谓学梦窗者，必能加以理，方许瓣香《四稿》，再谈《四稿》之守四声。一曰不断词气。有气则生，无气则死。前书清气之说，乃对作手言。近今学梦窗者，彼谓能守四声，愚谓率多死语，直是无气，尚谈不到清浊。抑有进者，吾侪谈词，彼一是非，此亦一是非，不过旧学商量而已。若推而以语青年学子，不佞以为与使先声而后词，毋宁先词而后声。盖词不能歌，由来已久，苦苦求词于四声，终恐劳而无补。先迂甫云："宋人之词，可以言音律，今人之词，只可以言辞章。宋人之词兼尚耳，今人之词惟寓目。"（语载冯金伯《词苑萃编》）不佞最推服斯言。以为填词者，但能如大著所谓不破词体、不诬词体，而归结于玉田所谓妥溜，足矣。

大著细读五过，管窥所及，随笔记于卷中，附呈台览。狂瞽之言，极知无当，乞宥而教之。匆覆，敬颂道安，不备。

　　　　　　　　　　　　　　　　庚辰六月廿八日，弟吴庠拜启。[1]
（原刊《同声月刊》第一卷第三号，原题为《与夏瞿禅书》）

3

顷奉惠书，论清词流变，精当无伦。拙词流易平俗，不足语于大雅，但不愿故示艰深以文浅陋耳。居恒于一切文艺，每以有无清气为衡量，于填词尤甚。《记》云："昔我有先正，其言明且清。"刘劭《人物志·九征》篇云："气清而朗者，谓之文理。"贯休云："乾坤有清气，散入人心脾。"元好问云："乾坤清气得来难。"千古名言，服之无致。晚清词人学梦窗者，以沤尹年丈、述叔先生两家为眉目。读其晚年诸作，何尝不清气往来。愿今

---

[1] 夏承焘日记1940年8月1日有记："过眉孙翁久谈，至八时归。眉孙甚爱予《四声平亭》，谓先后共阅五过，记其疑问于书眉，细如蝇头。谓有长函与予，已具草稿。"此信落款六月廿八日即8月1日。8月3日记："接眉孙翁长函，论予《四声平亭》，极以近人作词守四声为不然。附来《宋词阳上作去辨》，不信予所主此说。"即指此函。

之以梦窗自矜许者，愚以为率堆砌填凑，语多费解，乃复以四声之说，吆喝向人，殊不知四声便算一字不误，其词未必便工也。且意内言外谓之词。古所谓词，自非今之长短句，要其理可通。意之在内者，诚难尽语人，言之在外者，当先求成理。彼学梦窗者，偏以言不成理为佳，此则不佞所惑不解者也。

晚清词人，自文道希、王半塘、郑大鹤、况夔笙、冯蒿盦、朱沤尹诸先生，先后逝世，南北词坛，非无作手。庠则旁皇大索，盖仅得孟劬先生一人，屡向社中称道之。惜乎山川间隔，不能奉手请益为恨事耳。庠又尝言，词中有学，词外尤有学。即如孟劬先生，于晚清词人，首推陈兰甫。庠于当今词人，首推孟劬先生。良以研经纬史，各踞高席，余事填词，自然大雅。奈英敏少年，一切废书不读，辄云我能梦窗，我依四声，一若其词已足名家，何勇于自信至此？庠所学一无成就，于填词持论亦甚寻常。清气之说，非专指清空一派，即质实一派，亦须有此清气，方可言词。不识高明以为然否？著书之暇，与孟劬先生通讯，乞代深致闻声相思之意。[1]

（原刊《同声月刊》第一卷第三号，原题为《复夏瞿禅书》）

---

[1] 夏承焘日记1941年3月13日有记："榆生寄来《同声》第三期，载眉孙致予论词三函，皆攻斥死守四声者。自古微开梦窗风气，近日物极必反矣。"即指上述三函。该刊并有《编者案》："吴眉孙先生，闭门撰述，近方笺注《遗山乐府》，并为孟劬先生校刻《遁盦文集》。顷从友人处，得见其论词数札，有关于词学前途者颇钜，爰为刊布，冀与同好共商讨之。"

卢兆显 1通

卢兆显（？—1947），广东三水人。曾就读于金陵大学，沈祖棻在该校任教时，指导学生成立正声诗词社，卢为骨干，主持过社务。著有《风雨楼词》。

瞿禅先生道鉴：

敬启者，夙钦名德，无繇聆教。侧身东望，怅恨奚如？晚自负笈金大以来，不惭谫劣，颇耽倚声之学；只以资质驽下，致屈指数年，愈自趑趄。兹者滥竽日久，毕业期近，校中例有论文之作，以夙嗜后主词；而时贤关于重光之系统著述，似尚不多。因浪以《李后主研究》为题，从事探讨。比缘厚幸，得拜读先生之《南唐二主年谱》暨圭璋先生之《南唐二主词汇笺》，煌煌巨著，钦佩莫名。惟是井鱼下士，鲜闻大道，再三绅绎，犹多未晓。用敢条列数事，上尘清听。脱荷不弃愚顽，予以提诲，则幸甚矣。

（一）尊谱（《词学季刊》三卷三号，三四—三五页）据《耆旧续闻》："余家藏李后主七佛戒经及杂书二本，皆作梵叶，中有《临江仙》涂注数字，未尝不全。其后则书太白诗数章，似平日学书也（下略）。"又及驳《韵语阳秋》"自古文人虽在艰危困踬之中亦不忘制述（下略）"之说，谓"其词之了无托诉，又甚于长卿诸作，谓出于极困剧哀之中，谁复信之？"断定《临江仙》"樱桃落尽春归去"一首，乃"后主书他人词，非其自作"。千古疑案，缕析无遗。第窃有不能已于言者；《墨庄漫录》云："蔡宝臣致君收南唐后主数轴，来京师，以献蔡絛约之……又有长短句《临江仙》（词略）云……而无尾句。"则蔡絛《西清诗话》云："尝见残稿，点染晦昧，心方危窘，不在书耳。"当是李主原稿。若仅系书他人词，似不致"点染晦昧"或"涂注数字"。所谓"似平日学书也",亦只是陈鹄之案语耳,似未可便谓后主原即如是也。愚尝疑蔡絛所见,系后主初稿之未竟全调者,而陈鹄家藏无阙者,或为其定稿(自词句意境言,后者似亦胜前者)。至此词上阕前三句以写围城中之凄凉岁月,无间日夜起;四五两句状深宫苦况。下阕首二句写民间萧条,外援莫及,而以怅恨无端,悔不当初作结;似亦非了无托诉者。未审先生以为如何?

(二)尊谱(《词学季刊》二卷四期)所载《二主世系表》,关于中主子女一系,胪列后主兄弟十人,中佚名者二人(圭璋先生《南唐二主词汇笺》附录《二主年表》,同此)。窃考史称元宗十子,后主其第六子也。《五代史记》云:"自太子冀以上五子皆卒,煜以次封吴王。"马令《南唐书》云:"太子冀卒,四兄皆早亡,以次为嗣,改王吴。"其五兄之可考知者,今惟弘冀、弘茂,余三人无考。惟尊谱所列,佚名者二人(亡),余为弘冀(行一,亡)、弘茂(行二,亡)、从嘉(行六)、从善(行七)、从益(行八)、从谦(行九)、从庆、从信八人(合计十人)。是认后主仅四兄弟早亡;若然,则后主行六,不当越升嗣位。愚意似仍列佚名者三人为较妥。至昭平郡公从庆(《宋史》作从度)本有是一楚定王(楚王景迁?)子之说,如此属实,则为后主从兄弟耳,仍符中主十子之数。是否有当?幸垂教之。

(三)尊谱(《词学季刊》三卷二号,廿四页)保大三年乙巳,十月,皇太后宋氏(中主生母)崩条。后系以《徐公文集》八《告天地文》云:"圣尊后自夏秋以来,寝膳违裕,医药备竭,祷词必至,数月于是,有加无瘳。"窃考后主即位,尊母钟氏为圣尊后,"以钟氏父名泰章故也"(见《宋史·世家》)。今系此文于本年,当另有所本?

(四)尊谱(《词学季刊》三卷三号,四九页)载"后主文可考者,有徐铉《质论序》,见《江南别录》(下略),有国时作祈雨文,见《说郛》六十一引《清异录》,今皆不传(祈雨文存"尚乖龙润之祥"一句)。传者惟《大周后诔》,见马书《后传》。《却登高赋》,见陆书《从善传》。亡国后《上太宗乞潘慎修掌记室手表》,略具于王铚《四六话》。若《砚北杂志》载《李仲芳家藏南唐金铜蟾蜍砚滴铭》，则真赝犹难定也"。末悉三卷二号廿四页开宝元年《送邓王十二弟牧宣城序》，及同期卅三页开宝三年韩熙载卒，徐铉作墓志，中引后主手批"天不愁遗，碎我瑚琏，辞章乍览，痛切孤心（下略）"，又三卷三号卅三页乙亥岁载陆游《南唐书·周惟简传》引后主手疏"惟简托志玄门，存心道典，伴臣修养，不予公途"数句，均可入后主遗文之列否？近人辑南唐二主全集，并《即位上太祖表》《乞缓师表》《答张泌谏书手批》《批韩熙载奏》诸文亦批为后主所作，不知当否？

（五）尝读元人白朴《感南唐故宫隐括后主词》（调寄《水调歌头》），其下阕诸句，多为今日所传诵者；上阕则除"雕阑玉砌"一语外，余都不详其所出。昔贤雅制，如方岳《沁园春》词之隐括《兰亭序》，苏轼《哨遍》词之隐括《归去来辞》，泰半均不离原句。据此，足觇今传后主词，已散佚颇多。考二主词刊本，习见之谭、吕、毛、侯、沈五本，编次悉同；证以《直斋书录解题》所云，当均源自宋本，所传后主作品，类皆无大出入。是白朴之作，似实依据另一完善之古本，而为宋人所未见者（宋人申论后主词句，多系今日常见者，可证），未悉其详可得而闻否？仰渎高明，诸祈谅察。

耑此，并颂

道安！

晚学卢兆显顿首
八月十日[1]

（原刊《正声》第一卷第二期，正声诗词月刊社1944年2月1日出版，题为《致夏瞿禅先生论李后主词书》）

---

[1] 夏承焘日记1943年11月27日有记："谢邻转来圭璋十月廿一重庆书，谓汪辟疆欲邀予往中央大学，并问予《词人年谱》肯在渝出版否。附来金陵大学学生卢兆显君一长函，与予讨论《李后主年谱》五事，楷书端整，考据详细，想见其人。函发于八月十日，辗转至今，急须作覆。大学国文系毕业生中若此君者信不多得，恨不识其人。"即指此函。11月28日："作覆卢兆显成都金陵大学书，论《后主年谱》围城词。声越谓宋人野记所说不同，原稿今又无从目验，只得存疑，不必坚持一说。"11月29日："发卢兆显复及修龄复。"夏承焘复函亦刊于《正声》第一卷第二期。

王荣年 1通

王荣年（1889—1951），字世瑛，号梅庵，浙江永嘉（今温州龙湾区）人。曾留学日本，毕业于明治大学。回国后在温州、北京、青岛等地学校、政府部门任职。能诗，书法成就尤高。著有《大罗杂咏》《王梅庵临褚遂良圣教序》。

  飞步凌江瞥一梭，滔滔几度锦衣过。

  雁来曾惜潮无信，鳌驾空传海不波。

  未掩啼痕残甲楯，聱明诗眼好山河。

  回来佳气纷相尼，玉室仙人正笑呵。

右近作钱江大桥晚眺诗，写呈瞿禅先生大吟坛两正[1]

（吴常云藏）

---

1 王荣年邮寄此诗稿的信封尚在，邮戳可见时间为1944年6月11日，故系诗稿于1944年6月。《瓯海文史资料》第四辑所刊王鸿章《王荣年先生事略》附有《王荣年先生遗诗》，此诗有录，题为《驱车游钱江大桥》，第四句为"鳌驾真看海不波"，略有区别。

陈运彰　1通

陈运彰（1905—1955），字君漢，号蒙庵，广东潮阳人。况周颐弟子，曾任之江文理学院、太炎文学院、圣约翰大学教授。诗词书画皆善，富有收藏。著有《纫芳簃词》《双白龛词话》等。

　　白石道人《阮郎归·为张平父寿，是日同宿湖西定香寺》。此寺是否与定香桥有关，公必有考定。又张功父之南湖今在何处，欲一访其《舍宅疏》石刻，并乞赐教为恳。
　　敬上
瞿公足下

弟彰 再拜
廿二日[1]
徐、陆、任诸公均候[2]

（吴常云藏）

1　此函信封尚在，收发地址是"本市里西湖浙江大学教职员宿舍夏承焘教授，定香桥十号蒋庄陈简"，邮戳依稀可辨为"五〇、七月、廿三"。夏承焘日记1950年7月12日有记："陈蒙庵自沪来，午邀其与心叔同饭于太和园。谓林子有亦病偏风，置所辑《词综补》数十册于坐位之两旁。夏映厂已能起坐作画，鬻钱尚可过日。榆生在沪卖词，有七律一首、《西江月》一阕作启事。赵叔雍已出狱，近在香港卖文，本判无期徒刑，居然得免。蒙庵住蒋庄蒋苏庵国榜处，谓苏庵于马湛翁一日早晚两请安。"应是陈运彰此行所写，故是函系于该年。

2　指徐震堮、陆微昭、任铭善。徐震堮（1901—1986），字声越，浙江嘉善人。曾任浙江大学、华东师范大学中文系教授，通多国语言。著有《梦松风阁诗文集》《世说新语校笺》等。陆微昭，见本书第204页。任铭善（1913—1967），字心叔，江苏如皋双甸（今属如东）人。1935年毕业于之江大学国文系，曾任之江大学讲师、浙江大学副教授、浙江师范学院教授、杭州大学教授。著有《礼记目录后案》《汉语语音史概要》等，与蒋礼鸿合著《古汉语通论》。

吴鹭山 2通

吴鹭山（1911—1986），名艮，又名鲍，字天五，晚号鹭叟、鲍老等，浙江乐清人。吴无闻兄。曾执教于浙江省立温州第十中学、永嘉县立中学、浙江师范学院、浙江教师进修学院等，"文化大革命"后蛰居温州及乐清。著有《周易学》《读陶丛札》《光风楼随笔》《光风楼诗词》《雁荡诗话》等。

1

瞿老左右：

得去月惠书，知大驾已返杭，深慰驰系。阿同苗而不秀，殊可叹，内子伤痛尤甚。[1]生灭虽是常理，然骨肉之情，实难遣置耳。远蒙存问，良荷良荷。

闻浙大、之大文学院将合并，未悉果否？湖上游暇如何，孤山梅新萼想垂垂发矣。

新词气势飞动，惟"千年奴隶"句太露，与上句亦欠相称，"轮声"二字似费解，"隋堤柳"句可换则换。[2]长者执谦，每令弟僭承，祗惶愧耳。

岁除益怀清光不释。适徐步奎[3]自温师来，共数晨夕，幸稍慰此幽独也。

1　阿同乃吴鹭山之子，1951年11月12日在长春病故。夏承焘日记1951年12月16日有记："晨作书，慰天五丧子。"时夏刚从安徽五河返杭，"去月惠书"即指此信。

2　新词指《满江红·五河县看治淮，汝康、西彦属为此曲》，见夏承焘日记1951年12月26日。后收入《天风阁词集后编》，题改为《满江红·皖北五河县治淮》，词亦有改动，见《夏承焘集》第四册，第211页。

3　徐步奎，见本书237页。

令兄令弟近来一一佳胜。顺颂新禧，并候夫人安吉。

弟艮顿首
除夕下午三时[1]

（吴常云藏，已收录于《吴鹭山集》，卢礼阳、方韶毅编，线装书局2013年12月版）

2

去腊接惠书，欣悉一一。即日新岁，缅惟道履动静安胜。我在此诸况如常。洛阳之行拟稍缓，以俗务尚未料理停当。春寒正厉，亦惮出门，大约下月初旬或能首途，未定也。

嘱检寄拙稿《丛谈》，奉上《杜诗八讲》与《诗经学考略》数篇，未知适用否？《八讲》系二十年前牵率之作，即《杜诗丛谈》一部分[2]，所谈皆甚肤泛，仅供初学者参考（如适用，以后当续寄），又不惯写语体文，强写总觉生涩枝蔓，不像样，尚祈严格审阅，有未当处，即为删改。《考略》系曩在东北文史研究所时讲稿，是否可用，亦请审正。[3]又往年曾写有《易括》一小册子[4]，专谈《周易》大旨及诸疑难问题，属于学术性论文，未悉适合彼处需要否，便中试为探询示及。

旬前邮寄一包裹，并附去拙字数纸，谅已妥收矣。

匆颂

年禧暨阖第大小均佳

两浑
二月十六呵冻

1　夏承焘日记1952年1月29日有记："得天五除夕复书。"即指此函。1951年除夕为1952年1月26日。

2　吴鹭山研究杜甫之作后结集为《杜诗论丛》，浙江文艺出版社1983年6月第一版。

3　吴鹭山有关研究《诗经》文章，题为《诗经八讲》，已收录于《吴鹭山集》。

4　吴鹭山有关研究《易经》文章，题为《周易学》，1977年曾以油印自印本发行，现已收录于《吴鹭山集》。

鹊桥仙　次韵奉酬髯老，辄以为八十寿[1]

　　牛心炙好，驼蹄羹美，争及梅香堪嚼？人生快意是逢辰，歌一阕春姿回挚。　　犹龙老子，函关迟我，共试青牛铁脚。遮拦亦有太和翁，要小驻、看花清洛。时予将适洛阳。太和翁谓邵康节。

附《双溪小隐图》，乞赐题句。[2]

（原刊《光风楼墨迹选刊》，1988年自印本；已收录于《吴鹭山集》）

1　此阕收录于吴鹭山《光风楼诗词》，题改为"谢邻寄示近作次和"，"清洛"改为"古洛"，编为1978年作。

2　《光风楼墨迹选刊》影印此信时，注明时间为1984年2月，应误。《吴鹭山集》亦误。夏承焘1978年2月21日有记："鹭兄来信，寄示《论杜诗》《论诗经》数文，和我《鹊桥仙·八十自寿》……鹭兄寄来阿雷山水画一幅，有鹭兄题《虞美人》小阕。"即指此信。《双溪小隐图》为吴思雷所作。据此，可推知"去腊接惠书"为夏承焘日记1978年1月25日所记"发鹭兄函，附《快意》七律、《鹊桥仙·八十自寿呈鹭山》"。《鹊桥仙·八十自寿示无闻并寄鹭山》记于1月20日："尊前试听，门头啄剥，共把梅花醉嚼。终南太华枕函边，记过眼、万千丘壑。须髯休薙，齿牙欲豁，筋力犹堪行脚。要看人物造承平，好同驾、巾车入洛。时鹭山将游洛阳视其孥，因用尧夫事。""旬前邮寄一包裹"云云，夏承焘日记1978年1月28日有记："鹭兄寄来炊虾海味一包，并诗词条幅五六张。"

吴鹭山　93

夏承照 1通

夏承照（1903—1984），字叔炎，浙江永嘉（今温州）人。夏承焘大弟。曾任温州中国国货公司襄理等职。

瞿禅二哥：

承询富华股票登记事[1]，弟之股票二号已登记，因我公司亦是公私合营，将来亦是交通银行来整理股权。各事须要先做起，富华目前公股加多，在温州言，是项生产机构，必可长久维持，如遇增资，决不致强欲局外股东出钱，故日后顾虑，不必考虑之，不来登记者亦颇有人，兄如熟审此后国家经济政策措施，当不以登记与否而作抉择也。

母亲忌辰，弟每日忙于事务，亦未作任何纪念。[2]大姊、燕弟幸如安健。燕弟每遇厂内召开会议，均寄宿弟家。因大姊住我家，大哥、燕弟因常过从。[3]兄代理系主任职务，如力能胜任，当以努力从公为是。[4]月霞母处久未得

---

1 富华是指温州富华染织股份有限公司，其前身为鹿城棉织厂。1939年4月，改组为富华染织股份有限公司，王纯侯任经理，夏承照所在的温州中国国货公司参股，是当时温州棉织业中规模最大的一家。1951年11月，富华公司在省内率先实行公私合营。1957年，改为国营温州棉织一厂。1998年，再改为温州市针棉织总厂。旧址位于温州鹿城区蛟翔巷，保留有旧厂房，是温州近代工业遗产。

2 夏承焘母亲逝世于1951年11月5日。

3 夏承焘大姊夏琼英（1892—1974），又名宝钗，家庭妇女。燕弟乃夏承焘二弟夏承燕（1908—1993），字季炎，曾任职于富华染织股份有限公司。夏承焘大哥夏承烈（1894—1988），字怡生，号仙洲，曾在福建工作，后回乡服务温州地方法院二十多年。

4 1952年9月，夏承焘被推为浙江师范大学中文系代主任，故此信系于该年。

消息，止水、鸣石常晤面。[1]我公司近月受工商局加强领导，各事均比前忙，入冬营业尚佳，各地初级市场交流皆派人前往参加，缘送工业品下乡，是我公司任务也。

匆匆，即颂

近安

二嫂均此

弟照上
十二、十五[2]

（吴常云藏）

---

[1] 月霞应为陈纯白夫人庞氏。陈纯白（1897—1964），字志翀，一作志冲，浙江永嘉人。慎社社友，与夏承焘友善。曾任职于民意日报社，又就读于内务部高等警官学校。后任杭县、余杭、建德、永嘉等地县长。1949年之后执教于上海私立江淮中学。夏承焘日记1951年10月31日有记："月霞母堂来，谈次出泪。"时陈纯白已在沪被捕。信中谈月霞母，应是指此事后续。止水、鸣石皆夏承焘内弟。游止水，见本书195页。游鸣石（1906—1985），字永龄，温州城区人。以经营五金商店为业。

[2] 此信信封尚在，邮戳可见时间乃1952年。

郑汝璋　2通

郑汝璋（1884—1962），字孟特，浙江平阳（今苍南）人。曾留学日本中央大学，攻读法政。宣统二年（1910）参加部试，中法政科举人。民国成立后，在浙江鄞县、丽水、金华、嘉兴等地任审判厅厅长、法院院长等职，颇有政声。1948年，被选为候补立法委员。后被聘为上海文史馆馆员。著有《抱一庐诗存》《吹剑录》。

1

瞿禅吾兄先生左右：

久别企念，比维履候嘉胜为颂。弟患头眩足软病，数月不出门。贞晦先生来杭，未能往访一晤，至为歉然。吾兄每周授课几小时？讲习之余，想不废吟咏。倘有佳作，敬乞录示一二，俾获拜读为幸。

肃上，顺颂

著祉

弟郑汝璋顿首

一月十日[1]

（吴常云藏）

1　此信信封尚存，收信地址为本市六和塔浙江师范学院。夏承焘在浙江师范学院期间，1952年12月下旬刘景晨有杭州之旅，夏承焘日记12月21日有记："晨炼之夫人来，谓刘贞晦先生约予今晨在马一浮先生家会。予九时到蒋庄……十时钟朴存、刘贞翁先后来，谈至十一时散。贞翁较去年所见瘦削，精神尚好。"郑汝璋云贞晦先生来杭，应指此次。故此信系于1953年。

2

瞿禅吾兄先生惠鉴：

一昨祝君来舍，接奉手示并书九册，均领悉。诸费清神，感谢感谢。弟头眩已愈，足力亦渐觉康复，请释廑念。

宾虹先生开岁九十生日，吾兄已有诗词致祝否？

肃复，敬贺

春禧

弟郑汝璋再拜
二月廿二日[1]

（吴常云藏）

---

[1] 1953年，黄宾虹虚龄九十。夏承焘日记当年2月24日有记："《寿宾虹翁九十》：因公坚我信，高寿必高人。但看头如雪，悬知气若春。湖山须彩笔，门巷有蒲轮。旧约何时践，寻诗过谢邻。" 3月1日："午后访黄宾虹先生，过华东美专分校，适为宾老开九十寿辰展览会。遇王伯敏、陈伯衡。伯敏谓昨日元宵节，美专为宾老开祝寿会，到五百余人，谭启龙主席来致词。四时谒宾老于栖霞岭寓，壁间悬马湛翁寿诗，一七古。予出昨成五律一首以献。宾老久病目，以放大镜照之。"故此信系于1953年。

龙榆生 3通

龙榆生（1902—1966），名沐勋，又名元亮，号忍寒词人等，江西万载人。曾任暨南大学、中山大学、中央大学、上海音乐学院教授。著有《中国韵文史》《唐宋词格律》《词学十讲》《忍寒庐吟稿》《葵倾室吟稿》，主编过《词学季刊》，编有《唐宋名家词选》《近三百年名家词选》等。

1

瞿禅我兄如晤：

不奉教又半年矣，暑中尊候何如，想正忙于学期结束，不返永嘉小住耶？弟自去冬即为旧疾所苦，勉强趋班，殊乏善状，顷得十月休假，亦仍不离药饵，又无勇气开割，偷活为愧耳。

博物馆已与文管会分立，弟仍在该馆掌理图书资料，八月一日即假满到彼工作也。大小儿厦材[1]奉调返北京矿务总局，以十六离玉门。儿辈在北者多，传某研究所有人举弟及任中敏君，终以康成挟夙嫌见阻，他时得当，终将北游耳。

顷检旧箧，得兄及潘女士[2]来书颇夥，甚感当日拯拔高谊，不知潘近居

1　龙厦材（1927—2011），龙榆生长子。1952年毕业于清华大学化工系，分配到玉门油矿，1953年调北京石油管理总局设计局。后又在抚顺、洛阳、上海等地石油设计院工作。2009年移居澳大利亚生活。

2　潘女士指琦君，原名潘希真，见本书289页。龙榆生囚禁在苏州监狱时，夏承焘曾托在苏州高等法院工作的潘希真代为探望。随后，龙夏来往信函中，为避嫌以琦君代指这位学生，后来潘希真借用为笔名。琦君曾撰《我的笔名》，述此缘由。

何所，婚后情况何如，便为道念。继生[1]想当晤面，其《水浒》研究已有成者否。顷作得《歌行》及以旧瓶装新酒之《水调歌头》六阕[2]，有缘把臂，当出供一笑耳。大小女顺宜仍在北京图书馆，尚有两女则在农大，明后年次第毕业。惟一小男在沪，下年入高中。[3]

匆颂

俪福

弟勋上

七月廿四夕[4]

（吴常云藏）

---

[1] 继生乃陈继生，时在浙江师范学院任教，与夏承焘同事。撰有《谈〈林教头风雪山神庙〉》《水浒〈智取生辰纲〉的分析》《"刘姥姥一进荣国府"的艺术特色》等。因疑其汪伪时期参加中统组织，1953年间被批斗甚猛，详见夏承焘日记。

[2] 指1953年所作《长歌·三月二十一日陈仲弘将军过文物管理委员会见访，慰其亡女之戚，报以长歌》《水调歌头·一九五三年春，陈仲弘将军枉访，转达毛主席关怀盛意，试以旧瓶盛新酒，赋献四章》。

[3] 龙顺宜（1924—1989），龙榆生长女。1945年毕业于南京中央大学英语系，1951年入职北京图书馆（今国家图书馆）直到退休，与张秀民合编有《中国活字印刷史话》。读农大的两女指四女龙雅宜（1932—），1954年毕业于北京农业大学园艺，分配至中国科学院植物研究所植物园工作，从事花卉研究。编著有《切花生产技术》《园林植物栽培手册》等，获"中国植物园终身成就奖"。五女龙静宜（1933—），1951年入北京农业大学农学系，1955年毕业，分配至北京林学院林学系任教，后调到北京农业大学农学系工作直至退休，著有《植物与生命》《实用豆类作物》等。小男指幼子龙英材（1939—），1960年毕业于山东大学化学系，留校工作，后调任复旦大学化学系。现居上海。龙榆生还有几个子女：次女龙美宜（1926—1972），曾就读于南京中央大学，抗战胜利后在国民政府外交部工作，1949年随夫迁居台湾生活。三女龙新宜（1929—1953），曾入华东军区护士学校学习。因恋爱失败，在上海后勤军需生产部职工医院自杀。次子龙真材（1931—2005），1949年南京金陵中学毕业后，考入二野军政大学，并随二野转战从西南，又参加抗美援朝战争。后在沈阳高级炮兵学校任职，转业后在第五机械工业研究院沈阳研究所等处工作。离休后居青岛。

[4] 夏承焘日记1953年7月29日有记："得榆生片。"当指此函。

2

瞿禅我兄：

旬前匆报一片，计当早达。[1]招生期内，兄或有数日忙碌。

弟顷始了却一部分杂务，即着手唐五代及北宋词之拟目。细思我等分工，或即各任一段，连选带注。初稿写成，彼此交换审订，似较便利。如兄同意，即如此进行。好在尊作数题已足示范，可取得一致也。[2]

弟定下月起每周只到馆三次（星二、四、六上午），陈公关照文化局不以常例相拘[3]，可有余力专意钻研。

大杰此行不知已归否，尚未往晤。交稿已言明可延至十一二月内，可有往还商榷之余地？尊选油印本已领到。蒸溽颇感不适，余容续报。

即请

著安

弟勋上
七月廿二午

（吴常云藏）

1　夏承焘日记1954年7月1日有记："得榆生片，谓南宋词分两系统，皆与政治、经济有关，属注释南宋词一二首寄彼。"当指此函。

2　1953年全国第二次文代会后，新文艺出版社为满足一般读者对古典文学作品的需要，计划出版"中国文学名著选读丛刊"，请郭绍虞、刘大杰主编，第一辑二十种，其中《宋词选注》由夏承焘、龙榆生合作编选。夏承焘日记1954年6月11日谈及此书分工："发榆生片，告分任编《词选》事。同作《序论》一篇，互相补充选目，予任南宋。"此处所谈即分工后续。然此书编选最终未能完成。

3　陈公指陈毅，时任上海市长。《龙榆生先生年谱》1954年7月有记："陈毅市长谕文管会主任委员徐平羽，转嘱上海博物馆馆长，允许先生专心撰述，不必随例上班。先生因赋《临江仙》一词报谢。"1949年11月，龙榆生任上海文管会编纂，亦是得陈毅关照。故此函系于1954年。此函为明信片，邮戳亦可见1954年字样。

3

瞿禅我兄：

半月来忙于资料室之清理工作，选词目录尚未拟定，文化局曾派一人前来相助，顷渐熟悉，从明日起，弟即可减少到馆时间，每星期只二、四、六上午前来处理公务[1]，余日在家撰述唐五代及北宋词，去取标准，颇费斟酌，拟以疏隽豪放为主，多采浣花、东坡一路。大杰曾对我言，读者以一般相当于大学生程度为对象，绝不宜过于丽密艰深之作也。

尊选南宋词如梦窗之作《澡兰香》一类，似仍选多，俟将拙目拟出再行彼此校定何如？新文艺出版社补充体例于今日收到。

尊辑青年出版社一种已完成未？[2]

余容续报，即请

俪安

弟勋上

七月卅一日

（吴常云藏）

---

1 据此系此函于1954年，详见上信注释。
2 据夏承焘日记1954年3月30日："上午北京青年出版社江晓天君来，属编《词选》，为青年读物，字数五万左右，今年年底交稿。"后此书与盛静霞合作选注，书名定为《唐宋词选》，迟至1959年12月才出版。

汤国梨 1通

汤国梨（1883—1980），字志莹，号影观，浙江乌镇人。章太炎夫人。曾求学于上海务本女学，发起神州女界协济社、太炎文学院等。江苏省文史研究馆馆员。著有《影观诗稿》《影观词稿》。

瞿禅先生左右：

湖上一别，忽忽二年。梨此次住杭十日，未获把晤，殊为怅怅。曾托人传语，想未达耳，或尊不在校。秋间当更来，当到学院奉访。

耑此，敬颂

教安

汤国梨留言
六月十一日[1]

外子墓事似有眉目，但愿此次可以完成。梨又及。

（吴常云藏）

---

[1] 夏承焘日记1954年6月14日有记："接汤影观夫人皮市巷信，云来杭住十日，未与予谋面。太炎先生葬事似有眉目，秋间或能再来云。"即指此函。

程千帆　2通

程千帆（1913—2000），原名逢会，后改名会昌，别号闲堂，湖南宁乡人。毕业于金陵大学，曾任武汉大学、南京大学教授。著有《目录学丛考》《文学发凡》《唐代进士行卷与文学》《闲堂文薮》《校雠广义》等。

1

瞿禅先生左又：

奉廿七日手书[1]，仰见前辈怜才之雅，感何可言。祖棻[2]刻尚承乏苏州讲席，祖棻病懒，在成都时，有友命书小扇，数年不复，先生长者，不敢稽延，乃由昌书之，非敢有所吝也。昌曾屡商当道移教华东，迄无成效，遂使尘俗夫妻亦同牛女，诚可叹也。其词方求点定，尚乞暂置尊处数月，俾得以燕闲之暇，从容为之。[3]

1　夏承焘日记1954年9月27日有记："发程千帆武汉大学复。"即指此函。

2　沈祖棻（1909—1977），字子苾，别号紫曼，浙江海盐人，生于江苏苏州。曾就读于中央大学，后考入金陵大学国学研究班，与程千帆相识相恋。历任金陵大学、华西大学、江苏师范学院、武汉大学等教职。著有《涉江词》《宋词赏析》等。所提苏州讲席，指沈祖棻时任教于江苏师范学院。

3　夏承焘日记1954年9月25日有记："接程千帆寄其妇沈子苾（祖棻）《涉江词稿》一册，千帆精楷手书，属为加墨。附来一笺，谓在沪尝向新文艺出版社古典文学部主任钱百城君推荐予之《词人年谱》。诵子苾词，灵秀可佩。"可知信中所谈为此。夏承焘作《一洛索·题沈子苾〈涉江词〉》为赠，1954年11月29日记有录初稿："赌书问茗都无暇，淡蛾无须画。高楼秋思好平分，湖海气，星辰夜。　巴歈堕泪翻金罍，记梦痕劫罐。一编把过客星出，愁欲共，滩声下。"12月17日改为："胡尘满镜眉难画，此意鹃能话。何人过路看新婚，垂老客，无家者。　娃乡归梦真无价，梦斗茶打马。何时写集住西湖，千卷在，万梅下。子苾与千帆寇乱中结婚于屯溪。"刊于《涉江词》的定稿则为："屯溪往事鹃能话，素黛愁难画。几人过路看新婚，垂老客，无家者。　娃乡归梦今无价，梦斗茶打马。何如写集住西湖，千卷在，万梅下。"夏承焘还曾为湖南人民出版社1982年2月版《涉江词》题签。

顾学颉[1]先生现在北京人民文学出版社古典部工作，先生如有书问，径寄该社，当可收到。

承命为尊著制序，所不敢辞，惟不知文体以用文言抑白话为当。此书先生当自有题记，如用文言，则昌亦当学步，以免有损全书风格，至希惠示，以便遵办。[2]

心叔先生治学博通廉悍，夙所钦迟，无缘陪接，但深驰仰。前闻卧疴甚久，刻想早经康复，晤时尚乞致意。

丁丑前昌家寓杭州，夏腊归省，颇得湖山之乐，今匆匆十余载矣。来岁假中，不知能来杭奉谒兼寻旧游踪迹否？

谨上，顺颂

道安

会昌叩头
九月三十日

季思[3]先生想已返粤，渠亦欲东归，然未能也。

（吴常云藏）

---

[1] 顾学颉，见本书185页。夏承焘知顾学颉联系方式后，即去信探讨词学问题，详见夏承焘日记。

[2] 夏承焘日记1954年10月16日有记："接程千帆武汉大学信，寄来《词人年谱》序。"10月17日："夕作程千帆复，谢作《词人年谱序》。"10月日记缺2至14日，当中应还有一夏复程信，谈序言文体事。然《唐宋词人年谱》诸版均未收程千帆序。夏承焘日记1955年4月12日："发新文艺出版社函，言程千帆序。"8月15日："晨寄还文学史讲稿与程千帆，附一函，并寄去其《词人十谱》序、《唐宋词叙说》二本。"9月15日："得新文艺出版社函，程千帆序决不登入《词人十谱》。"该序后收入《程千帆全集》第十四卷，河北教育出版社2000年12月版，乃文言体，赞"《词人十谱》之作，嘉惠学林者，又不独在词史一端，可断言也"。《唐宋词人年谱》由上海古典文学出版社于1955年11月出版后，夏承焘日记有记12月16日寄书给程千帆，12月27日夏承焘"于心叔处见程千帆函，誉《词人十谱》为自有词学以来未有之著作"。

[3] 夏承焘日记1954年8月16日记："上午季思夫妇自北京来，共饮于心叔家。天五、雁迅皆集。雁迅二十余年不到秦望山矣。夕邀季思夫妇小酌于广东饭店，听谈广州各友近事。季思夫妇今年皆五十，予以新得朱竹垞联为寿。联云：'坐啸风生苑，裁诗月满楼。'心叔谓上句当是'说剑风生座'之误，予谓坐啸却切季思，季思诨号'老虎'也。"8月17日："晨与天五入城，饯季思夫妇、子植于杭州酒家。"即指王季思此行。

2

瞿禅先生左右：

久未奉候，伏维杖履安泰。顷承惠赐《论词绝句》，彊翁之后，此其嗣音，而经涉广漠，剖析毫芒，则又过之。窃谓乃一部诗体写成之词史也。《涉江诗词》印就，邮奉二册，想已收到。[1] 经营匪易，越岁始成，而款式印工终不如意为憾。先生海内宗匠，多识学界胜流，不审尚有何人应寄呈乞教。如荷便中属夫人开示名单，极所欣感。

专此布谢，祇颂

道安！

会昌顿首
九月十五日[2]

（原刊《闲堂书简》，陶芸编，上海古籍出版社2004年7月第一版）

1　夏承焘日记1979年9月7日有记："程千帆寄示沈祖棻诗词集。"诗词集乃《涉江诗稿》《涉江词稿》线装油印本，1979年印成。

2　夏承焘日记1979年9月18日有记："程千帆来信。"即指此信。9月27日："复程千帆函，附赠书名单。"即为此两书开赠书名单。

钱仲联 2通

钱仲联（1908—2003），原名萼孙，号梦苕，江苏常熟人。毕业于无锡国学专修学校，先后任大夏大学、无锡国学专修学校、江苏师范学院、苏州大学等校教授。主编有《清诗纪事》等，著有《梦苕庵诗话》《梦苕庵诗文集》。

1

瞿禅先生道鉴：

十八号手示敬悉。[1]覆瓿之物屡承关切，殊深感愧。九月末曾得新文艺出版社来信，内称由先生介绍，命弟选注清诗一种，并索阅《人境庐诗笺》，谓可考虑出版。彼时《诗笺》适为南京大学一友人索去借阅，弟覆信给新文艺出版社，允为选注清诗，至明年九月缴稿；黄诗注则待取回修改后再托便人带沪。此事迄未函告左右，疏懒成性，良为歉然。

近示所称去函北京人民出版社接洽一节，未知是否即新文艺出版社旧事？如系两回事，自以交人民出版社出版为佳，《诗笺》已于上月向友人处取回，当遵照古籍刊行社意见细加修正。

但全书如需重行缮写，则因材料太多，根据过去经验，以叶余时间进行，恐非四五年不办。弟欲就印本改正，原已书在眉端，材料甚多。即以原本交古籍刊行社付排。如此做，则明年三、四月或可完成，甚至在寒假中或可完成。为特再商于先生，拟得示复后再去函回覆。如蒙拨冗代覆，尤所感盼。

---

1 夏承焘日记1954年12月18日有记："得北京文学古籍刊行社复函，属予为校《白石歌曲》。并言仲联《人境庐诗笺》事，即函告仲联。"当指此函。

匆复申谢，敬请

著安

弟钱仲联梦苕[1]

雁迅[2]近在何处，乞告。第欲求彼搜寻几首清人诗为选清诗之用。

中教工作繁忙不堪[3]，叶余从事故纸堆生活，每日至多不过半小时。

（中国书店2019年春季书刊资料文物拍卖会近现代名人书札·手稿专场拍品）

2

瞿禅先生撰席：

久未笺候，正切驰思。忽奉大函，欣慰万状。

关于研究生问题，我系限额只有二名。且闻此次外语题甚难，而我系所出之古汉语题亦甚难。（据本院考生云，考到篆文、隶书等。题非弟拟，保密，命题者外，他人不知。）弟只出"明清诗文"之专业题，不难。现在各地（考生较多）考卷尚未到齐，因此尚未阅卷。阅卷时又不让指导教师参与，以防弊端。为此，朱同志[4]投考一事，只得凭成绩如何考虑了。（上届有

1　夏承焘日记1954年12月25日有记："得仲联复，谓《人境庐诗笺注》明春可改成。"即指此信。12月26日："发北京古籍刊行社函，转去仲联函。并告白石词拟分三步做：一、校字句，以编年分卷，附《各家序跋》《白石小传》《版本考》，不校旁谱，明年三四月交稿。二、《词笺》及《白石遗事考》，明年秋交稿。三、《龥律》部分附旁谱译文、《旁谱辨》等，明年年底交稿。如后二者不出版，则旁谱校记入第一部分，明年暑假交稿。"此发北京古籍刊行社函与钱仲联复函，同见于拍场，为一个标。

2　陈雁迅（1913—1955），名光汉，浙江瑞安人。毕业于无锡国学专修科，曾任浙江省立第十中学教员、浙江省立图书馆研究辅导委员会委员。撰有《瑞安孙先生传记》《读杜偶记》等文。

3　时钱仲联任教于常熟（现张家港）沙洲中学。

4　指朱则杰，见本书320页。

一研究生[1],是北大毕业,成绩优异。看来,北大学生比其它学校学生要强得多,朱君想不例外。)弟衷心希望其能录取,因弟现正主持我院"明清诗文研究室"工作,梅村诗亦是重点研究内容之一,愿得英才与之共事也。

半年以来,弟多病并发(冠心病、关节炎、气管炎、前列腺发炎),现仍艰于步履。

匆匆上复,即颂

俪祉不一

弟仲联顿首
九月十八日[2]

(朱则杰藏)

1　指王英志(1944—2021),吉林长春人。毕业于北京大学,后师从钱仲联,获苏州师范学院硕士。《苏州大学学报》编审,博士生导师。著有《清代诗论研究》《古典美学传统与诗论》等,编有《袁枚全集》等。关于此关节,朱则杰有《怀念王英志先生》(刊《温州读书报》2021年第三期)论及,王英志"读研期间就发表了一系列的论文,'成绩优异'(先生某信中语)"云云,"某信"即指此函。

2　据朱则杰先生告,此信写于1981年,是他报考钱仲联硕士研究生时,夏承焘主动联系钱仲联,写了一封推荐信,此为钱仲联复函,夏承焘转赠。

杨荫浏 2通

杨荫浏（1899—1984），字亮卿，号二壮，又号清如，江苏无锡人。先后就读于无锡江苏省立第三师范、上海圣约翰大学，后任北平哈佛燕京学社音乐研究员、重庆及南京国立音乐院教授、中央音乐学院音乐研究所所长等。著有《中国音乐史纲》《中国古代音乐史稿》等。

1

（节）弟在译谱中，发现若如白石所标宫调，每音照译，则谱中将出现多处"宫"与"变徵"之连接进行，犯三连音（Tritone）不协和音程之忌，声音在此等处甚为刺耳而难听。弟思白石自能度曲，决不致如此，顾久久而不得解决之方，遂久久搁置，暂不解决。前年夏间，在访问西安鼓乐时，发现其所用乐谱，工尺字与姜谱全同，其旋宫之法，有"六""尺""上""五"四调，而所用管乐器则不适宜于旋宫，以不宜旋宫之乐器奏宜于旋宫之曲调，则半音全音关系势必有迁就不求精密之处。此正与昆曲之转七调及国内其他合奏旧艺人之转调，取同样办法。所奏结果，对于所标宫调，虽非全合（理论上不合），但曲调则仍悠然动听。忆及姜白石所吹之箫，正同今日之箫，国工田正德所吹觱篥，正同今日之管而后多一"勾"音之孔，其制作形式，有陈旸《乐书》可据。姜氏以如此之箫管合词调，则半音全音关系，并非如姜氏所举宫调名称所要求之准确。因思文人之言乐理，所讲与其所奏或其听觉之所辨别，恒不相符，而有一定之距离（如明清以来昆曲之标燕乐宫调与笛音之不能相符）。姜氏此时已是如此（从箫笛只六孔、管只九孔可知）。在准确之三连音关系产生不协和感觉者，在略不准确之乐器上反能保留协和之感（箫笛上之半音，实既非全音又非半音，适处于全音半音之间而距其上下相邻之音各为一四分之三音程）。据此想法，在姜谱之不协和处作上下半音之调整（在上下半音调整之时，有时及宫调名称之改动），乃觉谱曲均谐和可唱。顾姜氏之谱，百年来未竟之业，决非一人之力所能解决，则拟先写出初步之试译谱稿，冀有以求得高明之指正耳。[1]

（原刊《唐宋词论丛》，上海古典文学出版社1956年12月第一版）

2

（节）对尊著白石歌曲译谱，深感精到外，敬提不成熟意见二点如下，备供参考：

（1）以"宋工尺"译成"今工尺"，以便于近代人的应用，在原则上这是一个很好的办法。但在译成"今工尺"时，弟觉得最好译成不折不扣的"今工尺"，使目前用惯"今工尺"的人一拿起来就能照唱，而且唱起来的音刚是姜白石那时候唱出来的音一样。要做到这点，弟以为第一最好改用"凡"来译姜白石的宫音。原因由于新旧音阶的变迁，目前乐人间流行的"凡"音，实际比姜白石时候所用的"凡"音低了一律。在相对音高的音阶排列中，现在的"凡"音刚合姜白石"上"音的地位，即宫音的地位。另邮寄奉音乐业务参考资料一册，其中在《工尺谱的翻译问题》提到这一点，请参考，并指正。

（2）为了使用惯"今工尺"的人们容易应用，弟建议将高上、高尺……等改为仩伬仜……等，将低凡、低工低尺等，改写为凡工尺等通行的记谱法。（《遏云阁》《六也》《集成》等曲谱，都用此记谱法。）

---

[1] 夏承焘日记1955年1月21日有记："得北京音乐学院民族音乐研究所杨荫浏一月十七日函，谓白石谱中多宫与变徵连接者，犯三连音，不协和，音谱之忌。前年发现西安鼓乐谱，谱字与姜谱全同。其旋宫法有'六''尺''上''五'四调，而所用管乐器则不宜于旋宫。白石所吹之箫，与今日之箫正同，国工田正德所吹之觱篥正同今日之管，而后多一'勾'音之孔，陈旸《乐书》可据。以此合词调，则半音全音关系并非如白石所举宫调名称所要求之准确云云。正欲以此求教杨君，得函甚喜。"即指此函。1月24日："作杨荫浏北京覆。"

（3）最好另在"中吕宫"等古燕乐宫调名称下，加注"合今笛色某字调"，以便应用。列各曲今用相当调名如下，备参考：

扬州慢　合今笛色尺字调

暗香　……六字调

淡黄柳　……小工调

角招　……乙字调

徵招　……乙字调

霓裳中序　……六字调

玉梅令　……凡字调

杏花天　……尺字调

长亭怨　……尺字调

鬲溪梅　……六字调

凄凉犯　……六字调

秋宵吟　……正工调

石湖仙　……尺字调

疏影　……六字调

醉吟商　……尺字调

惜红衣　……正工调

翠楼吟　……尺字调

所以不用箫上调名，因现在通用笛色定调，箫色是依笛色而定的。若径依箫色定调，则因有两种解释方法，容易引人误解：一种是依笛色高低而定箫上之调，一种是依箫笛相同的孔位而定箫上之调，两种定名相差四音。若用笛色，则箫上调名不定而定，反不致互舛也。[1]

（原刊《唐宋词论丛》）

1　夏承焘日记1955年4月10日有记："晨抵上海换快车。七时开，午到杭州，午后一时返校。……见各友来信，有程千帆、龙榆生、詹祝南、杨荫浏诸人，皆有论词语，为《唐宋词叙论》提意见。"应包括此函。4月15日："得杨荫浏寄《音乐业务参考资料十二种》，一册。"即信中所提参考资料，查为中央音乐学院民族音乐研究所编，中央音乐学院民族音乐研究所油印资料之二十，1952年首印，1953年12月第二次印刷，1956年1月第三次印刷。

梅冷生 3通

梅冷生（1895—1976），名雨清，斋号劲风楼、劲风阁，浙江永嘉（今温州鹿城区）人。毕生从事图书馆事业，任籀园、温州市图书馆长达四十年，今人辑有《梅冷生集》。

1

瞿禅我兄：

昨见大著《唐宋词人年谱》已出版[1]，温馆本年购书经费不多，五花八门都要具备，想小小揩油，请兄寄赠一册，以充众览。如蒙许可，并请把《师院学报》同寄一册为感。

即颂

大安

弟梅雨清顿首
二月七日[2]

（吴常云藏）

1　夏承焘《唐宋词人年谱》，上海古典文学出版社1955年11月初版。
2　夏承焘日记1956年2月9日有记："得冷生函，为温州图书馆乞《词人十谱》。夕马骅返温，托其带《词人十谱》与冷生、止水。"即说此函及所提求书事。时夏承焘在浙江师范学院任教，所提《师院学报》指该院学报。

2

瞿禅兄：

　　来教奉悉。敝箧所藏，解放后泰半捐归馆库，南社集亦在其内（尚阙数册），如须参考，可以馆际互借法出借也。春节后弟患重感冒，卧床半月，省民革开会，亦以病阻未去，致稽晤觌。血压尚高，引起心脏不良，疲苶之身，欲振无力，奈何奈何。

　　去岁中秋，贱降七十，承鹭山兄惠诗，弟亦感酬一首，别纸并录求教，老友无多，同音求和，不能无望于兄。苟蒙见锡，岂胜大愿。

　　匆复，顺叩

俪安

弟梅冷生上
二月廿六[1]

（吴常云藏）

3

瞿禅兄：

　　音问疏阔，未知近况何如，悬念久之。

　　弟前在杭时于兄处尝得见友人所赠《宋人笔记汇编》一书，叹其详备。然当时行旅匆匆，未及细览，今以为憾。目下卧榻无事，欲借翻阅一过，以慰耳目。又，兄所藏《李太白集》（自印本）及《元明清扇面画集》（托

1　夏承焘日记1966年2月28日有记："得冷生复，谓藏书已捐与籀园图书馆。去秋其七十生日，寄来与鹭山唱和二首，谓鹭山近作《周易象象微》，心叔甚赞其为己之学。"即指此函，然别纸吴鹭山原诗及梅冷生酬和诗未见，想已遗失。检《劲风楼酬唱集》，影有夏承焘手迹，正是贺梅冷生七十寿所作词："弱龄学咏双星事，小阕依稀记。画堂灯影有沧桑，能几回逢，各已满头霜。　　江城合眼长如画，归梦真无价。三年一纸是寻常，不是相思，自是不相忘。《虞美人》寿冷生兄七十，夏承焘书于朝阳楼。"3月22日记："发苏渊雷哈尔滨师院复，写去寿冷生七十词。"此词后收入《夏承焘词集》，"不是相思"改为"不用相思"。

增杰购于上海者），前所未睹，亦欲一并借观。适有图书馆虞延陵君公事赴杭，因托其顺道问讯。倘蒙不吝，上之书即可交虞君携带至温。弟读毕，当即择人妥为捎还，完璧无误。

虞君在图书馆主管古籍，好学问，研读不倦。

又，增杰附上纸一小幅，请赐近作，并致问安！

即颂

著安

冷生　白

四月二十二日

（陈增杰提供）[1]

---

[1] 据陈增杰先生告，此信写于1972年。由梅冷生口授，他执笔起草，复经梅先生目阅，改动数字，誊抄后交温州市图书馆古籍部负责人阮延陵（即信中虞延陵，"虞""阮"温州话同音致笔误）带上。陈增杰先生曾于2023年1月10日邮件本书编者，说明前后情况："函中梅先生借观的三本书是：一、《宋人笔记汇编》，应是《宋人轶事汇编》（全三册），近人丁传靖辑，中华书局一九五八年重印本。二、《李太白集》（日印本），为日本京都大学人文科学研究所影印之静嘉堂藏宋刊本《李太白文集》（即清陆心源皕宋楼藏本）。三、《元明清扇面画集》，我记得是上海博物馆藏品编选的精印本，入选皆名家佳品，印制精良。原价一百五十元，因当时这些都属'四旧'出版物，尽在清理'扫荡'之列，故上海南京东路朵云轩特价十五元出售（当时像影本《王羲之传本墨迹选》《唐人摹兰亭序墨迹三种》特价都只有二角）。我出差杭州往谒夏先生时说到这本扇面画集情况，夏先生当即托我顺道沪上代购一本邮寄。我回温后向梅先生谈及兹事，梅先生也很有兴趣欲借一观。"

任中敏 3通

任中敏（1897—1991），名讷，号二北、半塘，江苏扬州人。毕业于北京大学，曾任教于上海大学、复旦大学、东吴大学、四川大学等，晚年担任中国社科院兼职研究员、扬州师范学院教授。著有《词曲通义》《唐声诗》《敦煌曲初探》《优语集》等。

1

瞿禅先生道席：

前托蒋云从[1]兄代转一笺，谅达。顷于《词林系年》，略有资料，疏如另纸，乞詧，并加严核。如有未是之处，幸详教。其中问题，以初唐呈伎之前，有所谓"行主词"者，颇似后来呈伎以前之"致语"，究是何说，最有意义，务请多多启示。便中遇心叔兄，并希以此告之，共同研讨。

原文有"兼为"二字，尤不可通。演员既已化装为兰陵王，随即"入场"，岂容兼任"行主词"，是若南宋呈伎前之"竹竿子"所为乎？再原文有"咒愿神圣皇万岁"云云，以颂祷之辞，而祷"咒愿"，亦甚奇特，或弟之见闻太陋耳。

两月前得知叶德均[2]先生发现李德裕镇西川之前（公元八二九年），成都已有"杂剧"，且有为男女会演之可能，弟为之震惊不已。叶先生虽得此

---

[1] 蒋云从即蒋礼鸿，见本书132页。
[2] 叶德均（1911—1956），江苏淮安人。毕业于复旦大学，曾在浙江湖州中学、上海青年中学教书，后任湖南大学副教授、云南大学教授，著有《淮安歌谣集》《曲品考》《戏曲论丛》《宋元明讲唱文学》等。

事，但不信此种"杂剧"是戏剧，弟则坚信如此不疑，因作长函给叶先生，列公元八二九前六十年间及后六十年间唐戏发展之实例，约三十条，并举唐五代时蜀中戏剧特盛之事例十四条，说明在发展过程中，成都此时有"杂剧"——造成戏剧——绝非偶然孤立之事，至发生之客观条件，已非常具备。先生及心叔兄想早知叶先生此项发现，未悉高见如何？愿闻，愿闻。

最近报纸载我国数学之发明，有三项超前西欧一千年至五百年。前年闻唐代已发明养气。若后汉张衡之有地震仪，更中外公认之事实。此自然科学乃纯粹理性之事，我先民之造诣尚且不落后于西欧民族，岂有戏剧，乃感情之事，希腊公元前三世纪即已有戏剧与剧本，而我国必至十三世纪始有之，竟落后一千五六百年之久欤！弟始终不敢承认此点，故窃以为张衡《平乐观赋》所写当时戏剧之布景效果种种，并非虚妄，张平子绝不欺人。而自观堂以降，四十余来，戏剧史中从不正视此项资料，实为遗憾。弟终觉西汉戏剧已颇可观，发展至三国时，已颇具体。刘备戒许慈、胡潜一剧，任何人不能否认其本质与形式之完备也。拙稿送审，已阅七月，尚未得结果，能否问世，尚不可知，每用惴惴。

先生《词林系年》乃一创举！愿对《苏幕遮》长短句体，究否有于初唐，《感皇恩》《菩萨蛮》等长短句体，究否有于盛唐等，得一明确之判断。未悉唐代材料，可入《系年》者，已有若干。《教坊记笺》订稿，篇幅几增出一倍，旧说未妥者，已削了不少，然仍然未妥善，不能出手。北京图书馆赵斐云（万里）兄复书，竟说《格致丛书》及《百名家书》该馆均未备，弟殊不敢信。弟建议该馆从日本影印陆心源旧藏《教坊记》，亦谓时机尚未成熟云。大叶先生复函，该校无《格致丛书》；中大王季思兄复书，谓该校有《格致丛书》而不全，《教坊记》未见，可谓缘悭之极！浙中情形如何？倘可能幸赐助？匆匆不尽，并颂著祺。

心叔、宛春[1]、云从诸兄均候。

弟中敏上
四．九
四．十四发[2]

附件：《词林系年》资料

公元七〇〇，武后久视元年，已有《长命女》《兰陵王》《西凉》三词谓之歌舞或戏剧。

《全唐文》二七九卷，郑万钧《代国长公主碑》："……初，则天太后御明堂，安，圣上（按：指玄宗）年六岁，为楚王，兼为行主词曰：'卫王入场！咒愿神圣神皇万岁！孙子咸行。'公主（按：指代国长公主，作者之妻）年四岁，与寿昌公主对舞《西凉》，殿上群臣咸呼万岁。……开元二十二年六月廿囗日……长逝……享年卅八……。"按，代国于开元卅二年四十八岁，上推至四岁，当为武后久视元年。虞世南《琵琶赋》云："少年有长命之词，介女有可怜之曲。"《长命囗》应是《长命女》。

问题：

（一）五代《长命女》、北宋《兰陵王》，皆长短句，二调在初唐，亦可能为长短句否？

（二）《西凉》不知相当于后来何调。

（三）何谓"行主词"？（此点极有意义。）

参考资料：清初编《律吕正义》，后编卷四十五载《踏谣娘》辞乃三叠，北宋《兰陵王》亦三叠，疑同为北齐时所已有。

1　胡宛春（1901—1979），名士莹，浙江平湖人。毕业于东南大学，曾在暨南大学、复旦大学、圣约翰大学、光华大学等任教，后担任浙江师范学院、杭州大学教授。著有《霜红词》《话本小说概论》《宛春杂著》等。

2　据刘天宇考释，此信信封尚存，邮戳显示为1956年。又，夏承焘日记1956年4月21日有记："接任二北成都信，录示《词林系年》资料二则，一谓武后久视元年已有《长命女》《兰陵王》《西凉》三词调之歌舞或戏剧，二谓武后至中宗时代可能已有长短句体之《苏幕遮》。"即指此函。

公元七〇〇前后？武后至中宗时代，可能已有长短句体之《苏幕遮》。

拙著《敦煌曲初探》二六一页，拟定敦煌曲《苏幕遮》（[一〇〇一]至[一〇〇六]）可能是开元间所有，认日本《大正藏》于斯二九八五所载B片，题曰"道安法师念佛赞文"不确，因道安乃晋武帝时人，时代太早。兹发现初唐另有一道安，见《全唐文》三九六卷，宋儋《嵩山会善寺故大德道安禅师碑铭》，谓此道安，生于隋高祖开皇间，灭于唐中宗景龙二年（公元七〇八）。与《苏幕遮》辞之曰"大周东北有五台山"，正相合。《大正藏》虽仅因同卷A件原题《道安法师念佛赞》，遂连类而指B件之《苏幕遮》，文首亦为"道安法师念佛赞文"，似乎理由不充？但另有旁证，证明此之所指不尽虚诞。盖《大正藏》另载敦煌曲《悉昙颂》八首（[一六一]至[一六八]），其译作人定慧，亦嵩山会善寺之沙门。足见敦煌卷子中正有一批乃来自嵩山会善寺者。道安既亦住持此寺，该《苏幕遮》为道安所念赞，必非无因。《大正藏》号者非懵懂之年，似不应无故妄合A、B二件同为"道安法师念赞"之文。然则宋人"碧云天、黄叶地"之《苏幕遮》长短句，固早托体于初唐矣。道安既为初唐人，定慧可能亦初唐人，则《悉昙颂》长短句，当亦有于初唐。若谓《长命女》《兰陵王》诸调，在初唐时即已为五代、北宋词之为长短句，似亦不嫌突兀耳。

《唐声诗》稿不在手边，其中如有可供《系年》作资料者，俟下月稿还手中后，再为检告。先生《系年》稿中已得唐五代之资料，务请示弟一二，以资隅反，或循踪以探也。

（原刊《词学》第四十三辑，华东师范大学出版社2020年8月第一版，题为《任中敏致夏承焘长函考释》，刘天宇整理考释，王作亮藏）

2

（节）白石词谱本身，弟疑为琴谱，实无据。若宋人歌词多入琴曲者，则确凿有据。罗蔗园[1]云，白石集中见律吕谱，见俗乐字谱，未见琴乐字谱。

1　罗蔗园，见本书130页。

伊分音谱为此三式，甚当。附蔗园意见一篇乞誉。惟弟所指出宋词与琴曲之血肉关系，蔗园亦无从否认。先生可就种种可靠材料，加以裁定，将白石词是否入琴乐，及宋词是否入琴乐，分作两事去下断。再蔗园坚执宋人于琴，有乐无歌，而唐宋人所作一大堆琴曲歌辞，及唐人歌琴曲之若干本事，将何说以解，又是一新问题。[1]

（节）此间有黄少荃[2]女士，善笛，喜昆曲，依《论丛》所载姜谱抠之，谓不成腔，又问谱中之拍如何订。弟尚不能对。海内注意姜谱者必不在少数，要当继续探讨，有以晓众，诚非一蹴而几也。高见谓何？

（原刊《唐宋词论丛》，上海古典文学出版社1956年12月第一版1957年6月第二次印刷）

3

承焘先生道席：

侧闻先生年来仍滞京华，不知抑有南归一游之兴否？明年三月，扬州师范学院有一名博士生毕业，须聘海内文坛泰斗主持"答辩"考验，如能通过，方算及格。此生之研究问题，乃《隋唐五代燕乐杂言歌辞》[3]，简称《唐杂言》，亦即所谓"唐词"而已。其具体表现是两部分：一乃写《唐杂言》理论稿，暗中以拙著《唐声诗》为规模，一乃辑《全隋唐五代杂言歌辞》一

---

[1] 夏承焘日记1957年2月11日有记："南扬送来任二北二月五日成都函，谓疑白石谱是琴乐原无据，但宋人歌词可入琴曲者则多臆据。又谓罗蔗园坚执宋人于琴有乐无歌，是一新说，而未必可信。"即指此函。此函之后又节一段，未知是否同函还是另函。且按《唐宋词论丛》编排，编为一通。另，《唐宋词论丛》二印本附录有夏承焘《答任二北先生论白石词谱书》，是为此函之回复，落款时间为4月25日。该日日记有记："写一函答任二北，《论白石词谱》加印在《唐宋词论丛》之后。"

[2] 黄少荃（1918—1971），四川江安人。先后就读于江安女子中学、省立江安中学，后入中央大学历史系学习。毕业后，留校从事战国史研究。曾任教于华西协合大学、四川师范学院、四川大学等，其研究颇受金毓黻、朱希祖、顾颉刚、钱穆诸人赏识。与其姊黄稚荃、黄筱荃均为蜀中才女，有"黄氏三杰"之誉。1971年自戕而亡，今袁庭栋辑有《黄少荃史论存稿》。

[3] 此课题系任门弟子王小盾（昆吾）所作，后结集出版即《隋唐五代燕乐杂言歌辞研究》，中华书局1996年11月版。

稿,将以《尊前》《花间》为起点,而尽量扩充;以长短句体为准,不收齐言的声诗,亦竟得三千余首之多。奇奇怪怪之大宗旧编,如李靖《兵要望江南》有七三七首之多,李隆基等等之《春台望》四首,君臣唱和,竟然"依调填词",上去分明。别有日本所传大量初唐起之长短句调,如《行路难》诗,竟然有十二首一套,亦各依上去不苟,坚持到底,均出前人词业途径以外,庶合国务院所订,博士生之造诣,必须做到有"创造性的成果"一步耳。

至于已聘定之其他学者,共参"答辩"手续者,已有复旦大学之朱东润先生、四川教育学院之龙晦[1]先生、南京师大之唐圭璋兄。唐兄方患腿肿,但愿半年后能于康复,烟花三月,共会扬州也。颙望之私,非言可尽,尚求俯允赐答,万幸万幸。弟年已八七[2],脑力几乎全丧,写信等于画符,粗慢之罪,并求曲宥。

祇颂

道绥

弟中敏拜

二二

岳飞有一段时期逗留于今日苏北之靖江县,属扬州市区。据传立过"生祠",写过《满江红》,泐诸石,合其他内容,共碑十五块半之多。弟正托人探听其详,结果可能突破尊说。《金驼(佗)粹编》所收,也难于绝对完备。邓广铭《岳飞传》,亦难云绝对完备也。邓书承认飞背上"精忠报国"四字,而不识何来。敏。

李一氓贬岳飞,而对秦桧绝对避讳。可哂。

弟脑力已丧尽!此书涂就,才猛忆足下大号乃"瞿禅"二字。误犯尊讳,死罪死罪!敏泥首。

(吴常云藏)

1　龙晦(1924—2011),四川岳池人。四川大学毕业,曾任教于四川音乐学院附属中学,后借调到四川师范学院参加《汉语大词典》编撰工作。1982年,转任四川教育学院(今成都师范学院)教授。著有《灵尘化境——佛教文学》《梵音花雨》《龙晦文集》等。

2　任中敏1984年87岁,且王小盾博士毕业于1985年,亦合信意,故此信系于1984年。

张凤子 3通

张凤子（1904—1972），广东惠州人。张友仁从侄。有词入选《惠州诗词选编》，辑有《宋词纪事》。

1

瞿禅先生著席：

尊著《唐宋词人年谱》，援引既赅，精审独绝，允为有功词学之作。惟《吴梦窗系年》定梦窗生于宁宗庆元六年庚申，似嫌过早。考梦窗与草窗为亲近之词友，尊著《草窗年谱》，既据《癸辛杂识后集》，定草窗生于理宗绍定五年壬辰，确无可疑；而草窗《戏调梦窗玲珑四犯》词，有"年少忍负韶华，尽占断艳歌芳酒"语，是梦窗歌酒得意之少年时代，草窗犹及见之；假定草窗作词之年为二十左右，则梦窗之年至多亦不逾三十，否则便不得谓之"年少"矣。又草窗题梦窗词集之《玉漏迟》词，虽作于梦窗身后，然词有"犹想乌丝醉墨，惊俊语香红围绕；闲自笑，与君共是，承平年少"等语，可见二人同是歌酒场中沉瀣一气之五陵年少，其词中所谓"承平"，必指理宗淳祐末年，是时草窗正弱冠前后，以此推之，知梦窗之年虽较草窗为长，断不至相云太远。若依尊著，则梦窗长于草窗三十余岁，以弱冠前后之草窗与年长三十余岁之梦窗同游，而云共是"年少"，必无此理。愚意梦窗生年，当在宁宗嘉定十年之后，其少于吴履斋，亦当在二十五岁以上（尊著系年，只少五岁）。故其赠履斋词皆称翁称先生也。

右举二词，尊著《系年》亦尝引之而未注意及此，不揣弇陋敢质高明，倘蒙不弃涓埃之效进而教之，亦古人疑义相与析之意也。

手此，敬颂

撰安

　　　　　　　　　　　　　　　　　　　　　　　弟张凤子
　　　　　　　　　　　　　　　　　　　　　一九五六年六月八日[1]

　　杨铁夫《事迹考》，称《浙江通志》载鄞人之举进士者，宝庆三年丁亥一榜多至三十七人，以梦窗才华而不获隽，谓为不乐科举。不知其时梦窗方在髫龄也，此事亦可为鄙说梦窗生在嘉定十年以后之一证。凤子。

　　（原刊《唐宋词人年谱》[修订本]，古典文学出版社1955年11月第一版1957年3月第三次印刷）

2

瞿禅先生左右：

　　芜辞渎听，远辱还答，虚怀雅意，于今罕俪。谂说梦窗生年，初仅就草窗二词推算，并误认三十以上之人便不得谓之"年少"，遂以为当生于嘉定十年以后。今知古人年逾三十亦有称为年少者，如草窗赋《木兰花慢·西湖十景》词，时年已三十有二（据尊谱），而序云"年少气锐"。由是观之，或二窗同游之时，梦窗已三十以上；如果已至三十五六，则其为仓台幕僚，已不止十四五岁，而是一成年之人矣。（徐铉仕吴才十六岁，则梦窗之为幕僚已不算早。徐事见尊著《冯正中谱》。）考梦窗在苏州仓幕所作诸词，对同游者称曰"诸公"，而自谦曰"陪"，可知其年故甚少也。尊著定梦窗卒于六十以后，不过因其集中叹老之词颇多；实则梦窗固早衰者，其词尝自言之。陪庾幕诸公游灵岩之《八声甘州》词，即有"华发奈山青"语，则其重游虎丘之作，勿论其与游灵岩之时间相去久暂，于其"鬓成潘""掀髯笑"

1　夏承焘日记1956年6月23日有记："新文艺出版社转来惠州镇水门大街二巷六号张凤子函，商量《词人十谱》吴梦窗生年，谓应迟十七八年，方与周密'与君同是承平年少'句合。细检原谱一过，张君之说似不可从，当作一函答之。"即指此函。6月24日："作长函复张凤子，言梦窗生年。"6月25日："复惠州张凤子长函，论梦窗生年如迟二十年，则为苏州仓幕幕僚仅十四五岁。亮夫谓凤子曾任教岭南大学，似湖南人。"复函亦载《唐宋词人年谱》（修订本）。

之语，又乌足怪乎。尝见十余龄之童子，满头俱白；若二三十岁而叹二毛如潘骑省者，则所在多有；即草窗赋"愁损庾郎，霜点鬓华白"之日，亦止三十有四耳（据尊谱）。盖禀赋弱者其衰多早，坷坎壈缠身，穷愁卒岁之梦窗耶。此其所以叹老嗟卑，顾影汲汲，而不能自已于言也。欧阳永叔守滁，自号醉翁，苏子瞻守密，自称老夫（见彊村本《东坡乐府》《江城子·密州出猎》词），并年仅四十，可见古人称老不必五六十岁而后然也。鄙意梦窗得年虽不止于四十，至多亦不过四十五六。如此不第二窗年辈可以无疑，即草窗二词亦可一目了然矣。

海隅下士，独学寡闻，以来谕谆谆，故敢再发其狂瞽之论。愿不终弃而辱教之，幸甚幸甚。

弟张凤子谨启[1]

（原刊《唐宋词人年谱》[修订本]，古典文学出版社1955年11月第一版1957年3月第三次印刷）

3

晏叔原生年窃以为尚可推迟，兹条举拙见如下：

（一）晏元献卒于六十五岁，山谷序《小山词》，称叔原为元献之暮子，所谓暮子，必为暮年所生，可知元献生叔原时，至少在年六十左右，如在五十以上，便不得云暮。依此论断，叔原生年可推迟十五年至二十年。其年辈大约与山谷相当，故山谷为作词序。

（二）宋朝门荫至滥，大臣子弟在襁褓中即得官太常寺祝。叔原宰辅之子，妙擅才华，如元献生前叔原已逾冠年，其官必不止此。疑叔原之官寺祝亦元献卒时始推恩及之，计其年必甚幼稚。洎乎长成，槃姗勃窣，获罪诸

---

[1] 夏承焘日记1956年7月14日有记："得张凤子惠州第二书，言梦窗卒年不过四十五六。又谓往年尝成《宋词纪事》三十卷，分七类，得人四百二十六，得词一千二百二十七，得句一百零五。当为介古典文学出版社出版。"即指此函。《唐宋词人年谱》（修订本）载有夏承焘对此意见之按语。又，夏承焘曾为张凤子联系《宋词纪事》出版。

公,所以仕宦连蹇,陆沉下僚,终于监颍昌许田镇也。

(三)尊谱谓元丰中叔原监许田镇时,年已五十余,录所为词呈韩维,维报书称叔原为郎君,以五十余岁之人,而以郎君相称,殊不近理。曩尝疑之。如将叔原生年推迟至十五年至二十年,其时叔原不过三十余岁,则韩维郎君之称似无不合。

(四)花庵记庆历中仁宗宣叔原作《鹧鸪天》词,回示疑非事实,可谓卓识。惟其词具在,未必尽诬,意花庵误以元献词为小山作,如晁无咎以小山"舞低杨柳楼心月,歌尽桃花扇底风"二语为元献词未可知也。

又吴氏双照楼晁元礼《琴趣外篇》卷五,有《鹧鸪天》词十首,序云:"晏叔原近作《鹧鸪天》曲歌咏太平,辄拟之为十篇,野人久去辇毂,不得目睹盛事,姑诵所闻万一而已。"检今本晏词无此作,惟据晁词第七首"须知大观崇宁事,不愧《生民》《下武》"二语,知晁序所云"叔原近作",亦必作于大观年间。是叔原大观时犹在也。尊著《二晏年谱》定叔原约卒于崇宁五年,似乎早了一些。[1]

(原刊《唐宋词人年谱》[修订本],上海古籍出版社1979年5月新一版)

---

[1] 夏承焘日记1958年8月2日有记:"得张凤子函,论晏叔原之生年可再推迟十五年或二十年,寄来照片。"即指此函。《唐宋词人年谱》(修订本)载有夏承焘对此意见之按语。

胡继瑗 2通

胡继瑗（1897—1971），名传寿，号鲁声，浙江富阳人。之江大学毕业后，曾受派赴美国留学，获乔治华盛顿大学经济学硕士学位。学成回国，先后执教于清华大学、之江大学、燕京大学、南开大学等校。20世纪50年代初大学院系调整，改任山东财经学院、上海财经学院教授。著有《海洋运输原理》《水险学原理》等。

1

瞿禅先生：

前荷赐函[1]，并对芜词加以斧正，感慰万分。其中亦得双圈几句，更引为无上鼓励，因圈出宗匠之手，殊不易得，故我已将尊改稿遍示此间诸好了。来书所指学词秘诀，不外"多读熟读"四字，亦即从前教我学诗的旧诀，此为个人惰性最难做到之事，惭愧惭愧。

兹再抄呈芜词几首，仍盼老友便中为我改正。又附年来拙诗数则，忆承教十余年，而作品还是如此，大有丑媳妇难见公婆面的情绪，未识先生还肯一加指点否。

近数周为敝校校庆担任一篇科学论文，方于前日报告完毕，致不克早日奉答来教，抱歉无穷，尚希谅之。

游湖之约，或待至明春吧。谅老友皆移城居，当更容易拜访了。[2]匆此，敬颂

双祺

1　夏承焘日记1956年10月17日有记："作胡鲁声复。"疑即此函。
2　1955年8月底，夏承焘等人从之江大学头龙头宿舍移居体育场路师院分部校舍。

并候心叔、驾吾诸先生

弟胡继瑗拜

十一月四日[1]

（吴常云藏）

2

瞿禅先生：

得来教，知最近游览武汉归来。[2]血压忽然增高，谅系旅途劳累所致，休息几时，定能低下的。[3]我53年来沪，因夜校跑课，上限亦升至170度，下限只仍在100度下。54春季无课，以后在校内外任课，皆在白天。所以上限一直在150度上下，便亦不管了。不过从54冬起，就学打太极拳，几乎很少间断。手臂酸痛亦好了。治血压无他途，多休息，能加些轻微运动，如无楚痛，能忘记这个病最好。此间同病人甚多，姑以所闻治疗经验，奉告先生，一予考虑。

拙作诗词，又承细细评改，故人循循善诱之谊，不减畴昔，感激得很。《风入松》一阕，我将首句改为"名园又作画图开"，将"白骨……"句改成"挂剑九洲来"，因国际友人花圈甚多，如此改易，或较前稍妥耶。现我存作已罄，俟后得有新作，再请斧正（前呈习作稿，便中能掷还，尤感。真的便中，不必急急。因尊改稿，我都保存的）。

台驾过沪，不获图一良晤，殊深怅然。

此间展出的"宋元明清画会"，颇多传品，我去了三次，得了几盒书画

---

[1] 本函内容与下信有关联，故系本函于1956年。夏承焘日记1956年11月8日有记："各友来函，有王季思、詹祝南。"应是"各友来函"之一。

[2] 夏承焘日记1956年10月26日有记："浙省政治协商会邀约各委员往武汉参观，今日首途。师院同人被邀者，予与心叔二人。"即指此行，11月7日归杭。

[3] 夏承焘日记1956年11月9日有记："晨量血压为一四八——二八，下者突高至一二八，此从来所未有。或旅行过劳，食荤腥过多所致。"

信笺，昨邮寄一盒给先生，望赐存为幸。[1]

琐此，敬颂双祺，并祝健康！

弟胡继瑗拜
十一月十七日

驾吾、心叔见时仍代致候。

（吴常云藏）

---

[1] 夏承焘日记1956年11月19日有记："接鲁声复，赠荣宝斋信笺。"即是此函此赠。11月20日："发鲁声函。"

王仲闻 1通

王仲闻（1902—1969），名高明，号幼安、学初，浙江海盐人。王国维次子。长期任职于邮电部门，著有《全宋词审稿笔记》，编订有《人间词话校订》《南唐二主词校订》《李清照集校注》等。

（节）尊著对于唐宋词之声律，剖析入微，前无古人。承嘱吹求，勉举谫说数条请教：

三十二页，引苏易简《越江吟》。案此词原出《续湘山野录》及《冷斋夜话》（今本《冷斋夜话》未载，见《苕溪渔隐丛话前集》卷十六及《诗话总龟前集》卷四所引），文字不尽相同，且有二本。按之宋无名氏琴曲《瑶池燕》（见《侯鲭录》卷三、《苕溪渔隐前集》卷十六，似亦见《东坡志林》，未检。《乐府雅词拾遗》卷上，则作廖明略《瑶池燕令》），与贺方回《琴调瑶池燕》（见《彊村丛书》本《贺词》卷二），则"片"字亦句中韵，"烂漫"之"漫"字乃断句处叶韵，非句中韵，"雾"字应藏韵而未叶。"瑶池宴"名出自苏易简词，又同为琴曲，疑即一词，仅上半首字数有出入耳。

四十三页七行，《商调二郎神》，引徐伸词。案此词或作《转调二郎神》，见《乐府雅词拾遗》卷上、《挥麈余话》卷二、张氏《拙轩集》卷五。《乐章集》柳词作商调，而徐词作转调，不知是否同一宫调。

五十二页三四行，"绿"叶"盼"条，引《绿窗新话》山谷《蓦山溪》。案山谷此词已见《花庵词选》（赵斐云兄以为只见于《绿窗新话》引《古今词话》，亦失之眉睫），"春衫绿"作"春衫便"，必有所据。《绿窗新话》只有抄本,或不尽可凭。

二一九页十三行"补之此编,《直斋书录解题》改题晁无咎词"。案晁氏《琴趣外篇》六卷,乃闽刻本,直斋著录之《晁无咎词》一卷,乃长沙书肆《百家词》本,二者分卷不同,版本各异,似非直斋所改题(内容与否相同,不得而知)。至脉望馆书目作晁氏《琴趣外篇》,与直斋作《晁无咎词》,殆皆据所得之本而书之耳。[1]

(原刊《唐宋词论丛》,上海古典文学出版社1956年12月第一版1957年6月第二次印刷)

---

[1] 夏承焘日记1957年2月12日有记:"得王仲闻北京函,许予《唐宋词论丛》为有巨大学术价值之书,为细校一过,开示可商处十余条。"应是此函。《唐宋词论丛》二印本收录此函有夏承焘附注:"仲闻先生举正拙书共二十事,余参散入书中各条。"2月16日:"复王仲闻,谢其对《唐宋词论丛》提意见。"

罗庶园 1通

罗庶园（1896—1980），曾用名罗载阳、罗景春，贵州安顺人。四川省文史馆研究员。精于古乐律学研究，撰有《读〈白石词乐说小笺〉书后》《〈别乐识五音轮二十八调图〉笺订》等。

（节）敬读《论丛》诸篇，其中文字声韵部分，字字珠玑；用曲律之四声阴阳以说词律，细致入微；较之万氏《词律》，已更进一步矣。

至以喉舌齿牙唇五音论宋词一字之协与不协，弟未敢赞同。倘谓"扑"之换"守"、"深"之换"明"，即得五音之正，岂非谓全词字字均已与五音相合，惟此一字为未合耶。故知江顺诒之讥万树，实过于求备，王简庵之取宋词每字注以五音，皆繁而无当，亦可省之作也。吕澂谓同一宫商，视其前后旋律高下，腔调流动，音即转变，可谓知言矣。盖公、拱、贡、谷、康、枯、牵、空，胥属喉音，然不尽叶宫；江、讲、绛、觉、见、溪、群、疑，胥属牙音，而不尽叶商；弟尝谓黄钟者非宫非商而亦可宫可商者也。然此只可为燕乐家道，不足为雅乐家及琴家说之耳。

《词律三义》谓宋人词情多与宫调声情不应，确为事实。盖北宋特重修词，南宋则重协乐，而忽略声情之应用而已。至依用月律及用中管为调，乃雅乐律法，隋唐以来，从未施诸燕乐，徽宗虽以律吕易诸乐名，然大晟诸人，仍未以月律入燕乐；且其废去之燕乐俗名，仍继续流传；故姜氏自度诸腔，仍沿俗乐宫调名目也。是知《钦定词谱》以月律分类，实属不伦；而王端生更以之定弋阳、京腔之调谱，尤为不合也。姜夔自度诸曲，即坐以雅乐制曲之法以入燕乐，殊非动听之什；故虽翻成近谱，抚笛吹之，亦不免令人欲卧也。尝读姜氏《大乐议》，中有"且其名八十四调者，其实则有黄钟、太簇、夹钟、仲吕、林钟、夷则、无射七律之宫、商、羽而已"。就此一段，可知姜氏于燕乐七宫，实未能辨别；是其对于燕乐系统之词律，实未见当行也。又《宋史》称"然夔言为乐必定黄钟，迄无成说，其义今之乐（指南渡以后之雅乐），极为详明，而终谓古乐难复，则其于乐律之原，有未及讲"。是姜氏之于雅乐，虽似是古非今，然仅能是古而尚未能知古，非今而实未全知乎今也。至于九弦之琴，谓有二变散声，亦与琴家律法相戾；故其《越九歌》虽以律吕为谱，以今律翻之，仍未协声调；当与熊朋来《瑟谱》同其价值耳。

《论丛》中关系旁谱翻译一节，仅就《扬州慢》起首一句，姜谱为六凡工尺，译成律吕，当为黄应南林；尊译为五六凡工，与中吕旋律大致相合；然其第三字之工，实认为中无射之下凡；杨荫浏氏谓相当于今笛色尺字调，盖指常笛而言；若昆曲曲笛，则应相当于小工调。至杨氏简谱又译以C调，亦有未安；且以六凡工尺之宋谱，译为尺上乙四之今谱，则又似以第三工字为中应钟之律，与尊译即为一字之差。故弟以为即使就C调以译，似当译为上乙四合，方与律吕相应。举此一句，其可商之处即已如此，顾安得聚海内宏达于一堂而讨论之耶。

弟近与二北兄合著《乐府杂录笺订》一书，对燕乐七宫二十八调之义，多所讨论；对姜、张之失，亦多所订正；一俟整理就绪，自当就正有道也。[1]

（原刊《唐宋词论丛》，上海古典文学出版社1956年12月第一版1957年6月第二次印刷）

---

[1] 夏承焘日记1957年2月20日有记："得任二北一片一航函，十六日发。论《唐戏》及予所作《论丛》，谓罗庶园对《论丛》将有来函。"3月13日："离家十三日矣。十余日中得各方书札二十余件，有罗庶园、任二北、季思诸人函。"当有此函。另，《唐宋词论丛》附有罗庶园《折字说略》《读〈白石词乐说小笺〉书后》。

蒋礼鸿 2通

蒋礼鸿（1916—1995），字云从，浙江嘉兴人。之江大学毕业，先后任教于之江大学、温州师范学院、湖南蓝田国立师范学院、中央大学、浙江师范学院、杭州大学等，担任过《汉语大词典》副主编，著有《敦煌变文字义通释》《义府续貂》等。

1

《四库全书词籍提要》"逃禅词"条（二三三页末行）"丝成堁"之"堁"，恐未便是误字。《颜氏家训》书证引《三辅决录》："前队大夫范仲公，盐豉蒜果共一筩。"陈思王《鹞雀赋》："头如果蒜，目似擘椒"，谓"果"当作魏颗之"颗"。又引《道经》："眼中泪出珠子碟。"其字虽异，其音与义颇同。"丝成堁"者，言丝发如蒜果，盖极言感深发脱致鬈细耳。"颗"本俗语，以声近义表之，初无定体，故或作"裹"，或作"堁"，无以定何字为正。师谓"成裹"为成束，似不若蒜果之解为尽其情态也。[1]

（原刊《唐宋词论丛》，上海古典文学出版社1956年12月第一版1957年6月第二次印刷）

---

[1] 夏承焘日记1957年4月14日有记："上午编任二北、罗蔗园、王仲闻、浦江清、蒋云从诸君商讨《唐宋词论丛》函札，作《承教录》附《论丛》后，午后寄与古典文学出版社。"为该函有关信息。

2

瞿师座右：

久疏禀候，然吾师消息时时闻知。近闻香港将裒印吾师著述，甚盛甚盛。[1]旧填《一萼红·题月轮楼校词图》今录上，或可附诸卷末，以见一时情况也。[2]

生年来患脑动脉硬化、冠心病，不甚能用脑。前有《敦煌变文字义通释》四版本及《义府续貂》二书分别由上海古籍社、中华书局出版，今后将由古籍出版社出一文集。[3]又中华书局以《商君书锥指》列入新编《诸子集成》中，预定八五年出版。[4]此外不拟更撰述矣。

专肃，敬祝

康泰

生礼鸿顿首

（吴常云藏）

1　据夏承焘日记，1981年时香港三联书店有印行夏承焘词集之意向。当年4月8日有记："统一谓香港三联书店负责人萧滋欲印予词集。"再联系下文蒋著出版信息，故系此信于1981年。

2　《一萼红·题月轮楼校词图》注应为"抗日战争结束后，瞿禅师命题《月轮楼校词图》"，作于1950年，刊《怀任斋诗词频伽室语业合集》，香港天马图书公司2004年2月初版。全词为："塔铃声，隐疏林叶叶，空际贴寒星。影岫窗虚，窥帘月皎，修绠谁汲深清。有姜史周秦坠绪，抉古意、要眇入秋冥。薄醉初回，倦吟才罢，暗籁还生。　飘瞥十三年事，料梦魂犹在棐几湘屏。故径新花，故山旧侣，长记无尽传灯。但自诧、经年离乱，向兰畹、萧瑟不胜情。重和铜琶铁板，老鹤来听。"盛静霞评注："云从与夏承焘先生自1938年在温州分别后，至云从题此词已相隔十三年。"《夏承焘日记》1950年5月5日有记："蒋云从夫妇寄《题〈月轮楼校词图〉》两词来。"5月6日记："为蒋云从夫妇斟酌《题〈月轮楼校词图〉》词，云从一首甚佳。"

3　《敦煌变文字义通释》由中华书局上海编辑所初版于1959年3月，其三印本（增订本）印于1962年6月；四版本指上海古籍出版社1981年4月所印新一版。然上海古籍出版社1988年9月印新二版时，封面署第四次增订本。又注明1960年有印，应是中华书局上海编辑所版二印。《义府续貂》，中华书局1981年8月第一版。《怀任斋文集》由上海古籍出版社出版于1986年6月。

4　《商君书锥指》中华书局出版于1986年4月。

蒋礼鸿

浦江清 1通

浦江清（1904—1957），江苏松江（今属上海）人。东南大学毕业，曾任教于清华大学、西南联合大学、北京大学。主要从事中国古典文学研究，著有《浦江清文录》等。

（节）弟于乐律宫调问题，前时亦曾究心，惟但作趣味性的涉猎，今荒隔既久，又复茫然。读先生新作《白石词谱说》，于起调毕曲问题，指点清楚，扫除积疑，极为欣快。读所附杨荫浏书札，亦极有益；尊译为正，杨译已移宫调，惟亦有理由。其中得失，所不暇究。于易安居士《金石录后序》纪年问题，前时亦感疑难。忆在昆明讲课，曾为作浅注，付《国文月刊》。[1]拟从容斋本定为绍熙"四"年。今读尊作，知先生于三七年已曾注意及此，定为"五"年。"四年""五年"两说皆可并存，于易安生年所定皆同也。惟私意仍倾向于四年，一则有容斋本可据，二则适为甲寅岁，疑抄本纪年纪日误倒。而"知非"之语，亦可从四十九岁算起；时易安年五十一，却以"两岁"与"二年"，对仗为工。略同所附徐益藩之见。"玄黓"字样，不知如何为后人所增入。尊见谓玄黓原是纪朔，此类岁阳岁阴之代名，以纪日之例，殊不多观，疑无此用法。惟"五年"说则解陆机两语为顺，两说各有短长，可以并存也。[2]

（原刊《唐宋词论丛》，上海古典文学出版社1956年12月第一版1957年6月第二次印刷）

1　浦江清笺注《李清照金石录后序》，刊于《国文月刊》1940年第一卷第二期。
2　夏承焘日记1957年1月24日有记："发二北、蕻园、彦威、江清、冠英诸君《唐宋词论丛》。"4月14日："上午编任二北、罗蕻园、王仲闻、浦江清、蒋云从诸君商讨《唐宋词论丛》函札，作《承教录》附《论丛》后，午后寄与古典文学出版社。"为有关此函信息。

缪钺 9通

缪钺（1904—1995），字彦威，江苏溧阳人。北京大学肄业，曾任河南大学、浙江大学、四川大学等校教授。著有《元遗山年谱汇纂》《诗词散论》《读史存稿》《冰茧庵丛稿》《冰茧庵诗词稿》等。

1

《论丛》中考订词律及白石词谱诸作，精审细密，能发千载之覆；此间友人有能吹笛唱昆曲者，拟请其将尊作白石《扬州慢》词译谱用笛吹之；宋词歌乐复显于今日，亦一快事也。考订易安行年之作，亦足为弟祛疑解惑。弟亦早已注意俞理初《易安事辑》、易安元符元年适赵明诚与《金石录后序》"余建中辛巳始归赵氏"之语不合，易安出嫁之年，自当以自述为信，但与《后序》署年所谓绍兴二年，舛午之处，无从解析。今读尊文，谓绍兴二年应为绍兴五年之误；顿觉以前所疑涣然冰释矣。去年冬间，弟应《中国妇女》杂志社之约，作一通俗短文，论述李易安，即据《后序》，谓李易安出嫁在建中辛巳，而推断其年不能为十八而为二十一，盖仍拘于《后序》署年绍兴二年之语而致误也。[1]至于陆游《孙氏墓志铭》所记易安事一条，弟昔读《渭南文集》时，亦注意及之，因推断易安卒年应为七十余岁，颇喜同符高见也。[2]

（原刊《唐宋词论丛》，上海古典文学出版社1956年12月第一版1957年6月第二次印刷）

---

1 查缪钺该文题为《女词人李清照》，刊于《中国妇女》1957年第4期。
2 夏承焘日记1957年1月24日有记："发二北、蔗园、彦威、江清、冠英诸君《唐宋词论丛》。"4月14日："上午编任二北、罗蔗园、王仲闻、浦江清、蒋云从诸君商讨《唐宋词论丛》函札，作《承教录》附《论丛》后，午后寄与古典文学出版社。"为该函有关信息。

2

瞿禅先生史席：

　　一九七四年二月接奉手书，承询拙著《遗山词笺》事，即覆一函，寄杭州大学中文系，不知曾蒙玄览否。近三年来，遥惟尊况佳胜，撰著日新。顷接自长沙来札，三复循诵，喜慰无量。

　　先生以耄耋高龄，体气康健，北游京华，南览湘岳，胜概豪情，欣羡何极。大作《水调歌头》，逸情云上，豪宕激壮，神似稼轩，敬佩敬佩。在湘中探幽揽胜，谅多新篇，时时赐示，至所盼祷。

　　弟双目患白内障，于今七年，医药罔效，病与岁增，读书写字，均颇困难，撰述之业，久已废置，虚度岁月，徒增惭恧。惟贱躯尚可，眠食如常，堪以告慰左右耳。二北先生仍在此间中文系工作，身体尚健。

　　眼疾为累，作此短札，字迹荒拙，尚乞鉴谅。湘云南望，不尽依依。[1]

　　（原刊《冰茧庵论学书札》，缪元朗整理，商务印书馆2014年10月版，为缪家藏原信底稿）

3

瞿禅先生史席：

　　奉到十五日手书，敬悉种切。

　　拙著《遗山词笺》，久未补订。一九六四年初，弟所撰《杜牧传》脱稿（此书人民文学出版社拟于六四年下半年出版，排印清样，弟已亲自校毕，后因社教运动兴起，出版事遂停），人民文学出版社又约定撰写《元遗山传》，弟拟借此将遗山诗词有关史事者，重新补加考释，以竟前业。旋以社

---

[1] 原编者按，此信底稿未结尾，结合相关内容，认为写于1977年2月上旬。夏承焘日记1977年1月30日有记："发缪钺彦威函，代何申甫问《元遗山词》注释稿已付印否。"2月1日："发缪彦威成都航函，问其所著《遗山词笺》已成否，有印本否。"2月9日记："申甫来，示接到缪彦威复书（川大中文系铮园山），谓七四年二月予有书问其《遗山词笺》，以病白内障七年，已废著述。"当指此往来信函。

教运动开始，遂尔搁置。今目翳困人，已无能为力矣。

先生如有雅兴，西游成都，将可以尊酒言欢，倾怀谈艺，欣盼何极。锦城名胜，如武侯祠、杜甫草堂，亦可以一游，以增诗趣也。

弟久未作诗，近有寄怀谭季龙[1]先生一律，附函呈正，以博一粲。

专此奉覆，敬颂

春禧

弟缪钺启
二月廿二日[2]

（原刊《冰茧庵论学书札》，为缪家藏原信底稿）

4

瞿禅先生史席：

惠函及赐寄大著《瞿髯词》均已收悉，谢谢。

尊词奇情壮采，风格遒上，才华功力两造其极，解放后诸作，推陈出新，境界益进，而平生志节怀抱亦寓于其中，又非徒文采之美而已。反复吟诵，使人神旺。当珍藏箧中，时时欣赏。

至二北先生笺及大著词稿已转递。二北住校外，其通信处为成都东门外水井街七十三号川大宿舍。[3]

专此奉覆，即颂

1　谭季龙（1911—1992），名其骧，浙江嘉善人。毕业于暨南大学，燕京大学硕士，曾任浙江大学、复旦大学等校教授。中科院院士。主持《中国历史地图集》编绘，著有《长水集》等。同日缪钺亦有信寄谭其骧，附有此诗。惜《冰茧庵论学书札》均未附录。查为《得谭季龙长函，赋此寄怀》："黔粤相从未易忘，京华前会廿年强。旧游闻笛多哀逝，病目难医亦自伤。静居索居惭撰史，欢言何日共倾觞。千秋禹甸勤研考，疆域新图发耿光。君方主编《中国历史地图集》。"

2　原编者按，写于1977年。时夏承焘避震长沙，日记未有载录。

3　夏承焘日记1977年3月4日有记："作四川二函，任中敏复由缪彦威转，谈年来所著小稿。"当指此去函及转任中敏之信。

缪钺　137

著祉

弟缪钺启
三月廿七日

（原刊《冰茧庵论学书札》，为缪家藏原信底稿）

5

瞿禅先生史席：

接奉手翰，拜诵感慰。七九年中弟目疾增剧，几同盲人。去年入医院，对右眼施行白内障摘除手术，戴特配眼镜，能勉强看字写字，但仍不甚清晰，且不能持久。然较之前年，视力转好，亦差可告慰也。弟近来工作仍是量力而行，主要是培养研究生和指导中年教师编写书籍。

小诗一首，附录笺末，以博一粲。

专此奉覆，敬颂

吟祉

弟缪钺拜上
三月一日[1]

（原刊《冰茧庵论学书札》，未录附诗）

移居并序

余居四川大学铮园小院二十余年。一九七九年冬，此院拆除，余遂迁出。半载之后，于旧址重建新楼，余又迁入，赋此志感。

> 曾向庭中扫落花，谁知门外即天涯。
> 辞巢燕去春无迹，采菊人归月正斜。
> 老树婆娑犹昔，窗前梧桐，幸未斫伐。新楼迢递亦清华。
> 浮云世事诚难料，且喜鹪鹩暂寄家。

（原刊《近现代名人尺牍》，唐吟方编著，福州美术出版社2007年版，赵胥提供原件照片，据此补入附诗）

1　夏承焘日记1981年3月5日有记："缪钺来信，示七律一首。"当指此函。

6

瞿禅先生史席：

惠赐大作词集，能兼古人数家之长，陶冶熔铸，自创风格，运用旧词体写新事物、新情思，境宇恢宏，而仍保存词体固有之特美，遵守精严之韵律，三复拜读，甚佩，甚佩。近日报刊所载诸词，除极少数较佳者外，多是信笔直书，无所谓格律、意境、韵味，殊可叹息。读先生之作，真如于众籁吹万中而聆钧天广乐之音矣。

近日校中放假，略可小休，偶作七古一首，附函呈正。

专此，敬颂

著祉

缪钺拜上
七月廿七日[1]

（原刊《冰茧庵论学书札》，为缪家藏原信抄件）

7

瞿禅先生有道：

年来久疏笺候，翔华[2]同志时时函告尊况，藉慰下怀，并数次托其代候兴居，以表远道相念之意。

近承翔华同志转寄惠赐大著《姜白石词校注》、《天风阁丛书》之一《饮水词》，拜领感谢。

先生研治白石词数十年，考释、评论、校注、订乐，各方面造诣均极精深，有功前贤，嘉惠后学，不愧为白石后世之扬子云，无任钦佩。此册《校

---

[1] 原编者按，此信写于1981年。
[2] 陈翔华（1934— ），曾用名陈强华，浙江苍南人。1961年毕业于杭州大学中文系，先后在人民日报社、北京图书馆工作，曾任《文献》杂志主编。著有《诸葛亮形象史研究》《〈三国志演义〉史话》等。

注》，融入先生以前研治之成果，简要精审，当置诸案头，时时吟诵。清人词集，亟待董理，先生主编《天风阁丛书》，体例谨严，将可以继美《四印斋所刻词》《彊村丛书》，有功词坛甚巨也。

先生今年八十五岁初度大庆，谨赋诗二首，写一横幅（因视力衰损，看字模糊，殊愧点画疏拙），寄请翔华同志转呈，敬志祝贺。深望颐养天和，撰著日新，为颂为祷。[1]

近作论山谷、梅溪两家词之小文，刊载于《川大学报》中，亦寄请翔华同志转呈，请赐正。[2]

肃此，即颂

著祉

弟缪钺拜上
十月九日[3]

（原刊《冰茧庵论学书札》，为缪家藏原信复写件）

8

瞿禅先生道席：

奉到请柬，敬悉京中友人将于十二月五日集会庆祝先生八十五岁华诞，想定有一番盛况。弟僻居西蜀，愧未能奉觞上寿，至以为歉。谨修寸笺，遥祝先生福寿康宁，撰著日新。

肃此，敬承

寿祺

弟缪钺拜上

1　缪钺《瞿禅先生八五诞辰志庆二首》："朴学奇才张一军，谢邻池草挹清芬。词坛今日推宗匠，天下英雄惟使君。先生旧居在永嘉谢池巷春草池畔，黄宾虹曾为绘《谢邻图》。""燕云锦水阻同游，金石交亲岁月道。头白著书神益健，名山大业足千秋。"刊《团结报》1984年12月1日，夏承焘日记1984年12月14日有附剪报，诗则录于12月27日。

2　当指《论黄庭坚词》《论史达祖词》两文，刊《四川大学学报》1984年第三期。

3　原编者按，此信写于1984年。

一九八四年十一月廿日

（原刊《冰茧庵论学书札》，为缪家藏原信底稿）

9

瞿禅先生郢正，弟缪钺呈稿。乙丑初春

黄尊生[1]先生自香港寄示近作述怀诗四十八首，有悲天悯人之意，赋此奉酬

  昔年相聚播州城，惟时胡骑方纵横。两浙名庠徙黔北，丧乱不废弦歌声。竺公学贯天人际(1)，虚怀广厦延群英。君从南海飘然至，滋兰树蕙同艰贞。梅村歌行何壮丽，巴黎绝艺探幽冥(2)。如君才调世罕有，衡文论学常心倾。梅郭诸公共勖勉(3)，誓振文教扬天声。分飞卌载如鸿鹄，谁知天地惊翻覆。妖姬佞子乱朝纲，焚坑之祸神灵哭。一劫红羊已十秋，乾坤旋转启宏猷。语溪应刻兴唐颂，丞相新授富民侯。君如东汉独行者，隐居犹自忧天下。悲悯述怀五十篇，上跻陶阮亲风雅。我读君诗心慨然，飘泊犹记西南天。当时山河半壁伤破碎，今朝汉家重数中兴年。

（1）谓浙江大学校长竺可桢先生。

（2）黄尊生先生游学法国，精研欧西文学，又能为吴梅村体七言歌行。

（3）谓浙江大学文学院长兼外文系主任梅光迪先生、中文系主任郭斌龢先生。

（吴常云藏）

---

[1] 黄尊生（1894—1990），又名涓生、娟声，广东番禺人。毕生从事世界语研究和推广，曾创办广州世界语师范讲习所。著有《中国问题之综合的研究》《岭南民性与岭南文化》《中国与世界语问题》《小沧桑斋诗草咏史述怀合刊》。

汪世清 4通

汪世清（1916—2003），安徽歙县人。早年就读于北京师范大学物理系、北京大学经济系，在关注自然科学的同时，热爱徽州文化、明清画史，曾执教于徽州中学、北师大附中等，后任中央教育科学研究所、教育部高等教育研究院研究员，全国中小学教材审定委员会中学物理学科审查委员会委员。著有《艺苑疑年丛谈》《艺苑查疑补证散考》等，今人编有《汪世清辑录明清珍稀艺术史料汇编》。

1

读大著《姜白石词编年笺校》，获益很多。在版本方面，对姜词自宋以来的刻本和抄本缕述其条流源委，至为清晰，也给我以很大的帮助。兹就接触到的有关姜词的版本提出几点，以供参考。

一、乾隆间水云渔屋刊本即陆本。在北京图书馆普通阅览室有陆刊两种藏板，一为随月读书楼藏板，一为水云渔屋藏板。另善本室有李越缦藏姜词陆本，亦为水云渔屋藏板。

二、张奕枢本除沈曾植景印本一种外，有张应时重刻本，除有张奕枢序外，还有张应时序，序末注明系嘉庆二十五年岁次庚辰七月既望的作序时日。此本与沈本字形很近，每页十一行，每行十九字。但有几处与张本、沈本皆不同。如《好事近》"金洛一团"不作"围"，《夜行船》"流渐"不作"嘶"，《石湖仙》"纶巾欹羽"不作"雨"，等等。此本现北京图书馆藏有一本。

三、北京图书馆善本室还藏有清抄本姜词一种，目录悉依陶抄，分六卷，而内容则仅有令、慢、自度曲三部分，排列次序亦有变动。如令的排列次序如下：

小重山令　浣溪沙（著酒行行）　踏莎行　杏花天影　点绛唇（燕雁无心）　夜行船　浣溪沙（春点疏梅）　鹧鸪天（京洛风流）　浣溪沙（钗燕笼云）　醉吟商小品　玉梅令　莺声绕红楼　鹧鸪天（曾共君侯）　少年游　忆王孙　鹧鸪天（柏绿椒红）　鹧鸪天（巷陌风光）　鹧鸪天（忆昨天街）　鹧鸪天（肥水东流）　鹧鸪天（辇路珠帘）　阮郎归（红云低压）　阮郎归（旌阳宫殿）　江梅引　鬲溪梅令　浣溪沙（雁怯重云）　浣溪沙（花里春风）　浣溪沙（翦翦寒花）　诉衷情　点绛唇（金谷人归）　巫山十二峰（摩挲紫盖）　蓦山溪　好事近　巫山十二峰（西园曾为）

看来有些近于按创作年代作了以上的排列。此本在目录最后一页的左下角有"项孔彰""易庵"两章，曾为蒋凤藻收藏，据蒋跋断为项易庵手抄。果尔则此便是明末清初抄本，当系楼敬思所藏之外另一陶抄姜词。（中节）此抄本可能的确早于陆本与张本。但是否项易庵手抄尚有可疑之处，如在《石湖仙》末句下加一小注"《词综》'雨'作'羽'"，考易庵殁于一六五八年，当年朱彝尊仅十八岁，当未及见《词综》问世，则从此小注可知不是出于易庵手抄。又此抄本卷一第一页的右下角有刘石庵的图章，则此虽非项易庵手抄，其抄写年代可能在乾隆以前。另外，此抄本还有与其他刻本不同的一处，即在陶跋后还抄有《庆元会要》一则。因此抄本在大著中未见提及，故以相告。

四、我藏有一本《白石道人歌曲》，分六卷而无《别集》，赵与訔跋在前而无陶跋，仿宋刻，其内容几与沈逊斋本相同，如《念奴娇》"争忍凌波去""争"字也脱，而在末句下补一字。但我另有沈本则系袖珍本（去年在杭州浙江图书馆见一本也是袖珍本），是否沈本有两种，一为大型本，一为袖珍本？若然则此当为沈本。又从纸墨上看，此本似较宣统（沈本刻于宣统庚戌）为早，不知是否即系沈本直接据以影印之本？识见浅陋，未敢肯定。尚希赐教。

我在工作之余，对姜词亦甚爱好，而对先生在姜词的研究方面所取得的成绩和实事求是的治学精神都非常敬佩，故不揣冒昧写此以告。

一九五八，九，十八日[1]

（原刊《姜白石词编年笺校》，夏承焘笺校，上海古籍出版社1981年5月新一版）

2

（前略）近北京图书馆新藏王曾祥手抄本《白石诗集》一卷、《词集》一卷，确系据樊抄手录。词后有跋："此同里王茨檐生（曾祥）手钞本，旧藏高丈兰陔香草斋中，后归松窗家兄珍弆有年。兄每谓先生楷法乃以率更劲骨参以香光风韵者，况录成数万字无一弱笔，尤可宝贵。至白石诗词则厉山民'清妙秀远'四字尽之。道光六年丙戌春人日。成宪翰毕，还之侄孙大纶、大纲，时年七十有一。"

另有一跋叙述此本与陆本、张本同源，后有数语："传此书旧为高兰陔所藏，后归魏松窗家，守之三世。余则在长沙得之何蝯叟后人者。……己未十月晦。燮年。"末盖朱章"曼青"二字。

此抄本未知先生曾见过否？因匆匆寓目，未及详校，如先生欲知其详，当细加审阅，举以奉告。王茨檐杭县人，《杭县志·文苑》有传。

一九五八，十二，十四日[2]

（原刊《姜白石词编年笺校》）

---

1 夏承焘日记1958年9月20日有记："得北京教育部汪世清长函，论《白石词》版本，谓北京图书馆善本室有清人抄《白石词》，殆是项孔彰易庵手抄，与陆、张二本各有异同，各词次序亦异，或张、陆二家外，另一陶抄过录本。此极可注意，即作汪君复，问有此书校记否。寄去一小照。"当指此函及复函。10月13日有记："得教育部汪世清函，谓十一月初方自江苏归京，将寄姜词校本来。寄来照片一纸，安徽歙县人。"所提复函未见。

2 夏承焘日记1958年12月16日有记："得汪世清北京教育部函，云近在北京图书馆见新藏王曾祥（茨檐）手钞本《白石诗集》一卷、《词集》一卷，确系据樊榭手录本，与予前所见伪厉本有数字不同，可见予所见厉本必伪无疑。"当指此函。12月18日复函："发汪世清北京教育部信，托写《白石词校记》。"1959年1月7日记："汪世清君自北京寄来《姜白石词校录》。"

3

近在北大图书馆看到清抄本《白石道人诗集》《词集》《大乐议》《续书谱》《禊帖偏傍考》《诗说》一册（见《北京大学图书馆藏李氏书目》下册第九十一页），前有柯崇朴序文，对白石词集版本的考证颇有参考价值。不知先生曾见过否，兹抄上以供参考：

"右白石道人《诗集》一卷，系宋刻旧本，朱检讨竹垞向总宪徐立斋先生借抄得之，其长短句则竹垞自虞山毛氏所刻宋词《乐章集》，更旁采诸书合得五十八首为一卷，复以其所为《大乐议》《续书谱》《兰亭跋》《禊帖偏傍考》《诗说》并附其后。于是白石先生所著，哀然成集。呜呼，书缺有间矣，况自李献吉论诗谓唐以后书可勿读，唐以后事可勿使，学者耳食其说，将宋人诗集屏置不览而湮没，可胜道哉！近者天子右文，诸博雅好古之士争置宋元诸书，遗文始往往间出，然散逸既久，搜辑为难，今竹垞不独广为缮录，且汇萃成编，其有功于白石也大已！余既转写之，因述其始末如此。所惜《拟宋铙歌曲》十四篇未睹其辞。复闻虞山钱子遵王藏有《补汉兵志》一卷、《绛帖评》二十卷，又从来言姜白石所未及者，乃知古今文字其不经见者多也。异日者冀得并购而合编之，则余之幸也夫！康熙乙丑孟秋下浣，题于东鲁道中。"下有"柯印崇朴"与"敬一"二章。

此本《词集》共收词五十八首，各词及其排列次序均与陈撰本完全相同。据柯序，此五十八首原为朱彝尊所辑，而柯序写于康熙二十四年，早于陈刻三十多年，则陈刻可能即据朱本或其传抄本。最近见丘琼荪先生所著《白石道人歌曲通考》，其版本考中列有白石词明钞本一种，并疑陈本或即据此明钞本而刻，看来对于陈刻来源一向还是不大明白的。今据柯序，这一问题似乎可以解决了。因未暇与陈本细校，其间异同，无从详告，殊以为歉。

一九五九，八，五日[1]

（原刊《姜白石词编年笺校》）

---

[1] 夏承焘日记1959年8月8日有记："得教育部汪世清函，告陈□刊本《白石词》五十八首，实是朱竹垞所辑，见柯崇朴序。"当指此函。8月10日复函："发汪世清北京复，请写《白石词》王曾祥抄本详校及钞各跋语。"

4

（前略）北京图书馆善本室所藏几种《白石词》，均有名家批校，极为可贵。兹遵嘱将下列三种刻本的批校语抄上，以供参考。

（甲）鲍倚云批校《姜白石诗词合集》，是洪正治刻本，并非曾时灿原刻本。书末有鲍氏识语数则如下：

一、《词集》最后一阕《庆春宫》的阙文，下有小记："乾隆丁巳夏，客邗江，从冷红江君所借得全阕补注于下。"在补注后又云："镜里春寒误作逢春。庚申十一月朔日灯下改正。"盖前次补注中"春寒"误作"逢春"，已改正了。按冷红为江炳炎号，丁巳为乾隆二年，恰为江炳炎从符药林借钞陶南村所书旧本《白石词》之后。则鲍氏所据以批校洪本者即为江炳炎钞本。

二、"旅夕无聊，一编自遣，借冷红点定《白石集》，丹黄一过。冷红于词学颇极研搜，近得《白石词》足本，此板讹处悉正，脱失小序补列其上，余阕当别录之为藏本也。诗校勘稍略，姑存其概，他日仍拟自加点定。乾隆庚申冬十月廿六日夜分，识于扬州桐香阁。"

三、"冷红所抄《词集》足本，圈点略别；此本校对，余亦间出己意。前跋书冷红点定者，不忍没其来由。顷复自赘，恐鱼目混珠光也。评语附缀，草草无当，则自列名以别之。"

四、"足本开雕矣，为友人所误，因复中辍。余劝冷红何不自书付刻，卒苦牵率不克办。古籍之不易流传也如是！次日晨起，倚云又志。"

（乙）余集校跋《白石诗词》合刻，是曾时灿原刻本。有厉鹗跋四则：

一、"明瞿宗吉《归田诗话》云：姜尧章诗：'小山不能云，大山半为天。'造语奇特，此二句集中所无，盖逸其全矣。《白石诗词》为吾友陈君楞山刻于扬州，诗中《奉天台祠禄》《闲咏》《负暄》等，俱是丽水姜梅山特立之作，词中更窜入他人作居多，余尝于北墅吴三丈志上家见宋临安府睦亲坊书肆陈起所刻原本，次第与此不同，后又有《诗说》一卷。使有好事者照宋椠本重镂版以存白石老仙之真面，殊胜事也。樊榭山民厉鹗书。"

二、"余从咸淳《临安志》补入五绝二首、七绝一首，《砚北杂志》补入七绝一首,《澄怀录》补入词序二篇,白石作者甚少,无不高妙,此零珠断璧,宜亟收拾之。雍正七年岁次己酉,正月九日雪中,樊榭又书。"

三、"此本讹脱颇多,今照宋本一一刊定。己酉落灯夜雪中书。"

四、"词集校花庵《绝妙词选》所收,独多数首。己酉正月廿六日书。"

以上各跋,均为余集手抄,末署"己卯清和月松里余集校正",下有"余集""蓉裳"二章。

(丙)周南跋之《白石道人歌曲》,确是张奕枢刻本。封面有吴梅题识云:

"张刻《白石词》,全一册。

此书先后为鲍以文、卢文弨、周南、张鸣珂所藏,心渊表叔得之冷摊,乙亥季冬,举以见赠云。是岁除夕,霜厓记。"

其前有周南跋:

"辛酉冬十月二十一日,玉珊词兄来铁沙宝重室,谈词论诗,相视莫逆,因以此词奉赠,忆己未冬仲获读尊著《秋风红豆楼词》,积慕已二载矣,获此快晤,何幸加之。荔轩周南记。"

跋后有吴梅按语:

"按玉珊为张鸣珂,嘉兴孝廉,寓居吴中,身后遗书星散,心渊遂以贱值得之,今既归余,为点朱细读一过。霜厓吴梅。"

书尾有小字一行:"戊寅正月晦,霜厓读一过,时客潭州。"

书中有吴梅朱批评语及史事等多条,兹不详录。

又该馆所藏有蒋凤藻跋之清抄本《白石道人歌曲》,据蒋跋为项易安之手钞本。在"白石道人歌曲目录终"下有一行小字"此原本目录也,别集一卷不载",其下有"项孔彰""项易菴"二章。书后有蒋氏跋三则:

(一)"书之显晦不时,有前人所未见而今转易得之者,此《白石词》亦其一也。国初竹垞朱先生竟未及见,当日此本项氏钞之,宜如何珍重矣。闻汪阆原曾得旧刊本,照目录全,今藏吴平斋处,我甥曾见之,词傍有圈厎,想为音节起见云。"

(二)"此檇李项易安旧钞也,项氏手藏甲于江浙,不少秘本,此盖易安手录，尤足珍重云。小除夕，香生蒋凤藻志。"

（三）"宋词最著者姜夔、周密、张炎。汲古阁毛氏曾编刻《宋六十名家词》，《白石词》已刻入，此系名钞，据善本校勘者，卷目后有'项易安'图记，故疑为手钞，以其字迹甚似耳。至卷后有俾他人抄录，故多误字云云。盖后十一年之跋，即至正十年之后十一年也，当据陶氏旧本附录，非易安自谓云。香生又志于沪上寓斋。"

此抄本《别集》后有赵与訔跋、《庆元会要》一则与陶宗仪二跋。其中《念奴娇》（闹红一舸）末句下有"'来时'《词综》作'年时'"，《石湖仙》末句下有"'欹雨'《词综》作'欹羽'"，《翠楼吟》末句下有"'词仙'《词综》作'神仙'"。按项易安为项圣谟号，圣谟卒于清顺治十五年（一六五八），当不及见《词综》问世，此是否项氏手钞，还属可疑。

最近曾以王茨檐抄本校张奕枢本（即有周南跋者），校记俟整理后，即可抄奉。[1]

一九五九，八，十七晚[2]

（原刊《姜白石词编年笺校》）

---

[1] 夏承焘日记1959年8月25日有记："得汪世清北京函，寄来《白石校笺》，以王茨檐抄本校张奕枢本。即复一片。"当指此信之后又一函，时夏承焘在莫干山避暑。
[2] 夏承焘日记1959年8月27日有记："接汪世清寄到所抄姜白石词各家跋语。"当指此函，而函中所提后一函反而早两天收到了。

刘永濋 3通

刘永濋，生卒年不详，福建福州人。1921年毕业于北大经济系，服务银行界多年，曾任教于福建协和大学文学院，《艺文》《业余》等杂志刊有其宋词研究文章。

1

（一）《山谷外集》卷七有《次韵答叔原会寂照房呈稚川》《同王稚川晏叔原饭寂照房》《次韵叔原会寂照房》《次韵稚川得寂字》四诗，卷十四有《自咸平至太康鞍马间得十小诗，寄怀晏叔原并问王稚川行李，"鹅儿黄似酒，对酒爱新鹅"，此他日醉时与叔原所咏，因以为韵》诗。前者元丰三年罢北京教官后赴吏部在汴京时作，后者则元丰七年由吉州太和过扬州、泗州赴德平镇途中所作，"鹅儿黄似酒，对酒爱新鹅"原诗已不见录，意者亦元丰三年在京时作也。《内集》别有《次韵王稚川客舍二首》及《欸乃歌二章戏王稚川》各诗，注："王铉稚川元丰初调官京师，寓家鼎州，亲年九十余矣。"此数诗均有年月可考，可补入谱。

（二）晏知止处善所刊《李太白集》今尚传，有康熙五十六年缪曰芑重刊本。后列宋次道、曾子固及毛渐序，盖宋编类，曾为考次而晏处善授渐校正刊行也。

（三）《柳子厚文集》晏元献家本，今已失传，《困学纪闻》第十七，记"柳文多有非子厚之文"一条，有《舜禹之事》《谤誉》《咸宜》三篇，晏元献云："恐是博士韦筹作。"《愈膏肓疾赋》，晏公亦云"肤浅不类柳文"等语，当系晏元献柳集序跋中语或校注。又翁注引宋彭叔夏《文苑英华辨证》五，有"晏元献柳集第二表，据《文苑》乃林逢第三表"等语，亦可略见一班。

（四）《困学纪闻》十："晏元献论秦穆公以由余为贤，用其谋伐戎：夫臣节有死无贰，戎使由余观秦，縿（终）竭谋虑，灭其旧疆，岂锺仪操南音、乐毅不谋燕国之意哉？秦穆之致由余而辟戎土也，失君臣之训矣。元献之论，有补世教，故录之。"此当系节录大意，非原文之全，胡、劳两辑均未及。

《张子野年谱》"玉仙观"条。《复斋漫录》：玉仙观在京城东南宣化门七八里间。仁宗时陈道士所修葺，花木亭台，四时游客不绝。东坡诗所谓"玉仙洪福花如海"是也。据此，其遇谢殆在天圣八年登进士时。

《吴梦窗系年》"史宅之"条。"著《升闻录》，寓规弥远，避势远嫌，退处月湖"者，乃史守之字子仁，非宅之也。周草窗《癸辛杂识别集》有"史宅之字子仁号云丽"语，实误。朱彊村引此，但仍以其子侄为疑。

（此据丁传靖《宋人轶事汇编》取引《宁波志》，即列《吹剑录》一条后。）

（原刊《唐宋词人年谱》[修订本]，上海古籍出版社1979年5月新一版）

2

近读《鹤山题跋》（商务《丛书集成》单本），无意中得《跋晏元献公帖》两则。前一则凡跋二首。第一首述三帖（一）与评事帖称"公为相而富公未第时"想即胡辑遗文之"答中丞兄家书"。（二）庆历三年论富公充使帖，有"虽以妇翁子婿，至论国事，不嫌于矛盾。而使虏之役，虽非富公所乐，而公在枢府，亦未尝以夺公也"等语。（三）康定元年冬论西边攻守帖，有"韩忠献主攻、范文正主守，而公与庞庄敏、田宣简诸人亦每以未可轻动为言。卒之泾原之师暴骸满野，则公所不主攻策之为得也"等语，均可与《年谱》相参证。末称"公之孙曰子中，尝昌言于嘉定"，则为《年谱》所未及。

第二首即专述此事，谓"开禧三年冬，闻权臣就殛，余表兄高东叔为诗志喜。余兄弟相率偕赋，大抵虽以去凶为快，尚以函首请和为国体虑也。……明年，其事果出于此。有传贤阁士人书者，乃子中也。英词劲气，疏畅磊落，识者传通"。后一则则辨"晏大正自跋，以文定致仕为康定二年，康定无二年也。以公检傅枢使为庆历初，亦差"。谓"公康定元年三月自三司使除刑书知密院，九月以检校太傅刑书充使，而李文定致仕，则庆历二年七月也"。亦可与《年谱》相参证。《年谱》及宛书均根据《直斋书录解题》，称公玄孙曾作年谱一卷，惟其名宛作"大正"，《年谱》则作"正大"。（《词学季刊》所载如此。）以此证之，似以宛书为不误。潘并疑子中或即大正之字，中正、正中均常通用作人名字。其云"公孙"者，则裔孙之义，而非谓儿子之子。以元献生年至嘉定且二百年，似不应当有孙存也。晏谱失传，但由其自跋之编年错误推想，虑相距年久，《年谱》中亦难免多有错误耳。

又晏防，据萧智汉《姓氏谱》为元献侄，《宋元学案》所载较详，大致相同。惟注中"云濠案语"谓"谢溪堂志先生墓云，大丞相元献公，宗武叔祖也。则当为侄孙"等语。似亦可在《年谱》中加注也。

《鹤山题跋》又有《跋北山戆议》一则，述侂胄排斥异己，有"极于钱伯同之谪上杭"语。此事想《宋史》当有记载，或可借以考得钱伯同的名字。姑附以告。[1]

（原刊《唐宋词人年谱》[修订本]，上海古籍出版社1979年5月新一版）

---

[1] 此两通信未在夏承焘日记中查到明确的记录。但据内容，应是邓广铭转来之函。夏承焘日记1959年6月5日有记："得邓恭三北大函，望予写出《稼轩词论丛》。寄来福州刘永济一长函，谓廿五年前即见予《词学季刊》中所载《词人年谱》，承指出疏漏数处。恭三谓刘君一九二一年北大经济系毕业，服务银行界多年，大概六十五以上人，读书甚博。"内容可能一封信分拆，且列为第一、第二通。

3

大著《白石词笺》谨拜领。[1]此书弟早经读过。前致恭三先生函曾提及，谓对词的乐律的研究，作者致力最勤。弟于词律为门外汉，对作者最精彩处苦无领会，自叹负此好书。《暗香》《疏影》两词，说者纷纭，莫衷一是。尊笺对此词似仍主北庭后宫之说，而又疑亦与合肥别情有关，见仁见智，原不相妨。但谓于追悼后妃同时，念想爱侣，恐非昔人所敢承。不如《系年》所附《暗香》《疏影》说，认后妃北行于时相隔已久而专主思念合肥人为能自圆也。[2]（下略）

（原刊《姜白石词编年笺校》，上海古籍出版社1981年5月新一版）

---

[1] 夏承焘日记1959年6月8日有记："发福州刘永济书，谢其为《词人年谱》提意见，寄与《白石词笺》一册。"当指此赠。

[2] 夏承焘日记1959年6月15日有记："得福州刘永济挂号信，寄来《比兴论词》及《说白石〈暗香〉〈疏影〉》文三篇，辟以比兴寄托论词，反谭复堂语谓"作者未必不然，读者何必然"，宁失之过浅，勿失之过深，宁可辜负作者深心，不当任以己意厚诬作者。评予《白石词笺》解《暗香》《疏影》，谓于追悼后妃同时想念爱侣，恐非昔人所敢承。"当指此函。6月17日："发福州刘永济复，挂号。寄还论词三篇。"

周汝昌 4通

周汝昌（1918—2012），天津人。毕业于燕京大学，曾在燕京大学、四川大学等任教，后担任人民文学出版社编辑、中国艺术研究院研究员。著有《红楼梦新证》《红楼夺目红》《书法艺术答问》等。

1

瞿老惠鉴：

复辱书，殷殷下问，感与愧并。[1]顷来忙病相兼，奉覆稽迟；此纸草草摘录管见，细碎尤甚，无关弘旨者，所以敢尘清览，聊报不弃末学之高谊，并幸进而教之也。词翰苟简，统望宽谅。不尽所怀。俟有微闲，尚当续启。

"辑传"有云"为诗初学黄庭坚，而不从江西派出，并不求与杨、范、萧、陆诸家合"，窃疑末语毋乃稍过。玩其《诗集·自序》，大旨端在"奚以江西为"一点，凡先援尤梁溪之论，复证以千岩、诚斋、石湖三家之言，皆所以明己见不谬，诸老金同，差足自信。此为主意。至下文继有云云，似无过藉表虚怀，不敢即此沾沾自喜，疑诸老谓同，或有奖掖后起，故为徇借之言耳。是以"合"为主，"不合"为宾，为衬。不应才引以证己见，又即所以证之者而斥之，并以为不屑与之合；斯二者，理无两存，义难并立。为文有为文之道，自有义法，有理路；使白石原意欲明所以不合，其序次措

---

1 夏承焘日记有1959年8月30日有记："上午作周汝昌函，谢其评《姜词笺》，并乞再示所举谬误处。函由《文学遗产》编辑部转。"此前《光明日报》《文学遗产》刊有周汝昌文评论《姜白石词编年笺校》。9月5日："得《文学遗产》复，周汝昌君任事人民文学出版社，近因病在家休养。"9月7日："得北京无量大人胡同乙五十三周汝昌复，甚谦抑。"11月14日："发人民文学出版社函，附去周汝昌笺，问《姜白石词》及《词人年谱》意见及《词林系年》资料。"

语，故当另有所出。梁溪与白石之交谊姑不论，至萧、杨、范三家，或懿亲，或先辈，皆于白石为特赏、为义交，所以助白石者殆不止文字齿牙远甚，皆白石所以深感激者，纵于其诗有所不然，其当于论江西之际而并加微词耶？殆不尔也。其末云："余又自喟曰：余之诗，余之诗耳：穷居而野处，用是陶写寂寞则可；必欲其步武作者，以钓能诗声，不惟不可，亦不敢。"则恐世人讥其遍引名贤，标榜自图，故设语以解；"穷居野处""陶写寂寞"，以是为文，名不易立，谤则每来，旧时之恒情；语涉牢骚，故不难窥，而辞锋所向，在恒情而不在诸老，亦易见者。准是而言，窃疑尊论末语稍过。质之高明，以为是否？尊辑下文紧接以"一以精思独造，自拔于宋人之外"，引《四库提要》语以实之。然《提要》"故序中又述千岩、诚斋、石湖，咸以为与己合，而己不欲与合，其自命亦不凡矣""傲视诸家，有以也"诸语，疑失穿凿，恐非确论。先生精思灼见，当不苟同。《提要》殆欲以此而高白石，自今视之，此又实非所以高之之道矣。（又，序中虽曾因尤梁溪语一及放翁，主意实于此翁无涉。尊云"杨、范、萧、陆"，不如以尤易陆为得。）

一、尊校颇备，特重宋刻元钞一支，是也。旁涉它本，采及词谱、诗话。独厚诟病洪正治本，除间一之及，藉发其课外（如论《暗香》"翠尊易泣"句洪本"泣"作"竭"之类），略不稍顾，殆可同弃。窃意莫少过否？尝试论之：钱刻陶钞虽可信，然流布未早，姜集既久稀觏，清初始赖此本稍还旧观，网罗放失之功，未可轻没。一也。其本何出，虽不可知，殆非陈氏、洪氏所得而妄篡者，亦非甚谬陋者所能办；先生"版本考"列之于（乙）项"花庵词选本"之下；或不免疑此出陈、洪等人摭拾宋明人选本总集如《花庵》《花草》之类以凑泊而成，复"意为删窜"《提要》"同一羼乱"郑校，故无足取。实则不然。兹举一力证，如"淡黄柳过"片"正岑寂"三字，尊校云："《花庵词选》《花草粹编》及明钞《绝妙好词》，此三字皆属上片，误。"而洪本此三字属下不属上。是其非袭宋明诸选编可知。夫《淡黄柳》是白石自度曲，非有旧谱可按、众作可稽者比；然则洪本何以订其误耶？使洪氏而有此词学、具此特识，则岂当复以谬陋妄人视之。使洪氏而无此学此识，则必有所据，而其刻之非出摭拾凑泊也益明。二者必居其一，有一即足以为洪本重。二也。检尊校，凡宋明编选及清人《钦定词谱》之不足从而为先生抉出者，洪本往往不同其不足从而与佳本合，不止一处。三也。其独具之异文，有不得概斥为讹谬者，如《鹧鸪天》京洛风流绝代人下片云："红乍笑，绿长嚬。与谁同度可怜春。"洪本作"红半笑"。按词意，绿长嚬谓眉长蹙也，则红当指唇颊，故云笑。然则半笑与长嚬为仗，非不可通也。如《满江红》"旌旗共乱云俱下，依约前山。"尊校云："《后村诗话》'共'作'与'，《钦定词谱》同。"而洪本独与后村引文合。复次，"却笑英雄无好手，一篙春水走曹瞒"，洪本作"应笑英雄无好手"，以词意论，"却""应"各有神情，难定优劣，遑论是非。此亦断非音似形近之讹，而洪氏果故意改窜，意何居乎？洪纵妄陋，恐不至是，转难办此。复次，原注"庙中列坐如夫人者十三人"，洪本作"十五人"。何者为是，似亦不妨并存待定。类是者时有之。四也。洪本颇有误字，然诸本所不免，大抵无过如张本厉钞之"篷"误"蓬"、"歌"误"哥"、"咸"误"成"、"赢"误"嬴"以及"流嘶""侯馆""青燉"之类，不应独为洪本病。五也。至如小序往往窜剪，他作时时羼乱，固是疵累，然定底本与校众文，其义有分。选取底本，约其大齐，唯善是择，固当摒洪本于不齿之列；若视为别本而取校众文，则不妨广存歧异，一以辨鲁鱼，一以采片善。如尊校中凡清人避讳之妄改与夫笔记逞臆之庸言（如改"胡"为"吴"，疑"移"作"挪"之类，不无腾笑之资）尚且不惜品衡，予以地位，洪本顾并此地位而不得有，岂得谓平。此本久不为人知，几就湮灭。故愿先生量宜存旧，以备文献而资来修。

　　如先生所云："江、陆、张三本，同出于楼藏陶钞，江、陆二本且同传钞于符药林，三本写刻年代相去又皆止数年，而字句往往不同。"《版本考》"宋人词选若《阳春白雪》《花庵》《草窗》皆录姜词，当时应据嘉泰原刻，而与陆、张、江三家又互有异同，所注宫调，亦往往为三家所无，疑莫能明。"《自跋校本》最足以说明问题。仅赖宋刊元钞以及同时选录，尚不能事如划一；犁然于怀，犹有所龈；而当时手稿流传，或后先不一，或纂辑不同,亦固其所;嘉泰一本之外,未必不有别录;时世既远,片羽足珍。如洪本者,倘亦不无可贵。惟先生更审论之。(此本《诗集》部分似尤有异文,不审先生于校《诗集》时尝一采撷否?兹以题外,不复觊缕。)

一、《八归》"问水面琵琶谁拨",尊校云"厉钞'拨'作'摘',误。"按摘,有搊弹一义,字书虽不载,然往往见于实用,如山谷有《听宋宗儒摘阮歌》是也。琵琶既可曰搊(《通考》),疑亦可曰摘,(《辞源》引"熊朋来赋":"立搊卧摘",亦可参证。)此字有义可寻,韵亦略可通借。莫不得即谓误否?[1]

(原刊《姜白石词编年笺校》,上海古籍出版社1981年5月新一版)

2

一、《庆宫春》(双桨莼波)详其词意:上来即点出"暮愁渐满","愁"字是眼,一篇皆写此也。所愁者何指?即下所云"明珰素袜,如今安在"与夫"伤心重见,依约眉山黛痕"甚明。词中所凝想怅念之人,已若"盟鸥","背人"飞去。此不烦解说。然此所念究又何人耶?尝谓"那回归云,荡云雪,孤舟夜发"与序中明言是辛亥除夕之事,正《研北杂志》所记"大雪载归过垂虹",作"小红低唱我吹箫"时也。而此际重来,则"老子婆娑,自歌谁答"矣,明系针对。故"垂虹西望,飘然引云,此兴平生难遏",所谓"愁"耳。窃意此白石追念小红之作。词序云云,皆诚如先生所云"故乱以他辞也"(《长亭怨慢》笺)。此例尤显。如所揣有合,则小红此时即已他适矣。(苏泂吊诗,乃词家之言,不妨云云,亦无拘必系白石卒前方嫁耳。又,石湖所赠青衣,是否即真名小红,疑尚难定。小红乃唐人吹笙伎,见《刘禹锡集》。意白石或用之借称,不必拘看。陆友仕之说,每有可商之处,以其时略后,故常泾渭相混,不尽得实。(如先生所举误以白石《题石湖像》诗为自题像即是。)

---

[1] 12月15日有记:"见周汝昌函,论《白石词笺》。"当指此函。12月16日:"复周汝昌北京函,谢其举《姜词笺》之误。"

一、同词　"垂虹"笺第引《吴郡图经续志》一条。按《东坡志林》卷一《记游松江》："……置酒垂虹亭上……此乐未尝忘也。今七年耳，子野、孝叔、令举皆为异物，而松江桥亭岁七月九日海风架潮平地丈余，荡尽无复孑遗矣！追思曩时，真一梦耳。元丰四年十二月十二日黄州临皋亭夜坐书。"然则垂虹建于公元一〇四八年，至一〇八一年为水荡毁。此不可不稍说明之，不尔则令读者谓至白石时所游桥亭犹是庆历八年故物也。

一、同词　"采香径"笺，引柳词"香径没"及吴词"箭径酸风射眼"二句以证字当作仄。按玉溪《杏花》诗"吴王采香径，失路入烟村"，早于耆卿、梦窗甚远，亦作仄。又冯注引《吴地志》："香山吴王遣美人采香于山，因以为名，故有采香径。"惜其语欠明晰，不悉引文起讫及何者为冯自说。如所引无误，解说可靠，则似自有采香径，与范志之采香径并存，一山路，一小溪，名同而实异复相乱耶？总之，词章中似作径者多，恐非尽属讹误。

一、白石好用小杜事，词中或径以自况。至《汉宫春》（次韵稼轩）"扬州十年一梦，俯仰差殊"而益著。此固词家常语，然亦有可得而析论者。考"十年一觉扬州梦，赢得青楼薄幸名"一诗，殆牧之于开成二年（八三七）作。牧之大和二年（八二八）及第、登科、释褐弘文馆校书郎、试左武卫兵曹参军，是为仕宦之始。至开成二年，因弟颢居扬州禅智寺患眼疾，遂迎同州眼医石生，请假百日，东赴扬以视弟疾。唐制：职事官假满百日即合停解，故牧之居扬假满百日，即弃官焉。（以上本诸缪钺先生《年谱》。）自释褐之年至此弃官之日，正满十年，情事券合。故拙见以为诗实作于既弃官、仍居扬州时。其云十年梦觉，实谓宦途至是已告段落，回视利名，不过如梦，而所得者何哉？青楼已著薄幸之名矣。此盖借言而深斥名场，自伤耿介，慨叹实长，用意甚苦。而自昔以来，不明此旨，凡诗话引为谈助，词家用为故事，莫不以此为口实，几成为冶游子、轻薄儿儇佻放荡之代表，毋亦少负诗人否。向日尝与缪钺先生论之，不知先生以为何如？稼轩原唱，虽才经起废，归兴已浓，同时诸作，举可复按。今白石此词首曰"云日归欤，纵垂天曳曳，终返衡庐"，并非自指而系谓辛。然则接以"扬州十

周汝昌　｜　157

年一梦，俯仰差殊"，无论自指指辛，岂谓二人"冶游老手"耶？必别有深意矣。白石诗人，其于樊川诗当有会心而非随俗滥用。先生幸一讨论之。

一、同词 "年年雁飞波上，愁亦关予。"此虚词，似无可笺。然窃意笺者除分疏具体事迹之外，亦有发明微隐之义。南宋诗人凡言雁，此物自北来，故每涉故国之悲，抗敌之志，其例殆不胜举，稼轩"生怕见花开花落，朝来塞雁先还"，龙川"寂寞凭高念远，向南楼，一声归雁"，特其一二耳。白石此处则表其爱国忧时之夙志，与《点绛唇》"燕雁无心，太湖西畔随云去"，同一寓意。尊代序中亦只举"中原生聚，神京耆老，南望长淮金鼓"较浅露者，似可并论之也。（以平时留意所及，知人每不晓"燕雁"之义，更无论"燕"字之读平声与夫南宋人对"燕"地之感情何似。尤可骇怪者，近人《宋词三百首》笺注本竟作"雁燕"，几不令读者疑为"诗人老去莺莺在，公子归来燕燕忙"哉，初疑为"手民"之误［神州国光社版］，及又见其新出中华书局版，"雁燕"依然，亦别无注语，知非偶然之事矣。兹义有关白石作品之思想性，故附及。）

一、《浣溪沙序》"己酉岁客吴兴，收灯夜阒户无聊……"依尊笺体例，"收灯夜"应入笺，盖此乃一代之习俗所关，非泛语也。向尝与友人细论宋人所谓收灯究指何日，乃知北宋殆指十八日（或指十九日）。盖三日元宵益以两日），而南宋每指十六日，然此或渡江之初，军马倥偬，诸事苟简，后虽略定，亦不能尽复北宋之旧。及至宴安既久，荒乐滋深，即又不止十六日，仍有延赏之迹。诸书所载不一，职是之故。先生必能详之也。

一、《齐天乐》"先自"校"阳春白雪'先'字下注'去声'二字。"案洪本亦尔。

一、《鬲溪梅令》笺引陈疏"案寓意即前《江梅引》梦思者"。然玩诸词，与合肥人殆无"木兰双桨梦中云"之迹，其"漫向孤山山下觅盈盈"等语亦不甚合。窃疑此词不如与前《庆宫春》合看为更切也。

一、《汉宫春》二阕，笺后阕之秦山而不及前阕之秦碑。按《十道志》："秦始皇登秦望山，使李斯刻石，其碑尚存。"似可并入笺。

一、《版本考》（页一六六）"洪正治获《白石集》于真州，亦诗词合编，刻于乾隆辛卯。"按洪序题"雍正丁未"（一七二七），不应迟至一七七一始刊之，相距五十余年之久。莫有误否？（焘案："辛卯"或"辛酉"之误，乾隆六年也。）[1]

（原刊《姜白石词编年笺校》，上海古籍出版社1981年5月新一版）

3

"霓裳中序第一"，笺（作《中序》一阕），说明《霓裳全曲》共分三大段落：一、《散序》，六遍；二、《中序》、遍数不详；三、《破》，十二遍。又说："白石词名'《中序》第一'，知《中序》不止一遍，是全曲至少有二十遍。"这里推算并无错误，但似乎有些小混乱。首先，如前文各条笺语所指出，姜白石所见乐工故书中《霓裳虚谱》十八阕，并非唐时原曲，其出于冯定改本抑李后主详定本，亦不可考。如此，则实不应径据白石所见者牵入以证唐时《霓裳》原曲情况，或者反过来径以《霓裳》原曲情况来推证白石所见《虚谱》。因为，假如可以互证，那么，白石已说明所见谱《散序》是两阕，则十八阕中减去《散序》二遍，《破》十二遍，当然剩下是《中序》四遍（包括《歌头》一遍），然则我们岂不可以径称"《霓裳全曲》至少有二十二遍"了吗？

其实，《中序》就是排遍（也称叠遍），开始有拍（故又称《拍序》），这是《散序》以后的正式曲腔了，顾名思义，以排叠为称，当然不会是"止于一遍"，如现存宋大曲，董颖《道宫薄媚》排遍尾数（即攧遍）是"第十"，曾布《水调歌头》排遍尾数是"第七"（都不计"歌头"一遍）；现存宋法曲曹勋《道情》连"歌头"带"攧遍"也共有五遍。照道理讲，正曲排遍实不应反少于引子《散序》。姜见谱《散序》两阕之外，排遍与《破》如何分配，并不可知，上文假设排遍三、《破》十二的比例，实际是不合乎情理的。至于唐《霓裳》原曲《散序》和《破》既已有六遍与十二

---

[1] 夏承焘日记1959年12月19日有记："又得周汝昌一函，言姜词。"当是此函。

遍之多，这显然是个规模很大的法曲，其排遍也绝不会形成蜂腰只有三四遍，最少亦不能少过《散序》六遍；但到底多少，无法确考了（如姑以"六遍"计，那全曲也就至少有二十四遍了）。

笺语又引王国维旧说"《中序》即歌头""宋之排遍亦称歌头"，别无附语订正。其实歌头只是《散序》完毕以后、排遍开始时的最前一阕，单称"歌头"，并不和排遍共计遍数。王氏径以"歌头"代称整个排遍，其说似不可从。

因此，笺"《霓裳中序第一》"时，似可说明这就是姜见谱《霓裳》全曲中的排遍的第一支曲，"中序第一"并非"歌头"这样就清楚多了。[1]

（原刊《姜白石词编年笺校》，上海古籍出版社1981年5月新一版）

4

白石赴苏州谒范成大作《石湖仙》词寿成大，当在淳熙十四年（一一八七）。范六月初四生，见其《吴船录》卷上自记："六月己巳朔壬申，泊青城山，始生之辰也"。《白石词》云："绿香红舞。"写荷花，与时令合。又云："闻好语，明年定在槐府。"范罢官后曾以淳熙十五年起知福州，作词时或已有起用消息。又，白石《醉吟商小品》序谓石湖告琵琶四曲，当在此时。

白石绍熙二年（一一九一）初夏，至金陵谒杨万里，六月过巢湖刻《满江红》词于神姥祠，当是由金陵再赴合肥。其年七夕，在合肥作《摸鱼儿》，深秋作《凄凉犯》（据词中风物，知在作《摸鱼儿》之后），浮江过牛渚作诗，则当是再发合肥时。[2]

（原刊《唐宋词人年谱》[修订本]，上海古籍出版社1979年5月新一版）

---

[1] 夏承焘日记1959年12月23日有记："编《白石词笺·承教录》。周汝昌来函。"当指此函。

[2] 未在夏承焘日记中查到有关此信的详细记录，应是同前三封信一个时期，且系为第四通。

马一浮　1通

马一浮（1883—1967），名浮，号湛翁，浙江会稽（今绍兴）人。曾游学美、德、日等国，后任浙江大学教授等，创办复性书院。浙江文史研究馆馆长。著有《泰和会语》《宜山会语》《复性书院讲录》《老子道德经注》《蠲戏斋佛学论著》等。

瞿禅先生：

得研究室来书，知日内欲偕诸同学见枉，敢不敬须？唯衰朽寡闻，无以相益，未免虚劳往返，诚恐有孤厚望耳。惠赠照片[1]，谢谢。

浮白

十一月十六日[2]

（原刊《马一浮全集》第二册下，朱晓鹏、邓新文编，浙江古籍出版社2013年1月第一版）

1　夏承焘日记1961年11月2日有记："午后一时与文学研究室五生往西湖买舟作谈诗会，行白堤，至平湖秋月，放舟三潭印月。桂花未谢，鱼鸟厅有蓝色小鸟极美。至花港观鱼，上苏堤，诣马湛翁，于蒋庄小坐，邀其下楼，在湖畔与诸生同留一影。湛翁今年七十九矣。"照片当指此日所摄，已收入《夏承焘日记全编》彩页。

2　夏承焘日记1961年11月20日有记："得一浮先生函，约星期四往座谈。"当指此函。11月27日有记："午后一时半与研究生行苏堤，谒马一浮先生。过第四桥，名压堤桥。与宁尔少坐，移时悟宋人词所谓'最销魂处，初三夜月，第四桥'者，以此为六桥之中心也。二时半抵马翁家，刘公纯导上楼。马翁谈治学经验，谓廿七岁以前务博览，后乃求专。又谈治佛经，谈工具书，谈书法，谈朱子读书法。五时辞出。乘四路车转一路至武林门，六时余方抵家，殊倦。"所记即系"星期四往座谈"事。

夏鼐 2通

夏鼐（1910—1985），字作铭，浙江永嘉（今温州市鹿城区）人。清华大学毕业，留学英国伦敦大学，获博士学位。曾任中央研究院历史语言研究所研究员、浙江大学教授、中国科学院考古研究所所长等职，主持过定陵、马王堆汉墓等挖掘工作。中国科学院哲学社会科学部学部委员。著有《考古学论文集》《考古学与科技史》《中国考古学研究》《中国文明的起源》等。

1

瞿禅先生：

前函谅登记室。京方题词，已得郭沫若院长法书一纸，现先行奉上，以便装裱。其余俟收到后，当即陆续奉寄。但能否悉数取得，殊无把握也。郭院长处最好由校方去一公函道谢。（郭院长寓所：北京西四大院胡同五号）孙先生纪念会现下筹备情况如何？便下望示知一二。

又，沈鍊之[1]先生已返杭否？

春寒犹厉，善自珍重。诸维亮察，不宣。

敬请

---

1 沈鍊之（1904—1992），浙江永嘉（今温州鹿城区）人。毕业于辅仁大学，后留学法国里昂中法大学，获博士学位。归国后，任北京师范大学、暨南大学、杭州大学教授等。著有《法国革命史讲话》《法国通史简编》，译有《世界文化史》《法国史》《罗曼罗兰传》等。

撰安

夏鼐敬上

六二年二月十九日[1]

（孔夫子旧书网2008年3月24日结拍拍品，已收入《夏鼐书信集》，王世民，汤超编，社会科学文献出版社2022年9月第一版）

2

瞿禅先生：

前接温州来信，惊闻先生有悼亡之痛。[2]"昔日戏言身后事，今朝都到眼前来。"词人多情，将何以堪，敬致吊唁！未悉亦有悼亡之作否？

前日接奉大札，敬悉一是。关于孟晋先生捐书之事，已与王冶秋同志谈过。[3]昨日遇及，据云已嘱北京图书馆派专人赴杭，以便与孟晋先生面洽一切。如浙江文化机构欲保留在浙，可归浙江收藏，如愿让与中央，则由北京图书馆入藏。现下中央政策，大力照顾地方之积极性。弟曾向之建议，此事

1　此信夏承焘、夏鼐日记均未有记载，且夏承焘此后日记有缺。经王世民先生辨认，信为夏鼐笔迹无疑。查《梅冷生集》有1962年1月15日致夏鼐函，云温州市图书馆与文管会联合举办孙仲容著述遗物展览，"广泛征集各方面题词以资表扬"，并提及杭州同时举办纪念活动，由孙孟晋负责联系，"拟请兄在京代求巨公硕学，各赐一幅"。可能孙孟晋托夏承焘与夏鼐联系。夏鼐日记1962年1月25日有记："晚间拍一回电给梅冷生馆长，转告接洽请人为孙诒让先生遗著遗物展览会题词事也。"1月26日："中午将温州市图书馆的信及宣纸送到顾颉刚先生处，才知道他尚在广州未返，留下一字条。"2月1日："晚餐时遇及吴晗同志，催其为'孙仲容先生著作遗物展览会'题词。吴以为不好写什么，推辞不敢应允。"而梅冷生另有三函谈到此事。此拍同一标还有夏鼐1963年3月14日致杭州大学函，云因肠胃手术，不能应约撰写纪念孙诒让论文。夏鼐当日正住院，日记有记："下午秀君来，携来浙大来信，有夏瞿禅附笔问候，乃草一复函。"孔夫子旧书网见致杭大函，当是此复函。3月16日："写一信致郭院长，谢其为孙仲容先生纪念会写题词，并将《病中偶吟》凑成二首寄去，以供一粲。"

2　夏承焘日记1972年7月4日有记："午后作复作铭函，为孟晋《尹文子》事，并问王仲闻消息。"即指此函。夏承焘妻游淑昭1972年2月在温州去世，3月29日上午夏承焘"与岳往文二街派出所报妇亡"。

3　王冶秋（1909—1987），又名野秋，安徽霍丘人。中华人民共和国文博事业的主要开拓者和奠基人之一，主持研究和选定了第一批全国重点文物保护单位，筹建中国历史博物馆和中国革命博物馆等。时任文化部文物局局长。

夏鼐　163

虽属捐献，但最好能酌予奖励金也。存放瑞安之积稿，不知在何人手中，如何商洽，请孟晋先生告之。

京中近来落实中央知识分子政策，原在五七干校者一部分已调回北京工作，颉刚先生以高年多病未去干校，默存、子臧皆曾下干校[1]，现已返京，已代为致意，二公亦嘱弟代向先生问候。马夷初先生已于七〇年五月间去世，享年八十六岁，当时《人民日报》（五月七日）曾刊登其逝世消息。王仲闻先生不知仍在中华否，容查询清楚后再行函告。

专此，敬请

撰安

孟晋先生处，乞代为致意！

夏鼐敬上
七二年七月十四日[2]

（艺是网拍2023年11月26日近现代名人手迹与影像艺术专场拍品）

1　默存为钱锺书。子臧系吴世昌（1908—1986），浙江海宁人。曾就读于南开大学、燕京大学，毕业后为哈佛燕京学社国学研究所吸收为研究生，获硕士学位。1947年，应聘赴英国牛津大学讲学，并任牛津、剑桥两大学博士学位考试委员。1962年回国后，任中国科学院哲学社会科学部文学研究所（今中国社会科学院文学研究所）研究员。红学造诣颇深，著有《红楼梦探源》《红楼梦探源外编》等。

2　夏承焘日记1972年7月17日有记："得夏作铭北京考古所复函，喑予悼亡。言孙仲容先生遗稿及《尹文子》事，已与王冶秋谈及，云已嘱北京图书馆派专人赴杭，与孟晋面洽。马夷初先生已于七〇年五月去世，八十六岁，《人民日报》已载此消息。"即是此函，次日"发孟晋函，附去作铭函"，故此函留存孙家，随孙孟晋旧藏师友信札一起进入拍场。

朱东润 2通

朱东润（1896—1988），江苏泰兴人。曾留学英国，就读于伦敦西南学院。后任武汉大学、中央大学、沪江大学、复旦大学等校教授。著有《陆游传》《梅尧臣传》《李方舟传》《朱东润自传》等。

1

瘅禅先生大鉴：

别后久念，幸时于报端，得读近作，藉承教益为慰。书件久未呈上，虽属藏拙之法，但宿诺究不可负，谨写就另邮寄去。诗为二十年前旧作。所谓溪者，竹公溪，在乐山城东二三里，颇幽静可喜。东园旧有树二三百株，尽于兵火。自今视之，皆恍若隔世矣。[1]

新暑，伏祈珍摄。顺致

敬礼

弟朱东润敬上

1962.7.2

上海复旦一舍六号

（吴常云藏）

---

[1] 据信意，诗应是朱东润《谪居》："谪居溪水上，充隐忽经年。爱读《高僧传》，时窥尺五天。江湖虚怅望，衰病已连绵。近忆东园树，何因到眼前。"原刊《新评论》第四卷第五期，1941年2月15日出版。转引自《朱东润文存》，上海古籍出版社2014年11月版。

2

瞿禅先生史席：

顷奉惠赐诗稿，高明沉着，无任钦迟。[1]昔任公有诗："哲学首推天演严，下与莎弥相比肩，夺我曹席太不廉。"[2]任公早年作诗，一往直前，不可方物，然以夺席推人，其倾倒可知。

先生诗词两擅，羡慕何似。无闻夫人之注，当今独步。昔人有云："有若无。"今则不但无若有，且远胜于有，赞叹无已，唯有额首。弟则于役此间，欲休不得，且有日益加重之势。分隔云泥，如何如何。

数年前读《宛陵集》，因前后颠倒，无从索解。后读敬观先生书，始知六十卷本当以前后两条线分别读之，因按年重编，略得梗概。前以此稿付印京中人民文学出版社，未知今年能告成否，至时当更请正。[3]

复函谬有虚誉，人才正复寥寥。"十年浩劫"，遂至于此，奈何奈何。

专此，谨谢。顺请

俪安，不一

弟东润谨上
一九八〇.三.廿四[4]

（吴常云藏）

1　夏承焘日记1979年12月20日有记："晚周育德偕其同学羲□□来，羲为上海复旦王运熙乞诗集，当即交两册，托其带赠王运熙与朱东润。"应指此赠。
2　此诗似抄录有误，原诗应为梁启超《广诗中八贤歌》之"候官严复几道"："哲学初祖天演严，远贩欧铅挽亚椠。合与莎米为鸊鹈，夺我曹席太不廉。"
3　此书指《梅尧臣集编年校注》，朱东润校，上海古籍出版社1980年11月第一版。
4　夏承焘日记1980年3月26日有记："复朱东润来信，谢赠诗集，实则赠诗集是去年事，而此老信中有'顷奉'字样，想亦老糊涂了。"即指收到此函及复函。

胡乔木 1通

胡乔木（1912—1992），本名胡鼎新，江苏盐城人。曾任毛泽东秘书，后担任过新华社社长、中宣部副部长、中国科学院院长、中共党史研究室主任等职。主持起草了《中国共产党中央委员会关于建国以来党的若干历史问题的决议》等文件，著有《中国共产党的三十年》《关于人道主义和异化问题》等。

承焘先生：

近读大作谈辛词《水龙吟》一文[1]，略有所见，写上呈政。

词中下片首两句，先生以为反语，这种说法对帮助读者了解稼轩抱负之不同凡俗，可能是好的。但作者原意果否如此，似尚有斟酌之必要。我国封建时代地主阶级文人羡慕归隐，几成通例，虽豪杰之士如稼轩者亦不能免，此在辛词中所在多有，即在与此作同一时期、用同一故实以示对张翰之向往者，亦屡见不鲜，所以这里很可不必曲为之说。求田问舍云云，直承上文，只是深一层来宣泄自己的痛苦心情，盖退既不能乐享林泉，进又不能报国救世，心非许汜，而迹则无以异之，坐视华年，冉冉以去，此真所谓大无可如何之日，故欲红巾翠袖为之一揾英雄泪也（红巾翠袖解为《离骚》求女之意，亦失之凿）。此词用意本甚显豁，先生一代词学大师，岂待班门弄斧。意者或求之过深，将以现代进步观点要求古人，解释古人，遂不觉大义微言，触目皆是。

前之释苏词"朱栏绮户"句，殆亦坐此耳。古人之进步，终不能如今人

---

[1] 原编者按：指夏承焘《读辛弃疾的〈水龙吟·登建康赏心亭〉》一文，载《文汇报》1962年12月23日。

之进步，其于君臣男女家国出处之间，观点径庭，直不可以道里计。我们只要还古人一个本来面目，便是马克思主义的唯物主义的历史主义的态度。这样，古人留给我们的好东西，其价值并不因而减少，反是亦未必因而增加。私见如此，不敢自必，献之高明，会其或有一助乎。

《书造口壁》词解释很好[1]，邓广铭先生考辨金兵实未追至造口，但宋后确曾逃经造口，谓与此词起兴全不相涉，理由似不能认为充足。

专此，即颂

著安

胡乔木
一九六二年十二月三十日[2]

（原刊《胡乔木书信集》[修订本]，人民出版社2015年1月第二版。据铅印件排印）

1　原编者按：指夏承焘《谈辛弃疾的〈菩萨蛮·书江西造口壁〉》一文所作释，载《文汇报》1962年12月28日。

2　夏承焘日记1963年前后缺失。1964年8月23日有记："拟作一文，分析宋词中隐逸作品，写一大纲，以偶检得六二年冬胡乔木贻书，说稼轩'休说鲈鱼堪脍'句，有所启发也。"即说此信。

萧欣侨 1通

萧欣侨（1939— ），又名欣桥，河北冀州人。1967年杭州大学研究生毕业，曾在浙江省文化局、浙江人民出版社、浙江文艺出版社工作，后任浙江古籍出版社副总编、总编。与人合著有《话本小说史》，编有《古代白话小说选》《西湖古代白话小说选》等。

夏先生：

看过《水浒》一至六回评注样稿之后，觉得这个尝试很好，很有意义。评注本身也简明通俗，且不乏新的见解，读过获益不浅。下面仅就个人一些不同的看法，不揣冒昧提出来，请您审查。

关于第一回

1、第二页第四行有"董将仕"三字，我认为应作"董将仕"。因为"将仕"是小作坊主、小店主的通称，而不是一个人的名字。

2、第六页倒三行有"自古道：'不怕反，只怕管。'"诸语，其下似应加批发挥。

3、第八页第七行有"一边逃避退让，一边紧追不饶"一批，此批太似古批，对高（太）尉的揭露不够有力。

4、第十二页倒四行"史太公自去华阴县中承当里正"句，"里正"似应注解，以帮助读者了解封建社会地主政权的实质。

5、第十四页第二行"满村中三四百史家庄户，都来送丧挂孝"下有"地主的威风，农民的屈辱"一批，嫌不明确。

6、第十四页倒四行"打家劫舍"之下，第十五页第七行"隄防贼寇"之下，似都应加批。

7、第一回回评把水浒英雄们的"义气"看成纯属封建道德范畴，似乎不妥，因为同一名词，概念在不同阶级、阶层的人当中可以有不同的内涵。

8、第一回回评第三段还可以多就《水浒》的结构多讲几句话。

关于第二回

1、第二十六页倒一行批注"到了这步田地，还忘不了原来的身分"之下，似应加上"未在起义军中经过改造，其阶级特征不会递减"之类的话。

2、第二十八页第八行，批注"鲁达看重的，不是'东京八十万禁军教头'，只是'在东京恶了高太尉'"，有似牵强。

3、第三十一页第五行，批注"一刻也等不得"，只道出了鲁达的性格特点，没道出他的品质特点。

4、第三十二页第十一行"坐甚么！你去便去，等甚么！"其下似应加批，意在突出其急人之急、不为礼俗所羁的英雄性格。不然，易使人误会鲁达不通人情。

5、第三十三页第五行"提辖请坐！"下面，似应加评"欺软怕硬，媚上凌下，一付奸人恶人态"之类的话。

6、第三十五页第四行"回头指着郑屠户道：'你诈死！洒家和你慢慢理会！'一头骂，一头大踏步去了。"之下应加批注，以显鲁达机智的一面。实注上，鲁达是粗中有细、莽中有智的，与李逵不同。

关于第三回

1、第四十三页第八行"……我祖上曾舍钱在寺里，是本寺的施主檀越"之下似应批注出封建地主与寺院是如何狼狈为奸的通常道理。

2、第四十五页第五—八行一段话，在某种程度上固然也可以理解成是长老骗人的鬼话，但更主要的恐怕是出于作者宿命论思想和写法上前后照应的关系，此处两条夹评似应再斟酌。

关于第四回

第六十六页第五行"鲁智深只道嫌他，托地跳退数步，把禅杖收住"之下似应加批，批出"'莽和尚'不莽"。

关于第五回

1、第七十四页第十二—十三行智深与崔道成一段急促对话，写得很传神，似应从艺术的角度加评。

2、第七十五页倒二行"拖了禅杖便走"之下似应加批，或批"打不过你就走"，或批"'莽和尚'不'莽'"。

3、第八○页第五行批有"作者是要将智清庸俗势力和智真确有'道行'相对比"之句，恐未必。

关于第六回

1、第八十四页第二行，"智深……看见这伙人都不走动，只立在窖边"句下，似应加"对这伙不三不四的人早有戒心，粗中有细"之类的批语。

2、第八十六页第一行"李四便道：'我与你盘上去，不要梯子'"之下，似应加"众人用梯子，李四直接盘，一个比一个高强，但哪如智深倒拔干脆"之类的批语。

3、第八十八页第六行"林冲……一双眼睁着瞪那高衙内"似应加评："很想拳打杀这厮，但又顾虑自己的身家性命，心情复杂，矛盾得很！"

4、第九十五页第四行"你知法度否"之下，似应加"封建法度从来就是借以残害无辜的"之类的批语。

萧欣侨
六六（年）一月上[1]

（方韶毅藏）

---

[1] 此信写在杭州大学语言文学研究室信纸，末有夏承焘批注："顷因公出门无暇读原稿，托明清文学组同志阅过，所提意见未必有当，聊供参考。承焘二月七日。"

欧初　1通

欧初（1921—2017），广东中山人。早年参加革命，是解放战争时期江门五邑、粤中党组织主要领导人之一。新中国成立后曾任广东省政府秘书长、中共广州市委书记等职。爱文艺，喜收藏，著有《五桂山房诗文集》《欧初书画集》《欧初自用印及藏印集》等。

夏老：

惠书早已收到。尊作笔法秀逸，疏密俱巧，神采奕奕，备为观摩甚佳，谨致谢意。[1]

您已届高龄，但治学辛勤，甚佩。仍请在忙中注意调摄。

因出差迟复，请鉴谅。

草此，并致

敬礼！

欧初
七月十七日[2]

（吴常云藏）

1　夏承焘日记1975年6月22日有记："闻代写'春风杨柳'一页与广东欧初，以王贵忱嘱。"即指此赠。

2　此信乃托王贵忱转交。

王贵忱 2通

王贵忱（1928—2022），辽宁铁岭人，长期生活在广东。当过兵，退伍后曾任广东省中山图书馆副馆长、广东省博物馆副馆长、广州市地方志编委会副主任兼办公室主任等，著有《可楼题跋》《可楼丛稿》《可楼闲墨》等。

1

夏老：

您好！

前寄上小笺，谅已收到。[1]

欧初同志日前回来。他极表感谢，并附呈其手书致谢意。他拟近日请人裱后装镜。他想求您在秋后转凉，精神好时，书一条辛稼轩词，尺寸不居，以用便裱条幅便好。他不好意思开口，属晚转婉求书。此或秋后再说，届时亦恳请就便为晚书一条为感！

多所烦劳，殊深感念。窃意粤中存您手迹似不多见，自应多留传几张名迹才是，以故乞不吝书赐为盼。

问候吴闻同志，并颂

夏祺

晚贵忱上
七月二十日

（吴常云藏）

---

[1] 夏承焘日记1975年6月29日有记："王贵忱来信。"应指此函。

2

瞿髯翁惠鉴：

寄下见召大札，已拜收。欣悉由中国韵文学会、杭州大学等单位联合为先生从事教育事业六十五周年举办庆祝盛会，本应趋前祝贺，只以工作系身，又远在岭外，憾不得亲临大会祝候，乞先生鉴恕为祷！谨以小笺致意。

遥颂

康健！长寿！

晚王贵忱敬贺
十二月六日于穗[1]

（吴常云藏）

---

[1] 据信意言1984年12月5日在京举办夏承焘从事学术与教育工作六十五周年庆祝事，故此信系于当年。

王蘧常 4通

王蘧常（1900—1989），字瑷仲，浙江嘉兴人。毕业无锡国学专修馆，后任教于光华大学、大夏大学、复旦大学等。著有《诸子学派要诠》《严几道年谱》《王蘧常章草选》等。

1

瞿髯兄：

久不通问，深念深念。

上月冯生其庸[1]来沪，以严生古津[2]遗像属题引首（冯生谓曾有照片寄足下），并属转恳足下与仲联赐题，兹寄上。雯弟[3]与古津亦常有唱和，亦望题诗，并请转寄仲联为祷。

弟入夏多病，至今未愈。不一一。

敬颂

---

1 冯其庸（1924—2017），江苏无锡人。毕业于无锡国专，后任中国人民大学教授、《红楼梦》校订组副组长、中国艺术研究院副院长等。著有《论庚辰本》《梦边集》《漱石集》《秋风集》等。

2 严古津（1918—1975），原名署根，别号沧浪生，江苏无锡人。毕业于无锡国专，曾任职常熟县中、交通部广州海运管理局。著有《沧浪生诗稿》。

3 指吴无闻。

双安

蓬敬上

九月十二[1]

（原刊《蘧草法帖》，王运天、郭建中编著，上海书画出版社2020年6月第一版）

2

瞿翁、闻娣双鉴：

奉手翰并赐题敝图，至为感谢。[2]唯弟心醉兄词，不知能更赐一词否。仲联既赋七律，又作五古八十韵。敢援此例，求恕无厌之求。

《论词绝句》[3]至为钦佩，闻弟笺注相得益彰（适在感冒中，犹倚枕毕读）。

大寿作诗作文皆不能就，遂勉成一联。求长幅丹笺不得，故濡滞至今，昨于友人处商得一帧，敬呈教正。

此请

双安！

弟、兄蘧手上

（吴常云藏）

1　冯其庸《记梁溪诗人严古津》载王蘧常题张正宇绘严古津遗像引首为1975年7月，故此信系于1975年。夏承焘日记1976年4月11日又有记："上午其庸、刘梦溪、周雷诸暨三君来，赠《红楼梦》校本第一册，并嘱为古津遗像题词，转来古津子一函，不日返广州矣。"据冯文记载，夏承焘为此像题："烽烟江海，历劫交情三十载。聚散堂堂，相照初心有雪霜。三潭黄月，未上风船成永诀。画里芙蕖，欲唤吟魂过五湖。减字小阕，奉题古津老友遗像。"此阕实作于1975年2月6日，夏承焘日记有记："写成挽古津《减字木兰花》，发寄无锡。"

2　夏承焘日记1979年7月29日有记："王瑗仲寄来横幅，谓今年八十，门人为绘《南山同寿图》，广征题咏，嘱予及闻写小幅。"7月31日："为王瑗仲题《南山同寿图》：'游行合伴青筇杖，坐卧同寻碧落碑。'闻作《瑗师八十寿词》：'先生所居兮，通徼郑乡。烽火讲学兮，岿立门墙。解散隶体兮，为《急就章》。中外同钦兮，古今二王。'""赐题敝图"，应指此事。故此信系于1979年。

3　《瞿髯论词绝句》，夏承焘著，吴无闻注，中华书局1979年3月第一版。

3

瞿兄、雯娣双鉴：

手示并诗敬悉。诗极风趣，并无不妥。佩佩！杭城书画社朱生来，谓此图观者甚众，亦盛事也。[1]

鄙两月来病消渴，所谓糖尿也。初其剧，血糖高至229。[2]转正常，高一倍多。精神罢乏，口燥唇裂，后控制饮食极严，近已渐近正常。此虽雅病，然亦苦矣。稽答罪甚。

前日张生珍怀来信，谈及瞿兄有日本诗选之作[3]，不知已观成否。

敬问

双祉！

蘧常手奏

（吴常云藏）

4

瞿髯吾兄、雯吾弟左右：

久未通问，时以为念。

昨陆心周、辛品莲[4]两弟来，谓赴京曾谒起居，闻之欣慰。雯弟欲鄙书，春暖当作一手卷。记得瞿翁曾赐大著，友人见而欲攘去，弟坚不与，可知其

---

[1] 此图应还指《南山同寿图》，故此信系于1979年。
[2] 此疑王蘧常误记。血糖正常值是指人空腹的时候血糖值在3.9~6.1毫摩尔/升。当空腹全血血糖超过11.1毫摩尔/升（200毫克/分升）时，即可诊断为糖尿病。229应作22.9。
[3] 张珍怀（1917—2005），别号飞霞山民，浙江永嘉（今温州鹿城区）人。无锡国学专修学校毕业，长期执教于上海市第二中学。与夏承焘合编有《域外词选》，著有《飞霞山民诗词稿》等。"日本诗选之作"应指《域外词选》，书目文献出版社1981年11月第一版，夏承焘选校，张珍怀、胡树淼注释。
[4] 辛品莲（1910—1996），江苏无锡人。先后就读于无锡县立女中附小、江苏省立第二女子师范、无锡国专等，曾任南京中央大学实验小学、上海大同大学附中二院（后改五四中学）等校教师。参加过《汉书补注》点校工作，著有《苏州史话》。

好之之深矣。近又见题域外词抄注六诗[1]，独出冠时，可为今时羯鼓。

　　此问

双安！

蘧常敬启

二月十五

　　内人附笔问好

　　（吴常云藏）

1　"题域外词抄注六诗"应指《域外词选》前言所录论日本嵯峨天皇、野村篁园、森槐南、高野竹隐及朝鲜李齐贤、越南白毫子绝句六首。故此信系于1982年。

谢国桢 1通

谢国桢（1901—1982），字刚主，河南安阳人。清华国学研究院毕业，曾任教于中央大学、云南大学、南开大学等，中国科学院哲学社会科学部历史研究所研究员。著有《南明史略》《晚明史籍考》《明清之际党社运动考》等。

赠夏瞿髯词丈

权研老树着新苑，何事才人在永嘉。定香桥畔寻不得，秋来同看上阳花。

述怀

文章何堪与世争，胸怀辽阔自峥嵘。不求秦宓虚谈论，俛首工农作老兵。

瞿髯先生见过[1]，喜而赋绝句一首。素不能诗，惟喜读渔洋、定庵之诗，然古人已为我作，又何必作也。书此聊以见意，即希指正。乙卯九秋，谢国桢。

（吴常云藏）

---

1 夏承焘日记1975年9月14日有记："王湜华偕谢刚主国桢来，久谈。安阳人，居常州，近任事历史研究所，甚健谈。"10月3日："访谢刚主，见其所作自叙诗数十首。与同访平伯夫妇，十余年不见矣。"当指此次回访。

陈述元 1通

陈述元（1914—1993），湖南益阳人。陈天倪子。曾就读于华中大学、西南联合大学，后任教于贵州大学、昆明工学院、云南民族学院。著有《工业组织与管理》《两间庐诗注》。

承焘先生讲席：

籍甚风华，频劳虚眷。曩年获读大著《唐宋词论丛》及《唐宋词人年谱》，或慧辩无碍，精论不刊；或殚精笔削，穷极幼眇，惊为绝作。盖自易安《词论》、玉田《词源》以降，言词者无虑数十百家，率不过评骘作者，品藻文辞，标榜门户。言之者自信凿凿，读之者终觉昏昏，迄万红友以归纳比较之法著《词律》，词学始成为科学。尊著与红友之书虽内容性质不同，其为科学则一。益以吴梅氏之《麈谈》，鼎足而三。百余年来，论词曲之书，殆无有逾于此者矣。

又偶于《文汇报》上读小令数首，清新闲婉，自是正宗。钦迟无似。前岁谒归，复于家兄[1]案头得读佳什，并悉先生解巾渐水，珥笔燕台，宾从皆贤，端居多暇，登游文酒，无间晨夕。虽曲水流杯，龙山落帽，未足方其雅胜，尤为企羡。独恨蟄伏南陬，不得侧身诸公间为滥竽之南郭耳。生幸同时，爱而不见，我劳如何！顷接家兄转来大札及《浣溪沙》横幅，始悉家兄曾将拙作数首尘览，冀一言以为重，乃竟获远承矜宠，优加奖掖。许子将之

---

[1] 陈述元兄为陈云章（1911—2004），湖南益阳人。毕业于湖南大学，曾任湖南第九职业学校校长、《新潮日报》社长，创办中原建筑公司，湖南省参议员。新中国成立后，任南京水利学院、湖南大学土木工程系教授，湖南省文史研究馆名誉馆长。

月旦,郭有道之人伦,在贤者固应乐取为善,在不佞实惧拟于非伦,愧恧逡巡,罔知所措。惟当铭镂,用资鞭策。《浣溪纱》词疏朴恬静,情韵欲流,词中有画,尤为罕见,足与东坡在黄州所作《西江月》媲美,乞觅画师,为图牛作水牛,题词其上,并摄影以一帧。见赐法书高雅苍劲,有龙跳虎卧之姿,已四十年不睹此逸品矣。

元幼屈首受书,长以曲学糊口,不娴囊括,更昧归藏,骨肉躁脱,言动谬戾,数为僇人,自致困顿遘闵之多,巧历难计,自婴天罚,又复八年。追维庭训,怦怦在疚。年过耳顺,心摇摇如悬旌,形汲汲以顾影。蠹简无存,性灵尽泯,乡党惊为伯有,行路比之射工。自断此生不得复与于斯文之列,乃不意双鱼未寄,大贲先颁。训辞深厚,如获华衮之荣;藻翰纷披,愧乏琼瑶之报。玫瑁为轴,谨装逸少之书;珠玉随风,更待青莲之笔。辄往拙作诗词百十六首,冀幸先生怜其志,哀其遇,更进而教诲之。

北国冱寒,诸维珍摄。不宣,顺颂

旅祺

陈述元顿首
一九七六年十一月[1]

(原刊《当代诗词》总第七期,花城出版社1986年5月第一版,题为《复夏承焘教授书》)

---

[1] 夏承焘日记1976年11月27日有记:"得陈述元悔厂昆明函。"当指此函。

吕剑　1通

吕剑（1919—2015），原名王聘之，山东莱芜人。曾任《华商报》副刊主编、《中国诗坛》编委、《人民文学》编辑部主任、《诗刊》编委等，著有《诗歌初集》《吕剑诗集》《诗与诗人》等。

闻髯翁南行登岳阳楼有作，因忆旧游，敬赋五古一首，寄呈求正[1]

忆昔南征日，来从楚国游。暮别黄鹤矶，朝登岳阳楼。云霞何灿烂，出没天际舟。碧水浮君山，大湖若不流。长空一色远，翩翩有翔鸥。天地庆翻覆，白日明九州。今我意何如，极目潇湘秋。优乐仲淹句，关山老杜讴。杜诗：戎马关山北。两公谢千载，此情犹难休。

读髯翁登岳阳楼词有感，再赋一首寄呈

巴陵天下壮，洞庭一望收。烟涛来浩荡，披襟入胸流。杨泰龙阳寨，杨泰又称杨么，建寨龙阳，纵横洞庭湖一带。玉帅金田兵。太平军陈玉成，兵出广西，转战湘、鄂、赣、皖、苏。罗霄旌旗奋，湘水胭脂凝。鲁翁诗：昔闻湘水碧于染，今闻湘水胭脂痕。湘灵装成照湘水，皓如素月窥彤云。[2] 沉浮我自主，江山异往古。谁复泪斑竹，湘灵共起舞。日高心尤壮，杜诗：落日心犹壮。秋老酒

1　夏承焘原作为《浣溪沙·与无闻登岳阳楼》："湖纳潇湘日夜流，同来吴楚倚高秋。乾坤正色此层楼。　壁上龙蛇看抱负，酒边人物几沉浮。双鸥约我御风游。"
2　鲁迅《湘灵歌》，作于1931年3月5日，赠日本友人片山松元。还有四句："高丘寂寞竦中夜，芳荃苓落无余春。鼓完瑶瑟人不闻，太平盈象成秋门。" 后收入《集外集》，"碧于染"改为"碧如染"，"素月"改为"皓月"，"苓落"改为"零落"。

更香。李诗：巴陵无限酒，醉杀洞庭秋。应共白与杜，洋洋赋新章。

丙辰冬日，吕剑习作[1]

（吴常云藏）

---

1 夏承焘日记1977年4月22日有记："《报吕剑寄诗》：月轮楼下夜潮高，归计年年负一舸。忘却枕边诗几首，槐安国里听松涛。"应为谢此两诗。而吕剑诗稿落款丙辰冬日，故系于1976年。

马里千　1通

马里千（1916—1995），名家驹，江苏常州人。上海交通大学毕业，高级工程师。曾任职于人民铁道出版社，爱好诗词，著有《西游话古今》《老树集》，编有《李白诗选》《中国铁路建筑编年简史》等。

临江仙　读瞿髯词

雁荡匡庐无恙，词人寥落谁惊。岿然一老概平生。往来明大节，吟喔见高情。　望杏楼中浩叹，茹经堂下高声。烟云旧事我曾经。卅年余白发，东海尚龙腥。

望杏楼，名山钱先生故宅名。上海沦为孤岛之日，交通大学借讲舍于旧法租界震旦大学，茹经唐先生[1]来授《张中丞传》，至"南八，男儿死耳，不可为不义屈"，其声悲壮激切，末座为之动容。先生词中颇及钱、唐二先生遗事，正见同气相投也。即呈瞿翁前辈老先生教正。

后学马里千呈稿
丁巳惊蛰后二日[2]

（吴常云藏）

1　唐先生指唐文治（1865—1954），江苏太仓人。光绪十八年（1892）进士，官至农工商部署理尚书。后从事实业、教育，无锡中学、无锡国学专门学院的创办人。著有《茹经堂文集》等。

2　丁巳惊蛰后二日为1977年3月8日。

顾学颉 1通

顾学颉（1913—1999），字肇仓，号卡坎，别署坎斋，湖北随州人。毕业于北平师范大学，历任国立西北大学、西北师范学院、湖北师范学院、湖南师范学院、私立民国大学讲师、副教授、教授，人民文学出版社高级编辑，著有《顾学颉文学论集》《说古道今》《元明杂剧概说》等。

夏老：

文斾返京，趋访未晤。蒙惠大著[1]，极佩极感。辄度小词奉报，三十年不弹此调矣，仍乞正谬。匆致撰安，并候夫人安好。

学颉谨白

三月廿六日

大著中以"龟孙"为白居易之孙，似小误。[2]阿龟乃乐天之犹子，行简之子也，诗中屡及可证。又，注中谓蒋叛辛亥革命，于史略疏，盖所叛者为孙中山联俄、联共、扶助工农、国共联合北伐之革命，非他也。[3]附闻，供参酌。不一。又上

头昏如坐船，笔散如飞帚。草草，乞谅。

（吴常云藏）

1　查信中顾学颉所谈为《瞿髯词》油印本中的两个注解，可知夏承焘所赠为该书。亦可据此推断所言"返京"是指避地震远行长沙等地之后回京，在1977年，故此信系于该年。

2　"龟孙"见于夏承焘《洞仙歌·游龙门谒白香山墓》，原刊《瞿髯词》油印本，句为"龟孙抚掌"，注为"白孙名龟儿"。《夏承焘词集》出版时，词句改为"龟儿抚掌"，注改为"白居易的犹子，白行简的儿子"。

3　"蒋叛辛亥革命"注见于《台城路·甲戌冬侍亲游金陵，瞿安翁嘱和登豁蒙楼词》，亦刊《瞿髯词》油印本，注"升州兵火"句，后收入《夏承焘词集》，注改为"时蒋介石已背叛孙中山联俄、联共、扶助工农、联合北伐之政策"。夏承焘日记1977年3月31日有记："午后学颉来，说予词稿注二事须改。"亦指此注。

孙功炎 5通

孙功炎（1914—1998），字玄常，浙江海宁人。上海新华艺专毕业后，曾任人民教育出版社编辑、中国人民大学语言研究生指导教师、山西运城师专中文系顾问及学报编委、山西省语言学会顾问、山西省古籍整理出版规划小组编审委员等职。著有《怎样辨别同义词》《汉语语法学简史》《马氏文通札记》《汉语知识讲话》等。

1

九山先生前辈道席：

承赐尊集，已由次公寄下[1]，欢欣何似，谨谢盛意。拜读一过，深受启迪，诚盛世元音，风雅鼓吹。窃以为尊集上卷雄厚，下卷深峭，综而观之，则骨重神寒，气象峥嵘。吾丈于词上自两宋下逮近代彊村、叔问诸家无所不窥，而于稼轩、白石所得尤深，宜独步昭代，罕有伦比，若遣词用事无不精当，则又学人本色，尤可敬佩者则严夷夏而判邪正、绝浮艳而尚气节，大义凛然溢于文字，柳诚悬所谓心正则笔正，足为后学模楷也。

夫人作郑笺，简明精赅，亲承謦欬，故能发挥微言，不同于暗中摸索，虽任渊注山谷犹未能。若是晚不学无术，妄发鄙论，不知有当于万一否？敢乞教诲。

夏秋拟作都门之游，当亲接几杖，面聆教益。余不具，谨此恭颂

---

[1] 夏承焘日记1977年3月18日有记："晚吕剑、陈次园、王湜华来，赠陈抗、孙功炎书各一册。"书指《瞿髯词》。次公指陈次园（1917—1990），江苏昆山人。1940年毕业于东吴大学，曾任外文出版社编辑、翻译，编审。著有《新民主主义哲学论》《朝彻楼诗词稿》等，译有列宁《远地来书》等。

道安

乡后学孙功炎谨肃

清明后二日[1]

（吴常云藏）

2

倚声宗匠今谁是？光射斗牛笔一支。哀乐中年承绝学，风霜晚节遇明时。苏辛气象周姜律，左马阳秋李杜诗。盛世争传新乐府，岂云吾道已陵夷。

拜读瞿翁长短句，即赋七律一首，奉呈乞诲正

丁巳谷雨[2]

乡后学孙功炎拜稿

（吴常云藏）

3

瞿翁乡前辈道席：

赐简并新制长短句均拜嘉，近偕小儿游平阳小儿为临汾纺织厂工人，盘桓数日，故尔迟复，乞亮。

尊词意境高远，它日当入续集，"五湖"三句尤饶画意，以吾丈倩牲翁[3]写之，遂不敢僭越耳。奉牍又悉，欲临石田画，惊喜交集，盖未知吾丈擅六法。晚少日最喜沈、文，石田老笔苍劲，酷似其书法，故知书画同源耳。此次赴平阳与友人同游霍泉广胜寺，下寺画壁元人所作，上寺飞虹塔建于正德嘉靖间，尤玮丽，金刻《赵城藏》昔藏上寺，厨柜犹存，可发思古之幽情。

1　1977年清明后二日为4月7日。
2　丁巳谷雨为1977年4月20日。
3　牲翁系黄君坦，见本书328页。

近作俚词数首，抄录于后，乞匡谬正讹，无任感盼。余不具，即颂道安

乡后学孙功炎谨肃

五月三日[1]

临江仙　清明翌日作

寒食清明都过了，关山春色来迟。江南一梦醒犹疑，隔窗天欲曙，开户燕交飞。　积雪层冰天地闭，如今又见芳菲。冶春依旧少年时，有花堪入画，无酒亦成诗。

鹧鸪天　题晓风玉笛图

偶画轻舟载玉人，五湖烟水淡五痕。柳绿经雨腰肢倦，山色连云翠黛颦。　吹玉笛，送残春，晓风明月最消魂。杜鹃相劝难归去，桃李都成陌上尘。

又游霍泉广胜寺

春雨初晴入霍山，攀登荦确忘作去艰难。凌云古塔琉璃璨，塔名飞虹，建于正德嘉靖间，四壁皆琉璃，有诸佛菩萨金刚，绚烂壮丽。画壁才人玉佩寒。水神庙壁画，仕女丰腴华贵，作唐装，近周昉一派，当是水神宫眷。临翠碧酌潺泪[2]，珠玑出水万颗圆。灵泉岂有神灵护，恩泽千年在世间。霍泉千年不涸，灌溉万亩。

瞿翁前辈词宗教诲

乡后学孙功炎拜稿

丁巳立夏前三日

（吴常云藏）

1　夏承焘日记1977年5月5日有记："孙功炎来信附诗。"应指此信。
2　原稿漏一字。

4

垂范后昆手自删，晶莹四射斗牛寒。同光余韵遭逢异，杨范风神伯仲间。翁诗不拘一格，窃以为略近诚斋、石湖。东海扬尘留素志，西台击石响群山。而今文字无冤狱，日下优游耆老闲。

瞿翁赐《诗存》，拜读既竟，奉题长句，乞求诲正

戊午九月，后学孙功炎拜稿[1]

（吴常云藏）

5

瞿髯吾丈、无闻夫人道席：

辞别京华，复到河东，已历岁余。今又逢春暮，杂花生树，绿波新涨，遥颂道履康宁，添寿进福，起居佳胜，潭第绥吉。晚以长安久居不易，值小儿大学毕业后分配在此，遂来运城。离休、户口，均已办妥。在师专亦无课，但协助编辑学报，并整理古籍，景况差强人意。

旧作《白石诗笺》列入古籍整理选题，乃重加整理，由青年教师李君安纲协助誊钞校核。李君乃程千帆先生门人，颇堪胜任。拙稿已整理粗毕，惟校核尚未完成，晚拟乞吾丈赐序，以荷光宠，得附骥尾，以致千里。未知能蒙俯允否？[2]

晚拟于五一前后入京，携拙稿晋谒，面聆教诲，但陈次园兄来书，谓吾丈与夫人，不常居城内，不知新寓在何处，敢乞赐示，庶便晋谒，余不具。

即颂

---

1 夏承焘日记1978年9月6日有记："晚孙功炎来，取去诗集一册。"10月8日："下午孙功炎送来七律一首，过誉予诗集，谓不日往山西矣。"即指孙获赠诗集、写此诗事。

2 《白石诗笺》即《姜白石诗集笺注》，山西人民出版社1986年12月版，署孙玄常笺注、李安纲参校，有夏承焘序作于1984年7月大暑。

道安

乡后学孙功炎再拜谨肃

四月十五日

赐示乞寄山西运城师专中文系

（吴常云藏）

荒芜 5通

荒芜（1916—1995），原名李乃仁，笔名黄吾、叶芒等，安徽凤台人。1937年毕业于北京大学，曾任苏联驻华大使馆中文教员、上海《文汇报》副刊编辑、北方大学文艺学院研究员等。1949年后历任外文出版社图书编辑部主任、中国科学院哲学社会科学部文学研究所研究员等职。中央文史研究馆馆员。译有《朗费罗诗集》《惠特曼诗选》等，著有《纸壁斋集》《纸壁斋续集》《纸壁斋说诗》《麻花堂集》《麻花堂外集》等。

1

承焘先生：

承惠大著，字字珠玑，受益良多。愧无以报，谨录近作打油诗两首求教。不敢班门弄斧，藉表野人献曝之意耳。改日当同锴兄[1]造府晋谒。

专此，祗颂

著安

尊夫人吴闻先生均此

荒芜

四.十[2]

（吴常云藏）

1　林锴（1924—2006），福建福州人。毕业于国立艺专（今中国美术学院），得黄宾虹、潘天寿亲授，后任职于人民美术出版社。中央文史研究馆馆员。作品结集有出版发行有《林锴画选》《林锴书画》等。夏承焘移居北京后，与林锴颇多往来，曾作《题林锴兄惠画象》："月轮楼下夜潮高，归计年年负一舻。不用吹弹竽与籁，槐安国里听松涛。"

2　夏承焘日记1977年4月21日日记："得建内五号文学所荒芜函，谢赠词本，见其两诗。"当指此函。夏承焘所赠为《瞿髯词》油印本。荒芜所录两诗，已不存。

2

夏老、吴闻同志：

承惠赐大著《论词绝句》，拜谢。专著文采风流，见地高卓，远出杜陵、遗山论诗诸作之上，可谓前无古人，钦佩之至。附呈小诗三首[1]，敬求指正。

祗颂

暑安

荒芜

1979.8.23

（吴常云藏）

3

吴闻同志：

《诗书画》[2]打算以三版篇幅来发表夏老作品，已请统一[3]兄协助您准备材料。初步设想有如下各项：

画像（似比照片更好），全面介绍的文章（不能太长，最好不超过一千五百字），诗词选（有代表性者，没有发表过的近作更好），墨迹（早年的，晚年的），短的诗论和词论，来往书札，日记，画。三月底交稿能来得及否？[4]

另，广东《韶音》报[5]寄来报纸五份，想请夏老写个刊名，如夏老不能写，就请您代笔吧。

1　荒芜另纸附诗，未见。
2　《诗书画》由山西人民出版社出版，1985年1月创刊，半月刊，8开4版，主编黄苗子、曹辛之、郁风、荒芜、李平，执行主编曹辛之。
3　冯统一，见本书243页。
4　夏承焘书画专题刊于1985年11月20日第22期，内容有一个整版。
5　《韶音》报为广东韶关诗社社刊，该社成立于1984年。

渎神恕罪，祗颂

双安

　　　　　　　　　　　　　　　　　　　　　　　　　荒芜

　　　　　　　　　　　　　　　　　　　　　　　　　85.2.9[1]

（原粘贴于夏承焘日记稿本，现已刊《夏承焘日记》）

4

吴老：

韩羽[2]和我合编的一本诗画集（将由河北花山出版社出版）里收有夏老咏陆游的两首诗，配上李世南[3]画的陆游。目前韩羽正在设计封面。他打算用诗人们手写的诗稿作为封面上半面的底子，用画家的画作为封面下半面的底子。为此想请您替夏老写一首，诗和样式如附笺。费神，容后面谢。

另挂号寄上《倾盖集》一本[4]，请指教。

专此奉恳，顺颂

1　夏承焘日记1985年2月9日有记："荒芜来信，谓《诗书画》打算以三版篇幅刊予作品。一、画象；二、全面介绍文章；三、诗词选；四、墨迹；五、诗论词论；六、来往书札；七、日记；八、画。要求三月底交稿。又为《韶音》报求书刊名。"即指此函。2月11日复函："无闻复荒芜信，附去《韶音》刊名题字。"夏承焘题写刊名用于1985年3月第七期及1985年4月、5月号第八、九期合刊，第一至十九期合订本封面亦采用夏承焘所题刊名。

2　韩羽（1931—　），山东聊城人。曾任河北美术出版社总编辑，担任人物造型的动画片《三个和尚》获文化部奖、电影金鸡奖等，首届鲁迅文学奖得主，著有《读信札记》《韩羽画集》《韩羽杂文自选集》等。

3　李世南（1940—　），浙江绍兴人。曾师从何海霞、石鲁学习绘画，画风大胆。多次举办个人画展，作品结集有《李世南画集》等。

4　《倾盖集》，福建人民出版社1984年6月出版，为王以铸、吕剑、宋谋瑒、荒芜、孙玄常、陈次园、陈迹冬、舒芜、聂绀弩九人旧体诗词作品合集。

吟安

荒芜

85.3.31[1]

（吴常云藏）

5

吴老：

久疏函候，入夏以来，兴居佳胜为祝。

前晤统一兄，知夏老专辑，大致已准备就绪，好极。

兹有恳者，友人毛谷风[2]同志，金华浙江师院讲师，编了一本《宋人七绝选》，想请夏老题字，拟恳代笔一书，费神，容后面谢。

专此，祗颂

双安

荒芜

85.7.4[3]

另寄《诗书画》第十期一份，请正。

（原粘贴于夏承焘日记稿本，现已刊《夏承焘日记》）

1　夏承焘日记1985年4月1日有记："李荒芜来信，嘱无闻书予《过潼关》诗，为彼与陆羽新编之诗画合集作封面。"即指此信。4月3日复函："无闻书《过潼关》诗幅寄荒芜。"韩羽有文回忆："荒芜先生热衷于编一本诗画合集，找我做帮手。""后来他到保定我家住了几天，一起筹划这事。画稿多是照片、印刷品。诗全是手稿。现在我依稀记得的有俞平伯、陈次园、吕剑、王以铸、林锴诸诗家，合在一起足有寸余厚。我把稿子交给了花山文艺出版社，后来一拖再拖，我又要了回来，还给荒芜先生，他去世后，这些诗稿也无了下落。"详见《读信札记》，北岳文艺出版社2015年1月版。

2　毛谷风（1945—　），浙江兰溪人。曾任教于浙江师范学院、浙江大学，著有《谷风吟草》，编有《历代五绝精华》《当代百家诗词钞》《近百年七绝精华录》等。

3　夏承焘日记1985年7月5日有记："荒芜来信索《诗书画》专辑稿，惠赠《诗书画》十期，嘱为其友毛谷风书《宋人七绝选》书名题字。"即指此函。7月6日复函："复荒芜信，附去《宋人七绝选》书名题字。"

游止水　1通

游止水（1901—1980），名长龄，温州城区人。温州师范学校毕业，曾任永嘉县教育局第二课课长、瓯江小学校长、温州二中教师等职。温州民盟发起人之一。与夏承焘合著有《辛弃疾》。

仙人峰书梦寄二髯

眼见沧桑一万年，飞来绝顶管风烟。玉京论谪寻常有，不索银瓶市上眠。

题春郊图

江上层峦倒水青，今朝扶杖喜新晴。忽来野老幽居地，一树柴门叫鹊声。

哭凡儿[1]

无端老泪哭三儿，地下埋忧去太奇。噩报瞒人缘我病，羁魂失路望乡悲。伤心顿觉天心酷，大事空嗟见事迟。尚有孀孤淹万里，野棚霜月朔风时。

题凡儿遗像联

入万里无人之境；读十年有用之书。

（一）凡儿在东北勘测铁路线，曾入内蒙边境原始森林地带。

（二）凡儿在同济铁路系毕业，连读中学正在十多年之久。

---

[1] 凡儿乃游止水之子游汝凡，1976年9月在唐山去世。

敬呈瞿兄指正（原纸掷还）。[1]

（游汝岳藏）

---

[1] 夏承焘日记1977年4月27日有记："得止水廿四日信，嘱改数詩。"应即此函。夏承焘在诗稿批注两处，第二首"忽来"改"偶经"，第三首"万里"改"海角"。

叶圣陶 4通

叶圣陶（1894—1988），原名叶绍钧，江苏苏州人。曾任商务印书馆编辑、开明书店编辑、教育部副部长、人民教育出版社社长及总编、中央文史研究馆馆长、全国政协副主席、民进中央主席等。代表作有《稻草人》《多收了三五斗》《倪焕之》等。

1

夏老尊鉴：

昨日与小儿至善同访胡愈老[1]，共谈嘱商之事，今以其略奉告。目力不济，信笔而书，幸恕简慢。

我三人以为公尽可留居北京，不必要求退休。退休无规章可据，少数院校有退休之例，或竟是一时之胡为。浙省统战组不同意，揣度其意有二，一是遵循政策，二是为公着想，其实亦是执行政策。愈老言此时最宜揭发，彼人如何务与公捣乱，可为文尽言之，载于报刊。此一层鄙意所赞同，甚盼命笔。请止于此。

敬候

---

1 叶至善（1918—2006），叶圣陶次子。曾任开明书店编辑、中国青年出版社编辑、中国少年儿童出版社首任社长及总编辑等。著有《花萼与三叶》《未必佳集》等。胡愈之（1896—1986），浙江上虞人，曾任《光明日报》总编辑、新中国首任国家出版总署署长、全国人大常委会副委员长等职。

双安

叶圣陶上

六月廿三日下午[1]

（吴常云藏）

2

夏老尊鉴：

承赐《论词绝句》，感极。近数月来，不能集中用心思，目力亦益差，阅览几乎全废。公此作正我所好，且一首二首可以随时展读，蒙受沾溉，以故必徐徐习之，迄于终篇。念此益见贶贻之厚。

不相见已一年有余，时从湜华[2]、次园诸君处闻尊况胜常，为之心喜。

匆此陈谢，敬请颐安，并候吴闻同志。

叶圣陶上

八月八日[3]

（吴常云藏）

3

瞿髯翁尊鉴：

昨日王湜华携带惠赐新印大著《词集》，欣感无极。每有书出，必蒙颁与。前此数种，皆已勉竭视力，循诵终卷，所受教益之富，自不待言。面晤之时，鲜及于词，读公诸作，钦慕无可辞达。词坛巨擘，非公莫属。乃自知

---

[1] 夏承焘日记1977年6月24日有记："叶圣陶翁来信，谓往访胡愈之老谈退休事。"即指此函。

[2] 王湜华（1935—2018），字正甫，号音谷，江苏吴县人。王伯祥之子。毕业于北京大学，中国艺术研究院《红楼梦》研究所研究员。著有《王伯祥传》《俞平伯的后半生》《音谷谈往录》等。

[3] 夏承焘日记1979年8月9日有记："圣陶翁回信。"当指此函。

胡乱妄作，诚为可笑。

久未晤面，时时相念，自湜华获悉尊况，良以为慰。

书此伸谢，敬请

颐安

弟叶圣陶上
四月九日上午[1]

（吴常云藏）

4

趋谒彊村少壮年，叙评词客几多编。
有缘季刊尝雏校，大作如干快睹先。
注：当年《词学季刊》由开明书店出版。

犹忆西湖初晤对，其甘有若饮芳醇。
迁京而后频临况，沾溉时承交更亲。

所知嘉偶是吴闻，体帖惟周凤擅文。
词集重编吴作注，词心毕达至精勤。

感慨音多类宋贤，欣然纵笔例无前，
全编情调分明异，界划鸿沟四九年。

---

[1] 夏承焘日记1981年4月10日有记："叶圣陶来信，谢赠书。"当指此函。

庆祝瞿髯老友从事学术活动六十五周年奉呈四绝句

一九八四年十月　叶圣陶[1]

（原粘贴于夏承焘日记稿本，已刊《夏承焘日记》）

---

[1] 此贺诗为《庆祝夏承焘教授从事学术活动六十五周年暨八十五岁贺诗、贺联选》（打字件）之一，题为《全国政协副主席、中央文史馆馆长叶圣陶先生贺诗四首》，未见于《夏承焘教授纪念集》。夏承焘日记1984年12月27日有记："下午君曼来，托寄复岩石函，附去夏庆会祝贺诗词数首，计叶圣陶四首，于冠西一首，清水茂七律一首，《鹊桥仙词》一首，缪钺七绝二首，陆坚等合写之□□□一首、吴广洋之《霜花腴》一首，彭岩石之《水龙吟》一首，羊春秋七律一首，西班牙籍华人学者齐治平七绝一首。"

易祖洛 2通

易祖洛（1915—2002），名浚原，以字行。湖南湘阴人。湖南大学毕业后，曾任抗日名将薛岳秘书。后任教于湘江中学、湘潭大学。著有《易祖洛文集》。

1

瞿禅先生文席：

祖洛南鄙幽介，昧道懵学。中岁以还，暴纩寝关，未遑宁处，不亲典籍，亦鲜交游。冉冉流年，感修蛇之赴壑；摇摇悬旌，欲雕虫而靡由。少既荒学，垂老无成。孤陋如斯，分不得列于士林矣。

去岁之冬，文旆南来，云开衡岫。湘士奉手，多承奖掖。雅制登岳阳楼词，和者至多。祖洛虽庸劣不文，然知向慕。譬彼沉鳞，闻正弦而出听；方兹媒姆，睹丽颜而效颦。因亦学步，遑顾蹒跚。稿已早成，未敢呈拙。[1]迩者，云章[2]怂惠书册汇呈。自惭燕石，敢厕琼瑶；实等巴人，难和高曲。爰录另纸，乞云章为介，晋呈大鉴。怀布鼓于雷门，固当寂响；呈垩准于郢匠，所冀运斤。倘蒙进而教之，感无既矣。[3]

（原刊《易祖洛文集》，海南出版社2001年12月第一版，题为《致夏承焘先生书》）

---

[1] 易祖洛和词应为《浣溪沙·和夏承焘教授偕夫人登岳阳楼之作》："吐纳江湖不竞流，巴丘照影楚天秋，词坛梁梦此登楼。岸芷霜前香未歇，君山赭后碧仍浮，高吟远绍杜陵游。"见《易祖洛文集》。

[2] 云章即陈云章。

[3] 夏承焘日记1977年9月7日有记："得彭岩石长沙书，示新作二首，转来易祖洛赠词二首及骈俪文一篇。"当指此函。9月8日："复岩石及易祖洛函。"

2

瞿髯先生大览：

奉读惠书，猥蒙奖掖，实增恧报。载挹谦光，益增雅度。祖洛庸劣不学，垂老无成（今年六十又三矣）。先师长沙杨君遇夫、益阳曾君星笠、宁乡刘君寅先、太湖赵君寿人、常熟宗君子威、长沙黄君黄山、湘乡王君季范[1]，同舍生长沙饶君默潜（长沙章行严、福建曾克耑辑其遗稿，为《饶编审集》，于香港刊行）[2]，均先后谢世，复何所请业请益质疑问难乎？言念及此，徒增感喟。

先生词坛雄长，乐育英才。祖洛自知其樗散，亦欲就正于大匠之门。用呈拙作，未承斧削，其为恨事，当何如哉！谨再批悃忱，倘进而教之，则幸甚矣！[3]

（原刊《易祖洛文集》，题为《复夏承焘先生书》）

1　杨遇夫（1885—1956），名树达，号积微，湖南长沙人。曾留学日本，后执教于湖南省立第一师范学校、北京高等师范学校、清华大学、湖南大学等。中国科学院哲学社会科学部学部委员，湖南省文史研究馆长。著有《词铨》《积微居小学金石论丛》等。曾星笠（1884—1945），名运乾，湖南益阳人。湖南优级师范学堂毕业，曾任教于湖南省立第一师范学校、东北大学等，著有《音韵学讲义》《毛诗说》等。刘寅先（1879—1951），名宗向，湖南宁乡人。京师大学堂毕业，后任教于山西大学等，创办私立含光女子中学。湖南省文史研究馆员。著有《青云集》等。赵寿人（1896—1960），名曾俦，安徽太湖人。早年游学日、英、法等国，后任中央大学、东北大学、湖南大学、安徽大学等校教授，并在薛岳部任职。编有《抗战纪实》等。宗子威（1874—1945），名威，江苏常熟人。曾任《常熟日报》主笔，后执教于北京高等师范学校、东北大学等。著有《劫余吟》《诗钟小识》等。黄黄山（1875—1949），名俊，湖南长沙人。光绪癸卯（1903）举人。同盟会会员。曾任教于湖南优级师范学堂、湖南大学等。湖南省文管会委员。著有《弈人传》等。王季范（1884—1972），名邦模，湖南湘乡人。毕业于湖南优级师范学堂，后任教于湖南省立第一师范学校、长郡中学等，创办衡粹女子职业学校。国务院参事。

2　饶默潜当为饶默全。饶默全（1916—1941），名世忠，湖南长沙人。湖南大学肄业，抗战时期长沙沦陷后至重庆。张君劢在大理创民族文化学院，曾往学。学院停办后，复返回重庆，任编译馆编审。因病故于歌乐山医院，享年二十五。曾克耑汇编其诗文为《饶编审遗集》，凡二卷，香港新华印刷股份公司承印。章行严（1881—1973），名士钊，湖南善化（今长沙市）人。《苏报》《民立报》主笔，参与创办《国民日报》、华兴会、《甲寅》月刊等，后任中华民国北京政府司法总长兼教育总长、南京国民政府参政会参政员、立法院立法委员及东北大学教授、北京农业大学校长、上海法政学院院长等，中央文史研究馆副馆长。著有《逻辑指要》《柳文指要》等。曾克耑（1900—1975），字履川，福建闽侯人。毕业于北京财政商业专门学校，后受聘于工商部、实业部等，又任教于暨南大学、香港中文大学等。著有《颂橘庐文存》《颂橘庐诗存》等。

3　此为易祖洛复夏承焘1979年9月8日函。

杨绍箕 1通

杨绍箕（1942— ），字子易，号悔堂，云南蒙自人。肄业于天津水专，曾在天津博物馆、自行车链条厂工作，后赴香港任职于《明报》、香港中文大学等，后又移居加拿大。著有《悔堂诗剩》。

挽取龙湫千尺瀑，洗来鹤洁梅清。月轮高处万山明。天心还待放，春思总堪矜。　　旧句纵教鱼蠹死，几曾倦倚新声。长歌唤起稼轩听。大旗飘战地，红日映书城。

读《瞿髯词》，敬呈承焘老一解，调寄《临江仙》

即祈

正拍

后学杨绍箕呈正稿[1]

（吴常云藏）

1　夏承焘日记1977年10月15日有记："下午天津杨绍箕来，馈银耳，赠以词集一册。"词集指《瞿髯词》，故系此诗稿于该年。

陆维钊 2通

陆维钊（1899—1980），字微昭，浙江嘉兴人。南京高等师范学校毕业后，曾任教于圣约翰大学、浙江大学、浙江师范学院、杭州大学、浙江美术学院等。精书法，擅绘画，创"螺扁"书，致力于中国现代高等书法教育。著有《陆维钊书画集》《书法述要》等。

1

一别三年，仅通一信，相思颜色，怅怅何室。兄久居京，其间多种因素，弟略知之。目前杭垣各校俱在重定结论，兄是否可以在此时间与杭大交流意见，既弥瞹隔，兼澄视听，待结束后再沥陈退休，或要求在家著作。

贤夫妇皆已年迈，居杭无亲人可依，在京有儿辈照顾，理有可争，情亦可悯。是否有当，尚希台察。弟病况与兄离杭时仿佛，时起时落，如最近又卧床一月。风烛残年，人力不足，身边仅一有病之长女，自顾不暇，遑问其他。所幸身逢明时，大治在望，驽劣之材亦思一效耳。

耑此，即请

著安！[1]

（原刊《庄徽室文存：陆维钊诗文集》，上海书画出版社2015年6月第一版，题为《致夏瞿禅》）

---

[1] 夏承焘致陆维钊函现存三通，载于《君子之交：陆维钊书画院藏信札选》，中国文化艺术出版社2014年9月第一版，其中一通与此信内容相关，有"三年不见，读书快慰""承垂问杭校事，甚感关心"云云，落款时间为3月25日。查夏承焘日记1978年3月25日有记："发陆维钊、张白山复。"再联系信中所谈别杭、杭校、大治等事，应是此信之复函，故此信系于该年。

2

瞿禅尊兄：

春节后一日，蒋德闲兄来详述尊况，并以大著《瞿髯诗》见惠。[1] 展诵再四，如对故人，中怀喜感，匪言可喻。目下如此办法，兄可安处京中。整理著作尤望颐寿余年，勿罹感冒，其他皆可置之身外。

兄之《瞿髯词》去夏亦曾拜读，当时颇思将《月西邻图》交卷，并向兄索词一册，现如尚有存者仍请赐寄。不意适逢酷暑，一病几殆，住院至十一月才得回家，即近亦半卧半起。老人宜防严寒、大伏，希兄亦随时警惕也。

天五兄事，弟考虑杭州师范学院新成立，非金华之浙江师范学院。最为适宜，其中有马成生、鲍士杰、朱松生三君[2]皆六和塔时毕业者。此外只知第一把手为程融钜[3]，但不管业务，与弟较熟。而马君且为中文系副主任，故弟即与马成生君详述天五兄之诗文成就及书法修养，承其即允努力进行。今日鲍君来舍，弟亦托其从旁玉成。此数君对兄平日亦常问及，尊况极见关怀，非泛泛之一般同学可比。因之弟又想到拟兄亦写一信与马君，则兄与弟二人推荐，必能增加效果。兄信直接寄"杭州文二街杭州师范学院中文系马成生君"或寄弟转交马君均可，早观厥成。天五兄如能来杭，对弟亦多教益。此一办法，不知兄以为可行否。特此奉闻，至希台洽。此三人在该院已属年事不晓者，而兄如去信，伊等亦显重视，且绝无有妨于兄者。

专此，即请

1　夏承焘日记1979年1月11日有记："复德闲信，寄去诗集二册，一赠程炳卿，一赠陆微昭。"即指此赠。蒋德闲，见本书359页。

2　马成生（1931— ），浙江缙云人。毕业于浙江大学文学院（后为浙江师范学院）中文系，曾参与筹建杭州师范学院，任中文系支部书记、系主任。著有《明清作家论小说艺术》《水浒通论》等。鲍士杰（1929— ），浙江安吉人。毕业于浙江大学文学院（后为浙江师范学院）中文系，杭州师范学院副研究员，方言专家。著有《说说杭州话》《艺术人生——走近大师陆维钊》等。朱松生（1931— ），浙江温岭人。毕业于浙江大学文学院（后为浙江师范学院）中文系，杭州师范学院副教授。编著有《想像与作文》《语文教师例话》等。

3　程融钜（1918—2010），湖南武冈人。1938年8月加入中国共产党，曾任重庆《益世报》《新民报》及杭州《东南日报》记者、编辑。1949年后，先后杭州市民政局民政科科长、杭州联合中学校长、杭州市教育局局长、杭州师范学校校党委书记等职。

俪安

弟陆维钊顿首
二月十一日[1]

尊夫人同此致候

（陆维钊书画院提供）[2]

1　夏承焘日记1979年2月14日有记："陆维钊来信，谈推荐鹭兄事。"即是此函。2月15日："复陆维钊信，挂号寄去诗集三本，转赠松生、士杰、民（成）生，三人皆杭师院教师。"此后还有数信往返谈吴鹭山工作事，其中夏承焘3月2日复信亦载《君子之交：陆维钊书画院藏信札选》。

2　据陆维钊书画院美术师张汉勇告，此信连同陆维钊致吴鹭山、吴思雷信共三通藏于吴思雷处，他们所藏是吴思雷提供的复印件。

彭靖 19通

彭靖（1923—1990），字岩石，湖南涟源人。长期在教育战线工作，先后任教于长沙第一中学、湘潭大学中文系，曾任中国韵文学会常务理事兼副秘书长、《中国韵文学刊》编辑部主任，著有《王船山词编年笺注》《岩石诗词集》等。

1

瞿丈、闻老赐鉴：

近两月来，以为几位报考文科研究生之同志补课，看论文稿，颇忙，起居之问阙然，罪甚！

瞿丈诗稿已全部刻写竣事，并经校对再过，俟最后检校无误，即拟付印。闻老题签已照相制版，清样附呈，乞垂览。

船山词《鼓棹初集》注释，已完成初稿，其他如《鼓棹二集》《潇湘怨词》《愚鼓词》正待着手，如无特殊情况，今年年底或明年初，初稿亦可望草成，知蒙垂注，谨以奉闻。[1]

与注之同时，于吾丈词谬为补注十数条，容稍缓录乞审定。《洞仙歌游龙门谒白香山墓》"买江天恣意"句，注引杜句"姿意买江天"，"买"是否系"向"之误，或另有所据，乞示！

此间青年陈君录示刘永济[2]先生作词话遗稿，言及姜白石《疏影》咏梅本

---

1 彭靖编撰《王船山词编年笺注》由岳麓书社于2004年12月出版，夏承焘题写书名。
2 刘永济（1887—1966），字弘度，号诵帚，湖南新宁人。毕业于清华大学，曾任东北大学、武汉大学、浙江大学、湖南大学等校教授。著有《十四朝文学要略》《词论》《屈赋通笺》等。

事，于吾丈笺校一书中论及之点，不无异议，另纸录奉。幸垂察！

近读报知朱作《词综》及科学院文研所编《唐诗选》等书出版，求之此间书肆均未能如愿，京中购买如较便，拟乞闻老各代购一册，价款得示即当寄奉，或代付瞿丈诗印刷装订费之一部分。如垂辱赠读，则未敢受也。

此间日来晴雨无常，冷暖时异，遥念杖履，无时或释，伏祈珍摄，不宣。

专肃，敬叩

双安！

岩石谨上
一九七八年五月七夜一时后[1]

云章先生眼疾治疗情况如何？至念！如晤及，幸赐达拳拳。又肃

（吴常云藏）

2

闻老赐鉴：

接奉三日手示，极感不安。[2]昔人云：校书如扫叶，尽扫还生。靖深有同感，故于瞿丈词集付印之前，曾与大兴[3]同志约定，由靖去印刷厂细校一遍，并督工人同志逐一改正其误植之处，不意后大兴同志来告已付印，但事前彼曾细校两遍，当已无误。靖当时亦不甚快，但只得诺诺而已，未敢表示于其有不信任也。不料事竟如此，至漏标著者、注者姓名。靖送分时即已发觉，且曾向起衰[4]同志提出，彼亦感失误之严重，时大兴未见，彼谓可能出于下列两个原因：一为美术组设计时嘱标而校印付又未注意及之，一为大兴视瞿丈前言中于注者已有"无闻注释葳事"之语以为可免标，而著者则书名可见。

1　夏承焘日记1978年5月16日有记："岩石来信，谓诗稿即付印。"应指此函。

2　夏承焘日记1981年4月3日有记："收到岩石寄来词集五册。闻发岩石信及陈大兴信。"即指此函。

3　陈大兴，见本书278页。

4　黄起衰，见本书280页。

昨晚又与起衰同志商议补救之法，适彼亦奉到尊函，谓现只有两途：一于即将再印时尽行改正，一俟得您细审后印发刊误表，如何？幸掷示。

预购之书已于上月三十日托运四百五十本，据经办同志云，包装颇密，视以往经验当不致损坏，乞察收后示知情况，以免悬念。昨云章先生索书六本，又尊函未及罗列姓字者，如刘国辉、易祖洛、萧艾[1]诸同志亦相继来索，可否代付，并祈示遵。

靖去湘大授课时间为每周四、五、六日，四日前去，六日返长，暂不拟迁家，来示仍请寄长沙市一中。

春寒料峭，伏惟珍摄。肃复，即叩

著安

瞿丈纳祐万千

老吴同志伉俪及诸侄好[2]

岩石谨上
一九八一年四月六日晨[3]

稿酬以出版社会计患病，需稍缓数日方能汇奉。又渎

（原粘贴于夏承焘日记稿本，现已刊《夏承焘日记》）

3

闻老赐鉴：

前日上一函，想蒙垂察矣。

昨复晤黄起衰同志，据云已与陈大兴同志查及漏标注者姓字之事，原稿

1　刘国辉（1943—），笔名莫道迟，湖南浏阳人。曾任《楚风》执行主编，诗人，善制联。萧艾（1919—1996），原名萧家林，湖南宁远人。先后就读于上海持志大学、贵阳第二西南联大，后在无锡国学专修学校、湘潭大学等校任教。著有《甲骨文史话》《王国维评传》《王湘绮评传》等。

2　老吴指吴常云（1944—），温州乐清人。吴无闻子。曾任《中国摄影》主编，编审。

3　夏承焘日记1981年4月8日有记："收到彭岩石六日函，谓漏注者事，黄起衰欲以勘误表形式补救。"即指此函。4月9日吴无闻复函："闻复岩石航信，同意印勘误表，托彭商请出版社暂缓发书，俟勘误表印成，一并和读者见面。"

未标，靖嘱赵君所抄之稿则已标明，不料美术设计同志竟仍据原稿设计，以致铸成此错，再版时自当改正。目前补救之法，拟请您亦予考虑见示，以便遵参办理。

出版社托运之书想已察收，未知有损坏否，至以为念。代购书已寄奉四百五十五册，余四十五册除按您所开列之名单致送者外尚存十余册，现姜国勋老人、黄迪威君等人[1]，又湘大、湖南师院教授、副教授中于瞿丈景仰深切者多人，相继索书，尚未赠付，容酌量应付后再逐一函报。

出版社编辑部同志再三表示，其于瞿丈此集原本力求精印之意，故于前述错误，靖亦未便深责矣，主要还是靖未曾尽到应尽之责。

今日午后赴湘大授课，特补具此柬，幸察宥焉。

匆肃，并祝

瞿丈万福

老吴同志伉俪暨少侄辈均此奉候

岩石谨上
一九八一年四月八日[2]

（原粘贴于夏承焘日记稿本，现已刊《夏承焘日记》）

4

瞿丈、闻老赐鉴：

昨从湘大授课归，得读手示。[3]吾丈词集印错处竟如是之多，实深诧异。顷与起衰同志晤及，渠意请闻老细校一本寄来，以便再版时逐一改正。印制勘误表，因此版书已全数发出，不便附改也。

漏标注者姓名事，已于《芙蓉》杂志显著地位重登广告中说明。《芙

1　黄迪威，曾任长沙电业局副局长。

2　夏承焘日记1981年4月10日有记："陈大兴来信，黄起衰来信，彭岩石来信，见附件。"即指此函。

3　夏承焘日记1981年4月11日有记："复岩石挂号信，黄、陈均此不另。"即指此函。

蓉》据云为全国第二三大型杂志，销行十五万多份，影响巨大，看来采取此一改正措施颇为有力。

靖在湘大为唐宋文学研究生及大学四年级学生讲授宋词，私心以宏扬瞿丈学说为职志。丈昔年讲稿倘能赐示一二，不胜感幸，万恳闻老抄示当代重要诗人词人作品若干，以便汇编成书。未审能荷垂允否，余俟续上。

肃祝

万福不一

岩石谨上
一九八一年四月十四日[1]

老吴同志贤伉俪及诸少侄并候

《芙蓉》杂志已由出版社邮上，想日内可邀垂览。

《芙蓉》81年第一期广告栏载：

夏承焘词集

这是著名学者、词人夏承焘先生的词集。夏先生致力于词的创作和研究六十多年，著述甚多，在国内外都享有盛名。他的词，吸取古代词人的长处，熔铸冶炼，在内容和技巧上都有较大的突破。他的作品曾油印征求意见，得到各方面的重视，国外的报刊也发表了许多评论，认为是当代词创作的一大收获。这次经作者增补了一些作品，重加编定，由本社出版，从中可以看到他的词创作的全貌。吴闻所作注释，简洁明了，有助于读者对词的理解。

（原粘贴于夏承焘日记稿本，现已刊《夏承焘日记》）

5

瞿丈、闻老赐鉴：

迭奉闻老来示，并丈词集校本，暨吴梅、王孙诸老词稿，谨悉一是。[2]

1　夏承焘日记1981年4月16日有记："彭岩石复信，谓近在《芙蓉》杂志登广告，勘误表不拟印刷。"即指此函。

2　夏承焘日记1981年4月25日有记："《光风楼词草》寄长沙彭岩石。" 5月6日："发岩石信，附去黄畲词五首。"

吾丈词集勘误表，想出版社已寄奉，再版事闻已决定，届时自当按校本进行。云章先生于跋语之意见已得闻，此间学术界朋友主张于再版前予以充实，于吾丈词之艺术贡献进一步作全面深入分析，不计文字之多少，靖正考虑中，未知尊意以为如何？

唐圭老月前来信，主张不涉及龙先生事，靖于此颇有踌躇，此间学术界朋友均以为非如此不足以彰吾丈之凛然大节，至于龙先生既未提及姓字，当无大伤矣，省出版社于丈词集之出版原极重视，装帧各方反映亦以为极精，至错处太多实为编辑同志事前所未及料，日昨大兴同志来，谓彼与起衰同志于此事均已作检查，并已免去奖金，靖已代表歉慰。幸吾丈、闻老更进而有以慰勉之。

湘大姜书阁[1]先生亦为一老学人，其所为《龙川词笺注》（已由人民文学出版社出版）涉及吾丈与牟君[2]校注之书，嘱转奉一册，已寄由鸣凯[3]面呈。姜先生极忠厚，检奉此书时，似有惶惑感，实于吾丈之谦逊、宽厚尚未深知，幸于得书后复字数行，以慰其拳拳之意。

本月初，彭燕郊同志赴京参加全国民间文学研究会。云将晋承诲示，特托其携奉湘潭原汁酱油两瓶，未审已荷哂纳否。[4]

靖于湘大诸生已为授课二十余节，讲稿拟于暑期整理呈审。（组织关系可能于暑期内由一中转去，省委已有明确批示。）

琐琐奉渎，诸维垂察。

1　姜书阁（1907—2000），辽宁凤城人。毕业于清华大学，曾任《北平晨报》主笔、西南军政委员会财政部参事、青海师范学院教授、湘潭大学教授等。著有《诗学广论》《说曲》《中国文学史四十讲》等，其《陈亮龙川词笺注》由人民文学出版社于1980年9月出版。

2　牟君指牟家宽，见本书322页。与夏承焘合作编有《龙川词校笺》，中华书局上海编辑所11月第一版，上海古籍出版社1982年4月第一版。

3　彭鸣凯（1953—），湖南长沙人。彭靖之子。毕业于北京师范学院，曾任《中学生化学报》（现《中学生理化报》）社长、总编。夏承焘日记1981年5月24日有记："彭鸣凯送姜书阁所赠《陈亮龙川词笺注》来，留午酌。"

4　夏承焘日记1981年5月24日有记："彭燕郊来，不值，带来彭岩石所赠酱油、茶叶。"即指此赠。彭燕郊（1920—2008），原名陈德矩，福建莆田人。曾任《力报》《广西日报》编辑、湖南大学副教授、湘潭大学教授等，著有《文艺学习手记》《彭燕郊诗选》《高原行脚》等。

肃祝

万福

老吴同志伉俪及诸小侄并候

岩石谨上
一九八一年五月十七日午[1]

承购赐《全宋词》，铭感无既。[2] 又肃

（原粘贴于夏承焘日记稿本，现已刊《夏承焘日记》）

6

闻老赐鉴：

　　日前上一函，计邀察及。韵文学会事，昨湘大得中共湖南省委宣传部批复，亟奉垂览。明日靖将去省教育厅，请厅领导日内召集省社联、文联负责同志就韵文学会大会召开日期及规模等问题作出基本决定，然后约同羊春秋[3] 兄晋访省长刘正[4] 同志，请其将前已允拨之经费两至三万元尽速拨付，并汇寄湘大。此数事一经办妥，靖即首途晋京详陈有关情况，并与晓川[5]、统一诸兄共商进行，至韵文学刊省出版局已表同意，俟学会成立并确定编委人选，即可批准由此间省出版社发行，编辑部编制由湘大并入学校定编计划考虑解决。

　　《湖湘诗词》季刊已定九月印出创刊号，如韵文学会在此时召开，即可并《南岳现代诗词选》等书分赠与会诸公。此时秋高气爽，为湘中一年最好

1　夏承焘日记1981年5月19日有记："彭靖来信，谓陈大兴、黄起衰二君因词集错误多处，已作检查，蠲弃奖金云云。"即指此函。

2　夏承焘日记1981年6月11日有记："彭鸣凯来，《全宋词》托其交人带湘赠岩石。"即指此事。

3　羊春秋，见本书330页。

4　刘正（1929—2006），湖南长沙人。曾就读于湖南大学，历任长沙县县委书记、湖南省委农村工作部办公室主任、邵阳行署专员、湖南省长等职。

5　周晓川（1934—　），名笃文，湖南汨罗人。毕业于北京师范大学，曾任中国新闻学院教授等。著有《宋词》《影珠书屋吟稿》《古诗词之美》等。

时期，南岳管理局已作好准备，欢迎与会诸公前往小住。凡此琐琐，谨先奉渎，余后面续。匆匆，不尽。敬颂

道安

　　瞿丈万福

岩石谨上
一九八四年四月廿二夜

　　晓川兄处顷已去函，并请其转告统一兄，施议对[1]兄如已返京，乞赐达此情此意，至谢。

　　（吴常云藏）

7

闻老赐鉴：

　　昨自湘大上一函，返长沙接诵八日手示，藉悉一是。韵文学会事，昨访谒省教育厅领导同志，决定下周星期三日约集湘大及省社联、文联负责同志举行会议，就会议日期及规模等问题作出决议，并成立筹备领导小组。现湘大根据省委宣传部批复，已专文向省府请拨大会经费叁万元，俟此款拨付到校，靖即首途晋京，湘大将派一青年教师同行，以便途中生活有所照顾。未审尊寓附近可找到招待所否？否则文化部及北京中医学院招待所亦可，可就近与统一、晓川兄等商讨有些问题，请便中与冯、周两兄约定，并示知《湖湘诗萃》定第三季度创刊。顾问除瞿丈外，尚有周谷城、唐圭璋、钱仲联、程千帆诸先生，聘函近日即可发出，京中同志如惠稿，极表欢迎。王先谦《湖南六家词》新定本月十五日发稿，靖为作序，亦将在韵文学会成立大会前出书。

　　琐琐不尽，敬颂

道安

1　施议对，见本书294页。

瞿丈万寿

岩石肃上
一九八四年五月十一日午

（吴常云藏）

8

闻老赐鉴：

十五日手示昨拜悉，韵文学会昨经省教厅领导同意定十月八日至十四日在长沙举行（省委宣传部明日上午部务会议将议及），会期七日，不包括报到与离会时间，正式代表定为一百五十人，估计老学者随员二十人左右，又工作人员三十人左右，总数不超过两百，现有发起人集中在京、沪、宁、杭等地，东北、西北、西南、中南等大区尚须有代表性学者参加，如何邀请俟到京后商定。

瞿丈教育学术活动六十五周年庆典似亦可考虑于韵文学会成立期间在长举行，未审尊意及晓川兄等以为何如？当然，早日在京举行亦甚好，韵文学会大会经费据初步估计在五万元以上，如何拨足，尚须俟刘正省长参加全国人大返省后始能决定，晋京住宿等问题承垂虑极周，甚感，余后面陈，不赘。

敬颂
道安，不一
瞿丈万福

岩石肃上
一九八四年五月十八日晨

（吴常云藏）

9

瞿丈、闻老赐鉴：

日前朝夕承诲者十余日，实平生最幸福事。廿七日晨离京，廿八日晨抵长沙。当日即被邀参加一民主党派会议，继又参加韵文学会筹备工作会议及省志文学志修纂会议。会议结束，即来南岳诗词讲习班讲课，卒卒无须臾闲。起居之问阙然，职是故也，察宥是幸。

韵文学会成立大会拟于十月下旬召开，现各项有关工作已全面展开。瞿丈教育学术活动六十五周年展典结合举行，春秋兄等都表赞成，拟再与晓川、统一兄等具体商量。拙文当争取在月内草成奉呈垂览，基本观点此间友人亦都表同意。

暑期尚烈，诸祁珍摄。匆祝万福，不尽。

老吴同志贤伉俪暨两侄并候阿姨好。

岩石谨上

一九八四年八月七日

闻老检赠贺敬之[1]同志夫妇之《姜白石词校注》，以当拟面呈未果，竟忘留存尊处，带来长沙，未知能另检一册否？幸示！

承转李锐[2]同志信收到。

又肃

（吴常云藏）

---

1 贺敬之（1924—），山东枣庄人。诗人，曾任鲁迅文学院院长、文化部副部长、中宣部副部长，著有《白毛女》《雷锋之歌》等。

2 李锐（1917—2019），湖南平江人。曾任毛泽东秘书、中共中央组织部副部长、中顾委委员，著有《毛泽东的早期革命活动》《李锐往事杂忆》等。

10

闻老赐鉴：

客京华十日，重亲謦欬，复扰郇厨。临去，且劳亲送乘车，感幸之私，非可言宣。

拜别尊颜后，车驰一昼夜即抵长沙。一切尚可，乞释垂注。

车中得小词两首，俱纪与霞瑜[1]生活者，录博一哂：

蝶恋花[2]

风雨奔驰三万里，满眼青苍，虎掷龙拏地。今古奇雄能有几，小窗闲话千秋史。　为问邯郸过也未？幻梦都无，一枕凉秋意。忽报大河来足底，掣鲸心事霜风里。

又

十日京华风雪里，万里相依，感汝殷勤意。何物人间真足贵？一灯消受清秋味。　故园梅花开也未？明日风前，探取春消息。折得一枝勤护惜，他年付与词流笔。

韵文学会成立大会秘书处谢成樑[3]同志为湘大中文系研究生，工作很好，乞赐法书，用资策勉，想荷垂允！

瞿丈近日健康状况，时系私衷。日惟引领京华，默祝灵光永健而已！

专肃，敬叩道安，暂未一一。

老吴贤伉俪暨诸小侄并此道候！

岩石谨肃
1984. 12. 14[4]

（吴常云藏）

1　王霞瑜（1936—），浙江定海人。彭靖之妻，曾任湘潭大学化工学院院长，教授。
2　《岩石诗词集》录有两词，题为《偕霞瑜自京乘车返长沙途中作》。"探取春消息"改为"问取春消息"。
3　谢成樑（1952—），湘潭大学毕业后，曾留校任教，后任湖南省人民政府外事办公室秘书处副处长、深圳市人民政府外事办公室处长、深圳市人民政府外事办公室党组成员等职。
4　夏承焘日记1984年12月18日有记："彭岩石来信，示二词，皆纪其与新夫人王霞瑜旅途生活者。又为湘大研究生谢成樑索字幅。"即指此函。

11

闻老赐鉴：

　　前数日上一函，计蒙察及。韵文学会事，省教育厅正在研究具体筹备工作的进行。估计参加人数将达两百左右，会议召开时，单是汽车调动都将有几十辆。工作量是大的，内容是复杂的。现此间各有关方面力量正在集中。有出版社准备印出几种湖南古籍及湖南人研究古籍的著作，包括王先谦的《湖南六家词钞》等，奉送与会诸公。

　　《湖湘诗词》日前在岳阳召开了编委会议，决定今年出季刊两期，明年改出双月刊，由省政协主席杨第甫及康濯[1]、羊春秋同志任主编，靖亦为编委之一。顾问，除瞿丈外，将聘周谷城、唐圭璋、钱仲联、程千帆等先生担任。聘函最近均可发出。名单经省政协党组、省出版局党组研究通过，省委宣传部决定。瞿丈众口交推，足见群伦景仰。

　　昨接周采泉先生信，知瞿丈教育学术活动六十五周年庆典将于本月中旬举行。此间学术界友人表示将为诗文以致祝颂之意。庆典，省出版局表示：拟以湖南人民出版社名义参加发起与筹备，未知可否？请速商晓川兄等见示，以便转告。[2]他们将准备礼品，届期由靖携献。

　　船山词，日前据省社科院告知，又有佚作被发现。靖将尽量补入，以求完备。承嘱为瞿丈《问学记》撰稿，已写就初稿，容日内修定，即邮奉或面呈审定。

　　省委宣传部为应全国高级新闻职称评委会要求，在韶山举办新闻编辑人员学习班，靖将于今日午后由湘大前往授课，约九日可返长沙。

　　《湖湘诗词》创刊，甚望京中友人惠稿，如有祝贺瞿老教育学术活动六十五周年之作，拟请选寄若干首，以便编入。如佳作多，便可形成专辑。

1　康濯（1920—1991），原名毛季常，湖南湘阴人。曾任中央文学研究所副秘书长、河北文联副主席、湖南文联主席等，著有《买牛记》《腊梅花》等。

2　此信首页有吴无闻对此事批注："统一同志：请将此信意电话告晓川同志。得暇请来此同写请柬。吴闻。"

此刊创刊号定在九月出版，韵文学会成立大会召开，亦将奉送与会诸公。

聆诲不达，余容面陈。匆颂道安，不一。

瞿丈万寿

岩石谨上[1]

（吴常云藏）

12

闻老赐鉴：

日前上一函，乞选抄庆祝瞿丈教育学术活动六十五周年诗词见示，以便付《湖湘诗萃》以专栏刊出，想蒙垂察。未荷赐复，颇以为怅。

靖近数月来以学会等工作奔走未遑，今始得伏案，稍理旧业。瞿丈《词例》一稿阙，存树淼兄[2]处者，未知能于近日寄示否？

瞿丈近日生活健康状况何似，时系私念。霞瑜将于下月五六日飞京或粤转港，去澳大利亚参加一国际高分子化学会议，须月底始得回国。

春节，靖将去长沙度过。下期开学后，可能应钱仲联先生之邀，再去吴门，参加清诗讨论并《清诗纪事》一书审稿工作。船山词校勘，拟争取于去吴前完成，未知能如愿否？匆陈琐琐，不尽。

敬颂

道安

1　夏承焘日记1984年12月26日有记："岩石来信，谓《湖湘诗萃》拟辟专栏刊六十五周年庆祝诗词，嘱无闻元旦前选抄寄去。"即指此函。12月27日复函："下午君曼来，托寄复岩石函，附去夏庆会祝贺诗词数首，计叶圣陶四首、于冠西一首、清水茂七律一首、《鹊桥仙》词一首、缪钺七绝二首、陆坚等合写之□□□一首，吴广洋之《霜花腴》一首、彭岩石之《水龙吟》一首，羊春秋七律一首，西班牙籍华人学者齐治平七绝一首。又谓《词例》希在湘复印后交人整理，保证原稿不损失。"

2　胡树淼（1927—2014），浙江淳安人。先后就读于浙江第一师范学校、浙江师范学院，曾任教于建德洁斋学校、严州中学、北京第四十三中、北京第五十中等。与夏承焘、张珍怀合编有《域外词选》等。

瞿丈万福，老吴伉俪暨两侄并候

岩石肃上

一九八五年一月八日，湘大[1]

（吴常云藏）

13

闻老赐鉴：

　　两奉手示，谨悉一是。前函以信封写贱字，系办公室收信同志不知为何人，致递到稽迟，有劳垂念。

　　瞿丈寿庆诗词，靖以为苏步青先生等人之作似亦可选刊，未审尊意以为如何？如以为可，则祈补抄见示，《湖湘诗萃》第二期稿尚未付排，犹可补入。

　　昨晚七时四十分观瞿丈寿庆及生平纪录片，极感振奋。前辈风范将永式来者，况亲炙如靖者乎。

　　学刊编制，中宣部已有批件到省，俟省编委同意即可着手筹备创刊，奖金请赐寄人行湖南湘潭市支行湘潭大学分理处八九三〇二三帐号，评奖条例能否示以范本，盼祷之至。

　　友人谭玲同志嘱乞法书，幸赐一纸。

　　霞瑜将于月底赴京，转飞澳大利亚。如时间允许，当晋候起居。

　　前荷寄与瞿丈同摄之相片，未知能再寄一二张否？沈赵两君希望能各得一张也。岁暮事冗，临楮匆匆不尽欲渎，即叩

1　夏承焘日记1985年1月12日有记："岩石来信，谓前函发后久不得复。无闻于去年十二月二十一日曾复一挂号函，国内挂号邮件收据为〇九五九号，挂号函竟寄不到，岂非怪事！当去邮局查询。"即指此函。1月13日复函："无闻复彭岩石挂号信，告去年十二月二十七日曾复一挂号函，竟至浮沉。告《词例》手稿待复印后交他人整理，以免散失。抄去诗词数首，计吴广洋《霜花腴》，吴熊和等《瑞鹤仙》，周笃文、冯统一《临江仙》，彭岩石《水龙吟》，蔡尚虹五律。告一月廿二日晚十九点五十分中央电视台'文化生活'节目播放夏庆会纪录短片，又附去照片二帧。"上日写十二月二十一日函，此日写二十七日，一误。

福安

瞿丈万福

老吴伉俪暨两侄并好！

岩石谨上

一九八五年一月廿三日[1]

（原粘贴于夏承焘日记稿本，现已刊《夏承焘日记》）

14

闻老赐鉴：

日前由湘大上一函，计邀察及，《湖湘诗萃》今年一二期将并出，瞿丈庆祝专辑可稍多发一点，可否将苏步青、万云骏[2]诸先生贺诗贺词补入，俾影响更大点，敬乞酌示。

日前成都草堂杂志来函嘱撰杜诗研究稿，靖在湘大曾为研究生讲杜诗学，系统讲授杜诗艺术，讲稿分上下编，上编通论，下编分体论述，原计划写六七十万字，草稿已有约三十万字，该刊如能连续发表，拟分章整理并加充实付之，日前已复函表示此意，未知能赐函缪彦威先生加以推介否？因其他工作待做，目前整理完成全稿付出版社尚无时间也。

霞瑜出国参加有关专业会议须二月底始能返国，春节靖将在长沙度过，自现在起至下期开学前夕，倘蒙赐书，乞寄长沙，湘大转来可能耽搁时间。

此间日来冷暖不一，远怀动定，竟梦频劳，万祁珍摄。匆叩道安，不一。

1　夏承焘日记1985年1月26日有记："岩石来信，嘱续抄庆寿诗词供《湖湘诗萃》第二辑发表。《韵文学刊》即可着手进行。词学奖金四万元可汇湖南人民银行湘潭市支行湘潭大学分理处八九三〇二三账号。嘱示评奖条例。嘱为其友谭玲写字幅。"即指此函。2月3日复函："无闻复岩石信（挂号），附去为谭玲写诗幅。"

2　万云骏（1910—1994），字西笑，上海南汇人。毕业上海光华大学，曾任华东师范大学教授等，著有《诗词曲欣赏论稿》等。

瞿丈万福，老吴伉俪并世侄好。

岩石肃上
一九八五年一月卅日[1]

（吴常云藏）

15

闻老赐鉴：

　　日前得手示，以赶写一稿，又参加一会，致稽复候，罪甚。在京摄影底片，洗好数张，即当璧奉。

　　《草堂》约稿，靖拟以杜诗学讲稿付之。此稿字数实多，全部整理，目前尚无时间，如分章连续刊用，则每两三月内整理一两万字或有可能，但未知该刊是否愿意，故拟以瞿丈名义致函缪彦威先生，加以考虑关垂，盖缪老为杜甫研究学会会长，而该刊拟为此会所交办也。承嘱拟信稿，容另函邮奉审发。

　　霞瑜于上月三十日北上，四月与科学院化学学部诸老同机飞墨尔本，以在京购机票，耗费时间不长，同时处理学部委托其代带研究生之相关工作。卒卒无闲，致未趋候起居，嘱代达歉咎之意，敬祈察宥。

　　昨统一兄从沪上寄来中国社科院青年语言学家奖金章程及专家推荐书，并告与万云骏先生等商论瞿老词学奖金评奖办法诸情况，容再与诸评委联系后，草拟一章程，然后以适当方式讨论通过实施，具体进程及内容当专函奉告。

　　此间风雪连朝，远怀兴居，惟祈珍摄。匆叩道安，并贺新禧！

　　瞿丈万福，老吴伉俪及两侄并候。

---

[1] 夏承焘日记1985年2月1日有记："岩石来信，嘱再抄庆寿诗词。又嘱荐其《杜诗研究》，推介与《草堂》杂志。"即指此函。

瞿丈学词日记四本收到，乞释念。

岩石肃上

一九八五年二月十九日[1]

（吴常云藏）

16

闻老赐鉴：

开学以来，诸事丛集，未及书候起居又多日矣。

学会工作亟待有计划地开展，晓川、统一诸兄在京集议多端，足见关心之至，靖实引为策励。现学刊编制省编委已正式下文批给三名，正物色人选筹开编委会议，京中未知有能胜任此编辑工作而愿回（或来）湘者否。

瞿老奖金评奖事，靖于四月底去苏州参加《清诗纪事》审稿会，将便道与宁沪有关诸公共商进行，具体情况当专函奉闻，奖金奉到将立专户管理，不辜两老奖励后学之深切用意。

瞿丈寿诞曾专电驰祝，未审曾荷察览否。

王船山词校点日内即可续检，当争取在苏州前大体竣事。近日以本校学报及校外刊物相继嘱撰有关杜诗及曾国藩讨论及诗创作稿件，又耽搁少许时间也。杜诗学讲稿交《草堂》发表事，日前该刊有信来，因其每年只出两期，连载有未便处，嘱先寄若干章节。因着重讲艺术，该刊尚感兴趣。靖拟按其意见于今年八九月前整理小部分寄去，缪钺先生昨有书降，具见殷殷期许之意，暂可不烦以瞿丈名义为介。瞿丈教育学术活动六十五周年庆祝会诗词已交《湖湘诗萃》，第二期可刊出一部分，余将在三四期陆续刊出，但此刊内部亦颇多矛盾，尚未知发展如何也。

春寒尚重，万祁珍摄。匆匆握管，不尽万一。

敬颂

---

[1] 夏承焘日记1985年2月22日有记："岩石来信，谓夏承焘词学奖金奖励章程参考吕叔湘语言学奖金章程修订。"当指此函。2月23日复函："无闻复岩石信，谈划款到湘大事。"

道安

　　瞿丈万寿

　　老吴伉俪暨两侄均好

岩石肃上

一九八五年三月廿四夜[1]

（吴常云藏）

17

闻老赐鉴：

　　月前两上芜笺，计邀垂览，未蒙赐复，颇感怅惘。

　　苏州大学主持召开之《清诗纪事》审稿会，将于本月廿八日至下月五日在苏州举行，靖荷邀参加，如时间无变动，拟于廿三四日经杭转苏，归途则由苏经沪返长沙。留杭、沪期间，将与有关诸公一商学会工作并瞿丈奖金评奖事。前接晓川、统一兄信，统一旅沪时曾与万云骏先生等商及会议事，瞿丈健在时应进行首次评奖，靖亦极以为然。此次旅杭州、上海时，当携一章程草稿就商诸公。

　　"天风阁丛书"已遵示作为学会科研项目报中国社科院。晓川兄工作调动事，未知进展如何？念念。不得其音信已多日，晤及，幸赐达区区。学会成立大会开支结算，日内可竣事，晓川兄票款已嘱近日邮奉。学会今年活动计划，当于近日函告周、冯征求意见。

　　匆匆，不尽万一，敬叩道安。

　　瞿丈万福，老吴伉俪、小侄好！

岩石肃上

一九八五年四月十二日[2]

1　夏承焘日记1985年3月27日有记："彭岩石来信，附示湖南省委批准《韵文学刊》三名编制文件复印纸一页。"即指此函。

2　夏承焘日记1985年4月16日有记："岩石来信，有'久未得复，不胜怅惘'等语，即复之，告奖金由郭守仁十五日划湘大，请其出一收据。"即指此函及复函。

（吴常云藏）

18

闻老赐鉴：

离长沙赴苏州参加《清诗纪事》审稿会前上一函，计蒙察及。昨自苏州经沪归，得悉词学奖金基金四万元已到，特请湘大基金委员会开具收条，兹奉上，望察收。在沪、杭时，曾闻瞿丈文集将由上海古籍出版社出版，极为快幸。上海古籍社副总编辑李国章[1]同志同与苏州会议，曾数度谈及，该社二编室主任陈邦炎[2]同志，靖羁沪时曾荷邀宴，席间亦曾多次谈及。据云：该社将出两集：一为俞平伯先生文集，一则为瞿丈文集。俞集即将付排，瞿丈集亦望能早日编成付印。靖意：亦宜尽早进行，如能当瞿丈健在时，全书出齐，则将为学术界极值得庆幸之事，未审尊意以为何如？瞿丈奖金评奖事，云骏先生海上留宴时，曾与着重商及，最近将结合各方意见，并参考同类奖金评奖章程拟具办法，争取在明年上期评奖一次，亦以为瞿丈八六大寿及文集出书庆，谨此奉闻。

此间日来冷暖时异，诸祁珍摄。敬颂

道安，不一

瞿丈万福

老吴伉俪暨两侄好！

岩石肃上

一九八五年五月十七日[3]

（原粘贴于夏承焘日记稿本，现已刊《夏承焘日记》）

1　李国章（1938—），福建莆田人。复旦大学毕业，曾在部队、机关、中学等处工作，后调至上海古籍出版社，从编辑做起，历任编辑部主任、副总编、总编、社长兼党委书记。编校有《两当轩集》，著有《双晖轩集》等。

2　陈邦炎，见本书387页。

3　夏承焘日记1985年5月19日有记："上午收到彭岩石信，附来收到四万元夏承焘词学奖金收据。"即指此函。

19

闻老赐鉴：

　　书候疏阔，又多日矣。然起居康泰，未尝不时时在祷颂中也。月初应王季老[1]之约赴广州商量学会工作，羁滞近十日，日昨始归。而此间炎热，乃过广州。致日晚笔砚俱废，惟挥汗展书，聊消长昼。

　　学会明年端节，拟定于广州举行年会，讨论韵文建设诸理论、实际问题。粤、穗省市领导同志极表支持，允提供经费可至五万元，委托中大等单位主办。会议代表及工作人员共一百二十人。会议进行八日。中间将参观深圳建设。季老之意须开成有较高学术水平之会议。省市领导以为会开得好，将对东南亚诸国产生巨大而深远之影响，对和平统一祖国亦将有其积极意义。过去，党和国家未曾高度重视韵文建设，现在应该开始"还账"。

　　季老曾邀宴，并多次晤谈。于瞿丈，备致敬仰之意。谓其于诗词，素向瞿丈学习；所作多经瞿丈审改。于瞿丈健康状况，极表关切，祷颂之忱。谓瞿丈《学词日记》已引起学术界高度重视，均表推崇；但渠尚未读到。

　　记在苏州时，晤程千帆先生，言及瞿丈《学词日记》，谓瞿丈学识极渊博；很多重要方面，以瞿丈之学识都可写成专书；但瞿丈平生只诗词，而不及其他。此种治学精神、态度，极堪学习。靖意，此书如有人就其内容、文字，全面深入加以阐发，将是极有益于学术界，特别是后进者的大事。

　　下月初，靖或将同敝校校长杨向群[2]同志晋京，就学校及学会工作向有关领导部门、同志有所商洽。到达时，自当趋候起居，藉承海迪。

　　别来诸事，容当面肃。

　　有一事奉恳：小儿崇伟，中学毕业后，下农村接受"再教育"达八年。劳动之余，坚持自学。"四人帮"粉碎后，读写尤勤。先后在《求索》《楚风》及《湖湘诗萃》等刊物发表过学术性论文及诗文创作多篇。现闻武大中文系招收插班生，给社会上有创、研成果之青年以言深造机会。崇伟申请

1　指王季思，见本书332页。
2　杨向群，见本书419页。

报考,经审查同意。考试成绩当可,惟竞争者颇多(同意报考者达百数十人),类皆创研成果较富;而该校计划录取之名额不过二十。能否获得入学机会,尚难预料。如不致损伤老人声光,拟乞以瞿丈名义给该校中文系一信予以推荐。一代大师,一言九鼎。该校当不能不予以审慎考虑。两世承恩,思之不禁泪随笔下矣。如何?幸垂察焉!

　　匆匆不尽,敬叩

道安

瞿丈万福

老吴伉俪及两侄并候

岩石肃上
一九八五年七月二十日[1]

(原粘贴于夏承焘日记稿本,现已刊《夏承焘日记》)

---

[1] 夏承焘日记1985年7月20日有记:"岩石来信,谓新自穗归,韵文学会明年端节将在广州开年会。谓季思、千帆晤时均谈及《学词日记》。谓'千帆言及瞿丈学识极渊博,很多重要方面,以瞿丈之学识都可写成专书。但瞿丈平生只谈词,而不及其他'云云。岩石嘱为其子崇(伟)介绍与武大中文系。复岩石信,附去致武大中文系介函。"即指此函及其复函。

彭靖

胡蘋秋 2通

胡蘋秋（1907—1983），名邵，祖籍安徽合肥，生于河北保定。早年从军，喜好戏剧，出演过多台剧目。曾任职于西北军区政治部平剧院、西南军区政治部京剧院、成都新声剧社（成都京剧团）、山西省戏曲剧院（山西省晋剧院）等，创作过《卧薪尝胆》《玉堂春》等剧本，出版有《祝英台》。工诗词，与张伯驹、周采泉等颇多唱和。

1

临江仙　四阕

四月初六，恭诣瞿禅词长都下寓庐，邕聆清诲，拜受赐读尊著《瞿髯词》卷，归有是作，录乞正律。[1]

　　如鼓瑟琴和乐处，容君风月，婆娑劫尘。泡幻灭修罗，角楼临闹市，小立定微波。　　收拾遗珠沧海底，清商哀徵，笔歌文章。光焰总难磨，绿天浓荫在，暑气会无多。

　　春末余杭曾小住，湖光犹碧。征衣脊令，原上送将归，棠华荣一瞬，姜被受朝晖。　　剩粉残脂淘洗后，风流不在。人知妇人，牛酒著微词，人生元作剧，吾愿守其雌。

　　京兆笔工描巧黛，况兼鄙事多能。风流公子本多情。孽缘开絮果，

---

[1] 夏承焘日记1978年5月12日有记："下午胡蘋秋来，承赠《洞仙歌》一阕，取去词集一册。"

妖梦订鸳盟。　　侬戴粉头来见矣，跪说甘领条荆。倪容再世侍康成。乱头粗服下，许否眼波青。

巷口花枝传秀句，瞿髯误顾倾城。明妃冢上草长青。风云材略尽，隐托玉关情。　　一识荆州偿夙愿，喜瞻前辈仪型。胸无城府但光明。笑言舒畅际，即此慰平生。

注：第三阕指丛碧一段幻缘。

合肥后学胡蘋秋倚声
四月初六日枕上[1]

惠示请寄太原炒米巷14号

（吴常云藏）

2

齐天乐　纪丙辰年三月八日吉林陨石

十年前随剧团旅演至灵石见陨石，曾赋《齐天乐》词，为杭州大学夏瞿禅教授激赏。丙午已来旧稿不存，都不复记作何语。今年三月八日下午，有巨星坠入吉林上空爆炸为雨，四面散落，广达五百余平方公里。最大者重一千七百七十公斤，为世界最大陨石，因再谱是调纪之。

十年前记瞻灵石，都忘问韩陵语。长白春岚，洪雷晴昼，又见陨星如雨。奇寒透纻。诧变异无常，昊穹谁主。地覆天翻，杀机人发遽如许。　　从来信书尽误，但苍苍黯黯，人事何与。棋斗机牙，民伤刍狗，谲正桓文难数。仆秦婢楚。看蜂虿成群，恩雠尔汝。劫运茫茫，倦眸浑欲瞀。

以上一首，丙辰春旧作

---

[1] 夏承焘日记1978年5月13日有记："接胡蘋秋来信，示《临江仙》四阕。"即是此信。

临江仙　集瞿髯词答谢沈本千[1]画师

乡贤沈本千画师写梅，集宋词为《望江梅》小令，寄赠湖上，匆匆一晤，殊难为别，手边适有夏瞿禅教授词卷，因集其成句为《临江仙》一阕，还寄答谢。

一镜烟花湖里外，相逢鹤侣鸥群。尊前谁道尚非春。远山无际绿，昨夜月如轮。　自插花枝还独舞，三千里外吟身。此行消息盼秋分。有情余怅望，得句□□□。

注：湖上诸友约来年秋季来赏桂花、吃肥蟹。

汨罗怨　戊午端阳

艾香熏户，蒲节传觞，仲夏暑氛初近。刚成柳荫，不见榴红，风物尚疑天怪。念三闾劚寸忠肠，滔滔逝波流尽。角黍堆盘，只饱蛟龙馋吻。　扪虱青山在眼，景略生平，赍怀含愤。不祥时势，政要雄材，夜上剑华寒晕。借诗歌料理疏狂，涂饰花情月韵。谁更与别解宫商，助娇脂粉。

敬请瞿翁词长、吴闻师母清阅指教

合肥后学胡蘋秋呈稿
戊午端阳[2]

（吴常云藏）

1　沈本千（1903—1991），名炳铨，浙江嘉兴人。曾就读于浙江省立第一师范学校、上海美术专科学校，后任松江民众教育馆馆长、嘉兴图书馆馆长、英士大学教授等职，多次举办画展。浙江文史研究馆馆员。

2　戊午端阳是1978年6月10日。

陈声聪　1通

陈声聪（1897—1987），字兼与，号壶因，又号荷堂。福建闽县（今福州）人。毕业于中国大学政治经济科，后长期在财税部门工作，曾任福建直接税局局长等职。工诗词，1982年聘为上海文史研究馆馆员。著有《兼于阁诗》《壶因词》《兼于阁诗话》《兼于阁杂著》《荷堂诗话》等。

瞿禅老人惠赠新印诗集[1]，赋此奉谢，即乞呈正

　　永嘉词客久知名，婉约中含激烈声。南渡放翁思敌敌，北征杜老见收京。湖波验鬓休嫌短，朔雪盟心更比清。诗史一编分上下，看从据乱到升平。[2]

　　　　　　　　　　　　　　戊午中秋陈兼与拜稿[3]

（吴常云藏）

1　夏承焘日记1978年9月7日有记："苏渊雷来，留晚酌，赠诗集一册，并托其带沪赠王瑗仲、施蛰存、陈兼与各一册。"当指此赠。诗集，指《瞿髯诗》油印本。

2　此诗曾收入《上海近百年诗词选》，上海诗词学会"诗选"编委会编，百家出版社1996年10月第1版，题为《瞿禅老人惠赠新印诗册，赋谢》，诗中"嫌"改为"疑"、"编"改为"篇"。

3　夏承焘日记1978年9月29日有记："夕虞愚来，留酌。嘱作诗答兼与翁，拟往沪寻访其人。"并录有《读瞿髯诗后作》全文。10月15日记有和诗："《入夜寄陈翁兼与翁月轮楼醉后作》：'与君未谋面，相忆欲忘年。白发容天放，青山有地仙。千生江峡梦，九曲武夷船。何日同尊酒，京门大月圆。'此诗寄与君坦代转。"

顾敦鍒　徐绮琴　1通

顾敦鍒（1899—1998），字雍如，江苏吴县人。先后就读于苏州萃英中学、之江大学，后获美国哥伦比亚大学博士学位。曾任教于燕京大学、之江大学、台湾东海大学等。著有《中国议会史》《文苑阐幽》等。1939年9月，夏承焘、马公愚做媒，与徐绮琴结为连理。徐绮琴（1916—2003），浙江永嘉（今温州鹿城区）人。中国女子书画会会员，曾任教于杭州国立艺术专科学校，后随夫旅居美国。

瞿禅老师、师母尊鉴：

久未修候，谅均安好。附上照片一张，是去年在小儿复亨家圣诞节拍的。忽然今年的圣诞只有几天了。美国承认中华人民共和国，欣喜万分，但愿和平处置台湾。兹托张邦缙先生汇上廿元大糕费，遥祝八秩大庆。

专此，顺颂

冬安

顾敦鍒　徐绮琴上

十二月廿日[1]

夏瞿禅先生：北京市朝内大街97号

（原粘贴于夏承焘日记稿本，现已刊《夏承焘日记》）

---

[1] 夏承焘日记1979年1月4日有记："徐绮琴夫妇托香港张邦缙汇来三十一元，为寿日蛋糕费，并来一信，附一全家照。"即指此函，信落款时间当为1978年12月20日。1月6日："上午闻往王府井取顾、徐绮琴托张邦缙汇来的三十一元二分。"……复顾敦鍒、徐绮琴信。一、谢惠寿诞蛋糕费。二、叙阔。三、希望他们回国观光。四、抄示《八十自寿》诗。五、简叙旅京生活和写作情况。

张伯驹　1通

张伯驹（1898—1982），字丛碧，别号游春主人等，河南项城人。曾投身军界、金融界，后任职于燕京大学、吉林省博物馆等，捐献《平复帖》《游春图》等国宝给故宫博物院。曾任文化部顾问、中央文史馆馆员。著有《丛碧词》《素月楼联话》等。

瞿禅兄、吴闻嫂：

二十六日，星五下午五时，刘海粟兄约晚餐，在旧北京饭店四楼，房间号问门前服务处即知，希到时莅临。

即颂

年祺

伯驹拜

二十五日[1]

（西泠印社拍卖公司绍兴2021年秋季拍卖会拍品）

1　夏承焘日记1979年1月26日有记："晚刘海粟夫妇子媳招饮于北京饭店，座客有君坦、丛碧夫妇、王益智等。看海翁的《庐山图》，八时归。"即指信中所谈聚会，故信系于1979年1月25日。又此次拍卖中有张伯驹致刘海粟函，谈及在山东之游，附有手书七绝《建国三十周年献礼牡丹诗》，亦可证明是1979年事。

陈贻焮 1通

陈贻焮（1924—2000），湖南新宁人。1953年毕业于北京大学中文系，留校工作，曾任中文系教授、博士生导师。著有《唐诗论丛》《杜甫评传》《论诗杂著》《梅棣庵诗词集》等。

瞿翁、无闻先生：

诗集如干拜收，谨谢！并遵嘱分送讫。季镇淮[1]先生处似应有赠，或偶忘或已另寄矣。附告。

读《瞿髯诗》并注，欣然有得，哦成一绝，犹未足表敬佩之忱于万一也。拙作云："今诗不得古人观，李杜吟来应赞叹。逸兴如风发藐末，忽然笔底起波澜。"俚俗之至，聊博一笑。

《瞿髯诗》印刷、装帧、款式较《词》犹精，敝校图书馆得之如获至宝，云将配函、编目，一入善本，一供一般借阅，并另函致谢，随信转上。目前俗事较繁，来日稍暇，定当去谒聆教。

专此，再致谢意。顺颂

吟安

陈贻焮
一九七九年二月七日[2]

（吴常云藏）

---

[1] 季镇淮（1913—1997），江苏淮安人。1941年毕业于西南联合大学中文系，后执教于清华大学、北京大学，曾任北京大学中文系主任。著有《司马迁》《闻朱年谱》《来之文录》等。夏承焘日记1979年2月10日有记："午后北大中文系学生朱则杰来，托其带诗集赠季镇淮。"赠季镇淮书后补。

[2] 夏承焘日记1979年2月8日有记："陈贻焮来信。"即指此函。

陈增杰　1通

　　陈增杰（1942—　），浙江温州人。1965年毕业于浙江师范学院中文系，曾任温州师范学校教师、温州师范学院学报编辑部主任。编审。《汉语大词典》编纂者，系《汉语大词典》浙江省编委、第二版分册主编。著作有《永嘉四灵诗集》《林景熙集校注》《唐人律诗笺注集评》《翯蒙楼散稿》《宋元明温州诗话》《〈汉语大词典〉修订丛稿》等。

夏师尊鉴：

　　很久没有向您请安问候，不知起居如何、贵体安健否？甚念！

　　去岁冬，自苏渊雷先生处获读钜著《词》和《诗》[1]，欣喜无比。师之作，鹰扬虎视于诗坛词苑，必名世而不朽也。师母吴先生复为之注解，引据博洽，极称精审，足助读者赏览。然叹赏之余，觉注文尚有少许处可加斟补，使之更臻精密完善。当时读后曾随手记下数条，拟加补注。但旋即赴杭会议，就搁下来了。会后回温，而《词》和《诗》已不胫而走，不可再得，遂未能细细地重加研读。现仅凭当时，略加整理，录以寄上。因手头无原著，所记词条页码恐有舛误，释义也很可能与原意不符乃至相悖，敬祈谅之！

　　我现在温州师专。自前年8月起被抽调参加《汉语大词典》编写工作（该词典系由国家出版局组织，由山东、安徽、江苏、上海、浙江、福建五省一市负责编写，原定81年完成初稿，83年定稿，估计收单字五万，复词三十万

1　苏渊雷，见本书336页。

条以上,规模比《辞海》大三倍,浙江方面由蒋礼鸿先生负责)。[1]苏渊雷先生前段时间在温时,亦任编写组顾问,今则应上海师大之聘,赴沪去了。据来函云,近在搞李越缦之史学(多命题研究也)。

钜著《词》和《诗》不知尚有留存否?倘已罄尽,则盼能于重梓时赐惠我——一位十多年前曾经亲聆教诲的热心的厦门小学生一本。不知道这是不是过分的奢望?

谨此,顺颂尊体并师母
安健!

学生陈增杰
五月卅日叩[2]

通讯处:温州师专《汉语大词典》编写组
(吴常云藏)

---

1 1975年5月,国家出版局和教育部在广州召开会议,讨论中外语文词典编写和出版的十年规划。当年8月21日,经周恩来总理批准,国务院转发了《关于中外语文词典编写出版规划座谈会的报告》,要求出版界组织力量编写出版160部大小语文词典。其中规模最大的《汉语大词典》,商定由上海、江苏、浙江、山东、福建、安徽等五省一市合作编纂。浙江方面专门在温州成立编写组,抽调地市精干力量组成,于1977年6月组建,后归属温师院领导。1994年4月,《汉语大词典》全部出齐,历时18年。该年5月10日,《汉语大词典》编纂出版胜利完成庆功会在人民大会堂举行,温州编写组副组长陈增杰代表编写组赴京领奖,马锡鉴、陈增杰、郑张尚芳、张如元、马允伦、周梦江、沈洪保、徐顺平、洪瑞钦、高益登、杨奔、朱烈、阮延龄等十三人受到表彰,获得国家新闻出版署颁发的荣誉证书。

2 夏承焘日记1979年6月9日有记:"温州师专《汉语大词典》编写组陈增杰来信,为《瞿髯词》《瞿髯诗》注释方面提出宝贵意见。"即指此函。

徐朔方 1通

徐朔方（1923—2007），字步奎，浙江东阳人。毕业于浙江大学，先后任浙江师范学院讲师、杭州大学教授等。编著有《汤显祖全集》《汤显祖年谱》《晚明曲家年谱》《明代文学史》等。

夏老师：

奉读小令一首，淡而且远，深得白傅《江南好》的韵味。婉约、绵丽处则视唐贤有加，唐五代词浑成错落而不够工致，美成以后则与此相反。吾师小令往往兼两者之长，自然中见法度，此境是先生所独有，他日词集中绝不可因其无甚思想意义而多所删落，不知先生与无闻夫人以为然否？

南开迄今未有消息，可能直接和鹭山先生联系了。杭师院确已为其争取，但因户口在农村，难以迁入而作罢。南开为重点大学，兼又主动求聘，或可无碍。

老师有信与义江[1]，贻焮兄特地来函，都为介绍陈植锷[2]事。此事中文系有关同志在寒舍商讨已内定录选，正报请校方批准。但目前不必令渠知悉，一切须以正式通知为准。

顷见日友惠寄《东方宗教》第53号，得知香港饶宗颐教授有白石旁谱研究，可请文研所资料室去觅来一阅。

1　蔡义江，见本书354页。
2　陈植锷（1947—1994），温州龙湾人。北京大学中文系古典文献专业毕业后，考入杭州大学为硕士研究生，后获北京大学博士学位。曾任杭州大学教授。著有《诗歌意象论》《北宋文化史述论》等。信中所提应是陈植锷考杭大硕士事。

《杭大学报》中奉读《论词绝句》[1]，是续作，以未见原作为憾。学生论义山《无题诗》拙作倘得老师及无闻夫人指正，便是厚幸，未悉能如愿否？

　　杭城苦热，正午时藤床、竹椅触处如熨斗，燕地差可，仍宜珍摄。

　　顺请

暑安

学生徐步奎上

7.19[2]

（吴常云藏）

1　指《瞿髯论词绝句外编》，刊《杭州大学学报》（哲学社会科学版）1979年第一期。
2　夏承焘日记1979年7月22日有记："徐步奎来信，谓今后如再印《瞿髯词》，可删落一些婉约工致的小令，谓其无甚思想意义。"即指此函。

徐邦达 2通

徐邦达（1911—2012），字孚尹，号李庵。原籍浙江海宁，生于上海。曾任职于上海文管会、国家文物局等，故宫博物院研究员。著有《古书画过眼要录》《古书画鉴定概论》等。

1

髯翁以《卜算子》词并新刊《论词绝句》见赐，作此阕谢之，调《高阳台》

玉局词仙，金台鸳侣，同看腕底银河。碧眼苍髯，凌云杰思嵯峨。秦烟陇雾犹清梦，喜偷声，叱咤情多。更相怜，太液晴光，一一风荷。月前曾同游北海子观荷。何年海上长芦馆，借指朱古老。记初论青兕，比似阴何。甲乙鱼熊，铜琶铁绰摩挲。徽猷提举调笙客，笑戴花，饮酒余波。缅今朝，红旭钱塘，净浴愁疴。翁于美成有微辞，钱塘则待制埋骨之所，历残山剩水时，今可骄之矣。故末数语，如此云云。

己未秋七月徐邦达拜稿，瞿髯词宗正拍。[1]

1　夏承焘日记1979年8月12日有记："徐邦达赠词：髯翁近以《玉楼春》集词并新槧《论词绝句》一卷见赐，因谱此阕代束为谢，即请正拍，调《高阳台》

玉局洞仙，金台鸳侣，同看腕底银河。四字见公绝句。碧眼苍髯，凌云杰思嵯峨。秦烟陇雾犹清梦，公自云廿五游秦，屡于清辞中见之。喜白头，叱咤二字亦见公词情多。更相怜，太液晴光，一一风荷。指同游北海子赏荷也。何年海上长芦馆，借指朱古老。记初论青兕，比似阴何。甲乙鱼熊，铜琶铁板摩挲。徽猷提举调笙客，笑戴花，饮酒余波。缅今朝，红旭钱塘，净浴愁疴。公于美成微辞，钱唐则待制埋骨之所，历残山剩水时今可骄之矣。近世有日光浴之说，故末语用之云。"与现存稿略不同，应书写时有所改动。词题《卜算子》疑徐邦达手误，应是《玉楼春》："己未夏，与二北、丛碧、君坦、李庵、晓川诸词友北海观荷。吟人联袂凌空下，碧眼苍髯杯共把。是日有英国留学生培蒂参加雅集。亭亭翠盖叠千幢，灼灼风裳开数朵。姜白石有句云："三十六陂人未至，水佩风裳无数。"扶筇昨梦清无价，老去还能歌叱咤。函关驴背少年游，余二十一岁时游秦，经函谷关。红旭当头看太华。华山形似莲花，华，去声。"徐邦达此词未见于蔡渊迪新编《徐邦达诗词集》。

（吴常云藏）

2

承赐大著，雒诵倾倒，辄谱《高阳台》一阕代柬拜谢。布鼓雷门，曷胜惭怍，即希指正。词如后，专上瞿老词宗台前。

邦达顿首

湖畔溪西，三唐两宋，寻声按拍年年。晚岁京华，琼台太液周旋。去年事，曾合影留念。喜从月旦来欣赏，忆春风、化雨陶镕。公南中授徒以此科。好嬗延，大晟音谐，白石歌传。指《词谱》。　高情铁板铜琶外，更旌旗慷慨，十论心虔。乐府还推，新题曲子民间。此皆公所最属意者。碧鸡红友空图谱，信曝书、妙解能全。此《四库简目》于竹垞翁评语。起名篇，标格梅花，一样清妍。公特喜稼轩《咏梅词》，见于此书论证，信同标格也。

一九八〇年九月十九日谨空[1]

（原粘贴于夏承焘日记稿本，现已刊《夏承焘日记》）

---

[1] 夏承焘日记1980年9月30日有记："徐邦达惠《高阳台》。"并录词，信文"承赐大著"录为"承惠《唐宋词欣赏》"。

吴肃森 2通

吴肃森（1935— ），北京人。毕业于陕西师范大学，曾在西安联大师范学院中文系讲授古典文学，后任浙江财经学院中文教研室主任。著有《敦煌歌辞通论》《潜心斋诗词论集》等。

1

瞿禅师：

拜启，近奉违，未审起居佳胜，念甚念甚。

暑假期间屡欲提笔请教，又奈于自西安天热想到北京亦许更热，唯恐因森之叨扰而加重吾师之头晕，故几举皆作罢矣。

近从电视预告中，见北京气象消息，由连绵阴雨后，温度降至30度左右，森盼祈师早已"臣脑如冰"。故此又继续奉函请教。

森曾学习填词一首，但不知像不像？特恭录于另纸，奉呈专览，并劳师详批指教为祷。

即颂

康适

　　　　　　　　　　　　　　　　　　　　　肃森敬上

　　　　　　　　　　　　　　　　　　　一九七九年八月廿五日[1]

（吴常云藏）

---

[1] 夏承焘日记1979年8月27日有记："吴肃森来信，示词。"即指此函，然"另张"未见，想已遗失。

2

师母赐鉴：

拜启，惠赐《天风阁学词日记》已奉到，至为感荷。北京聚会未及参加，不胜愧憾。不过，我们专门组织看了电视录相，热烈的气氛，夏老和您的音容笑貌也都看到了，犹如身临其境，十分高兴。

本拟春间晋京往府拜望，但因今年经费削减百分之十，所内有些困难，倘秋间可入京，定往府上拜望，面聆指诲。近来您的身体如何？夏老如何？谨此遥祝您二位健康长寿，为繁荣学术多做贡献。

即颂

大安

晚肃森上
妇孺同叩
三月二十日[1]

（吴常云藏）

---

[1] 据北京聚会、观看电视等语，可知此信写于1985年。夏承焘日记1985年3月24日有记："吴肃森来信问候。"应即此函。

冯统一 2通

冯统一（1949—），北京人。中国艺术研究院研究员，曾短期在人民出版社总编室工作，与张伯驹等交往甚密，编校有《饮水词校笺》等。

1

夏老、夏师母：

香港大学马力[1]先生趋前聆教，并有《论词绝句》一本请签名留念，谢谢。来札已转周雷[2]同志。

即候

秋吉！

冯统一
廿日[3]

周育德[4]同志事已转告。

香港薄扶林道香港大学中文系

1　马力（1952—2007），原籍福建厦门，生于广州。1962年移居香港，先后就读于香港培侨中学、香港中文大学，后任教于培侨中学等校，曾在意大利商业银行北京办事处任主任秘书。香港商报总编，香港民建联主席，获授太平绅士、金紫荆勋章。与梅节合著有《红学耦耕集》。

2　周雷（1938—2019），浙江诸暨人。毕业于吉林大学，曾任北京社科院研究员、《红楼梦学刊》编委。著有《红学丛谭》等。

3　夏承焘日记1979年9月20日有记："统一介绍香港大学马力来。马是研究生，研究杨家将，赠以《山西大学学报》（中有杨家将资料），又赠诗集，并为其所购《瞿髯论词绝句》签名。"即指此事。

4　周育德（1938—），山东平度人。先后就读于杭州大学、中国艺术研究院，后任中国艺术研究院研究员、中国戏曲学院院长等职。著有《汤显祖论稿》《中国戏曲史略》。

香港北角英皇道395号十八楼A9座

（原粘贴于夏承焘日记稿本，现已刊《夏承焘日记》）

2

师母：

《两当轩》宜用光绪二年本为底本，以其他本补辑和校勘。当时的选本似应还有几种，一时想不起来。我所知有限，请校点者再查查。丛书由两社合出，进展可以快些。所虑者，怕两社互相推委，欲速反而不达。听小梁说海烈近期到京[1]，或者等他面谈。萧艾先生曾来长函，谈《学词日记》，推崇备至。今天收到蒋德闲信，要萧信，拟在《出版研究》刊用，已寄去，顺告。匆匆不恭，即候全家好。

统一上
6.3[2]

选本：《词综》《三家词选》，《吴会英才集》《湖海诗传》可能没有收词。

一、《两当轩诗钞》，十四卷，诗854首，《悔存词钞》二卷，79首，嘉庆四年（1799）赵希璜刻，嘉庆二十二年，郑炳文完工。

二、（1）《两当轩诗集》，十六卷，道光刻本。

（2）《两当轩诗钞》十四卷，《竹眠词》二卷，所收诗与嘉庆本同，增加词一百三十多首。

三、《两当轩全集》，二十二卷，《附录》六卷，《考异》二卷，诗1072首，词214首，文6。咸丰八年（1858）仲则之孙志述刻，此书版在太平天国期间毁于火，不传。

四、《两当轩全集》，二十二卷，《考异》二卷，《附录》四卷，诗

---

1 小梁指梁志成，见本书374页。陈海烈，见本书325页。
2 夏承焘日记1985年6月3日有记："夕遣金芳去问统一关于《两当轩词》版本情况。统一谓应以光绪二年本为底本，此本系仲则孙黄老达〔志述〕之妻吴氏费十年之力刻成。"

1170首,词216首,文6。光绪二年(1876)仲则孙黄志述之妻吴氏,费十年之力刻成,为坊间流行本。

五、(1)《两当轩全集》,扫叶山房石印本。

(2)《两当轩集》,上海古籍出版社1983.3,中国古典文学丛书之一,李国章标点。

(原粘贴于夏承焘日记稿本,现已刊《夏承焘日记》)

陈冬辉 1通

陈冬辉（？—2002），浙江金华人。金华一中语文教师，曾参与《汉语大词典》编写工作。

瞿禅吾师函丈：

上月廿四日辱赐手书，藉悉几杖多福，欣如所颂，私怀欢慰，未可言宣！[1]

兹在《汉语大词典》编写工作中，遇到"靥粉"一词，语出纳兰成德《虞美人》："银床淅沥青梧老，靥粉秋蛩扫。"所有旧词书皆未收列，《纳兰词》之注释本亦未见及，且仅此一张卡片。此词应作何解，方为确切，生浅学寡闻，幸吾师有以教之也。又清陈澧《忆江南馆词》，生屡求不得，闻有广州刊本，未知系单行刻本，抑列于某种丛书中，亦乞示知，不胜铭感！

敬颂

撰安！

学生陈冬辉
八〇.一.十四[2]

（吴常云藏）

1　夏承焘日记1979年12月22日有记："陈冬辉来信，问新书在何出版社出版。"应系此复。
2　此信落款处有夏承焘手书"金华浙师院"，应指陈冬辉联系方式。

梅之芳　1通

梅之芳（1915—2004），浙江温州人，梅冷生次子。曾任籀园图书馆馆员，其父任馆长后，让他另谋出路，后在杭州工作，又转至温州三中任教，直至退休。民革成员。撰有《二十年来温州杂志简表》《浙江旧温属乡土丛书表》等。

瞿髯世叔尊右：

春来未奉笺候，至深罪歉！

《劲风楼诗集》共刻成腊纸共150张，现已付印中，六月底当可成册。

遵诸诗翁意见，除哀先君挽联外，有关劲风楼同人挽先君之悼念诗词录于集后。吾叔于先君逝世时（1976年7月27日），接奉吾叔词一章，嗣后未见悼词寄来，忆当时温州邮电局为动乱者占据，信件多有失落，请求检点吟箧，惠寄悼念诗词，增光篇幅，存殁均感。

专恳，敬请

钧安

世侄梅之芳肃叩[1]

原词

滩声七里，唱我小词人冷齿。旧梦低回。白月烟蓬访钓台。　　江

---

[1] 夏承焘日记1980年4月16日有记："梅之芳来信，索挽冷生诗词。……检得挽冷生词：'滩声七里，唱我小词人冷齿。'"即指此函。4月19日："复梅之芳信。"

河迟暮,不分邯郸寻梦路。莫话黄粱。绕枕风雷过太行。[1]

住址:浙江温州市康宁巷74号即老屋后门

(原粘贴于夏承焘日记稿本,现已刊《夏承焘日记》)

---

[1] 夏承焘悼梅冷生,除此《减字木兰·花过邯郸怀梅冷生作》外,据周笃文《侍读札记》记载,还有未刊《劲风翁挽词》三首:"抱痾同玄宴,沉绵不记年。书空余半臂,得句动连篇。心事冰壶贮,风裁玉鉴悬。定知乘谑去,皓月本来圆。""永嘉论宿学,此老亦殊伦。博识关文戏,多闻信席珍。早叨青眼赏,晚觉白头亲。当忆江亭会,鸥群狎更驯。""床债从今了,尻舆遽已遐。摊书犹昨梦,分手有长嗟。乡议崇三老,诗名擅一家。他时耆旧传,公案述桃花。"

中华书局编辑部　1通

夏承焘先生：

您好！

您和吴熊和同志合著的《读词常识》一书我们准备再版。[1]现寄上样书一册，请您复阅。如有修订，请改定后及时寄回。如有补充，可用别纸写出。[2]

此致

敬礼

附《读词常识》一册

中华书局编辑部
1980年4月18日

（沈国林藏）

---

[1]　吴熊和（1934—2012），上海人。先后就读于华东师范大学、浙江师范学院，后任杭州大学、浙江大学教授等。著有《唐宋词通论》《吴熊和词学论集》等。《读词常识》第一版出版于1962年9月，列为"知识丛书"，11月即第二次印刷。此处所谈乃是第二版，列入"中华文学史知识丛书"，后于1981年4月印行。此书至今仍是中华书局的经典书目，相继于2000年4月、2009年5月、2014年5月、2016年6月以不同设计出版。

[2]　此信为中华书局公函（80）文字第95号。夏承焘收到此信后转给了吴熊和，下方有夏承焘写给吴熊和一段话："熊和老弟：请你抓紧时间修订好寄给我。焘白4.21"夏承焘日记1980年4月20日有记："中华书局寄来《读词常识》样本，嘱修订。"即指此函。4月21日："《读词常识》样本挂号寄吴熊和。"

王荣初 1通

王荣初（1921—2014），浙江嵊州人。浙江大学国文系毕业后，先后任教于浙江大学、浙江师范学院、杭州大学等。编有《西湖楹联欣赏》《西湖诗词选》等。

瞿师暨师母左右：

手教及惠款均收到。

《系年》拟作分册出版安排甚好。[1]以前未曾想到这样，只觉唐代部分已具资料尚单薄，所以先从宋初入手。项已遵嘱收集整理天宝以来材料，下月中下旬间，当可寄上六十年事的草稿。任二北先生《敦煌曲初探》所作年表，亦拟摘引一部分。

春节前曾去看望夏峰[2]医师，他说起温州有一位小叔父即将经杭诣京，或须在杭州师寓小住几天。天时转熟以后，我将再去看望夏医师。匆匆并此附陈，敬祝

安好！

学生王荣初敬上
80.4.26[3]

（吴常云藏）

1　《系年》指《词林系年》，交与王荣初抄录、整理。1973年2月17日记："王荣初来，托其写《词林系年》。"应为他们合作之开端，至夏承焘去世，此书稿还未真正完成。浙江古籍出版社《夏承焘全集》已影印此书稿。

2　夏峰乃夏承焘大哥怡生之子，又名贤良，先后任职于济南市立第二医院、浙江医科大学附二院，骨科医生。

3　夏承焘日记1980年4月30日有记："王荣初来信。"即指此函。

上海古籍出版社　3通

1

承焘同志：

　　七月十六日大札及尊著《姜白石词编年笺校》校订本二册均已收到。[1]这次尊著校订重印，基本上按照您所改动地方进行重排和挖改，惟以下几处，因涉及面大，又得大量捅版，为照顾印刷厂的具体困难，故只能照旧，即《行实考·合肥词事》中的四首决定不删。《辑评》中的最末一条《刘克庄后村先生大全集》，也不移至一三三面第二条。一九二、一九三、一九四、一九五、一九七面新增的乾隆纪年五处，都用括号标明，因技术上关系，拟不作更动，否则又要整面重排。这样安排下来，重排仍达七十四面，挖改亦二十七面。工作量已相当可观。谨此奉闻，请予谅解。

　　此复，即颂

暑祺！

上海古籍出版社
一九八〇年七月廿五日[2]

（原粘贴于夏承焘日记稿本，现已刊《夏承焘日记》）

　1　夏承焘日记1980年7月16日有记："发上海古籍出版社《姜白石词编年笺校》校订本印挂件。"即指此函。
　2　夏承焘日记1980年7月27日有记："古籍出版社复信，谈《白石词编年笺校》事。"即指此函，为上海古籍出版社公函（80）古字1215号。

2

夏承焘同志：

您寄来《龙川词校笺（修改稿）》稿[1]，计1本□页已收到，待阅读后再与您进一步联系。今天您如需查询稿件有关情况，请注明我社收稿的编号。

　　此致

敬礼！

上海古籍出版社编务组
1980年11月6日[2]

（原粘贴于夏承焘日记稿本，现已刊《夏承焘日记》）

3

瞿禅、无闻先生道席：

一九八四年岁尾，我社陈邦炎同志趋潭拜谒，蒙惠允出版夏先生文集。[3]当时并就文集内容，商定了初步意见，计包括下列四部份：（一）论文（包括《唐宋词论丛》《月轮山词论集》，现正整理的序跋以及自解放前至现在未收入以上专集的全部重要论文等。）（二）年谱（包括《唐宋词人年谱》与正在整理中的《词林系年》等。）（三）宋词别集的笺校（如《姜白石编

1　夏承焘日记1980年10月21日有记："古籍出版社寄来《龙川词笺校》，嘱修订。"10月30日："闻过录校订《龙川词笺校》毕，先后历十日，今日挂号寄上海古籍出版社。"即指此事。

2　夏承焘日记1980年11月9日有记："上海古籍出版社告《龙川词笺校》修订稿已收到，该稿号码为：（八○）古作稿字第○二一二。"即指此函，为上海古籍出版社公函（80）古作稿字第0212号。11月24日又发函："发上海古籍出版社，托删龙川词注'秦用张仪计，破关东六国之合纵'句，丘汉生来信提出意见，今从之。"

3　夏承焘日记1984年12月23日有记："下午晓川、统一偕陈邦炎来。陈为上海古籍洽谈出《夏承焘文集》问题，谈妥文集包括《唐宋词人年谱》、《词林系年》、《唐宋词论丛》、《月轮山词论集》（须向中华书局商借或商让）、序跋（即文集）、诗、词、《学词日记》、《论词绝句》、《姜白石编年笺校》、《词源注》、《姜白石诗词集》、《域外词》等。陈君答允抄示解放前发表文章索引目录。此间须做二事：一、去函傅璇琮商借《月轮山词论集》纸型。二、托陈翔华查索引目录。"即指此事。

年笺校》等，不包括与他人合作的选注本）（四）诗词创作（包括《天风阁诗集》《夏承焘词集》《瞿髯论词绝句》以及未收入以上集中的历年有保留价值的诗词创作。）现在我们已将上述打算正式列入我社出版计划，并希望其中第一部份（即论文）能在年内首先发稿。为此，亟盼先生能大力协助。我们的设想是：对于这一部份，拟不再用《唐宋词论丛》《月轮山词论集》等名称，而改将所收全部论文，重新按性质划分大类，然后对每一大类，再按文学史顺序排列。这个设想，是否可行，请酌定。如蒙同意，希能尽早着手整理，并盼先予赐覆为荷。

专此，即请

台安！

上海古籍出版社总编办公室
1985.1.26[1]

（原粘贴于夏承焘日记稿本，现已刊《夏承焘日记》）

---

[1] 夏承焘日记1985年1月28日有记："上海古籍出版社来信，谈出《夏承焘文集》问题。"即指此函，为上海古籍出版社公函（85）古字第170号。1月30日有记："无闻昨复上海古籍出版社信，今投邮。内谓：《唐宋词论丛》、《月轮山词论集》分类重编想法甚好。问向中华书局商借商让版子事解决否。谓《唐宋词人年谱》即可按最后一版排印，无可增订。谓《唐宋词论丛》及《月轮山词论集》正在缮阅中。谓《词论》尚有零星作品发表在解放前后报刊上，杭大中文系曾允为收集，此类作品中如有可取者，将来当汇为补编。问《夏承焘文集》编辑同志姓名，拟寄《天风阁学词日记》为赠。"

李学颖　1通

李学颖（1930—2014），原籍河南孟津，生于河南洛阳。曾在江苏省委宣传部、中共中央华东局办公厅秘书局、国家档案局、中共中央华东局计经委等单位工作，后调入上海古籍出版社工作，任第一编辑室副主任，参与编辑《中国古典文学丛书》，编审。

承焘先生大鉴：

八月廿日覆函已经收到，所嘱各点，自当照尊意办理。现又有一个具体问题，希望知道您的意见。

《放翁词》系编年体，只有无法确定其作年的，才附于后，而稿中《钗头凤》（红酥手）一首，编年为"辛未乙亥间"（即绍兴二十一年至二十五年，放翁年廿七至卅一岁），为作年最早的一首，却编次于《上卷》之末，其前为淳熙二年至五年在蜀诸作［自《朝中措》（怕歌愁舞懒逢迎）至《鹊桥仙》（茅檐人静）共九首］，其后为自蜀东归途中诸作[自《玉蝴蝶》（倦客平生行处）至《蝶恋花》（桐叶晨飘蛩夜语）共四首］，若按编年，当提置卷首。恐先生另有考虑，未敢径改。如何处理为妥，望拨冗赐覆。

屡渎清思，请谅。即颂

撰安

李学颖上
8.27[1]

（原粘贴于夏承焘日记稿本，现已刊《夏承焘日记》）

1　夏承焘日记1980年8月29日有记："上午收到上海古籍出版社李学颖函，谈陆游《钗头凤》编年问题。闻代复函，谓查《齐东野语》，放翁写此词，实绍兴乙亥岁，当移置《陆游词编年笺注》卷首，请李君径代改动。"即指此函及复函。

刘耀林 5通

刘耀林（1923—1989），浙江青田人。1948年毕业于浙江大学，曾任浙江日报社文教组副组长、浙江人民出版社副总编、浙江文艺出版社副总编、浙江古籍出版社社长等，校注有《夜航船》等。

1

瞿禅师：

八月廿五日手书已经拜读，经与有关领导同志研究，同意我师的处理意见，即先将诗集交与我社出版，然后再整理词集续编交我社出版（俟整理好后赐寄）。谢谢您对我们工作的大力支持。

敬颂

秋祺！

向师母问好！

学生刘耀林谨上
1980.8.28[1]

（原粘贴于夏承焘日记稿本，现已刊《夏承焘日记》）

---

[1] 夏承焘日记1980年8月31日有记："刘耀林来信，同意先出诗集，后出词集续编。"即指此函。9月1日复函："着手增选前作诗，以浙江出版社欲出予诗集也。复刘耀林信，谓增选诗篇，交卷期延至十月份。"

刘耀林 | 255

2

夏老师：

你和师母好！

惠赐的《唐宋词欣赏》已经收到，谢谢！

诗集书稿亦已收到，书名等等，均照我师所嘱办理，我们一定抓紧编辑。在编辑过程中碰到什么问题，一定及时向您请示。上次面谒老师时，曾谈及老师曾著有《西湖与宋词》一文，如有便，请将此文用挂号寄给我抄录一份，以便将来与吾师其他有关西湖的作品结集在一起，出一本书，好给我社的《西湖文艺丛书》增添一个品种。不知吾师是否同意？便时请示知一二。

日前承询《龚自珍诗选》的选注者的情况，现奉告如下：刘逸生[1]同志是广东人，著有《读诗小札》，广东人民出版社再版了好几次，颇受读者欢迎。逸生同志原在《羊城晚报》工作，我于前年去广州访问时，他是在《大词典》编写组工作，现在可能到暨南大学任教去了。

专此，敬祝

节日好！

学生刘耀林上

1980.9.29[2]

（原粘贴于夏承焘日记稿本，现已刊《夏承焘日记》）

---

[1] 刘逸生（1917—2001），广东香山（今中山市）人。毕业于香港中国新闻学院，曾在《广州晨报》《香港正报》《华商报》《南方日报》《羊城晚报》等报刊任职，后又调至广州中山图书馆、暨南大学。著有《唐诗小札》《宋词小札》《刘逸生诗词选》等。

[2] 夏承焘日记1980年10月1日有记："刘耀林复信，谓'诗集书名等等，均照师所嘱办理'。又嘱检寄《西湖与宋词》旧稿，谓'将来与吾师其他有关西湖的作品结集在一起出一本书'云云。意甚可感，当找得寄去。"即指此函。10月5日复函："复刘耀林信，商《西湖集》事。附去诗集题签。"

3

吴闻同志：

挂号信（及题字）已收读，夏师同意给我社出《西湖集》（"西湖文艺丛书"之一），这正是我们所期望的，请即按照手教中所拟的计划进行组（写）稿。为了使该书稍厚一点，更好地满足读者的要求，望请再适当增添些篇幅（仍是围绕西湖、与西湖有关的）。书稿如能在明年（81年）第一季度给我们，则更好。如何？供参考。

《天风阁诗集》关于直排的问题，尚待研究，因我处印刷厂现在不会直排（印刷厂里存在许多实际问题未解决），上海厂是否接受排字任务（请他们给我们排字，打好纸型后仍由我处印），尚待联系，联系后再行奉告。出书的时间问题，我们是争取明年上半年出版，但现在印刷周期之长是普遍性的，可能要拖到明年下半年才能出得来，实在令人哭笑不得。我们一定努力做工作，力求缩短再缩短。

今后我师及您赐信，在一般情况下，不必寄"挂号"了，一是这太使你们麻烦了，一是信件不会遗失的（当然不是"绝对"的）。您工作很忙，又要照顾夏师，望您多加保重。

此致

敬礼！

敬向承焘师致候！

刘耀林

1980.10.10

又：这部书稿书名除《西湖集》外，最好再拟一两个，以便挑选最好（更好）的一个。如何，供参考。

耀林上10/10[1]

（原粘贴于夏承焘日记稿本，现已刊《夏承焘日记》）

---

[1] 夏承焘日记1980年10月12日有记："刘耀林来信，谈《西湖集》事，谓希望明年第一季度交稿。"即指此函。

4

吴闻师母：

　　三月廿七日手书已拜读。[1]夏师的《天风阁诗集》我又向印刷厂催促过，据告今年是能够出书的。我们当不断地催促，争取早日出书，否则，是太对不起你们了。

　　关于《西湖谈艺录》的内容，我们经再三研究，认为还是第一个方案好，即包括"西湖与宋词""湖楼词话（暂名）""西湖楹联选注"三部分。当然，"词话"的整理需要一定的时间，但它是本书的重点之一，比另一重点（"西湖与宋词"）更为重要（因后者已有文章）。因此，恳请安排时间进行整理，何时完成，请随时寄下。因此书已列入我社的《西湖文艺丛书》，在排版、印刷等方面均可"优待"。为此，这部书稿祈请交与我社出版，千万不要给别的出版社了。（我们已列入明年的选题计划，并报请上级备案。）

　　蒋德闲同志的工作岗位已落实在我省出版局系统，上星期我局人事处通知他来局一叙。孔少华同志电话告我，他已出差东北。想他一定会经过你们家里，届时请告诉他：马守良[2]同志已与人事部门研究确定，调蒋德闲同志来我局工作，至于是否

　　（下缺）

　　（原粘贴于夏承焘日记稿本，现已刊《夏承焘日记》）

　　1　夏承焘日记1981年3月27日有记："复刘耀林信，商谈《西湖谈艺录》内容及交稿时间问题，《湖楼词话》一须在日记手稿中详细收集，二须在阅读前人词话基础上去同求异，避免人云亦云。"即指此函。4月23日："接刘耀林复，谓《天风阁诗集》已发排。"所以，刘此函写在4月23日之前。夏承焘日记刊于3月25日，应误。

　　2　马守良（1930—2014），山东蒙阴人。曾任浙江省出版事业管理局长、省委宣传部常务副部长等，创办《出版研究》。

5

承焘师、吴闻师母：

你们好！

九月廿二日手书已拜读，关于联系出版希真女士散文集一事，我已请本社有关编辑室审处，待商量定夺后再行奉告。

夏师的《天风阁诗集》出版发行以来，很受读者欢迎。现我社确定重版（已向全国征订），特请老师和师母拨冗审阅一下，速将订正本用挂号寄来——请寄给我社三编室负责人徐元[1]同志收，因我最近可能要出差到别地去。此书出版部门已安排在今年十二月份重印，因此订正时，可改可不改之处，尽量不改，非改不可的，力求字数相当，以免通版重排，影响及时付印。[2] 费神，谢谢。

此颂

著安！

学生刘耀林上

1983.11.28

（吴常云藏）

1　徐元（1925—2018），浙江浦江人。毕业于浙江大学，曾任职于浙江人民出版社、浙江文艺出版社、浙江古籍出版社，副编审。著有《三余集》《味耕园诗词选》等。

2　《天风阁诗集》，夏承焘著、吴无闻注，浙江人民出版社1982年1月第1版；其修订本于1984年3月出版。

陈书良　1通

陈书良（1947—   ），湖南长沙人。毕业于武汉大学，湖南省社会科学院文学所所长，研究员，湖南省文史馆馆员。著有《寂寞秋桐——章士钊别传》《嵇康传》《六朝如梦鸟空啼》《楹联之美》等。

蝶恋花
庚申秋，余谒瞿丈于京师朝阳楼寓，聆教拜别，适秋雨连绵，两老执意借伞，感而赋此

雾阁云窗尘外处。两老著书，扛笔五津据。贪听松风北海语，出门却对丝丝雨。　　伞盖叮咛携去路。客里京华，顿似故园土。瞻望秋山容正妩，栖栖愧少《三都赋》。

瞿丈指正

世再晚陈书良拜[1]

（原粘贴于夏承焘日记稿本，现已刊《夏承焘日记》）

1　夏承焘日记1980年10月25日有记："下午陈书良来，示新词。"即此词。

施蛰存　10通

施蛰存（1905—2003），浙江杭州人。曾主编《现代》，并从事小说创作，是中国最早的"新感觉派"代表。后执教于云南大学、厦门大学、暨南大学、大同大学、光华大学、沪江大学、华东师范大学等校。在文学创作、古典文学研究、碑帖研究、外国文学翻译方面均有建树，著有《上元灯》《将军底头》《待旦录》《唐诗百话》《北山集古录》《文艺百话》《北山谈艺录》等。

1

瞿禅先生道席：

上月廿一日奉到手书并足下及鹭翁词作，收到多日，未即拜复为歉。[1]近日正在为诸稿作技术加工，拟赶十一月底送出全稿，故极为忙碌。印刷厂已接洽到一家能排繁体字者，故拟尽量用繁体。弟意简笔字之与原有字相犯者，坚决不用，如"僕"之为"仆"、"園"之可为"圊"又可为"圆"之类，大约习熟相沿、简化已久者可仍用之。以后吴夫人写稿，敬请注意，待第一辑印出后，弟可以定出一个标准，请作者留意。现在每篇文章均须改字，大为苦事。

《换头例》已编入第一集，请吴夫人为我预备第二辑稿。《学词日记》起一九三一年四月一日，讫六月三十日，请从七月抄续。[2]

---

[1] 夏承焘日记1980年10月19日有记："复施蛰存信，附去七九年《菩萨蛮·游大觉寺》、《玉楼春·北海观荷》、《减兰·纪念秋瑾》、《减兰·鉴真法师塑象回国》四阕，又附去鹭山《八声甘州·登大慈恩寺塔》、《玉楼春·雁荡即事》二阕。"即指此函。

[2] 夏承焘日记1980年8月26日有记："发施蛰存函，另挂号寄《词例·换头例》一节、日记一九三一年四月到六月共三月。"

以后凡标明平声则用○，仄声则用●，韵则用△。

上月《参考消息》有两篇台湾文章论岳飞《满江红》词，弟拟在《词学》中作一"特辑"，收余嘉锡及阁下二文一并刊布，使读者方便，请予同意。尊处有无赵宽书《满江红》词拓本？如有可否惠假制版，此石不知尚存否？如尊处无有，弟拟托人去拓。阁下关于此词有新意见否？亦甚盼补一小文谈谈。

"屏风碑"后白石道人题跋拓本尚在否？亦拟假取制版或先摄影，备第二、三辑用。

现在看来，集稿二十万字亦不甚困难。因每期有"文献"及"转载"二栏，可容十万言，则著述新稿十万字亦易事。弟拟第一辑编讫后，即续编第二辑，则明年出四辑，容有可能。

手此，即请撰安

吴夫人均此请安

施蛰存

一九八〇年十一月四日[1]

（原刊《施蛰存全集》第五卷《北山散文集》，华东师范大学出版社2011年2月第一版）

2

瞿禅先生阁下：

前数日上一书，想已登芸席。

日来拜读《换头例》已毕，做好技术加工，可以付排，有二事欲请示：

（一）题目拟改作《换头格例》，因此文所述乃九种换头格式，可否加一"格"字，明其内容？否则或作《换头九例》，避免三字标题，较顺口。署名作"夏□□稿、吴常云整理"，如何？[2]

---

1 夏承焘日记1980年11月7日有记："施蛰存来信，谈《词学》稿件事。"当指此函。
2 该文刊于《词学》第一辑时，题为《换头举例》，署名"夏承焘稿、吴常云整理"。

（二）最后有"换头不变，入后小变例"及"入后大变例"，此二例弟以为已不是换头的问题，而是上下片句格的问题，似不应属于"换头例"，拟省去，阁下以为有当否？祈剖析示知遵行。

《日记》尚未做加工，俟读后如有疑义，当再请示。

手此，即请

道安

吴夫人均此

施蛰存
一九八〇年十一月八日

吴夫人：你写的氵旁都像言旁，我已逐字改过，请注意。

（原刊《施蛰存全集》第五卷《北山散文集》）

3

瞿禅先生道席：

昨日寄兄拙诗数纸，匆匆付邮，未及附书，想已登文几。今日已将大作《日记》作付印前之加工，有数事须请示：

五月十四日记中有"胡仲方"，亦写作"吴仲方"，不知何者为是，此宋词人弟不知，但知有"刘仲方"。

五月三十日记中有程善之作《倦云倚语》，不知是否"忆语"之误笔？又此书弟未见过，尊藏尚有否？愿乞惠借一观。

六月二十四日记中有刘子庚《讲词笔记》，弟亦未见过，尊斋尚有否？又刘子庚《辑校唐宋元明词六十种》，此书阁下有否？弟七月中在北图假阅一本，不全。弟欲补钞其跋语，请阁下为我物色之。

日记中有《寄吴瞿安信》及《剪淞阁词序》二文，弟拟删去，俟第二辑中，请阁下多付几篇此类文字，编入"文录"栏，第一辑中有"词录"，无"文录"。

又"换头例"最后二例弟以为不属于"换头"变化，亦拟删去，前函已请示，便祈覆及。

《词学》已决定全用繁体字排，但向来有简体者，仍用简体（如"体"字即其例）。以后惠稿，请改写繁体及旧有简体，省得弟一一改写。

《满江红》词特辑有意见否？亦乞示知。此请

吟安

夫人均此

施蛰存

一九八〇年十一月二十九日[1]

（原刊《施蛰存全集》第五卷《北山散文集》）

4

瞿禅先生、吴闻夫人：

久未申候，时在念中，伏以起居安健为颂。

我不幸患癌症，病在直肠，已于四月七日做手术切除，暂可无虞。然元气大伤，至今未能痊可出院。

《词学》第二辑排印又历一年，下月大约可以印出，现在赶编第三、四辑，今后可由上海中华书局印刷厂承印，或可稍稍迅速。

瞿老《天风阁学词日记》，此间稿至一九三一年止。此后续稿拟请吴夫人继续抄付，今后拟每期刊布四个月至六个月之日记（日记中附有文章，可以删去），款式仍如第一、二辑，惟请用繁体字加书名号，今后可全书用繁体字排也。

今年十月或十一月，华东师大拟召开一小型词学讨论会。人数约五六十人，参加者以各院校教师及出版社编辑为主。《词学》编委或老辈词家，亦拟发请柬，躯体健康者如能来亦欢迎。瞿老年事已高，行动不便，故不敢屈玉趾，希望届时能来一发言稿，当在开会时宣读，亦不殊亲临。此事先以奉

---

[1] 夏承焘日记1980年12月1日有记："施蛰存来信谈稿件事，闻作复。"应指此函。

闻,详细办法、开会日程当由马兴荣同志奉书联系。[1]

周晓川常见否？久不获函札,乞为致意。

匆此,即请

俪安

施蛰存

一九八三年六月十七日[2]

惠复可仍寄舍下,每日有人来医院。

（原刊《施蛰存全集》第五卷《北山散文集》）

5

瞿禅先生、无闻夫人俪鉴：

十二月五日北京政协盛况,已在当晚电视中见到,我未能入京参加,甚为遗憾。

昨日收到承赐《天风阁学词日记》,发封喜极。此书极有价值,既是近代词史,亦是日记文学之佳著,灯下披览,不胜佩服,谢谢！

《词学》第三辑久久不能印出,第四辑已发稿,现在第五辑已在编辑,不日发稿,"日记"恰好发排到1931年止,以后即不再续刊,弟希望从1938年起,仍付《词学》发表,不知能允许否,如蒙见许,请吴夫人即从1938年起抄付六个月如何？

弟已于九月廿三日出院,健康不能说佳,但尚可以伏案阅书作文耳。

手此,即请

---

1 华东师范大学于1983年11月26日至30日召开第一届词学讨论会。《词学》第四辑刊有《词学讨论会实录》,发表施蛰存、夏承焘、唐圭璋开幕致辞及会议议程、专家主要观点等。夏未到会,以此书作书面发言。马兴荣（1924—）,四川西昌人。毕业于云南大学,后一直任教于华东师范大学,曾任《词学》主编。著有《词学综论》《马兴荣词学论稿》等。

2 此信《施蛰存全集》误系于1980年,应为1983年,径改。另,《施蛰存全集》至夏承焘信落款时应作过统一处理。

著安

施蛰存顿首

12/17[1]

（原粘贴于夏承焘日记稿本，现已刊《夏承焘日记》）

6

吴闻夫人著席：

十二月廿日手教敬承，未能即奉复为歉，瞿翁日记已发稿至1932年3月，在第四期《词学》刊出，现在编第五期，拟不再用续稿，请夫人从1939年元旦抄起，至6月尽，当在第五期刊出，以后每期发表六个月，如何？

抄写格式，请仍依照《词学》第二期所刊。

瞿翁箧中如有词学文献资料，可供《词学》作插图者，亦乞惠借一二，制版后即奉赵，惟以年代较远者为宜。

瞿翁祝寿盛会如有留影，亦希望惠我一帧，此亦一词苑文物也。

我仍健好，惟行动不便耳。

手此，即请

俪安，并贺新岁

施蛰存顿首

85.1.4[2]

瞿公日记，拟为撰一文付《读书》，但近日尚无暇，不知能如愿否，或恐有人先作耳。又及

（原粘贴于夏承焘日记稿本，现已刊《夏承焘日记》）

---

1 夏承焘日记1984年12月19日有记："施蛰存来信，谓'承赐《天风阁学词日记》，发封喜极，此书极有价值，既是近代词史，亦是日记文学之佳著。灯下披览，不胜佩服，谢谢'。"即指此函。12月20日："无闻复施蛰存信。"

2 夏承焘日记1985年1月7日有记："施蛰存来信，嘱无闻抄一九三九年一月至六月《学词日记》，并索庆祝会照片。"即指此函。1月15日："无闻发施蛰存信，附去《天风阁学词日记》一九三九年一——六月抄稿，又附去夏庆会照片一帧，施老前函索取也。又告本月二十二日晚十九点五十分中央电视台播放予短片。"

7

无闻夫人箸席：

今日收到《日记》1939年1-6月，及照片一枚，甚感。"日记"即编入《词学》第五辑，希望年底能出版。

《词学》从第三辑起已付中华印刷厂排版，全用繁体字，以后惠赐瞿老日记，请用繁体字抄写，书名加书名号，词牌名不要用《》号，词题则要用《》号，如：山鬼谣《题管夫人画竹》，不作：《山鬼谣·题管夫人画竹》。

前日写一文，介绍瞿老《学词日记》，已寄与《读书》月刊。

插图资料无"样品"，只要与词有关之文件皆可，瞿老箧中必多词人手札或图片，请检惠数纸，复印制版后即可奉还。现在拟请先寄老一辈词家手写词稿或论词书简，有十余纸即够我二年之用矣。

草草，即请

撰安

瞿老前乞叱名请安。

施蛰存

1.20[1]

（原粘贴于夏承焘日记稿本，现已刊《夏承焘日记》）

8

吴闻夫人：

九日寄奉一信，想必收到。昨晚检阅《词学》待编存稿，始发现臞翁

1　夏承焘日记1985年1月22日有记："施蛰存来信，谓以后日记抄繁体字。又谓'插图资料只要与词有关之文件皆可，现拟请先寄老一辈词家手写词稿或论词书简，有十余纸即够我二年之用矣'云云。"即指此函。1月24日复函："发施蛰存挂号函，附去孟劬先生三八年来函抄件一纸。"

1939年1—6月日记已蒙抄惠，前日奉书时竟尔忘却此事，甚为抱歉。

现在已将1939年1—3月日记编入第四辑（已发稿，当追改），4月—6月编入第五辑，俟秋凉后请续抄7—12月日记惠付，当编入第六辑。

第四辑今年可出，第五、六辑明年亦可印出。

第三辑书到即寄奉。

手此，敬颂

俪福

施蛰存
7/13[1]

（原粘贴于夏承焘日记稿本，现已刊《夏承焘日记》）

9

瞿禅先生、吴闻夫人俪鉴：

未闻消息，倏又经月，不知起居何似，甚念甚念。

前汇奉上海书店所送《词学季刊重印引言》稿酬三十元，想已收到，今补奉通知单。[2]

《词学》三辑已寄奉，想亦已青及，稿酬不日算出汇上。

日记稿存此间者为1939年1月至6月，第四辑发1—3月，第五辑发4—6月，此下尚请夫人续抄惠寄，现在已用繁体字排版，以及抄稿，请用繁体字，每日"早""午"等字下请加一"，"号，书名请加"《》"号。

1939年1—3月已发排，有数处抄稿疑有误，另纸录出，请查原稿改正掷还。

弟已约定为浙江古籍出版社编一部《近代百家词》，共四编（甲乙丙

1　夏承焘日记1985年7月15日有记："接施蛰存七月十三日函，谓'瞿翁一九三九年一——六月日记已蒙抄惠，前日奉书时，竟尔忘却，此事甚为抱歉'云云。嘱秋凉后抄三九年七月—十二月日记寄沪。无闻抄日记毕，投入文集抄编工作。"即指此函。

2　夏承焘日记1985年8月6日有记："施蛰存汇来《词学季刊》前言稿费三十元。"

丁），甲编自文廷式、王半唐始，晚清五家外即为清末民国初词人，瞿老藏书中有无民国前十年所印词集，希望能惠假复印。

又，拟请瞿老写一短章，评论《词学》第一至三辑，弟拟在第五辑中收集《词学》问世后各方面评论之言，为一特辑，并非"自吹自棒"，然亦不无仰借词老謦欬以重身价之意，请瞿翁略谈印象，由夫人执笔代书何如？

专此，即请

道绥

施蛰存

1985.9.1

（吴常云藏）

10

无闻夫人：

惠示敬悉，有一点意见，想假臞老之口表示一下，今拟一稿，乞夫人手书，署臞翁名惠寄，想可同意。文前后加书信头尾，即作为臞老赐书可也。

手此，即颂

百苐

施蛰存顿首

9/21

箧中有无诸前辈词人论词书札（未发表者），请抄付若干件。拟编一"词人书信"专辑发表之。

又及

以后惠稿请写繁体字，今后各期皆不用简化字了。

又及

《词学》第三辑收到，已展阅一过。[1]内容及编制仍能维持前二辑标

---

1 《词学》第三辑出版于1985年2月，故此信系于该年。

准，水平较高。惟恐曲高和寡，销行不广，是否可以酌加一二普及性文字，指导初学。然时下一般空疏浮泛之欣赏分析文字，愚亦不甚赞同，又以为太肤浅也。高下之间，颇难掌握，惟足下善处之。拙作日记下期起可改用一九三九年所记，续稿不日钞寄。夏○○

（吴常云藏）

济南市博物馆　1通

济南市博物馆介绍信

济博介字（80）第057号

夏承焘、吴无闻同志：

兹介绍何洪源、于中航等贰同志前去您处访问，答谢您为纪念堂题辞之事宜，请予以接洽。[1]

济南市博物馆

1980年11月6日[2]

（原粘贴于夏承焘日记稿本，现已刊《夏承焘日记》）

1　夏承焘日记1980年3月10日有记："济南博物馆孙康宁、何洪源来，为辛弃疾纪念馆、李清照纪念堂恢复开放征集文物事。赠以《论词绝句》《月轮山词论集》及《辛弃疾》共五册，并约写直幅对联。"3月13日："下午为李清照、辛弃疾纪念馆写条幅。夕孙康宁、何洪源来取去。"何洪源（1952—　），山东济南人，曾任济南市博物馆馆长。于中航（1924—　），山东莱阳人。毕业于山东大学，曾任《山东青年报》编辑、济南市博物馆研究员。著有《李清照年谱》等。

2　夏承焘日记1980年11月7日有记："午济南博物馆何洪源、于中航来，惠赠花生米一包，嘱为写条幅。"12月20日："济南博物馆来信，催写条幅。"1981年1月7日："发济南博物馆何洪源函，寄去为何洪源、刘枫、张汝皋嘱书之三条幅。"

王延龄　常虹　2通

王延龄（1931—），河北唐山人。1957年毕业于杭州大学古典文学研究班，后任教于哈尔滨师范学院（今哈尔滨师范大学）。编校有《唐宋词九十首》《横边吹笛谱》《燕乐三书》等。常虹，王延龄夫人。

1

老师、师母：

常虹回哈了，她讲说二老如何热情地接待她。我得知二老身体很好，非常高兴。[1]

"慈母手中线，游子身上衣"，常虹非常珍视二老给他的衣服。回来后，我和她俩分享了这种人伦之情。此外对这件衣服我又理解成了"衣钵之传"，因此更觉珍贵。年来孜孜努力，但成就的是一分通俗平话演义——《词话新说》，现在地方日报连载，正经学业则只有人干扰而无人支持。此地学风日薄，只待拂袖而去了！南开的事正在联系中，可望有成！

常虹买了些豆腐粉，准备托火车列车员带去，近日内安排好车次即可带到。车次定后将先发电报通知车次、时间、找何人，届时叫师弟去车站就能拿到。如果万一接空了，所托之人将把东西送至站前小件行李寄存处，将寄存的凭牌用信寄至家中，次日凭牌到该处领回。豆粉老人食用较胜于奶粉，且可变换花样。其包皮封袋上有说明，食用简便。

---

[1] 夏承焘日记1980年11月3日有记："上午常虹来，留午酌。赠《欣赏》及石猫，原绮琴自美寄来者。"故下文说《唐宋词欣赏》得两本。

草此，并颂

时安

延龄、常虹同拜

11.13 / 80[1]

前寄《唐宋词欣赏》已收到，今偏得两本。

（原粘贴于夏承焘日记稿本，现已刊《夏承焘日记》）

2

老师暨师母二位老大人：

新春伊始，和墨申纸，遥祝二老增寿。

去冬赴京为老师祝寿，因旅途匆遽，且杭大母校及诸师兄弟特少亲亲之情和手足之义，故连寿筵也未参加，想来很是遗憾。二老的福泽不可少得，今拟定夏秋之际再次晋省，届时将独叨恩光，并畅叙家常，汇报学业。

年来，延龄从事古籍整理业务，编校《燕乐三书》颇费精力，[2]但因出版社工作效率故，恐上半年难以问世。今者世倡革新，龄亦转趋时髦，倡"信息思维"一说，并将从事古籍文献信息处理、编印"信息版图书"的实验。今教部古籍委员会答应，可以商请一些设备（电算机），校方并配给三名研究生开班教学，年内或有结果向二老报告。龄年纪渐长，学无一成，惭愧之下，因有此举。但是，因学界时弊积深，新学与真正的古学恐将同一遭遇，所以现在也只是姑妄为之，但求努力而已。也正因此，原有工作未敢遗忘，《梅边吹笛谱》已抄校完毕[3]，前言和年表编写完工后即可交卷，四月份将或将有赴京便人带上。另外，龄又收集到西安古乐研究专著及古乐谱三稿，拟编作《燕乐新书》，夏秋之际将为此走访西安，届时晋京，再面请机宜。

1　夏承焘日记1980年11月27日有记："王延龄夫妇托吴君送豆粉十包来。"11月29日："复王延龄夫妇，谢赠豆粉。"

2　《燕乐三书》，凌廷堪、林谦三、邱琼荪著，任中杰、王延龄校，黑龙江人民出版社1986年7月第一版。

3　《梅边吹笛谱》，凌廷堪著，王延龄校，哈尔滨出版社1991年8月第一版。

北京新接识的诸师兄弟，特有仁义之士，如那位"胡老师"，全家数年来全力照顾二老，古谊高扬，堪使龄等钦仰。惟在京时未得空闲常与接谈，临行又未作别，且连尊号也未能请教。今特请师母代转礼拜年，并请他方便时回我一封信，以便建立直接联系。

专此，敬上

延龄、常虹同叩

八五.春节[1]

（吴常云藏）

---

1 夏承焘日记1985年2月25日有记："王延龄来信，谓夏秋间将再次来京，编校《燕乐三评》将出书，近倡信息思维一说。《梅边吹笛谱》已抄校完毕，又收集到西安古乐研究专著及古乐谱三稿，拟编作《燕乐新书》云云。"即指此函。

《文学遗产》编辑部　1通

夏承焘同志：

您转来的《试论周德清的〈作词十法〉》一文已经收到，编号为（稿）字第605号。特此奉告。[1]

此致

敬礼

《文学遗产》编辑部

1980年12月4日

（原粘贴于夏承焘日记稿本）

1　《试论周德清的〈作词十法〉》为叶长海论文。夏承焘日记1980年10月22日有记："孙崇涛偕叶长海（温州人，现在上海戏剧学院读研究生）来，各赠《欣赏》一册，又赠长海油印本诗集一册。长海赠《沈璟曲学辩争录》稿。"10月28日："下午叶长海、孙功炎、晓川来。"11月8日："叶长海来，谓明日返沪。闻托带旧衣数件与思雷。"11月25日："傍晚杨牧之送《我的学词经历》来，嘱书标题。陈植锷的《唐诗与意象》、叶长海的《作词十法》交其带去。"12月16日："叶长海来信，谢转稿子。"即此事来龙去脉。

弥松颐　2通

弥松颐（1939—），北京人。毕业于南开大学中文系，历任中国文联中国学会干部、人民文学出版社编审等职。民进会员。著有《京味儿夜话》，校注有《儿女英雄传》《陶庵梦忆》等。

1

吴先生：

两稿俱收，陈澧词当改增，请释念。[1]

松颐

（原粘贴于夏承焘日记稿本，现已刊《夏承焘日记》）

2

吴先生：

稿子收到，前闻夏老贵体违和，想近已痊可，念念。节后颇忙，待稍闲，定去拜望。

---

[1] 夏承焘日记1981年1月7日有记："上午嘱金淑敏送陈澧《甘州·朝云墓》词注释改稿及与施议对合作之《苏轼〈沁园春·马上寄子由〉》二稿与弥松颐，颐有收条。"即指此两稿，乃《金元明清词选》编务。

松颐

九日[1]

（原粘贴于夏承焘日记稿本，现已刊《夏承焘日记》）

---

[1] 夏承焘日记1981年3月9日有记："《白石诗词集》闻以一周时间校阅一过，重新标点，今日送弥松颐。弥有收条。"此便条所指此事。《白石诗词集》，夏承焘校辑，人民文学出版社1959年1月第一版，1998年3月再印。

陈大兴　1通

陈大兴（1941— ），河北沧州人。曾任湖南人民出版社、湖南少年儿童出版社编辑，诗人，著有《呼唤的灵魂》《为了那线光亮》等。

吴妈妈：

刚刚从江华瑶寨出差回来，便捧诵了您老的来书，读后甚觉汗颜。现根据实际情况，向您汇报于下：

（一）关于未署注释者姓名的原委是：①夏老词集的原稿我捧阅后便交给了彭靖老师，此后原稿一直在彭老师处。他交给我发稿的是抄件，原稿上我似乎记得是没有写注释者姓名的，由于我的疏忽，没有再向彭老师请还原稿核正。②在夏老的词集前言中已写明注释者是您老人家，我想既已写明，就不需再通知封面设计人员补署了。结果书成后，造成了不应有的遗漏。这个责任完全是我的疏忽和想当然所致。接到您的来信，感到十分内疚。现同黄起衰同志商量，夏老词集肯定是会再印的，待重印时一定补署，以求弥补一二。

（二）关于稿酬事，一定遵照您的意见办理，万望放心。

（三）您同夏老订购的五百本词集，寄邮事宜不是我经办的。因近来我被出版局抽去搞基建，经常不在家。寄邮、代销均由发行科代销点办理。他们的书到得比文艺室早，等到我去通知他们装箱邮寄时，他们早已寄出了。据他们说，包装得较好，不会有损耗。不知他们说的是否属实。但不管怎样，若您老人家接到书后，若发现损耗，请立即将损耗书寄给我，我再设法斟换就是了。

您老人家对书的装帧、开本、印刷有什么意见，可直告我们，以便下次印刷时酌情改进。

不赘述。

敬祝

身体安泰

陈大兴
四月六日夜[1]

（原粘贴于夏承焘日记稿本，现已刊《夏承焘日记》）

---

1 夏承焘日记1981年4月10日有记："陈大兴来信，黄起衮来信，彭岩石来信，见附件。"即指此函。

黄起衰 2通

黄起衰（1929—1988），湖南长沙人。曾任长沙《大众报》记者、东北军区政治部文工团创作员、中共郴州地委宣传部写作组成员、湖南人民出版社社长等职。著有《旗帜和信念》等。

1

夏老、无闻同志：

您们好！

前年去京开文代会的时候，曾到府上拜访。一别已是两年多了，近来身体可好，念念。

夏老的词集印出来了，设计人员和厂里的工人作了很大的努力，但限于条件，书的印装不一定符合您们的要求，请多批评指教。

无闻同志为此书作注，费了大量的心血，应当在封面和扉页上署名。据陈大兴同志说，他收到您们抄正的稿本，进行整理，因那份稿本上未注明注释者的名字，他在填写封面、扉页通知单的时候，忽略了这一点，把名字漏了，成书以后才发现，这是我们工作上的疏忽造成的，谨向无闻同志表示歉意，因书已交书店发行，只好等再版时补上。

您们自购的500本书，给50本交彭靖老师，就地分送您们的友好。其余450本，由我社邮购组打包托运，估计不会损坏。如有破损，日后我们再设法斟换。按规定还应赠送作者30本样书，彭靖老师说，他拿去的50本书不够用，又在样书里取出10本，还剩20本，现由邮局寄上，请收。

稿费按规定结算。词和注释文字的稿费由银行汇来，彭老师的跋的稿费,直接付给他本人。现在国内诗词出版品种不多,印数也少,这类书几乎都要亏损。不过,夏老的词集有很高的艺术价值,为了繁荣文学事业,能够印出来,我们很高兴。希望您们在京找专家写点评论,扩大书籍的影响。

专此,祝

健康!

黄起衰

81.4.7[1]

(原粘贴于夏承焘日记稿本,现已刊《夏承焘日记》)

2

夏老、无闻同志:

您们好!

遵嘱印了一份勘误表,现寄上550份(挂号另寄)请收。除少数几个异体字(如"挐"即"拿","篠"即"筱")外,其他都作了更正。

词集发现这么多的差错,我们深感内疚和不安,有关编辑人员为此作了检查。发生差错的原因主要是我们知识浅薄、责任心不强造成的。经查对,由彭靖老师整理、重抄过的稿件,文字、标点错漏甚多,编辑加工时虽然改正了不少,但还有一些没有检查出来。书稿校样也请彭老师看过,编辑存在依赖思想,没有细心校对,致使谬误流传。这是需要我们认真吸取的沉痛教训!在这里再次向您们表示歉意,并望继续给予批评指教。

夏老的词作,在文艺界、学术界很有影响,希望您们在京找一两位行家写点评介。《人民日报》《诗刊》,我们寄了样书。作家协会的毕朔望同志来信索取,我们也给他寄了两册。

为了彻底订正初版的差错,望无闻同志帮助仔细校勘,并将订正的本子寄来,以便日后再版时改正。

---

1 夏承焘日记1981年4月10日有记:"陈大兴来信,黄起衰来信,彭岩石来信,见附件。"即指此函。

即颂

夏安！

黄起衰

81.5.5[1]

（原粘贴于夏承焘日记稿本，现已刊《夏承焘日记》）

1　夏承焘日记1981年5月8日有记："黄起衰来信。"即指此函。5月10日："收到勘误表五百五十份，即交统——部份分发诸友。"即指信中所提勘误表。

湖南人民出版社服务部　1通

夏承焘同志：

　　您好！

　　最近，长沙市一中彭靖老师从我部买去您的大作20册，他说：经您同意，书款从您的稿费中扣除。但去我社财务科了解，稿费已寄走了。今特将发票奉上，请速汇书款20元来我部，以便及时结算。

　　专此。敬颂

大安！

湖南人民出版社服务部
81.4.20[1]

（原粘贴于夏承焘日记稿本，现已刊《夏承焘日记》）

1　夏承焘日记1981年4月24日有记："湖南人民出版社服务部来信，谓彭靖买去词集二十册，嘱速寄二十元书款去。"即指此函。4月26日："汇二十元与湖南人民出版社服务部，付书费。"

曹中孚　1通

曹中孚（1932— ），浙江平湖人。曾任上海人民出版社编辑、上海古籍出版社编辑，著有《晚唐诗人杜牧》，点校有《龙图耳录》《王维全集》等。

夏老：

　　您好！

　　嘱李学颖同志要我查对尊著《姜白石词编年笺校》中白石《永遇乐·次稼轩北固楼词韵》词的编年一事，已洽。此题现编在嘉泰四年，这次印本的年份未误。请放心。此书挖型、部份重排等工作已经竣事，即将发厂印制，特此奉闻。

　　专复，并颂

著安！

曹中孚
1981.5.11[1]

向无闻同志问好！

（原粘贴于夏承焘日记稿本，现已刊《夏承焘日记》）

1　夏承焘日记1985年5月13日有记："下午收到上海古籍出版社《姜白石词编年笺校》责任编辑曹中孚复，谓《永遇乐·次稼轩北固楼词韵》词此次再版本编在嘉泰四年，年分未误。又谓此书重排工作已竣事，即将发厂印制。"即指此函。

王顺来　1通

王顺来（1940—2019），河北武强人。1964年毕业于南开大学中文系，曾任工厂干部。1980年调入百花文艺出版社任编辑，副编审。

夏老：

您寄来的《唐宋词欣赏》修改底本，收到了。[1]

上次我给您去信以前，我同编辑部负责同志研究了《唐宋词欣赏》的修改问题，商定可做小的修订。但是，之后出版部门坚持原版加印。做为原版加印的是一批书，其中古典组责编的还有周汝昌的《曹雪芹小传》。因此，这次此书就不再改动了。关于此书的修订，可在此书重版时进行。哪些篇章需要撤换，您可以把意见和需要补上的内容寄给我。我准备预先把修改底本存在出版科，以便再版时使用。此意妥否，望指教。[2]

《苏轼诗选注》已经发排。[3]

祝

好

王顺来

5.22[4]

（原粘贴于夏承焘日记稿本，现已刊《夏承焘日记》）

1　夏承焘日记1981年5月10日有记："百花文艺出版社寄到《唐宋词欣赏》，供再版修订。"5月11日："闻校《唐宋词欣赏》毕，寄还百花出版社王顺来。"当指此函。

2　《唐宋词欣赏》，百花文艺出版社1980年7月第一版，1981年4月第二次印刷，1982年4月第三次印刷。

3　《苏轼诗选注》，吴鹭山、夏承焘、萧湄合编，百花文艺出版社1982年4月第一版。

4　夏承焘日记1981年5月25日有记复函："发致王顺来函，希望《欣赏》再版作小修改。"复函写于5月24日，草稿亦粘贴于夏承焘日记稿本。现都录于5月25日。

苏步青 1通

苏步青（1902—2003），浙江温州平阳人。著名数学家，中科院学部委员。毕业于日本东北帝国大学数学系，曾任浙江大学教授、复旦大学校长等职，著有《微分几何学》《射影曲线概论》《射影曲面概论》《苏步青业余诗词钞》等。

瞿老赐鉴：

接奉大著《词集》[1]，如获至宝，偶翻数章拜读，恽如千珠万玉，一时射入眼帘，美不胜收，殆吾公毕生巨著，真可传诵后世矣。感慨之余，特此鸣谢。

弟自从解放以来，几乎不填长短句者久矣。数年前三月十二日访中山故居，嵩成一阕，兹附后呈政，请勿以效颦见哂也。

下月下旬将本年第五次晋京，届时如得闲暇，定当登门拜访，一叙年来幽曲。

专肃，顺颂

撰安！

弟苏步青上
一九八一年五月二十八日

采桑子　一九七六年三月十二日作

年年三月香山路，钿毂回游，冠盖云稠，划破初春满院幽。　当时鸳侣知何去，烟锁重楼，遗照风流，老却徐娘几许愁。

苏步青未是草

（吴常云藏）

---

[1] 夏承焘日记1981年5月11日有记："寄苏步青词集。"

徐家昌 1通

徐家昌（1920—2002），字仲茂，笔名艾岩，上海嘉定人。俞平伯外甥。先后就读于东吴大学、北京大学，曾执教于内蒙古师范学院，后调至天津，任天津人民出版社编辑、天津社会科学院文学研究所研究员，天津文史研究馆馆员。著有《秋水集》。

奉和夏瞿髯先生莫干山杂咏三首并序

余以樗散之材，谬参吟咏，纰误都不自知。素仰髯公为海内方家，乃援刘勰谒见沈约之例，以咏秋水之习作百首，求教于侍右。诗成于廿年浩劫之中，冀寒灰余烬，倘蒙君子之同情，未敢遽期吹拂也。乃髯公竟以刻集相惠，拜诵之余，且慕且惭。适见髯公大作有《莫干山杂咏》三首，亦余少游所经之地。惜年才志学，未能学诗，迨余弱冠之岁始忆旧游，而得"雨后清尘未上裾，行行鸦噪夕阳余。寻津漫步何须远，此是名山已结庐"之句。今承髯公椽笔之威光，乃以爝火三首远呈，敢云奉和，亦稍报盛情云尔。

江山间气不为孤，落叶如花漫酒壶。欲洗山梁收断雁，神州行伴已衔芦。

得路西游上剑池，青霜不负少年知。无名棱角逢收录，问我何如杏子旗。

既有冰心入野鸦，何须封土建烟霞。果然不计粗和淡，空谷无材也是家。

辛酉端午，徐家昌学，即写奉髯公前辈指正

八一年六月八日[1]

（原粘贴于夏承焘日记稿本，现已刊《夏承焘日记》）

---

[1] 夏承焘日记1981年6月8日有记："徐家昌来信，和《莫干山》七绝三首。"即指此函。

琦君　2通

琦君（1917—2006），原名潘希真，温州瞿溪人。毕业于之江大学，师从夏承焘。1949年赴台，主要从事教书写作。著有《水是故乡甜》《万水千山师友情》《三更有梦书当枕》等四十多种文学作品。

1

瞿禅恩师尊右：

一九四九年于杭州拜别恩师，算来竟已卅二年了。您的著述曾经拜读，您当年的教诲、和蔼的神情语调，都时时浮现眼前。当年在南田时，您写给我的信，一直带在身边，不时取出来读一遍，就如同亲聆教诲一般。但不知老师近况如何？现托永嘉的镜宇叔代投此书[1]，希望能到达您手中。

之江诸位同学，翁璇庆、汪仪美、朱镜清、宓逸群等都有联络否？[2]我最最敬佩的任心叔先生近况如何？他的女儿叫掌珠，一定早已成人了。[3]心叔先生在何处呢？

我也是教书，因搬迁不定，所以不能多教，闲来看书写作而已。

1　潘镜宇是琦君的堂叔，琦君曾托他将养父潘鉴宗的藏书捐献温州市图书馆。夏承焘日记有记曾为潘镜宇书扇，1961年12月2日则云："昨得瞿溪潘镜宇函，知潘希真仍在港，姊妹不睦，其伯母已病死多年。"

2　翁璇庆，之江大学毕业后，曾在上海裨文女校、格致中学、金陵中学等任教。民进会员，撰有《杏坛琐忆》回忆夏承焘。宓逸群（1915—2006），浙江慈溪人。民进早期会员，曾参加民进成立大会。先后任上海华东工业部营业处副组长、上海市机电工业局供销副处长、上海机器厂副厂长、上海水泵厂厂长等职，晚年居加拿大。

3　任珠（1940—2019），任铭善之女，曾就读于中国石油大学，先后在南京炼油厂、杭州炼油厂等工作。

盼能得老师回音。专此，敬祝

崇安

受业 希珍 拜上

一九八一年六月十五日

（吴常云藏）

2

瞿禅恩师、吴闻老友：

接七月廿七日手教，恍如一梦，千言万语，真不知从何说起。在上海之江中文系的诗酒之会，在永嘉谢池巷的与吴闻促膝倾谈至深夜，一切情景都涌现眼前。

恩师高寿，脑动脉稍稍硬化是自然现象，不必忧虑，如定时作温和运动可以治疗。不知有作晨操或深呼吸否。吴闻照顾生活，我更是放心。她心境开朗，身体健康，她服侍您，可活到百岁以上，我们师生总可重见面也。吾师著作，请尽可能寄我，地址就写镜宇叔所开信封上的地址，我总不长住日本，但两处跑，一定可以收到。下次当寄上生作品，给恩师与无闻消遣。心叔师已于十余年前作古，令人痛悼。他是我最钦仰的一位老师。可惜当年不用功，一事无成。

恩师为我写的荷花，题的"冷香飞上诗句"仍悬壁间，更有为我作的一首律诗、三首绝句，手书长轴也，悬壁间感念恩师，此心不敢稍懈。仍然读书写作不曾间断，恩师当记得下面的诗否："莫学深鏧与浅鏧，风光一日一回新。禅机拈出凭君会，未有花时已是春。"

前年钱锺书先生访美时，在夏志清[1]教授（哥大教授）家中聚谈，生因事去了他州，未克见面。因而未能联络上，甚是可惜。不过我总相信我们会再

---

1 夏志清（1921—2013），江苏吴县（今苏州）人，生于上海。沪江大学英文系毕业后，赴美深造，获耶鲁大学英文系博士学位。曾任哥伦比亚大学东亚语文系教授、中国文学名誉教授。著有《中国现代小说史》《中国古典小说导论》《新文学的传统》等。

见面也。

　　寄上照片两张，暂代见面，聊慰远念。二位有照片，甚盼寄我一帧，千万千万。恩师如需要何药品，请即可函告，当为购寄，不要客气。

　　半年前曾接翁璇庆之兄从香港寄来一信，我回他一信，却又无下落了。不知之江同学尚有联系否。

　　匆此，敬祝

俪福

生 希真拜上

一九八一年十月廿日

（吴常云藏）

寇梦碧 2通

寇梦碧（1917—1990），名家瑞，字泰逢，天津人。曾任天津崇化学会讲师，梦碧词社社长、天津市文化馆特约馆员、天津诗词社社长、中华诗词学会顾问。有《夕秀词》《六合小涢杂诗》。

1

水龙吟　挽碧丛丈

与丈三十年来唱和无间，"十年劫中"过从尤密，故词中多及之

望春已忍伶俜，余晖那更花间暝。风流顿尽，冷鸥残笛，凭谁管领。舒卷闲云，无心出处，山林钟鼎。便桃花谪去，梅花贬后，浑难遏，春游兴。　沽水逝波留影。记钟声、梦边同听。尝集梦边庐与津词友共为折枝之戏，集曰《七二钟声》。[1]探芳劫嬗，乱愁销与，短杯低咏。每春季看海棠，十年劫中未尝间断。如此溪山，众醒独醉，斯人何幸。指尘寰一笑，风披麟发，上昆仑顶。丈旧有《梦游昆仑》诗，甚怪伟，与其词格不类。

瞿翁词坛正拍

　　　　　　　　　　　晚寇梦碧近稿[2]

（艺是网拍2023年2月27日结拍之拍品）

1　梦边庐为张牧石斋名。《七二钟声》曾刊《天津记忆》第69期，寇梦碧、陈机峰、张牧石撰，天津建筑遗产保护志愿者团队编，2010年12月25日印行。
2　此词抄于天津教育学院信纸，天头处有1982.4.28字样，应是创作时间。曾收入《当代中国诗词精选》，浙江古籍出版社1990年版，题改为《悼张伯驹词丈》，系于1984年作。又收入作者《夕秀词》，题改为《挽丛碧翁》。收入两书时，自注均未录，"梅花贬后"改为"牡丹贬后"。

2

瞿翁前辈词宗赐鉴：

蒙寄赠《天风阁学词日记》，忻感何似。尊作不徒见研究词学之门径、渊源，并可知近六十年来词侣交游、切磋之概况，洵可为后学治词之指南。

前纪念六十五年学术活动盛会，因病未能参加，谨制小词《减兰》寄上，不知收见否？[1]

前于电视屏幕上得瞻丰采，敬知尊躯康泰，至慰！"一灯乐苑长明"，省却多少后学冥行之索，凡我声党，皆当额手称庆矣！

长沙韵文学会，开会情况如何？近期有何活动？敬请吴闻先生拨冗见示为盼。（杨铁夫《梦窗词笺释》可否赐借一读？）

肃此，即请

春安，并问吴闻先生近好

张牧石[2]属代致候

后学寇梦碧敬上
乙丑人日[3]

（吴常云藏）

---

1 寇梦碧《减兰》，收入《夏承焘教授纪念集》。"京津酬唱。劫后爨桐存逸响。淬苦研辛。兰畹功告六五春。绝伦髦也。近代词坛推四夏。弦外山河。海雨天风入浩歌。"

2 张牧石（1928—2011），天津人。诗人、篆刻家。天津诗词社副社长。著有《纂刻经纬》《张牧石印谱》《张牧石诗词集》等。

3 夏承焘日记1985年3月2日有记："天津寇梦碧来信，谢赠《学词日记》，有'一灯乐苑长明，省却多少后学冥行之索，凡我声党，皆当额手称庆'云云，实不敢当。又嘱无闻复函告其韵文学会情况。"即指此函。乙丑人日系1985年2月26日（正月初七）。

施议对 1通

施议对（1940— ），台湾彰化人。先后就读于福建师范学院中文系、杭州大学语言文学研究室，1986年毕业于中国社会科学院，获文学博士学位。曾任中国社会科学院文学研究所副研究员，澳门大学中文学院副院长、教授等。著有《词与音乐关系研究》《宋词正体》《今词达变》《今词七家说略》等。

瞿师、师母大人著席：

别后月余，近来各方面情况如何，甚为挂念！

返闽后，生全力进行《人间词话》译论工作，今已写成若干条，春节后可成初稿。[1]全书通共154条，每条题解各写500字左右，尽量提高学术水平。全书15万至18万。译注过程中发现不少问题，甚觉有趣。但也遇到不少疑难问题。返京后请吾师、师母赐教。

闽省情况尚好，盼吾师、师母多自保重。

谨此，敬颂

著安

学生施议对敬上
1983.1.13

信地：福建三明列西三钢大楼423室

（吴常云藏）

---

1 施议对所著为《人间词话译注》，1990年4月由广西教育出版社出版。

袁华凯 1通

袁华凯（1915—2012？），河北曲周人。1938年参加八路军，建国后长期在公安战线工作，1983年在广州文冲船厂顾问任上离休。喜爱诗词、书画，广州荔苑诗社社长、粤海诗社名誉社长。著有《袁华凯诗书画册》等。

夏老并吴同志雅鉴：

十五日来示及吴同志大作一并接读，十分感谢！诗社同人传诵佳章并得瞻焘翁玉容，果然坡貌仙颜，无不欢欣！凯遥念京国诗才，济济辈出，女中清照，更不乏人，且向来吟咏，不让须眉。因此，敢请吴同志组稿邀友，以壮我诗社半边阵容，俾使巾帼英杰，抒怀展才，同讴四化，想必乐为也。凯敬候女友中佳篇连珠，源源惠寄，为刊增辉，女友们同步诗苑，想亦一大乐事也。

诗刊名《荔苑诗词》[1]，拟春节后铅印，广为寄赠，并争取备案，发行全国。谨此汇报，敬祝

夏老春节健康，全家安好！

后学袁华凯
一月十九，广州

又，第一批社员已有卅余人，都是广州的诗佬，年纪多在花甲以上。

（吴常云藏）

---

1 荔苑诗社成立于1982年1月，袁华凯为首任社长。《荔苑诗词》创刊于1983年6月，刊有夏承焘词作《浣溪沙·贺荔苑诸诗人》、吴无闻《辛酉八月颐和园藻鉴堂啖蜜桃》《题仕女图》。《题仕女图》"晓窗对镜倦梳头"之"晓"误植为"睡"，当年11月7日夏承焘、吴无闻有函致该社冯剑文特指出。故系此信为于1983年。

陈凡 2通

陈凡（1915—1997），字百庸，广东三水人。曾任小学教员、银行职员，还从过军。1941年考入桂林《大公报》当记者，先后在重庆、上海、广州等处工作，1949年后赴香港任《大公报》采访主任、副总编辑等职，长期主编《艺林》副刊。新闻工作之余，兼及文艺创作。著有《灯边杂笔》《往日集》《壮岁集》《凤虎云龙传》《金陵残照记》等。

1

瞿老：

许久没有通候了，愿您健康长寿！

中国社会科学院文学研究所正编书，名曰《当代词综》[1]，想您早已知道了。他们征稿时竟然征及鄙人！我的幼稚之作，焉敢与时贤杰作并列，但辞不获已，迫得将几阕寄去。寄去之后，我本来以为事情已了，但他们又来信催问，平生学词有何师承，对于怎样填词，极望提出"高见"。对于这种考试，我只能交白卷了，我告诉他们，我只是个初中毕业生，谈不上有何师承；对于如何填词，更无发言资格。以为这样总可过关了。岂料又不然，前几天又接他们来信，要我将师友对我的所谓词，究竟有何评价，选几则寄去。这简直是对我将军。虽然章士钊老前辈曾对我的所谓词提过一些意见，

1　《当代词综》，施议对编，海峡文艺出版社2002年9月版。共四卷，前言作者落款写于1988年5月6日，可见此书编成后到正式出版经历了十多年时间。询问施议对先生，他回忆向陈凡征稿是他经手，时间大概在1983年。另，宛敏灏有函复《当代词综》编辑组及施议对约稿，在1983年4—6月，参见胡传志、张慧颖《新见吴孟复〈书城先生词读后记〉考释》，载《学术界》2021年第六期。故系此信于该年。

不过我认为都是"高帽子",对我并不合适,当然不愿抄去。但他们似乎豪兴不减,一定要选几条。我想来想去,觉得只有将抄去的词,另誊一份,寄您看看,请持实事求是态度,赐予批判,然后转抄寄去,了此一重"公案"。我虽知您精神欠佳,但谁叫您成为当代词宗,我不麻烦您,将去找谁?故乞您帮帮这个忙。叩首叩首。[1]

专此候教,敬颂

道祺

晚 陈凡顿首

六月二日

批判意见,盼在六月十五日以前收到,因为他们要截稿了。再恳!

(吴常云藏)

2

吴闻女士:

问您好!

看了《夏承焘词集》,知道这题签出自吴鹭山先生之手,对于他的书法,我又敬佩又喜欢,可否请您代我向他要一幅法书。如无特殊困难,极望能够到手(书款请赐呼"众一",一个群众也,一笑)。希望帮忙。

先此致谢,顺祝

健康!

弟 陈凡拜上

六月二日[2]

法书请勿用简体字。再托。

(吴常云藏)

---

1 《当代词综》收录陈凡《念奴娇·自题采石矶图》《贺新郎·五十自寿》等词四阕,吴调公、唐圭璋点评,未见夏承焘评语。

2 此信与上信应同天写成并一同发出,一通付夏承焘,一通与吴无闻。

陈耀东 1通

陈耀东（1937—2020），浙江临海人。1961年毕业于杭州大学中文系，曾任浙江师范大学中文系古典文学教研室主任、古文献研究所所长，2004年退休。著有《唐代文史考辨录》《唐代诗文丛考》《张志和研究》《寒山诗集版本研究》《唐代咏物奇葩文化》等。

夏老师：

曾听我院孙正容先生和许洪莲同志面告[1]，老师尊体不适，并曾住院治疗。不知近来康复否，甚为念念。

想老师年迈高寿，还抱病替拙书《张志和研究》题签[2]，真使我感动不已。

拙书《张志和研究》尚存手头。打算先完成《玄真子》的校注（它是国务院古籍整理出版规划中的一个项目）和语译，在此基础上写出评论文章，以充实拙书之后，再交付出版社。此事应该向老师作一禀报。

今奉寄我院学报一份。今年是张志和逝世1250周年，拙文聊作纪念（付刊时，对前打印稿作了较大的修改，特别是一、二部分）。[3]请老师教正。

---

1 孙正容（1908—1985），浙江瑞安人。毕业于中央大学，浙江师范大学教授、历史系主任，著有《朱元璋系年要录》等。许洪莲（1938— ），上海人。毕业于杭州大学中文系，曾任教于浙江师范学院中文系，后调任浙江教育学院图书馆馆长。

2 《张志和研究》，新华出版社2007年4月第1版，封面题签夏承焘。该书图版刊1983年1月22日夏承焘致陈耀东函一通，言题签事。

3 查陈耀东论文乃《张志和〈渔歌子〉的流传和影响》，刊于《浙江师范学院学报》1983年第4期，后收入《唐代文史考辨录》，团结出版社1990年6月第1版。故系此信为1983年。按陈氏所考，张志和卒于773年，1983年乃张志和逝世1210周年，其文其信似均误。

代问师母安好。

敬祝

老师尊体康泰!

$\qquad\qquad\qquad\qquad\qquad\qquad\qquad\qquad\qquad\qquad$学生陈耀东

$\qquad\qquad\qquad\qquad\qquad\qquad\qquad\qquad\qquad\qquad\qquad$10.6.夜

（吴常云藏）

杨昺文 1通

杨昺文（1902—？），江苏扬州人。曾任教于扬州美汉学校、西安中华圣公会中学，在西安与夏承焘共事过。

瞿禅吾兄惠鉴：

违教多时，尊况如何，常以为念。

门人刁君文伯，在华东勘察设计院工作，喜爱文学。公余之暇，常读吾兄大作，钦佩不已，五体投地。常思趋前拜谒，亲聆教益，但以无由识荆为憾。兹乘其公出来京之便，特介绍其前来拜访，希赐予接见，不吝赐教为感。费神，谢谢。专此奉恳。

敬请时安，并候俪祺！

弟杨昺文上
1983年10月12日

无闻同志乞代问好，全家问好。

（吴常云藏）

黄拔荆 1通

黄拔荆（1932—2015），原名拔金，字倍坚，福建闽清人。1958年福建师范学院中文系毕业后，曾入北京大学中文系进修。1974年调入厦门大学，担任过中文系副主任、科研处副处长、古籍整理研究所所长等。著有《中国词史》《词林采英》《南唐二主暨冯延巳词传》等。

夏老、吴闻先生：

几番承蒙惠赠大著，均拜受，惭愧无以酬报，只能托议对同志代为道谢，很是失礼。

学生自大学时喜欢唐宋词，因此对夏老的词作以及有关著述，均认真求索并精心研读，受益无穷。尤其在创作的《金元明清词一百首》[1]选目方面曾蒙指点，更是感激不尽。

我们虽然未能会面，但读其文，可以想见其为人，所以向往之心与日俱增。何日得以当面受教，乃毕业之愿望。几年前曾托议对同志邀请师来厦大中文系讲学，因尚未实现，至今犹常挂心头。

学生近年来，在中文系讲授《词史》课程，编有《词史》讲义。最近因得到师友的鼓励，几经修改，已完成上册，计十一二万言。上月寄给湖南人民出版社，经研究初步意见拟采用，但因未经名家推荐，故尚未定局。因手稿无复本，故无法奉寄。下册修改亦已到元代。近因上海古籍社催交《金元明清词一百首》书稿，所以只好把《词史》修改先搁下来。

夏老的《金元明清词选》的出版，对我选注一百首无疑是起了雪中送炭

---

[1] 是书出版时题改为《元明清词选一百首》，上海古籍出版社1988年2月版。

的作用。我从中得到很大的启示，并吸取到许多有益的东西，这对于像我这样的一个晚辈来说，真有久旱逢甘霖之喜悦。他日拙作如能发表，将不忘夏老先导之功。

夏老乃当今词坛之泰斗，为国内外词家所景仰，学生更是五体投地。因此很想借您老人家的彩笔，为拙作《词史》封面题签，不知能否拨得出时间？学生才疏学浅，拙作亦谈不上学术价值，但廿余年心血，敝帚自珍，总希望能得到长辈的提携，望能如愿。[1]

另闻湖南人民出版社副主编黄起衰同志与夏老有交往，而且对夏老十分敬重，如能在通信中带上一笔加以推荐，则《词史》出版之事将能更快实现。

详细情况议对同志不日当造府面陈。

祝您

健康长寿

学生 拔荆敬上
1983.11.14

赐复请寄往：厦门大学100号信箱

（吴常云藏）

---

1 《词史》（上卷）后由福建人民出版社1989年4月出版，署夏承焘题签，并影印有夏承焘复函，落款时间为11月28日。作者《附记》云：联系出版几经周折，且三易其稿。付印时，夏承焘已仙逝。故将此信刊于书首，以示永志不忘。然书名、复函实皆吴无闻代笔。《词史》补写下卷后，改名为《中国词史》，亦由福建人民出版社于2003年5月出版，获第十四届中国国家图书奖。

邱世友　1通

邱世友（1925—2014），广东连州人。中山大学教授，著有《水明楼小集》《水明楼续集》《词论史论稿》《文心雕龙探原》等。

瞿禅先生台鉴：

冯统一同志转下行书横幅，感激奚似。记七三年秋随季思先生过杭，先生湖边冒雨相迎，情至如此，人与字相高，可谓老成人有典型者也。去年初夏，尝与季思函邀先生南来参与古文论年会，重赏岭南荔枝，用联体物之吟，先生因事未果行。[1]

又前后以文稿事，常与施议对同志书信往还，每请为问候。虽历十载而未得谒尊颜，然知先生于颐养时犹寄情翰墨，心畅而意悦，庄子所谓至人之境无疑。先生词学，海内翕然以为宗师，《词学》筹委会推为名誉会长，所以发扬宗风，冀掖后进。春节临书，不胜怀念。

即颂

体安

后学邱世友
二月二日

---

[1] 中国古代文学理论学会第三次年会于1983年6月4日至10日在广州举行，据此可知此信写于1984年。又，夏承焘从事学术和教育工作六十五年纪念，邱曾撰贺联："天地豪英，声家宗匠，恰似严濑茫茫绿；乾坤耆老，学界典型，长如吴山宛宛青。"

李达强　1通

李达强（1939—2019），广东人。广东人民出版社编辑，退休前任《岭南文库》编辑部主任。

夏老暨夫人：

由夏老指导并题签的《宋百家词选》，近已出版。[1]兹寄上样书两本，请收。

《姜夔词赏析》一稿选目如已拟就，盼便中挂号寄来，以便敬复本社领导同志。

耑此，即颂

近安！

李达强敬上
1984年3月10日

（吴常云藏）

1　《宋百家词选》，周笃文选注，广东人民出版社1983年9月第1版。夏承焘题写书名。

吴战垒 7通

吴战垒（1939—2005），浙江浦江人。杭州大学中文系毕业后，先后任职于浙江人民出版社、浙江古籍出版社，编审。西泠印社特邀社员，中国美术学院客座教授，浙江师范大学特聘教授。《天风阁学词日记》责任编辑，《夏承焘集》主编。著有《听涛集》《文艺欣赏漫谈》《中国诗学》《止止居诗词草》等。

1

师母：

赐函敬悉。《大公报》亦收读。拙注蒙大力荐介，不胜感激。

《天风阁学词日记》由上海中华厂排版，繁体直排，较为理想。近在厂初校，待稿样到后，当即寄奉。

日记第二册已列入明年规划，望按第一册款式繁体抄写。

嘱写《问学记》，翔华兄亦已函示，自当从命。惟近日香港三联催交《梦窗词选注》稿，计五月初可竣事，当即着手撰文，五月中旬可寄奉。

敬颂

春安

瞿师请安不另。

生战垒拜上
三月十四日[1]

（吴常云藏）

---

[1] 《天风阁学词日记》出版于1984年12月，故此信系于该年。

2

师母：

您好！

校样已到，为争取时间先请丽水地区报总编李秀泉[1]同志带上，请尽快校阅寄还。其中可能有简化字回改不当者，如第一人称之"余"改为"馀"之类。寄还后，我还要细校一遍。

李秀泉同志酷爱书画，他想请夏老写字，作为夏老在游大龙泉分校执教的纪念，希望能满足他的要求。他在京约住一周，校样如能看完，请他带回则更好。

匆匆不尽。

敬颂

春安

夏老请安不另。

学生战垒上
三月廿七日

（吴常云藏）

3

师母：

您好！

《天风阁学词日记》改样及32年7-10月日记已先后收到，日记当补入该年内，请释念。

此书初样问题较多，校改量大，二校样不知何时可出。因在上海排，一

---

1 李秀泉（1947— ），山东郓城人，曾任中共丽水宣传部副部长、《丽水日报》首任总编、山东证券报社社长等，著有《山水·人物》《见山见水见人生》。所带校样应为《天风阁学词日记》，故系此信为1984年。

切听他们安排。明年香港书展，本社拟以此为重点书之一，出部分精装本。

最近很忙，稿多丛集，几无喘息余暇。《问学记》容稍闲着手。

同事王翼奇君[1]，夙慕夏师词学，曾撰文论夏师之词，又甚爱《瞿髯论词绝句》，此书新版倘尚有存书，能否惠赐一册？

代问夏师安康。敬颂

夏祺

学生战垒拜上

五月十四日[2]

（吴常云藏）

4

师母：

您好！

在京受到热情照（招）待，十分感谢。

《天风阁日记》本社已无存本，向书店回购了二百本，已挂号寄上。稿费已开算，约六千元，税款可能要扣除近千元。日内当可汇上。[3]我拟写一书评，给《读书》，另约陈铭写一篇，给他处用。

回杭后事务忙杂，过了元旦，拟在家编稿，每周到办公室两次，碰碰头。

《天风阁学词日记》是否请香港报刊发几篇书评？文章刊出后，请寄我一份。向老师请安。

1　王翼奇（1942—　），原名萧佛寿，祖籍福建南安，生于厦门市，现居杭州。毕业于北京大学中文系，曾任浙江教育出版社编审、浙江古籍出版社副总编辑。著有《绿痕庐诗话》《绿痕庐吟稿》。

2　所谈还是《天风阁学词日记》出版事，故系此信为1984年。

3　夏承焘日记1984年12月31日记："领到《学词日记》稿费三千七百九十三点四九元。三十万九千六百一十六字，每千字十六元，应得五千九百四十四点六三元，扣买书一千二百元，扣所得税九百五十一点一四元。"

祝

新年安康

战垒上

十二月廿五日[1]

（吴常云藏）

5

师母：

您好！

《天风阁学词日记》精装本已出，绸面，书脊嵌金，外加护封，装潢很美观。印刷厂亦认为是浙版精装书中之最佳者。每册定价4.50元。请将需购之书款汇寄浙江古籍出版社邮购组（注明精装本）。

统一催要《问学记》，已拟好提纲，因近日忙甚，五月初可写就寄上。

《中国社会科学》拟发夏老日记之书评，俟抽暇写寄。

港澳如发书评，望复印剪报寄我一份。

专此，敬颂

春安

瞿师问安不另。

战垒上

四月四日[2]

（吴常云藏）

    1　夏承焘日记1984年12月30日记："吴战垒来信，谓《天风阁学词日记》设法让香港报纸发表评论。"当指此函。

    2　夏承焘日记1985年4月8日日记："吴战垒来信，谓《学词日记》精装本已问世，嘱寄款去邮购。"当指此函。4月17日复函："无闻复战垒信，告香港《大公报》刊出介绍《天风阁学词日记》短文及《读书》将刊出施蛰存评介文。"

6

师母：

　　赐示奉悉。因赴沪开会，未即奉复，乞见谅。

　　施先生的书评已拜读，甚活泼而亲切。香港《大公报》马国权[1]之文，未获一读，如方便，请复印一份寄下。[2]

　　关于《学词日记》让与上海古籍出版社之说，系纯谣传，不知从何而来？此书第二辑仍请誊抄后寄来。[3]

　　湘潭大学萧艾[4]先生盛赞《学词日记》，推为夏师近年所出诸书之冠，并云有长函报师母，不知能否借我一阅？或可摘录有关内容供此间内刊发表。

　　《汉语大词典》已进入定稿出版阶段，仍要我参加，且任务甚重，难以推脱，数年之内，恐无精力旁顾。今年七月以前，待处理的事务甚多，秋凉后或可喘一口气。《师门问学记》并书评义不容辞，一俟稍暇，即当报命。

　　向瞿师请安。

　　敬颂

时绥

学生战垒上
五月六日

（吴常云藏）

1　马国权，见本书324页。

2　夏承焘日记1985年4月16日记："马国权来信，寄赠四月八日《大公报》，其'读书与出版'版刊出介绍《天风阁学词日记》短文。"而施先生的书评是指发表在《读书》上的施蛰存文章。

3　夏承焘日记1985年5月2日记："得德闲杭州复，谓《学词日记》由浙古让与上海古籍出版社之说，纯是谣传。"亦指此事，此函当写于1985年。

4　萧艾（1919—1996），原名家林，湖南宁远人。上海持志大学肄业，后于贵阳第二联合大学毕业。曾任广西玉林两广盐运处任编译、无锡国学专修学校讲师、西江学院副教授、湘雅医院院长秘书、湘潭大学教授等职，湖南文史馆馆员。著有《王湘绮评传》《王国维评传》等。

7

师母：

您好！

德闲兄讯问夏师日记续集稿收到否，我早已于上月初奉一函，告知稿已收到，并于明年一季度发稿，看来此信已遭洪乔之手。[1]近发京中数函皆如此，致有打长途电话来讯问者。邮政之弊，令人浩叹！

专此奉闻，敬颂

秋安

战垒上
九月廿四日

（吴常云藏）

1　夏承焘日记1985年7月24日记："哲明下午离京返杭，托带一、《天风阁学词日记》自一九三八年至一九四七年十年日记，共七本，送浙古吴战垒、蒋金德或德闲转；二、致徐勉信；三、赠夏子颐、王荣初、何锺嘉、裘樟松、刘耀林、徐勉、刘操南新出《词集》。"7月31日记："哲明来信，谓《学词日记》稿已送交吴战垒，各词集已分送诸友好。"此两条日记可说明此事前后经过。

陈光明　1通

陈光明（1957—　），浙江东阳人。浙江师院金华分校毕业后，曾任东阳中学教师、东阳县委宣传部干部。

敬爱的夏老：

您好！

晚生陈光明，是东阳人，一个山区农民的儿子，现年二十七岁，七四年高中毕业后在家务农，七七年冬考进浙江师院金华分校读中文，八〇年八月份分配到东阳中学任教高中语文，去年十一月份调至县委宣传部。读初高中时，对文学有点兴趣，进入大学后，这方面的兴趣渐趋浓厚，尤其喜欢读点唐诗宋词。您老是词林泰斗，文坛巨匠，您学识渊博，著述等身。您不仅是浙江的骄傲，更是整个中华民族的骄傲，也是全人类的骄傲。我拜读您的著作还是在金华读书时开始的，至今已初读了您老的《词集》《怎样读唐宋词》《唐宋词论丛》《唐宋词选》《唐宋词人年谱》等。前年上半年，晚生的习作《试论宋词中对"愁"的描写》在广西大学的《语文园地》杂志上得到了锻炼机会。[1] 后来也曾写过几篇初稿：《多少一词情多少》《词家笔下多有相似之处》《难字在宋词中的用法管窥》等，可没有作过进一步的补充修整，一直躺在抽屉角里。今日奉上的《唐宋词家形似神似的作结举隅》，虽已几易其稿，但由于晚生年幼识浅，笔力软弱，极不成样，诚望您老点铁成金（我责怪自己一个年轻人如此去烦一个八十四岁高龄的老前辈，是太狠

1　《试论宋词中对"愁"的描写》刊《语文园地》1982年第2期。

心的）。

　　敬爱的夏老，我热切希望能做一个您的学生。

　　敬祝

健康长寿

晚生陈光明敬上
一九八四.三.二十五

　　中共东阳县委宣传部

　　（吴常云藏）

陆坚 3通

陆坚（1936— ），江苏如东人。1961年考取杭州大学唐宋文学研究生，师从夏承焘，毕业后留校任教。曾任杭州大学中文系主任、杭州大学教务处长等，编著有《日本俳句与中国诗歌：关于松尾芭蕉文学比较研究》《中国典籍在日本的流传与影响》《中国咏物诗选》等。

1

瞿禅师并师母：

翔华转下二师所赐巨著，早已拜收。因为杂事和课务所羁，未克及时奉谢，仰乞恕罪！

上月义江兄赴京开会，生与熊和兄曾请其代去府上拜谒二师。义江返杭后详述瞿禅师身体健朗，精神饱满。生等至为高兴！

本校夜大学中文首届毕业班同学，近日正筹印毕业纪念册。他们甚望瞿禅师为之题词，并要我代为恳请。因呈此信。料吾师会欣然命笔。

《问学集》等事，不日生再另函翔华，详情容他面禀。

谨颂

大安！

生陆坚

3.27.上[1]

（吴常云藏）

---

[1] 信中谈《问学集》即为夏承焘从事学术与教育六十五周年庆祝会准备有关材料，故此信系于1984年。又，《杭州大学一九六〇级毕业同学二十周年聚会纪念册》印于1984年7月，上有夏承焘题词："西湖打桨别匆匆，二十年来似转蓬。传语东风齐着力，书灯自会吐长虹。甲子大暑为杭州大学中文系一九六四年毕业生同学书，夏承焘，八十五岁。" 即信中所托之事。

2

瞿禅师并师母：

　　大著都收到，因忙不堪言，迟至今日奉复，万乞恕罪！

　　浙江省委统战部周文良同志带来的瞿禅师大庆录相带也已收到，并即遵嘱转学校，学校领导要我代为致谢！[1]

　　今将瞿禅师论文目录复印件寄上。这个目录是过去搞的，上周又请一个研究生查对有关资料，作了一些补充，可能还不太全，解放前的部分，正在请人查对补充，容后寄奉。复印了几篇文章（主要是在浙江发表的），亦并寄呈。请师母便中查一查，您手头有哪些过去已发表的瞿禅师的论文，请赐告，以避免重复复印。尊意如何？

　　我争取利用暑假把瞿禅师的单篇论文复印完。《月轮山词论集》中已收的论文，拟不复印，可否？《西溪词话》《月轮楼说词》中的文章，有不少与《唐宋词欣赏》重复，是否全要复印，亦请赐告。

　　熊和、义江二兄也很忙，我本来请他们设法复印瞿禅师论文，他们都无法抽出时间，所以直拖误到今天才付邮，仰乞谅解！

　　近来杭州霉雨不断，闷热难忍，不知北京如何？瞿禅师身体怎样？时在念中！

　　谨祝

健康！

学生陆坚
4/7[2]

---

[1] 夏承焘日记1985年6月13日有记："杭州浙江省委统战部处长周文良来（由中央统战部一青年陪来），谓欲办《浙江近代书画选集》，嘱予写词幅，寄选集编辑部，由省委统战部党派处转。托周君带夏庆会录象带一盘交杭大陆坚。无闻致书陆坚，告沈善钧已来京面谈，要求即动手编文集，请陆坚及早将单篇论文目录及复印纸寄京。"即指此事。

[2] 夏承焘日记1985年7月11日有记："得陆坚复，谓庆祝会录像带妥收，寄来予过去论文部分目录复印件，谓争取暑假中把单篇论文复印完。……陆坚寄来《夏承焘教授论文索引》八页，《补遗之一》二页。复印：一、《我对研究古典文学的一些感想》二十八页。二、《东风世界话梅花》上下二页。"即指此函。

（原粘贴于夏承焘日记稿本，现已刊《夏承焘日记》）

3

师母：

　　本月十二及十八日大书先后拜收，谢谢！[1]所示瞿禅师论文目录，有十多篇我没有拜读过，也可能未曾公开发表，十分可贵！有六篇与上次我所寄奉的目录相同，不拟复印，以免重复。

　　浙大朱世平[2]同志于上周带来《天风阁词集》九册，已转送各有关同志，他们要我代为道谢。其赠周昌谷[3]先生的一册，我拟请吴战垒同志带去（廿五年前，瞿禅师带我们去访问周昌谷先生，未遇，此后也一直没有见到过他）。

　　瞿禅师1936年以前所发单篇论文目录已按时间顺序编好。（瞿禅师正式发表的第一篇论文不知是不是《五代史记题解》？）现奉上。有些报刊恐怕浙江难查到，详情容后奉告。

　　谨此奉复，并颂

暑安！

学生陆坚
25/7[4]

（原粘贴于夏承焘日记稿本，现已刊《夏承焘日记》）

1　夏承焘日记1985年7月12日有记："复陆坚函。"7月18日："无闻致陆坚函，附文集词论部分目录（到目前止所收）及夏庆会收支帐目清单一纸。"即指此两函。
2　朱世平（1959—），毕业于浙江大学化学系，留校任教，现为香港中文大学（深圳）副校长。
3　周昌谷（1929—1985），浙江乐清人。毕业于国立艺术专科学校（现中国美术学院），后留校任教。1955年作品《两个羊羔》获第五届世界青年联欢节金质奖章，浙派人物画代表人物之一。
4　夏承焘日记1985年8月2日有记："陆坚来信，附来部分词学论文目录。"即指此函。

赵为民　程郁缀　4通

赵为民（1954—　），福建人。北京大学中文系毕业后留校任教，曾任北京大学副秘书长、党委宣传部部长、新闻与传播学院党委书记等职，现任北大文化与发展研究中心主任。

程郁缀（1950—　），江苏滨海人。北京大学中文系毕业后留校任教，北京大学中文系教授、博士生导师。曾任北京大学社会科学部部长、《北京大学学报》（社科版）主编。著有《一日看尽长安花》《缀玉小集》，译有《唐宋词研究》《日本填词史话》等。

1

夏老先生：

恭请大安！

惠书收悉，我俩沐手细读，深受感动。老前辈奖掖后学，施泽来者，其德高矣！先生来信言短情长，一叶即为浓荫，对我们是一个很大的鼓舞，更坚定了我们把这项工作尽快做好的决心和信心！

眼下我们已完成了从一九〇五——一九四九年间的全部词学论文索引工作（各类文章计六百余篇，相当可观），还根据内容作了大致分类，并开始着手选抄论文。在这过程中也遇到一些拿不准的问题，如我们打算不仅选解放前报刊杂志上的词学论文，而且对解放前出版的词学论著中能够独立成篇的论文，也拟选收些，包括解放前写的而解放后已收入个人集子中的某些很有价值的文章，这样做，意在尽可能全面、完整地反映解放前这一历史阶段中词学研究的全貌、水平和成就。——诸如此类的一些想法，不知当否，还想请老先生赐教！

知您养疴京门，近在咫尺，情当登门拜望，不知您近来身体康泰否，我们想于本月三十日下午四点钟左右去看望您，顺便就某些问题面聆教诲，并想敬请您谈谈自己解放前治词学的过程、体会、方法、经验等。如不方便，我们就以后去请教！一切以不影响先生身体健康为前提。

并向吴先生请安！

即颂

曼福！

后学：赵为民　程郁缀敬上
八四年四月二十一日

（吴常云藏）

2

夏、吴二老先生：

恭请大安！

前次登门，亲聆教诲，获益匪浅，又蒙赐书，十分感激！在先生的关怀下，我们的工作已经进行。关于书名题签，上次承蒙允诺，我俩十分欣喜；今寄上书名（附页），敬请夏老在身体健康状况许可的情况下，为我们挥毫走笔，不胜感谢！

春归夏至，天气日暖，望二位老先生注意身体，多多保重！

即颂

曼福！

后学：赵为民　程郁缀
八四年五月十六日于北大

书名为：

词学论荟

夏承焘　题

（请竖写，尽量用繁体字，又拜！）

（吴常云藏）

3

夏老、吴老：

恭请大安！

《天风阁学词日记》已分送王力、林庚、季羡林[1]三老，他们请我转达由衷的谢意！

《词学论荟》一书春节前已交稿，文联出版公司拟先出版上编，大概年底明年初才能问世，届时定奉上。[2]

前次在龙顺宜先生府上，言及龙老先生明年是逝世正二十周年，我想要是能召开一个纪念会或学术讨论会，在学术界会有好的影响，对龙老也是一种很好悼念。

春回地暖，乍暖还寒，望二老多多保重身体！

即颂

春祺！

后学程郁缀顿首
八五年三月三十一日[3]

（吴常云藏）

1　王力（1900—1986），字了一，广西博白人。清华大学国学研究院毕业后，留学法国巴黎大学深造。归国后，曾任清华大学、燕京大学、中山大学、北京大学等校教授。中国科学院哲学社会科学部委员。著有《中国音韵学》《汉语史稿》等。林庚（1910—2006），字静希，福建闽侯（今福州市）人。清华大学中文系毕业后留校，后任厦门大学、燕京大学、北京大学等校教授。著有《春野与窗》《中国文学史》《天问论笺》等。季羡林（1911—2009），山东临清人。清华大学西洋文学系毕业，曾留学德国哥廷根大学。北京大学教授、副校长，中国科学院哲学社会科学部委员。通多种语言，著有《中印文化关系史论丛》《印度古代语言论集》《敦煌吐鲁番吐火罗语研究导论》《东方文学史》等。

2　《词学论荟》，赵为民、程郁缀选辑，中国文联出版公司1985年版。似未见上市。台北五南图书出版公司1989年7月再版。

3　夏承焘日记1985年4月2日有记："程郁缀来，谓赠王力、林庚、季羡林三老《学词日记》，已代送去。"即指此函。

4

夏老、吴老：

恭请大安！

日前收到惠赠的《天风阁词集》，十分感激；展卷吟咏，大有天风海涛扑面而来之感，获益匪浅，叹服良深！夏老诚不愧为当代词坛泰斗，一代宗师也。

在二老关怀指教下，我们编的那部《词学论荟》上编已发稿，明年上半年可望发行，届时定首先奉上！

夏老年事日高，望多保重！如有事要办，只要说一声，定竭尽绵力。

即颂

曼福！

郁缀顿首
八五年九月一日

（吴常云藏）

朱则杰 1通

朱则杰（1956—），温州永嘉人。先后就读于北京大学、苏州大学，文学博士。浙江大学教授、中国古代文学专业博士生导师。著有《清诗史》《清诗代表作家研究》《朱彝尊研究》及《清诗考证》系列等。

夏先生、吴先生：

您们好！

久失联系。今从陈翔华先生处问得新址，才写这封信。

我今年寒假将毕业，钱先生[1]叫我继续报考他的清诗博士研究生，我想一试。近两年在这里勤奋学习，老实做人，颇受钱先生赏识器重。照他的意思，只要我愿意继续报考，他就一定取我。几年下来，钱先生之于我，又成平生一大知己。这里面，也有您们的功劳，我至今牢记在心。

现在我正在着手准备毕业论文，计划写一本系统的《朱彝尊研究》[2]。估计全部完成，可达二十万字。只是自己水平有限，时间也紧，不知能否写得满意。

前此的学习成绩，便是大体完成了一个《清诗史论稿》，其中包括十三篇清代诗人专论。日后倘有时间，将继续补入几家，使之逐渐接近正式的《清诗史》[3]。将来如继续攻读清诗博士研究生，则准备在此基础上写成一本《清代诗歌史》，以作博士论文。

---

1 钱先生指钱仲联。
2 《朱彝尊研究》，浙江古籍出版社1993年8月第一版。
3 《清诗史》，江苏古籍出版社1992年2月第一版。

到目前为止，已经发表了十数篇文章。局面正在逐渐打开，发文章也已经不大成问题了。

这里上下对我都比较重视。毕业去向，一是继续报考钱先生的清诗博士研究生，二是留校，两者不矛盾。现在留校基本上已确定下来，钱先生招收博士生的计划也已上报，正待批复。估计六月前后报名，十月前后考试，如录取则正在寒假毕业之际。有关报考博士生的事，外人都还不知道，请您们保密。

以上是近年概况，特此向您们作一汇报。

余照旧，不一。敬请

撰安！

学生朱则杰敬上
84.4.12.上午

（吴常云藏）

牟家宽 1通

牟家宽（1930—1996），四川平昌人。先后就读于四川师范学院、杭州大学（今浙江大学）古典文学进修班，后任南充师范学院（今西华师范大学）教授，研究汉魏南北朝文学、巴蜀文学等。与夏承焘合编了《龙川词校笺》。

尊敬的无闻师母：

来书早已收读，回信太迟，请师母原谅。

我们曾和一些兄弟院校合作编写了一部《中国文学史》，于1979年由江西人民出版社出版。现江西人民出版社拟重排再版，但要我们对原书作修改补充，由原来的二十多万字扩大到九十多万字。我也承担了一部份编写任务。出版社要求在近期内交稿，我正在赶写，尚未完成。加之我最近要上两个头的课，因此工作较忙一些。

前次寄来的小稿，的确没有什么内容，有负师母的厚望。原在杭大读书时，由于运动多，干扰大，"反右"、交心、大炼钢铁、大编教材都在那两年时期中，浪费掉我们很多读书时间。最后一年，干扰少一些，但感到要读的东西太多，便抓紧时间读了一些基础书。由于时间很快过去，未对一些问题作深入钻研。夏老师对我有很多教诲，至今铭感不忘。因此前次那篇稿子本应写得充实一点，但又感到写起来有些困难。

不知交稿的时间能否推迟一点？因我目前正在完成另一篇稿子，估计要下月才有时间来写。假若其它方面交来的稿子已经很多了，我就不再写了，我确实也担心写不好。如师母有时间，请来信指示。

希夏老师、师母多多保重！

敬祝

全家安好

　　　　　　　　　　　　　　　　　　　　　　　学生牟家宽

　　　　　　　　　　　　　　　　　　　　　　　　　4.24[1]

（吴常云藏）

---

[1] 此信所谈应为夏承焘从事学术与教育六十五周年庆祝会准备有关材料，即《问学集》文章，故系于1984年。

马国权　1通

马国权（1931—2002），字达堂，祖籍广东南海。曾任教于中山大学、暨南大学，后移居香港，任《大公报》编辑。编著有《近代印人集》《书谱译注》《马国权篆刻集》等。

夏老前辈：

　　蒙为拙著宠赐题词，至深铭感。待书出版后，即以奉呈指正。

　　尊著其他文章，如有未刊而合于海外报刊登载者，欢迎惠稿。

　　天气渐热，诸希珍卫。

　　谨覆，敬祝

起居安泰！

晚马国权拜书
五月十八日[1]

（吴常云藏）

---

[1] 《夏承焘教授纪念集》所附《年谱》1982年1月有作《题马国权印蜕集》（七绝），1984年5月有作《题马国权印人百家集》（七绝）。此信所提题词应为马国权《近代印人传》而作，故此信系于该年。题词刊于该书扉页："人物于今萃百家，虫书鸟迹走横斜。春风柔婉秋风劲，铁笔齐开烂漫花。夏承焘八十五岁。"《近代印人传》，上海书画出版社1998年8月第一版。

陈海烈　2通

陈海烈（1949—　），广东雷州人。毕业于华南师范大学，初任广东人民出版社编辑，后任广东人民出版社党委书记、社长，编审。现为广东省文史研究馆馆员、《岭南文库》执行副主编、《广府文库》副主编；曾获第二届"全国百佳出版工作者""首届中国出版政府奖优秀出版人物奖"，享受国务院特殊津贴。

1

夏老、师母：

来函收到。《姜词》[1]已妥收，实在放心。

关于购《饮水词》[2]一事，前几天曾去一信，谈及此事，不知收到没有。《饮水词》因在发稿时没有预先留书，本社邮购科也没有多留，所以在本社邮购科没有得售，冯统一同志早时来一信要购，我当时和邮购科商量，尽最大努力才为他购到100本优惠价，等到您们前时来信说要购书，已没有方法了。前星期，我到省新华书店联系，他们同意出售100本给您们，但不是优惠价，而是十足价，请您们速汇款来，我即代您们办理（省店的同志讲汇款越快越好，迟了他们会把书调到别处）。

关于《姜词》的购书费，我们在您们的稿酬中扣除，寄费本社出了，不要挂心。

1　《姜词》指《姜白石词校注》，夏承焘校、吴无闻注释，广东人民出版社1983年11月第一版。

2　《饮水词》系夏承焘主编《天风阁丛书》之一，纳兰性德撰，冯统一编校，广东人民出版社1984年1月第一版，责任编辑陈海烈。

前天已为冯统一同志寄去一百本《饮水词》，这是他购的，估计还得十天八天才能收到。

即颂

夏安！

陈海烈
1984.7.4

（吴常云藏）

2

夏老、师母：

近月来没空去信问候，想您们一切安好。

我们接受《天风阁丛书》出版任务至今已几年了，但因我们出版社的出版周期太长，除了《饮水词》问世之外，其他几本还未出来，实在对不起您们，请原谅。

为了加快这套丛书的出版速度，我社领导十分重视，亲自写信去湖南人民出版社联系，打算和他们合作出版这套丛书。现在湖南社的领导已来信说，岳麓书社同意和我们合作出版这套丛书，不知您们尊意如何？如您们同意的话，请来信告知，我们便于尽快同岳麓书社商量有关合作事项，如不同意的话，也请尽快告知我们。

另外，《天风阁丛书》原计划出版二十几种，来稿（包括已出，未出的）共五种，其余未交稿的各种是否全部落实到具体人了，何时可以搞完，这些情况，我们想了解一下。如有便，也请告知我们。

我打算（如没有什么特殊情况）六月十日左右到北京一趟，到时一定登门拜访。

即颂

健康长寿!

陈海烈

1985.5.29[1]

(原粘贴于夏承焘日记稿本,现已刊《夏承焘日记》)

---

[1] 夏承焘日记1985年6月1日有记:"陈海烈来信,谓《天风阁丛书》因出版周期太慢,广东人民出版社去函湖南人民出版社,欲与之联合出版。岳麓书社愿合作出版,问我们意见如何。"即指此函。

黄君坦 2通

黄君坦（1901—1986），字孝平，号步明，福建闽侯人。历任北京政府教育部、财政部、司法部秘书，行政院驻北平政务整理委员会参议、秘书和建设讨论会委员等职。抗战胜利后赋闲。一九五五年，为人民文学出版社担任社外校勘古籍工作，与张伯驹合编《清词选》。中央文史研究馆馆员。

1

瞿翁尊右：

久疏音敬，新岁元旦一晤，忽忽又半年矣。岁月如驰，不胜离索之感。昨者统一兄枉过，展读赐书，宠招嘉醴。今岁我公任教大学六十年纪念[1]，及门多士济济称觞为寿，盛会猥获参与，幸何如，幸何如。惟近日酷暑，身体不适，惮于出门，抱歉缺席，先此鸣谢，一俟天气稍凉，当趋前聆教补祝也。

肃上，敬颂

颐安

黄君坦顿首
七．十八

吴闻夫人前均此道谢致候

（吴常云藏）

---

[1] 任教大学六十年纪念，应是1984年12月5日在北京政协礼堂举行的夏承焘从事学术与教育工作六十五周年庆祝会，故系此信为该年。

2

顷接到江苏人民出版社吴明墀[1]来函,云曾上一函寄尊寓朝阳大街旧址,被退回,属为转寄。特奉上,祈察阅。即颂

瞿翁、吴闻夫人近安

黄君坦顿首
四.廿九[2]

(吴常云藏)

1　吴明墀(1926—),江苏江宁人。先后就读于上海中国新闻专科学校、北京新闻学校,江苏人民出版社编辑,长期从事新闻图片编辑工作,曾参与创办中国摄影学会。

2　夏承焘日记1985年4月30日有记:"君坦转来江苏古籍出版社吴明墀信,附来予简历及《浣溪沙·雁荡》词清样嘱改,并索小幅。无闻即书《西湖杂诗》应之。"即指此函。

羊春秋 1通

羊春秋（1922—2000），笔名公羊，湖南邵阳（今邵东）人。毕业于国立师范学院，曾任湖南师范学院中文系讲师、湘潭大学教授等。著有《散曲通论》《唐诗百讲》《春秋文白》等。

瞿髯夏丈著席：

辱赐大著，沾被无既，翘首燕云，曷胜瞻依。久拟以诗为寿，又恐芜辞拙句难入大雅之目，是以迟迟至今未敢轻易命笔。

近顷岩石兄晋京寄食门下，又赐近著。拜诵之余，受益良多。敢陈小诗以介眉寿[1]，敬乞不吝斧削是幸。临颖神驰，不尽欲言。

即颂

吟安

后学 羊春秋 拜
一九八四年九月七日

无闻先生并此问候

（吴常云藏）

---

[1] 羊春秋贺诗："好语如珠万口传，彊邨去后更谁贤。淋漓醉墨三千纸，慷慨悲歌六十年。落笔几于无白石，赋形宁复有丹渊。寿公我已惭迟至，活句容参一字禅。"已收入《夏承焘教授纪念集》。

绍兴市文物管理处　1通

夏老同志：

您为我处所书的陆游诗篇，敬收。

这一书苑精英，必将使陆游事迹的陈列生色增辉，并将在对观众进行爱国主义教育，建设社会主义精神文明中发挥积极作用。对于您的宝贵支持，谨致以衷心的感谢，并请在日后的工作中给我们以指导。

专此致

敬礼

绍兴市文物管理处
一九八四年九月十五日

（吴常云藏）

王季思　1通

王季思（1906—1996），名起，浙江永嘉上田人（今温州鹿城区）。毕业于东南大学，后执教于浙江大学、之江大学、中山大学等，著有《从莺莺传到西厢记》《玉轮轩古典文学论集》《玉轮轩曲论》《王季思诗词录》等。

无闻同志：

得陈翔华书并惠赠《饮水词》，获悉瞿禅兄近况，至为快慰。翔华谓京中友好拟于十一月间为瞿禅兄举行八五大庆。[1]念平生词学得于瞿禅兄为独多，谨撰贺联寄上。[2]我近年手颤，不能作大字，并希鉴谅。

　　此颂
双安

　　　　　　　　　　　　　　　　　　　　　季思
　　　　　　　　　　　　　　　　　　　　　9月26日

（吴常云藏）

1　据此系此信于1984年。
2　据《夏承焘教授纪念集》，王季思贺联为："海内论词风，惟临桂吴兴，差堪仲伯；天涯怀旧雨，记山楼水阁，曾共晨昏。"

于冠西 1通

于冠西(1922—2002),山东莒县人。曾任《大众日报》副总编、浙江日报社社长兼总编、浙江省委宣传部常务副部长等职。著有《欧游纪事》《记者日记》《冠西散文》《牧笛集》等。

致夏承焘教授

祝贺先生从事学术与教育工作六十五周年

　　治学笨为本,竹字当头自虚心,先生教诲深。

　　养学重养人,文以行立持终身,爱国爱人民。

　　人健词亦进,佳作传世追苏辛,当代词宗尊。

瞿禅老师教正

甲子秋月,学生于冠西[1]

(吴常云藏)

---

[1] 《夏承焘教授纪念集》未录此诗。

胡子远　1通

胡子远（1921—？），江苏苏州人。无锡国学专科学校毕业，后入光华大学进修。长期从事教育工作，曾任苏州大学黄遵宪研究中心副主任等。参与编纂《中国近代文学大系》《情史类略》等，有关回忆无锡国专的论文散见于《苏州大学学报》等。

夏老老师、无闻学长赐鉴：

前荷赐夏师校、无闻学长注《白石词》，拜读至再，振聋发聩，宛然四十年前执卷受业时也，倍增孺慕之情！只因等待"唐先生逝世30周年专刊"及《苏州大学学报》第三辑（有拙文）之出版[1]，而久稽奉复，负罪实深！不料此二事者，不约而同，竟致延期二长月。其拖拉之风，良可慨矣！今谨寄上，请教正为幸。

1941年在上海敬送夏师、学长时所摄照片，生处一桢（帧），已于"文革"中遗失。钱仲联先生原有一桢（帧），谓已赠夏师。为此敬烦学长代为翻拍（最好连同夏师所题词一并拍摄在内），大小只需三寸即可（盖如需放大，可在苏州办理也）。拍摄之照片及底片，请挂号寄下，并示拍照款，即

1　唐文治逝世30周年在1984年，以及信中提及明年唐诞辰120周年等信息，故系此信在1984年。据此，胡子远在《苏州大学学报》发表的文章为《"心哉美矣"——〈文心雕龙〉美学思想的一个重要命题》，与赵伯英合作。

当汇奉也。[1]

本月7日,"国专沪校友分会"成立大会,苏大领导、国专校友代表钱仲联先生和我乘专车去沪参加。王蘧常师尊讲了话,苏大校长对唐先生和国专评价极高。10月15日,无锡市政协、教育会、交大校友会等发起,召开纪念唐先生逝世30周年大会,苏州大学将应邀前往参加。

明年"唐百廿周年诞辰纪念",苏大将隆重纪念,同时举行"唐教育思想讨论会",成立"国专校友总会",并去锡参加"唐文治纪念馆"揭幕典礼,盛况必将空前。唐门女才子不多,务盼学长惠以宏文,并恭请陪同夏师莅临参加。特先奉闻,肃此

敬请
道安!

受业 胡子远敬礼
10月9日

(吴常云藏)

---

[1] 1942年4月30日夏承焘夫妇离沪,行前钱仲联、严古津等人设宴饯行。夏承焘日记有3月12日有记:"午胡惟德、严古津、柳子依三君为予饯行于绿舫菜馆,钱仲联、雨文、予妇同席。席散又合拍一影。"3月25日:"过无锡国专晤仲联,承作一诗题饯行照相为赠。诗云:绝纽山川有吉春。还冢无恙义熙人。当筵意气难为别,入梦池塘早买邻。山鬼已知明岁事,玄都会见再来身。与君且忍临歧泪,珍重余生作种民。种民出道书。"胡子远信中所提照片当指此帧,1941年应为1942年。黄山书社2008年版《梦苕盦诗文集》印有此照,上有钱仲联亲笔题诗,起字为"越","种民出道书"注无。附记:"夏君瞿禅将返瓯江,及门诸子为君饯行,邀余作陪,率题俚句。虞山钱萼孙。"此照为夏承焘赠柳子依,上有夏承焘手书:"《蝶恋花》:留得尊前相见面。且引离杯,莫问愁深浅。来去堂堂非聚散。归心指点高空雁。 我有家山东海岸。八表飞还,奇翼林间满。辛苦路长兼日短。念他无限随阳伴。子依学友正,承焘。"夏承焘日记1942年3月26日有记此词乃回赠钱仲联,题云:"将归雁荡,诸从游张宴为别,钱君仲联并贶长句。念陈苍虬'来去堂堂'之语,足成俚词奉报。"

苏渊雷　1通

苏渊雷（1908—1995），原名中常，字仲翔，晚号钵翁，浙江平阳（今苍南）人。曾任职于上海世界书局编辑所、中央政治学校、哈尔滨师范学院等。晚年居沪，为上海华东师范大学教授。著有《易学会通》《名理新论》《佛教与中国传统文化》等。

瞿禅师座右：

违教几五载，笺敬久疏，每切驰思。比维道履清泰、吟兴畅和为颂。前承寄大著一种，披寻胜义，恍亲謦欬，玉尺金针，毕生受用。

比闻捐献巨款兴办中国韵文学会[1]，明时盛业，愿早观厥成，如得列名受教，尤所幸也。

兹肃奉小著一册，聊供莞尔。草草不恭，顺敏起居，并问师母安好！

生 苏渊雷 拜上

十月卅日

（吴常云藏）

1　中国韵文学会成立于1984年11月，故系此信于该年。

谢孝苹 2通

谢孝苹（1920—1998），江苏海安人。毕业于东吴大学法科，曾在外交部工作，后任中国社会科学院历史研究所研究员。擅长古琴，师承吴景略，北京古琴研究会会员。著有《雷巢文存》。

1

师母钧鉴：

关于十二月五日庆祝大会弹奏古琴一事，因考虑扩音技术问题。苹一时未敢贸然承担，比又念及此次纪念活动诚为百年来词坛未有之盛事，应当黾勉从事，努力以赴，共襄盛举，届时拟抱琴前往，如音响无问题，当即席弹奏一曲《梅花三弄》，不知以为如何。

日昨录像，忙累竟日，不知师座能适应否，至以为念。

专达，即叩

绛安

门人谢孝苹敬上
一九八四年十一月十一日

（吴常云藏）

2

师母钧鉴：

顷读庐江陈子言诗先生《尊瓠宝诗话续编》（抄本）[1]，得瞿师《燕山亭》词一阕为《词集》中所无，亟为录寄。鹤柴先生写诗话在四十年代初，此阕或与"暗香段桥麈笛"一阕先后作也。又书刊目录有瞿师《五代史记题解》一文，载在一九二四年六月《民铎杂志》五卷四期，不知师存稿目次著录否，此仅见存目。《民铎杂志》恐亦不易觅。暮春三月曾作扬州之行，有小诗一束、词一阕寄呈，讵料为洪乔所误，今再为寄呈觇座，敬恳诲教。

专此布达，敬颂

绛安

门人谢孝苹拜启
一九八五年七月十九日[2]

瞿师座前叱名请安

（吴常云藏）

---

1 陈子言（1864—1943），名诗，号鹤柴，安徽庐江人。诸生。出身官宦之家，后旅居上海三十多年，鬻文为生，与文廷式、郑孝胥、陈三立、沈曾植等多有往来、唱和。诗文颇丰，有《藿隐诗草》《据梧集》《鹤柴诗存》《凤台山馆诗抄》《尊瓠室诗话》《静照轩笔记》等。

2 夏承焘日记1985年7月19日有记："谢孝苹寄示《扬州纪游》诗数首。"即指此函。

李鹏翥 4通

李鹏翥（1934—2014），广东梅县人。长期在澳门工作，曾任澳门中华学生联合会主席、《澳门学生报》主编、澳门商训中学副教导主任、《澳门日报》总编辑等职。著有《澳门古今与艺文人物》等。

1

承焘教授：

《瞿髯论词绝句》增订本拜领[1]，至深感纫。去年此日，正在京华天风阁谒候，倏忽又是经年。今奉新作，足见起居添胜，著述精勤，可喜可贺。我师从事学术与教育工作六十五周年庆祝会，因在澳适办公益金百万行（慈善步行），未及赴约，谨先请假。不知可请师母代约陈翔华兄写一不超过八百字报道惠下，以刊报端否？

专此，敬请

俪安

晚李鹏翥

十一月十三日[2]

又：舍下下月改迁新址如下，赐教请寄：澳门东方斜巷12号东方中心七楼D座李鹏翥

（吴常云藏）

1　《瞿髯论词绝句》，夏承焘著、吴无闻注，中华书局1979年3月第1版，1983年2月第2版。增订本指第2版。
2　所提为参加夏承焘从事学术与教育工作六十五周年庆祝会事，故系于1984年。

2

承焘教授：

去年承邀参加庆祝我丈学术活动八十五周年[1]，惜以琐务羁身，未及赴会，至以为歉。后读北京《团结报》有关报道，略窥盛况一二。顷奉《天风阁学词日记》，不胜感激。谨祝寿比南山，著述宏富。际此新春，敬贺年禧。

晚李鹏翥顿首
二月十六日[2]

（吴常云藏）

3

承焘教授：

顷接翔华兄寄到大作《天风阁词》，至为感谢。耄耋高龄，仍著述不辍，足令后生钦佩不已。前年趋谒，蒙赐词章，年来琐事颇多，尚未执笔介绍，月内拟速阅大作，撰拙文为海外读者报告一代词宗近况，不知无闻师母可拨冗多予资料否？

专此，敬请

俪安

晚鹏翥
八月一日

（原粘贴于夏承焘日记稿本，现已刊《夏承焘日记》）

---

1 八十五年系六十五年之笔误。
2 夏承焘日记1985年2月26日有记："李鹏翥来信，谢赠《学词日记》。"即指此函。

4

承焘师、师母：

日前翔华兄寄来惠赠《天风阁词集》，不胜铭感。读后当不自量力，撰小文推介。

自去年底起，因家有老人，居于高处上下不便，迁居澳门东方斜巷十二号东方中心大厦七楼D座。新址客厅较大，拟请我师将前年在京惠赐大作《浣溪沙》"白发红颜碧眼郎，一尊语笑共灯窗"改写为直幅，以便为蓬荜生辉，不知怪我贪得无厌否？该词想有留稿，故不全录奉求。

去年我师学术活动六十五周年，北京庆祝盛况略知一二，日内拟连同赠词等资料撰文，为海外读者报道。

专此，叩请

道安

晚李鹏翥
一九八五年八月七日[1]

（原粘贴于夏承焘日记稿本，现已刊《夏承焘日记》）

---

[1] 夏承焘日记1985年8月13日有记："李鹏翥先后来二函，谓收到《词集》，拟执笔撰文向海外读者报导一代词宗近况。……鹏翥近迁居澳门东方斜巷十二号东方中心大厦七楼D座，嘱书去年晤面时赠词《浣溪沙》'白发红颜碧眼郎'直幅，以便悬挂新居宽敞客厅。"即指8月1日、8月7日两函。

俞吉法　1通

俞吉法，曾任杭州中学教师、浙江省工艺品进出口公司翻译。

夏老：

　　拜接先生所赐请柬，晚生欣喜若狂！自从先生伉俪寓居燕京以来，晚生无日不思念先生，今见先生玉照，知先生福体康健，精神矍铄，慰安百分！奈何晚生为俗务所羁，无法亲临庆祝盛典，望先生恕罪！

　　西子湖畔花开花落，明月楼上人去楼空，绛帐弦歌，何时再能聆听？先生在杭诸好友：孙博士、单教授、周教授亦均盼望先生回杭畅叙[1]，切盼先生伉俪重返家园！

　　晚生于1981年调入浙江省工艺品进出口公司，担任翻译，工作尚能胜任愉快。

　　兹有一事恳求先生：先生嘱晚生所译日本神田喜一郎著《日本填词史话》，介绍中国词学流传日本以及中日两国词人友好交往，乃是一本值得向国人推荐之著作。书中对先生精辟论断十分钦佩，原书中所引作品文字上谬误之处，亦经先生校正，更使译本具有特殊意义。

　　由于该书是晚生在先生和周天佑教授指导下所译，是否可以用三人合译的名义出版？仰仗先生威信，此书可能获得出版机会，敬请先生写一篇序言。

1　查夏承焘日记，孙博士、单教授、周教授当指孙子良、单秀栋、周天佑。单秀栋，浙江温州人，时任教于杭州大学物理系。

上次有位先生凭先生手笔,将原书上下册都拿去送还先生,现请先生费神将下册寄下,晚生准备将全书译完。

先生为当代词学泰斗,负有广扬我中华灿烂文化的重任,万望先生保重玉体,诸多珍摄!

敬祝先生健康长寿!

向夏师母请安!

晚生俞吉法
1984.12.12[1]

(吴常云藏)

1　夏承焘日记1984年12月15日有记:"俞吉法来贺信,要求为《日本填词史话》作序。"当指此函。夏承焘曾致函《日本填词史话》作者神田喜一郎取得授权,并将译稿寄送人民文学出版社,但此书最终未能出版。查《日本填词史话》有程郁缀、高野雪译本,北京大学出版社2000年10月第一版。

潘国存　1通

潘国存（1923—2011），温州乐清人。曾任籀园图书馆（今温州市图书馆）馆员、温州初级中学（后易名温州市第五中学、温州市第二职业中等专业学校）教师，编校有《梅冷生集》等。

吴闻同志大鉴：

　　昨日宪文[1]先生来，欣闻夏先生安吉如常，不胜欣喜，又知吾兄著述甚忙，谈锋不减当年，使我想起往事，同去购书，籀园闲谈，如在目前！别后四十年来，弟尝尽人间甜酸苦辣，今日已有迟暮之感！

　　宪文先生谈及夏先生藏书，此事我早已留意。"十年浩劫"中，我去过止水先生处，见到夏先生藏书完好如新，书柜玻璃亦不染一尘。自止水先生去世后，夏先生曾托温州图书馆去典收，当时因生枝节，此事办不成功。今年春间天五先生谈及此事，嘱我去看看书是否尚存，于是我去看访游师母伤病之时，言及古书，据说自止水先生去世后，因无人管理，书已搬放阁楼矣。隔不多日，我即交代学生周同志（与汝岳[2]友好，住其隔壁）前往汝岳处，询问这批古书，汝岳笑而不答，只说书已捆存阁楼。我又叫外甥（温一中副校长）作汝岳思想工作（汝岳在一中校办工厂），汝岳答应以游止水、夏先生两人名义送温州图书馆。当时我以为此事可以办成，即与汝岳面谈（汝岳、汝愚是我学生），谁知汝岳一反常态，拒绝办理，说自己一人不能

1　张宪文，见本书385页。
2　游汝岳、游汝愚均为游止水之子。1998年底，游汝岳兄妹以其父游止水先生名义，将夏承焘留在温州故居"谢邻"的藏书全部捐赠温州市图书馆，包括夏承焘先生手稿、日记、信札，以及大量私人藏书等，共计3052册。

作主，要姐妹兄弟一起商量，哥哥在北京，要与他碰面。于是此事暂告一段落，我叫汝岳写信给哥哥，将此事办好。夏先生为词学专家，他的藏书，献给国家很有意义，止水先生保管，亦费心血，如果散落人间，是个无法弥补的损失。汝岳亦不表态。此事经过，我已面告天五先生，想天五先生已转告夏先生矣。鄙意此事如要办成，看来北京汝岳哥哥要有一个明朗态度。汝岳处，我可以叫外甥再作他的思想工作。汝岳兄弟姊妹想占住这批古书不放，是没有道理的。想起梅老[1]病时，曾嘱我去问白仲英[2]医师藏书，他家藏医书有仲英先生前辈批注，后因遗产纠纷，这批医书被子孙分了，至今下落不明，可惜可惜！

宪文先生说：夏先生近将《学词日记》出版，能否送我一本，我较关心家乡掌故史事，夏先生所作诗词集，可否一并寄下！

专此，叩颂

撰安！

并向夏先生、天吾先生、蒋太太请安！[3]

潘国存上
一九八四年十二月卅日[4]

（吴常云藏）

---

1 梅老指梅冷生。
2 白仲英（1892—1973），名文埛，祖籍浙江平阳，生于永嘉城区（今温州鹿城区）。出身中医世家，曾任永嘉医药研究会主任、永嘉卫民医院院长、永嘉神州国医学会主席、温州中医改进学社副社长、温州中医学校校长、温州市中医门诊部主任、温州市卫生局副局长等职。1962年，被评为浙江省名老中医。编有《病理学讲义》《诊断学讲义》《中医妇科辑要》等。
3 天五、天吾即吴鹭山，吴无闻胞兄。蒋太太是吴鹭山夫人蒋东帆。
4 夏承焘日记1985年1月4日有记："潘国存与无闻信，索《学词日记》。"潘国存读《学词日记》后，又给夏承焘写信，谈读后感。夏承焘日记1985年2月12日有记："得潘国存住温州兴文里一六号信，谓读《学词日记》后，嘱其子将著述目录抄出，虽其中有的是有目无书，但对后人研究学问，有路可循。又对三十二页倒数二行交游条标点提出意见，原信附自改本。"

花城出版社诗歌编辑部　1通

夏承焘同志：

我社拟出版《诗歌词典》，该书将在"诗人、诗论家"栏内刊出您的小传，为此，为使小传资料翔实，特谢您拨冗撰文，小传要求如下：

1、姓名、出生年、月、日、籍贯，主要笔名；

2、诗歌活动的主要简历；

3、重点诗集，诗论集名称，出版日期，出版单位；

4、对诗歌艺术的总追求；

5、字数一般在六百字内，用第三人称写，并注明撰稿人姓名及详细地址；

6、小传文稿请于一九八五年五月三十日前寄：广州先烈东路137号《花地》文学杂志社陈绍伟收。

谢谢您的支持。

　　致

敬！

花城出版社诗歌编辑部（印）
一九八四年十二月

（原粘贴于夏承焘日记稿本）

齐治平　1通

齐治平（1922—2000），祖籍安徽。早年就读于辅仁大学、中央大学，曾任职于国民政府蒙藏委员会、香港大学等，还在南洋办过学，后移居西班牙，经营古玩，又开设有国泰饭店。能诗。

夏师承焘教授八秩晋五华诞志庆

夏老为我国诗坛宗师、教育界先进，余读其诗词，仰慕其为人，只以远隔重洋，未能追陪杖履为憾。今逢夏老八秩晋五华诞，望风怀想，曷胜驰企。谨献俚诗一首，以为九如之颂，并博长者一笑也。

我道奉翁是谪仙，为传佳什到人间。

料应偷带生花笔，多旅尘寰一百年。

一九八四年春，慕名弟子齐治平呈贺[1]

（原粘贴于夏承焘日记稿本，现已刊《夏承焘日记》）

1　此贺诗为《庆祝夏承焘教授从事学术活动六十五周年暨八十五岁贺诗、贺联选》（打字件）之一，题为《西班牙籍华人学者齐治平先生贺诗》，未见于《夏承焘教授纪念集》。

吴小如 1通

吴小如（1922—2014），原名吴同宝，安徽泾县人。北京大学中文系毕业，北京大学教授。著有《京剧老生流派综说》《吴小如戏曲文录》《读书拊掌录》《心影萍踪》等。

词笔如椽桃李多，等身著作竞长河。
杏坛鲁殿知恒健，愿乞童心赋颂歌。
岁次甲子，瞿老方家八秩晋五诞辰，小诗祝嘏，敬希粲正

晚吴小如拜稿[1]

（吴常云藏）

---

[1] 此诗为祝夏承焘八十五寿辰，应作于1984年。夏承焘日记1985年1月15日录有吴小如此贺诗，《夏承焘教授纪念集》亦收录。

林从龙　1通

林从龙（1927—2019），字夫子，号驭云斋主，湖南宁乡人。曾任河南诗词学会会长，著有《林从龙诗文集》《林从龙诗词选》《林从龙楹联选》等。

夏老、无闻老师：

新年好！去年十一月底从长沙开完韵文学会返郑，旋即应召赴京参加夏老从事教育与学术活动65周年庆祝盛会，行色匆匆，未作任何准备，甚歉。为表寸心，特请中国书协理事、原安徽省文化厅厅长刘夜烽[1]同志代书一联呈上，请哂收。

夏老为《黄河诗词》所书条幅，吴鹭山先生为该书写的诗作，均已编定，俟书出，当奉寄。[2]为让更多的读者获益，这些诗词我又抄寄山西新创办的《河东文学》，据该刊编辑马斗全同志来信，均已编妥。为慎重起见，他问词中的"草木军声塞战山"是否无误，有便请函示。[3]

《五四以来诗词选》已发排，吴鹭山先生诗词选入多首。[4]

1　刘夜烽（1920—2004），原名文忱，字蕙风，江苏宝应人。曾任安徽省委宣传部办公室主任、安徽省文化局副局长等职，中国书协理事、安徽书协副主席。

2　吴鹭山诗作一首《黄河游》刊于《当代黄河诗词选》，河南人民出版社1988年1月第一版。林从龙等人还编有《黄河诗词》《近代黄河诗词选》等，未见收录夏承焘书法作品。

3　马斗全（1949—　），山西临猗人。山西省社会科学院研究员，曾任《晋阳学刊》编辑，中镇诗社社长、山西省诗词学会副会长。著有《南窗寄傲》《南窗杂考》等。"草木军声塞战山"当为"草木军声寒战山"，出自夏承焘1925年所作《鹧鸪天·郑州阻兵》。夏承焘日记1985年1月23日有记："山西运城地区文联《河东文学》编辑部寄示该刊物刊出之予《鹧鸪天》'一九二五年郑州阻兵作'词，谓'使我刊增辉不少'云云。词系林从龙转去。"

4　《五四以来诗词选》，华钟彦主编，河南大学出版社1987年10月第一版。选入夏承焘五首，吴鹭山、吴无闻各两首。

《唐诗探胜》征稿函已面交，请拨冗撰文，以光篇幅。[1]

去年十二月五日在政协礼堂与两老合影（参加合影者均为湘人，如胡遐之、史鹏、彭靖等）[2]，如蒙惠赐一帧，不胜感戴。

我们组织了唱带编制社，徐放[3]同志曾应邀来郑演唱，今后拟编制夏老词唱带。

敬颂

冬安

林从龙上

1.8[4]

（吴常云藏）

---

1 《唐诗探胜》，霍松林、林从龙选编，中州古籍出版社1984年7月第1版，未有夏承焘文章收录。

2 胡遐之（1926—2000），原名霞光，字义银，晚号荒唐居士，湖南衡东人。曾任湖南《共产党员》杂志编辑组长、岳麓书社社长等职，著有《荒唐居诗词钞》《荒唐居集》等。

3 徐放（1921—2011），辽宁辽阳灯塔人。《人民日报》高级编辑。七月派诗人，出版有《南城草》《起程的人》《徐放诗选》《风雨沧桑集》等诗集。热爱传统诗词，进行古诗新译，编写《唐诗今译》《宋诗今译》《唐诗绝句选译》等。

4 夏承焘日记1985年1月12日有记："林从龙郑州省建五公司四十号楼寄来贺联：'杏坛化雨千秋史；词笔春风一代宗。'刘夜烽书。"即为此函。

吴广洋 1通

吴广洋（1918—2014），浙江义乌人。浙江大学毕业，曾任上海教育学院中文系副教授。

瞿师、师母金安：

客岁十二月二日寄京团结湖中路南一条一号楼3-103，附词《霜花腴》一阕贺老师从事教学科研工作六十周年一函[1]，初期能赶到十二月六日之庆祝活动，未奉大会复来，虑此信或失落。

洋于八二年以上海师院古籍研究室覃英邀请[2]，一度去筹备《全清词》的征集编纂工作，当时曾商定过一个编辑体例，与师母在信中谈及。覃英同志于词并不内行，所恃者陆师维钊先生所储叶誉虎先生畀存清人词集千余种，惟师院领导急功近利，于长期性整理项目并不热心。适八三年九月中央决定授此项目南大，由程千帆主其事。上海教育学院杨廷福先生招洋回教院[3]，以为可以与南大分此项目，以断代形式分两地储书归南大归教院。但南大坚主独任其事，仅要教院承包部分二、三等词家希见集子编校，教院同仁遂寝其事，而续闻南大派人向陆师母致言，设陆家拒不出其书，则将由国家强征其书云。

洋近顷受组织上安排点校宋理学家杨简《慈湖遗书》，自杨廷福先生下

1　六十周年应为六十五周年。

2　覃英（1906—1993），字谷兰，湖南宁乡人。作家王鲁彦之妻。毕业于中央大学，曾任上海新沪中学校长、上海市立女子第三中学校长、上海师范学院中文系主任等职。

3　杨廷福（1920—1984），上海市人。毕业于复旦大学中文系，曾任上海政法学院、同济大学讲师，上海市教育学院教授，著有《唐律初探》《唐代妇女在法律上的地位》等。

世,清词之汇集编校遂无人过问,张珍怀先生一度招来教院参预编清词,后亦以工作无头绪,复以病行去。

洋近三月来以肛肠有病变,坐立剧痛,虽经多种器械检查,终不获确诊。数年来蓄愿要一至京华省候二位寿星,十二月六日活动是很好机会,不料以小恙不能亲预盛事,惋惜惋惜!

第三子名格[1],华东师大古籍研究所研究生毕业,留校在图书馆古籍庋藏编目,新以点校王益吾《三家诗集疏》校清样受中华书局招来京[2],饬令来府向太老师、太师母请安,倘二位寿星精神怡悦,并求指示治学蕲向,无任企祷!

临发,匆致数语。肃请

二位寿星金安!

学生吴广洋上
一月九日[3]

改前寄词

霜花腴

短襟驰猎,据绣鞍,郑山绿上眉冠。容若前生,迦陵重作,歌钟鞿鞈偏难。大峨梦宽,更锦襜突骑尊前。数扬州清角苍凉,断水春水两峰寒。　　愁把二山乐府,勘吟商凄调,落叶哀蝉。龙七先亡,黄胡身废,声情冷落吟笺。九溪画船,只蕊珠招手婵娟。倚天风,绛阙霞觞,月轮楼上看。

(吴常云藏)

1　吴格(1952—),浙江义乌人。1981年毕业于华东师范大学古籍整理研究所,文学硕士,曾工作于华东师范大学图书馆,现为复旦大学图书馆研究馆员。编校有《诗三家义集疏》《逊志堂杂钞》《嘉业堂藏书志》等。

2　王益吾《三家诗集疏》校即《诗三家义集疏》,王先谦著,吴格点校,中华书局1987年2月第一版。

3　夏承焘日记1985年1月22日有记:"傍晚吴格来,出示其父广洋函,述近年近况。改《霜花腴》'剩蕊珠仙子婵娟'句'仙子'改'招手'。吴格乃徐声越研究生,毕业后留华东师大古籍研究室工作。托带《日记》与声越、朱东润、吴广洋、高建中、邓乔彬、马兴荣、万云骏、苏渊雷、徐定戡等。另赠吴格一册。"即指此函由吴格转交事。

李铁石　1通

李铁石，篆刻家。

无闻作家：

　　承惠墨宝[1]，笔力劲骏，心手相应，巧逾杜度，美过崔寔，当共钟、王并驱争先，与瞿老宝墨同悬座右，堪称珠联璧合、清辉相映，披对之间如行山阴道上，诚衡门之壮观。四拜申谢，敬祝德舆日新、福随年长，并颂文星双寿无量。

李铁石上状
元月十三日[2]

（原粘贴于夏承焘日记稿本，现已刊《夏承焘日记》）

　　1　夏承焘日记1985年1月5日有记："上午无闻为李铁石写直幅，改旧七绝：'虫书鸟迹任横斜，铁笔浑成朵朵霞。低首吴兴吴缶叟，试移石鼓写梅花。'"即指此作品。
　　2　夏承焘日记1985年1月14日有记："李铁石来信，谢无闻为书字幅，颇多溢美之辞。"即指此函。

蔡义江　1通

蔡义江（1934— ），浙江宁波人。1954年毕业于浙江师范学院，留校任教。1978年借调至京，筹创中国红楼梦学会、《红楼梦学刊》，任副会长。1986年正式调京后，任民革中央常委、宣传部部长，团结出版社社长兼总编辑等职。著有《红楼梦诗词曲赋评注》《论红楼梦佚稿》《蔡义江论红楼梦》《红楼梦诗词曲赋鉴赏》《唐宋词鉴赏课》等。

夏老、师母：

离京返杭后，一直陷入忙乱之中，最近学期将头绪更纷繁，以致久未请安。王荣初先生处，我已将您的意思转达，他说准备给您写一封信的，不知写了没有？他对我既没有表示此项任务让别人来搞，又没有说能加快完成，只是强调了困难。

庆祝夏老用的稿子，北京的早由陆坚寄出，稍删节的在《浙江教育报》创刊号刊出，想汤新祥[1]已寄给您了吧！

接上海柳北野[2]先生（住同心路141弄25号）来信说，有其同社诗友王瑜孙[3]同志，昔肄业于太炎文学院时，曾从夏师瞿禅先生受业，有庆祝瞿师

1　汤新祥，上海人，夏承焘弟子。1961年毕业于杭州大学，留校任教，后调至《浙江教育报》任副总编。校注有《碧溪诗话》。

2　柳北野（1912—1986），名璋，浙江宁波人。早年就读于正风中学、持志大学，毕业后当过律师、银行职员等。退休后曾在南京大学、华东师范大学等教授诗词。上海文史馆馆员、上海半江老人诗画社社长，著有《芥藏楼诗抄》《望海楼词》。

3　王瑜孙（1922—2015），字忍庵，浙江湖州人，长期寓居上海。毕业于太炎文学院，曾任高中、大专教师及机关秘书等职，退休后执教于上海老年大学杨浦分校。著有《小忍庵诗词稿》《小忍庵丛稿》。

八十五岁华诞及学术活动六十五周年纪念七律一首，嘱为转陈，因未悉瞿师寓址，故特寄奉，烦请代另转致云云。今将其诗稿附上。

我今年春节就在学校里过了，拟将妈妈接出来住一段时间，只是杭州天气太冷些。

望多保重！祝您

健康长寿！

学生蔡义江敬上

八五年元月十五夜[1]

（吴常云藏）

1　夏承焘日记1985年1月18日有记："蔡义江来信，转来王瑜孙贺诗。谓一九三八年肄业太炎文学院时，瞿师为讲授诗学，并尝踵门请益，备承奖掖，往事历历如在目前，辄缀俚句以志所感，并藉申遥祝：春风绛帐有余温，四十五年系梦痕。齿豁犹思弦诵乐，罍空长慕菊松存。上海沦陷后，师撰文尝自署罍空居士，既欲韬晦，兼以明志。金针欲度怜深意，师上第一课，即书唐人诗句'鸳鸯绣出从人看，莫把金针度与人'于黑板上，并易'莫'字为'欲'字，以明授课之旨。白首无成愧及门。最是令人难忘处，恂恂下问感移尊。瑜偶为同学题手册，用陈简斋诗'正待吾曹红抹额，不须辛苦学颜回'，瞿师见之，询其用意，并笔之于书。"即指此函，而王瑜孙函已遗。王之所述后成一文为《夏瞿禅两三事》，收入其《小忍庵丛稿》。

王阜彤 1通

王阜彤（1916—2002），浙江平阳人。温州师范学校首届普师班毕业后，从教五年，再进国立浙江大学师范学院国文系进修，后曾任教于温州师范专科学校，兼任民盟温州市副主委等职。著有《唐宋诗词论丛》《石坦梅翁文稿外编》等。

瞿禅吾师：

顷览本月十三日《温州日报》，得悉吾师担任雁荡山书画社顾问，并欣然手书《浣溪沙》词一首寄赠，[1]拜读之下，顿觉往昔龙泉芳野及西湖畔课读时的情景，历历如在目前。岁不我与，也将及古稀之年。近年来退休在家专为评注《唐诗三百首》，现已脱稿，命名《唐诗新解》，凡三十五万字左右。季思师和中华书局周振甫老先生，都曾为我看了一部分稿子，并提了许多修改意见。周老先生还来信指点我修改若干首，寄给地方出版社，争取他们提意见，争取采用。

日前，接到山西人民出版社古籍整理编辑室孙安邦同志来信，要我写个有关该书稿的简要介绍，连同书稿一并挂号寄给他们，以便全面审定。这样看来，我稿被采用的可能性较大，乃恳请吾师为我题签书名《唐诗新解》四

---

1 查《温州日报》刊载夏承焘担任雁荡书画社顾问消息在1985年1月13日，故此信系于1985年。《温州日报》消息题为《雁荡山灵峰晓行作浣溪沙》，词为："过雨春溪万佩鸣，草虫能学鼓琴声，溪头侧耳有牛听。隔水数峰犹在定，过桥孤杖莫松惊，滩风到面小诗成。甲子冬，夏承焘年八十五。"配图，附录消息："雁荡山书画社创立，词学宗师夏老不顾年事已高，闻讯手书词一首寄赠，并欣然担任该社顾问。"

个字，以增光宠，则感激不尽。[1]

兹另随信挂号奉上一部分书稿，吾师如有兴趣，请抽看一二首，或指点一下，于我则裨益匪浅。惟以吾师年事已高，乃不敢过多要求耳。

复示及书名《唐诗新解》的题签，请寄温州市委《浙江日报》驻温记者站王建凡转（建凡是我的孩子。因为我最近搬到温州市南站附近蒲鞋市新村居住，这边新建房子尚未订立门牌，故通信处暂时改在我的孩子工作单位那里）。

专禀，敬请
福体安康！

学生王阜彤拜上
一月十九日

（吴常云藏）

---

[1] 夏承焘日记1985年1月30日有记："发王阜彤《唐诗新解》书名题字。"4月5日记："阿鸥来信，谓周幸日内来京。又转来王阜彤信，嘱为其《唐诗新解》写书名题字。"4月10日记："发温州王阜彤《唐诗新解》书名题字。"4月22日记："得王阜彤复，谢为写书名题字。"可能第一次所题遗失，又题了一次。此书后改名《青少年唐诗读本》，语文出版社1994年5月第一版，夏承焘题词印于扉页。

西泠印社编辑部 1通

夏承焘先生：

　　墨宝（书法）一幅，已收到，谢谢！

　　最近我社正在手拓《张宗祥藏印集》[1]，准备参加今年十二月在香港举行的书展，想请先生为该书写一个题签，内容就是"张宗祥藏印集"，直写，大小如格子纸。书名下请先生具名盖章。如蒙允诺，不胜荣幸。我社地址：杭州解放路200号。

　　祝

康乐！

西泠印社编辑部
1985.1.23[2]

（吴常云收藏）

1　《张宗祥藏印集》，西泠印社1985年出版，手拓本。封面为沙孟海题签，内页题签为夏承焘。看笔迹，应是吴无闻代书。

2　夏承焘日记1985年1月25日记："西泠印社来信，嘱书《张宗祥藏印集》书名题签。"即指此函。1月30日记："发西泠印社编辑部《张宗祥藏印集》书名题字（卅一日发）。"

蒋德闲 1通

蒋德闲（1930—2005），浙江乐清人。蒋叔南之子，与吴无闻家有姻亲关系。早年就读于瓯海中学，后主编《浙江书讯》《出版研究》等，副编审。

闻姑：

前信谅已到京，有关书籍正在络续送寄中。

昨天夜里，我们一家在电视机前观看了有关夏老的电视[1]，大家都很高兴，等于见了一次面。最可惜的是燕迅的镜头不多，少华说能让燕迅多几个镜头就好。她说，小丽胖了，夏老的镜头如果不是具体有所接触，确实是难以知其老病的。[2]看了之后，要我写信向你们问好，我们说没有你的劳绩，不会有夏老的今天，也不会有昨夜的电视的。

姐夫[3]不知还在北京否？上次有书稿退回去没有来信，是否到天津去了。

专此，即颂

合家好！

德闲
1.24[4]

（原粘贴于夏承焘日记稿本，现已刊《夏承焘日记》）

1　中央电视台1985年1月22日7点40分"文化生活"节目播放纪录片《一代词宗——夏承焘》，十分钟左右。故此信开头云昨天实应为前天。
2　少华是蒋德闲之妻。燕迅是吴常云的儿子，1978年生。小丽是吴常云之妻。
3　姐夫指吴鹭山。
4　夏承焘日记1985年1月25日有记："德闲来信，谈看一月二十二日晚有关予之电视之想法。此为看电视之第一个反应。"即指此函。

周锦芳 1通

周锦芳(1949—2001),又名周景芳、周度,字太玉,号太峰居士,浙江温州人。温州化工厂职工,师从王敬身学习诗词创作,曾任鹿城诗社社长,编有《松台山馆同仁集》等。

夏承焘先生:

我们是一些爱好古诗词的温州人。于八三、八四年间,先后参加鹿城诗社诗词讲习班学习。结业后,考虑到如果不继续学习,互相交流,就不能将学到的知识巩固下去,更谈不上提高。于是,我俩提议,将我们近年来的拙作,编印成《同砚诗草》,经费由大家集资。

经同学们的努力,在诗社老师的帮助下,《同砚诗草》终于刊成。今特奉送一本,请您在百忙中不吝赐教。

我们乘编《同砚诗草》之机,组织了一个学习小组,决心做到多学、多写、多琢磨,取长补短,共同提高。鹿城诗社的老先生对我们的行动很支持。

另外,我们还暂定每年出一期《同砚诗草》。今年定于八月份集中稿件,并请您抽空为我们写点大作,以资鼓励我们后学者。

胡芳、周锦芳(周度)仝拜上
1985年1月24日

周锦芳通讯处:浙江省温州市华盖里116号。

(方韶毅藏)

九皋鹤立主词坛,管领风骚意自闲。皓首京门寻旧梦,谢村红叶满秋山。
观中央电视台介绍"一代词宗"夏承焘先生有作,并寄京门夏老先生教正

后学周锦芳

于八五年元月[1]

(原粘贴于夏承焘日记稿本)

1　夏承焘日记1985年2月17日有记:"温州同乡周锦芳等寄赠《同砚诗草》,周君并惠诗一首。"即指此函,然信及《同砚诗草》与诗稿已分散两处。

朱鹏　1通

朱鹏（1922—2003），字图南，温州鹿城人。毕业于浙江大学，曾任永嘉县中教师、温州中学副校长、温州师范专科学校副校长等职。著有《图南吟稿》，编有《温州师院院志》《温州师范学校校志》。

师母：

　　一月十五日拜读大札（挂号）敬悉，次日到市府，晤及正秘书长方家溪[1]同志，将大札给方同志，转达二千元已收到的谢意。[2]廿六日又接二月十五日明信片，得悉中央电视台电将播放夏老师生活短片。[3]后阅《温州日报》知温州市电视台将于二十四日晚七时四十分三频道播放《一代词宗——夏承焘》节目，当即通知人大魏忠、市教育学院冯坚、一中退休教师王阜彤、六中徐定豹及我校中文科原夏老师的学生及温州医学院徐顺平、文联郁宗鉴、图书

1　方家溪（1931—2017），浙江平阳人。1948年参加浙南游击纵队，后任温州市文化局长、文联副主席、市府副秘书长等，与冯增荣合著有《风雨情缘》。
2　夏承焘日记1985年1月9日有记："无闻复朱鹏信，托其谢温州市人民政府捐助夏庆会二千元，告已妥收，附去照片。"即指此函。
3　夏承焘日记1985年1月15日有记："无闻发朱鹏片，告二十二晚播放予短片。"即指此函。

馆张宪文、任梓良等人[1]，并在布告栏通知全校师生自由收看。昨晚生等在电视屏中看到夏老师、师母生活学习情况，心中十分高兴，生的讲话镜头能在电视屏上映现，也觉荣幸之至。如录像磁带到温，当即再放映。

顺颂

金安

学生朱鹏敬上
85.1.25[2]

（原粘贴于夏承焘日记稿本，现已刊《夏承焘日记》）

---

[1] 魏忠（1909—2004），浙江温州人。曾就读于浙江大学、暨南大学，后任温州中学副校长、民盟温州市委会主任委员、温州人大副主任等。冯坚（1922—2010），浙江温州人。毕业于浙江大学，曾任温州中学、温州教育学院教师等，编有《温州记事》等。徐定豹，毕业于浙江大学，曾在温州六中、温州师范学院任教。徐顺平（1936—），浙江永嘉人。先后就读于温州师范学院、杭州大学，曾任教于温州医学院、温州大学等校，著有《怀乡集》《温州历史概述》等。郁宗鉴（1925—1998），浙江瑞安人。先后就读于瑞安中学、温州师范学校、上海新闻专科学校等，曾任温州市委宣传部干事、温州中学副校长、文化局副局长、文联副主席等。著有《郁宗鉴剧作选》等。任梓良（1907—1986），温州人。药材经营者，曾任行商公会主委。鹿城诗社理事，著有《蒙泉诗词集》。

[2] 夏承焘日记1985年1月28日有记："朱鹏来信，谈看电视《一代词宗夏承焘》情况。"即指此函。

顾志兴　2通

顾志兴（1937—　），浙江杭州人。1961年毕业于杭州大学中文系，曾在杭一中、杭州教育学院任教。1986年调浙江省社会科学院工作，任研究员，担任过浙江省地方志办公室副主任。现任浙江省古籍保护工作专家委员会委员等职。著有《浙江藏书家藏书楼》《浙江藏书史》《浙江出版史研究——中唐两宋五代时期》《浙江出版史研究——元明清时期》《杭州印刷出版史》《文澜阁四库全书史》等。

1

师母大人：

您好！

本月二十二日晚中央电视台预告在"文化生活"节目时映播"一代宗师"节目，仔细观赏，又睹夏先生及师母丰彩，尤其是夏先生关心词学研究，为韵文学会提供基金，此等盛事当在中国文化史上留下一节。看电视又回忆起在京日子，那时师母辛劳十分，未得请教，于今犹为憾事。

今有一事拜求，学生蒙浙江人民出版之邀，撰写《浙江藏书家藏书楼》一书，社方已定此书今年参加香港书展，经他们告知，目前香港已有订单前来，撰写此书以学生学识能力实难胜任，但逼上梁山，骑虎难下，只能勉为其难了。学生私意拟请夏老师为此书题署书名，先生年老又值冬日，如身体不便，请师母代署可也。此事祈请师母慨诺，出版部门亦和我一样，盼能同意为感。容当后谢。

冬日北京酷寒，请先生、师母多多保重。

此颂

冬安!

学生顾志兴拜上
1.26[1]

通讯处：杭州劳动路67号三门105室

（吴常云藏）

2

师母大人：

您好！

今日由陆坚兄转来您老三月廿七日来信及瞿禅老师题写的书名，内心甚感，有劳清神，容当后谢。

承赐之字，甚好。学生当努力写好此书，以不负先生之厚爱，出版社同志闻讯亦甚喜，嘱代问好、致谢。

夏先生年高，有您照料，这是他老人家晚年之福。

望师母大人保重身体，敬请夏老

健康长寿！

学生顾志兴拜上
四月九日[2]

（吴常云藏）

1　夏承焘日记1985年3月26日有记："陆坚来信，谓暑假前不能来京商文集事。附来顾志兴函，嘱无闻为书《浙江藏书家藏书楼》书名题签。"即指此函。3月27日复函："无闻复陆坚、志兴信，附去《浙江藏书家藏书楼》书名字。"该书浙江人民出版社于1987年11月出版。

2　夏承焘日记1985年4月12日有记："得顾志兴复，谢为其写书名字。"即指此函。

吴銎　1通

吴銎（1939—），浙江嘉兴人。嘉兴医专肄业。先是在嘉兴东栅光明船厂上班，后调至嘉兴八一电工陶瓷厂工作。

夏老夫人：

　　两次从电视银屏上见到夏老及您一家，我一家很高兴，今天全家托我写信，祝贺夏老健康长寿，全家幸福。

　　我一家老小，都下过乡，现在又回到城镇工作了，本人是在嘉兴八一电工陶瓷厂基建科里工作，下乡时曾从事木工。

　　我一家老小，都熟悉夏老，他一度曾是我家里的常客，那是一九六九年夏天的事，那是盛夏季节，夏老和一批中文系学生到东栅公社办文科大学，边体验农村生活，而夏老每天只是帮社员晒稻谷，灼热的晒场，使患有高血压的夏老连气都喘不过来。我家就在晒场边，我就请夏老到我家里蔽蔽太阳，在竹椅子上休息一下，经过几次攀谈和大学生们的介绍，使人对夏老很了解和敬重。那时的工作队和学生们对他的态度，你们是知道的，而我们更同情他。夏老面对这种冲击，并不懊丧，只是默默无言罢了，而对我家里人，却是例外，总是说说谈谈，毫无顾忌。他不准我们称他老师，说叫声老夏就是了。一次夏老感慨地对我说："我跟你学木工吧，我不要做大的家具，学做一只四脚凳子都行了。"原先我以为他在开玩笑，过了一天，他叫我外甥陪同，到我做木工的地方（足有2里路），拣个凳子，坐在我旁边，看我干活，我见他敢冒这样火辣的太阳，没撑一把阳伞，只是一柄芭蕉扇，既当伞，又扇风，心里难受，好歹叫我外甥陪他回去。后来夏老还托我做一副木工工具,让他带回去学木工,弄得我莫明(名)其妙,左右为难。

夏老身着简朴,平易近人,有时我向他请教一些难懂的词句,他总是热情给我解释,有时还给我讲些家史,上层人物故事,使我受教益不浅。

因健康原因,夏老不染烟酒,又不食荤菜,一日三餐,三碗阳春。这样大的年纪,且又多病,加上如此劣食,老人家居然顶得住,熬过来了,真是不幸之中大幸。今天,当我们全家在银屏上能看到如此高龄和我们全家熟识的老人,还是精神饱满,孜孜不倦地工作,无不为此高兴。让我们再次祝愿夏老健康长寿,全家幸福。这里烦请老夫人将此信读与夏老听,在可能的情况下,给我们一封回信,以消我们的悬念。

顺祝

全家好

八一电工陶瓷厂基建设备科
吴鋆上
一九八五年元月二十七日[1]

(原粘贴于夏承焘日记稿本,现已刊《夏承焘日记》)

---

[1] 夏承焘日记1985年2月18日有记:"浙江嘉兴地区八一电工陶瓷厂基建科吴鋆来信(杭大转来),谓在电视中见予,回忆六十年代予被斗下放情形。承其照护,至深铭感。"即指此函。2月19日:"无闻复吴鋆信,谢其盛情,寄去《天风阁诗集》一册留念。"

周瑞光　1通

周瑞光（1938—　），福建福鼎人，曾任福鼎白琳第三中学教师，后到厦门大学历史系进修，长期从事福鼎地域文化研究，编著有《太姥诗文集》《太姥文献搜遗》《摩霄浪语》《太姥传音》等。

夏师：

问近安！

承蒙错爱，老病之中，犹惠赐墨宝，至深感愧。

关于您要求收回谢邻故居一事，连日来先后向温州市卢市长、刘副书记、吴秘书长等反映，已引起重视，请勿失良机，趁热打铁，再写份报告（需您亲自签名、盖章），速寄：中共温州市委刘锡荣[1]副书记收。

刘锡荣同志是刘英烈士的哲嗣，年富力强，办事认真、细致，他答应将亲自过问您的房产问题（倘若需要我再代为交涉，请在给刘副书记的信中附带说明）。

我现在温州度假，拟明年元宵后回厦大。此段期间有来示，请寄：温州市仓前坦5号。

承赐《好山色》三字墨宝，吾当珍如拱壁（璧），美中不足者，尚未标明予我及内子敏乐同赏，但虑及您老年事已高，身手不舒，故不敢再贪求耳。[2]如有大作《论词绝句》单行本，请吴闻老师代购寄一册，不胜感激。

1　刘锡荣，见本书395页。
2　夏承焘日记1984年12月28日有记："周瑞光（厦门大学历史系进修生）来贺信，并索字幅。附一函与天五。"即指此事。

（去年在厦大已购得湖南出版的词集三本，分别赠给福建师大刘蕙孙教授及家岳李章舜先生，剩下一本自家珍藏，惟欠《论词绝句》等书。）

附给鹭山师复信一封，烦吴闻老师审阅后代转，谢谢！

我们十分关注夏师的健康状况，春来时至，多多保重！

恭祝

健康、长寿！

新年快乐！

学生周瑞光叩

85.2.10[1]

（原粘贴于夏承焘日记稿本，现已刊《夏承焘日记》）

---

[1] 夏承焘日记1985年2月15日有记："厦门大学周瑞光（现住温州仓前坦五号）来信，谓为谢邻事曾向卢新（声）亮市长、刘锡荣副书记、吴秘书长等反映，已引起重视云云。予与无闻未曾托周联系此事。周索《论词绝句》，寄来照片一张。"即指此函。

王权 2通

王权（1907—1998），字馨一，浙江遂昌人。上世纪二十年代中期求学温州浙江省立第十中学，曾从夏承焘学。后任教于遂昌县立中学、丽水地区第一中学等。熟悉遂昌文史，尤对汤显祖富有研究。著有《刘伯温年谱》《汤显祖年谱》《馨一诗词》等。

1

瞿髯老师、无闻老师：

二十年不见吾师清晬之表，想似何极。去冬举国学者齐晋上京，举行庆祝老师之词学成就与培育青年六十五周年之联欢大会，山居闻讯，曷胜欢忭，惟生困于足疾，不获躬逢其盛，殊觉有愧于心。尊著《天风阁日记》，不惟予学者以无上模楷，且足为处世交游之准绳，诚世间争见之奇书也！敢不奉为瑰宝。

顷有一事奉告，即吾乡遂昌向为汤显祖牧民之邑，乡人实无时不以公之遗爱为念，本县文联因此发起组织"汤显祖研究会"，生亦被邀入会，顷拟编写有关汤公政绩之篇章，都为一集，名曰《遗爱集》，县中领导及诸会友非常仰望老师能为此集题辞。[1]如瞿髯老师玉体违和，则万请无闻老师大笔一挥，径寄下邑，俾后生学子，由此感激，认真研习，发为诗文，就正时贤，何幸如之。附上寸笺，即请察收。

俚诗三首，寄请教正。山城阢塞，无缘一望京城，惟有翘首而已。

---

1 《遗爱集》，遂昌县文联汤显祖研究会编印，1985年9月出版第一辑，1986年10月出版第二辑。书名为吴无闻代夏承焘题写。

耑肃，叩请

金安

学生王权谨上

一九八五年春节

（吴常云藏）

瞿髯老师观风上京时蒙督教，愧无所报，书此志歉

谁识人中高雅士，岩岩不老故山芝。

世途蠖险遭千劫，词笔东南挺一枝。

堂叙来禅成莫逆，屋邻康乐见真知。

感今泽古嘉群彦，顾我蹉跎负所期。

老师中年有"东南第一枝词笔"之誉。

学生王权呈稿

一九八五年春节[1]

（原粘贴于夏承焘日记稿本，现已刊《夏承焘日记》）

2

瞿髯老师、无闻老师：

三月六日翰教及题辞均经奉悉。[2]仰荷费神手挥椽笔，光我篇章，曷胜感谢。当即面致汤公研究会同志共赏，无不啧啧赞颂，视同瑰宝。夏老师玉体想必日就康健，以副众望。关于拟写《遗爱》稿件，各友好正在分头寻索，惟限于学力，困于才思，囿于见闻，深恐贻笑方家，然决不敢见难而止也。

生曩曾编过《汤若士年谱》，惟徐朔方君先已编刊，明珠在前，鱼目自当搁置，现应同事之请，拟写《汤显祖在遂昌年表》一稿，不知当否，又拟

1　夏承焘日记1985年2月22日有记："王权来信问候，嘱写《遗爱集》书名题签，惠诗一首。"即指此函此诗。

2　夏承焘日记1985年3月6日有记："无闻晨起代予为王权书《遗爱集》书名题字，为傅光写《集纂百家唐宋词话》书名题字。挂号分寄二君。"即指此函。

作《论汤显祖所尊敬的宋人王镃》的小稿,约三千字。按,王镃,遂昌人,宋末从金溪县尉归隐遂昌之湖山,汤公曾赠送"林下一人"匾额与王祠,并为其《月洞诗集》作序了,至今传为雅事,总之要想写有遂昌特色的稿件,亦殊不易,但又不敢向外人征稿也。匆匆奉复,尚不能表达谢意也。

谨请
崇安,并候合潭均吉

学生王权谨上
3月14日[1]

(吴常云藏)

---

1 夏承焘日记1985年3月16日有记:"得王权遂昌复,谢为《遗爱集》书名题字。谓往年编过《汤若士年谱》,惟徐朔方君先已编刊,明珠在前,鱼目自当搁置。近拟写汤显祖在遂昌年表,及《论汤显祖所尊敬的宋人王镃》一文。"即指此函。据龚重谟《汤显祖研究与辑佚》所载,1954年王权完成《汤显祖年谱》初稿后,曾寄与夏承焘求教。夏承焘知徐朔方也在编写《汤显祖年谱》,建议他们合作。王权便把书稿给了徐朔方,但徐后来把书稿退给王,说他的可以独立成篇,却在书中引用了王的成果。徐朔方《汤显祖年谱》,中华书局1958年11月上海第一版。

清水茂　1通

清水茂（1925—2008），日本学者。毕业于日本京都大学，曾任于西京大学讲师、京都大学教授等，中华书局有《清水茂汉学论集》译本。

恭贺新禧
乙丑正月
　　才脱劫灰祸，乙酉在广岛。生死任苍天。只叹床上无瑟，何以想华年。笑早安仁二发，幸晚昌黎落齿。微禄免饥寒。宠辱庄周梦，胡蝶戏花间。　　按图志，思景物，暂忘眠。流观山海，谁要游览费金圆。十里轻身行走，两日一次自课十里走。百草欢颜迎接，日日喜康全。但羡张先健，八十爱娟娟。
《水调歌头》，周甲自寿，用东坡"明月几时有"韵
　　　　　　611京都府宇治市菟道荒槙一番地の七十四
　　　　　　　　　　　　　　　　　清水茂[1]

电话：宇治（〇七七四）二一一四三六一
（原粘贴于夏承焘日记稿本，现已刊《夏承焘日记》）

---

[1] 夏承焘日记1985年2月22日有记："清水茂教授自日本寄来贺年片，印其花甲自寿《水调歌头》词一首。"即指此函。

梁志成　1通

梁志成，广东东莞人。数次参加高考落榜，后经杨宝霖指导，考上中山大学中文系。曾在北京一外文出版社工作，现生活在国外。撰有《〈满江红〉词非岳飞作又证》等文。

瞿师、师母暨常云、小莉、遥、迅钧鉴：[1]

我在东莞向你们祝贺新年，祝新春快乐，阖府平安，万事如意。

我于十五日安全抵家，家人均安，兄、母亲嘱我代问夏老、师母安。

在杭州拜候了陆坚、吴熊和、蔡义江老师。给金锵校长的信已转到陆老师手，对出版《文集》事，他们都很高兴，愿全力以赴，但要校方指派专人负责此事，恐有困难。前此上海古籍出版社已有人来杭联系过此事。杭大方面，让研究生查找论文篇目索引，由校方出资复印资料，不成问题。最棘手的是各书的版权问题，还有需否查对所有引文原文的问题。吴熊和老师以为应该核对，避免不必要的差错，蔡以为仍可以《承教录》的形式纠错。《词林系年》王先生恐无力在近年完成，他们希望师母对此有更明确的表示，尽快由其他同志整理出版。《文集》编纂细则尚需明确，他们希望您召集上海古籍出版社、杭大代表，三方会同协商，订好合同。

杭大汇款经查询系因地址不明搁在北京，已于1月14日转到团结湖储蓄所，汇单当已达师母手，然否？

途经南京时下车拜望了唐圭璋先生，他精神很好，多次问及夏老近况，

1　常云即吴常云，小莉即小丽，吴常云之妻，遥、迅为吴常云的两个孩子。

江苏作协、南京师范大学拟于今年秋天举行庆祝会，庆贺唐先生从事学术教育活动若干年，并出版唐先生诗词集。

回来时没有在广州逗留，我准备过两天到广州，看望广东人民出版社几位同志及中大的老师。

广东经济状况很好，供应十分充足，鱼、蔬果、水果的价值都远远低于北京、上海、南京。广东人很快乐满足，很有信心。

东莞近日一直在下雨，但家乡的春节毕竟是春节，热闹极了。北京情况如何？从电视上看到的春节的北京也有喜气洋洋的气氛。

人像摄影挂历已找到二个，估计还可以多找到一些，改日或邮寄或随身带上。

我拟于三月初返京，有什么东西需在广东购买的，请速见示。

代问周笃文、陈翔华、冯统一、胡树淼、君曼、定之等好。

言不尽意，就此搁笔了。

敬候

春祺

志成顿首
乙丑年正月初二[1]

（原粘贴于夏承焘日记稿本，现已刊《夏承焘日记》）

---

1 夏承焘日记1985年2月23日有记："梁志成信，谓在杭晤吴熊和、陆坚、蔡义江，致金锵校长信已在陆坚手中，要求杭大指派专人负责有困难。《词林系年》编写工作，王荣初近年无力完成，要无闻进一步表态云云。"即指此信。2月24日："复梁志成片。"

洪静渊 1通

洪静渊（1912—?），安徽新安人。曾任安徽屯溪第一中学语文教师，擅诗文，喜文史，与叶圣陶、端木蕻良等有书信往来。

承老吟坛清鉴：

拜读《天风阁学词日记》，文中提及朱敦儒《樵歌》，此书曾由乡人胡适编校标点过，胡适还写了一篇《朱敦儒小传》，并附有朱词补遗。书末由黎锦熙[1]先生作跋。解放后，全国人民政协出版《文化史料》，约我与高一涵[2]同志写有关胡适的文章，并由锦熙夫人贺澹江[3]写了一篇《忆黎锦熙先生》，对朱敦儒词均有所论到。不知吟坛见到上述两书否？胡适原来不姓胡，他是唐昭宗李晔的后代。这是研究胡氏宗谱得来的史料，我去年与电影公司负责人到绩溪上庄胡适故屋访问一次，承其亲人赠我一套胡适全家照片，将再为研胡写些东西。朱敦儒《樵歌》，为《绝妙好词》所未选，我处尚有纪昀家藏本笺注《绝妙好词》。如吟坛需要研究，可寄请一阅。拙作关于胡适一文，如需阅可寄请指政。

兹因春节，亲友酬应频繁。书不尽意，即请吟安，并祝健康长寿！

教末洪静渊拜上

---

1 黎锦熙（1890—1978），湖南湘潭人。毕业于湖南优级师范学校，任教于北平大学、西北联合大学、西北师范大学、北京师范大学等。中国科学院哲学社会科学部学部委员。著有《新著国语文法》《国语运动史纲》。

2 高一涵（1885—1968），安徽六安人。曾留学日本，后任北京大学、武昌中山大学、南京大学等校教授，参与《新青年》编辑，发起成立中国政治学会。著有《政治学纲要》《欧洲政治思想史》等。

3 贺澹江（1907—1983），湖南长沙人。齐白石女弟子。

新春漫笔，即呈贺老哂政

  天风词作迈苏黄，上薄风骚气益苍。

  一代吟坛推泰斗，羡公海宇播声香。

  欲乞清才玉版笺，名家词谱梓新篇。

  我今又作无厌请，来博吟坛一莞然！

  蒙寄赠《天风阁学词日记》一册，甚佩高怀，兼感厚赐。大著《唐宋词人年谱》亦极愿拜读，不卜能下惠开我茅塞否？至盼至感！

教末洪静渊呈拙
八五年春节[1]

（原粘贴于夏承焘日记稿本，现已刊《夏承焘日记》）

---

1 夏承焘日记1985年2月25日有记："安徽屯溪三门呈村洪静渊来函，谓胡适原不姓胡，乃唐昭宗李晔后裔，胡氏宗谱载此史料。洪君去年曾到绩溪上庄胡适故房访问，其亲人赠与胡适全家照片。又谓予《学词日记》提及朱敦儒《樵歌》，胡适曾撰《朱敦儒小传》并附有朱词补遗，黎锦熙作跋。又谓其家藏纪昀家藏本《笺注绝妙好词》，又惠二诗。"即指此函。

傅光 2通

傅光，字煜卿，辽宁沈阳人。傅庚生子。曾被聘为西北大学华夏研究所所长，著有《杜甫集传》等，父子合著有《杜甫论集》。

1

夏老瞿禅翁暨吴无闻先生前辈大鉴：

顷奉惠赐夏老宏著《天风阁学词日记》一巨册，无任欣喜之至！

展卷拜读，觉琳琅珠玉，如数家珍。益钦夏老数十余年孜孜不倦，耽情词学；至著述丰多，嘉惠学林，洵为一代词宗！大哉！士林楷模！

此册《日记》不唯史料特多，亦于二三十年代词苑旧事载述甚详；尤其值得推崇的是，此书虽为"日记"，然于词学研究，亦颇多参考价值；另于指导后学学词入门之径，得诸津梁矣。唯望其它诸册，早日问世。

皇皇巨著，日后当悉心研读，庶几不负夏老暨吴先生厚意。

另，前敝处有集"唐宋诗词话"之议，辱蒙夏老暨吴先生鼎力扶持，无任感荷！现"诗词话"已决定在八六年内由巴蜀书社分四册精平装二种出齐。夏老为词苑领袖，学林所共仰者，敝处久有请夏老赐书题耑之意，唯虑及夏老年事已高，恐有妨夏老休息，故一直未敢贸然相请。如夏老身体允许，可为题签，谨此深表谢意。夏老已被聘为《集纂百家唐宋诗词话》编委会顾问，将在出版时列名。

区区不尽之意，唯恐相扰过久，住笔。

敬颂

大安

晚傅光敬启

85.3.2[1]

霍先生[2]书已转呈，请释念。

（吴常云藏）

2

夏老承焘先生词宗、吴无闻先生方家大鉴：

承蒙惠书并赐大笔题耑，无任欣喜！谨再次掬诚致谢！

夏老题签，字迹朴拙遒劲，所谓"凌云健笔意纵横"者，随意运毫，不假雕饰，宛然大家手笔。为"诗词话"增色者多矣！

此次"诗词话"集稿，因出版方面催得甚紧，致集稿多有缺憾。为弥补此一损失，敝处另辑录未能赐稿之专家大作多篇，中有吴先生大作数篇。谨告，并在此申谢！

拙作《杜甫论集》现在黑龙江出版社已发排，估计年底可出书，届时当敬呈左右赐教是幸！[3]

谨此，敬祈

---

1 夏承焘日记1985年3月5日有记："西北大学中文系傅光来信，谢赠《学词日记》，谓此册日记，不惟史料特多，亦于二三十年代词苑旧事述甚详。此书虽为日记，然于词学研究，亦颇多参考价值。唯望其它诸册，早日问世。又嘱为其《集纂唐宋百家词话》题耑。又谓已聘予为该书编委会顾问云云。"即指此函。3月6日："无闻晨起代予为王权书《遗爱集》书名题字，为傅光写《集纂百家唐宋词话》书名题字。挂号分寄二君。"此书迟至1989年6月由四川文艺出版社印行，分为两种，书名分别是《百家唐宋诗新话》《百家唐宋词新话》，傅庚生、傅光合编，《百家唐宋词新话》书名署夏承焘题写。据两书《前言》，编纂一部今人撰写的新诗词话集的工作始于1983年冬，由傅庚生主持，国内近百位专家、学者参与，夏承焘、吴无闻在列。然因傅庚生病逝使工作暂时停顿，后再充实内容，用了近四年时间，终于完稿。

2 霍先生当指霍松林（1921—2017），甘肃天水人，毕业于中央大学，后执教于陕西师范大学中文系，著有《文艺学概论》《文艺学简论》《唐宋诗文鉴赏举隅》《文艺散论》等。

3 出版时定名《杜甫诗论》，傅庚生、傅光合著，黑龙江人民出版社1986年8月第一版。

为国珍摄!

晚傅光再拜

85.3.8[1]

（原粘贴于夏承焘日记稿本，现已刊《夏承焘日记》）

1　夏承焘日记1985年3月14日有记："傅光来信，谓书名题签已收。"即是此函。

芦田孝昭 1通

芦田孝昭（1928—2003），日本人，生于中国大连。毕业于东京大学文学部，日本早稻田大学教授，曾多次来华访学。著有《物语三国志》《中国の故事・ことわざ》《岭外杂记》等。

恭贺新禧

前岁过年，始浴辽东故风，及结驻港两年之业就，于鲤帜荡漾、樱花波浪之间，转眼酷暑，即飞法国考察，六旬间或牛津赖甸汉学院等觅书，竟赏巴黎烁月矣。返校又赴文体学会，其间每周讲学七堂之外，讲演报告数之五次，实为菲才之不堪。然幸蒙尊台之诱掖，才得三元也。兹谨鸣谢而附上法国家图书馆边所怀者，窃以哂正耳。

绿槐洩灿光，柳絮偶孤游。乃觉身中梦，似云泮官休。

乙丑三元

夏承焘老师

芦田孝昭鞠躬[1]

〒162日本东京都新宿区户山一—二四

早稻田大学文学部芦田研究室

电话03—203四一——EX396或261（时间外）203四一一二

（原粘贴于夏承焘日记稿本，现已刊《夏承焘日记》）

1　夏承焘日记1985年3月26日有记："唐玦转来日本芦田孝昭贺年片。"即指此贺卡。三元应在元宵节，为3月6日。唐玦有便条，已收录于本书。

朱国才　1通

朱国才（1939—　），温州永嘉人。毕业于杭州大学中文系，先后任《浙江日报》编辑、《共产党员》杂志副主编、《美术报》总编辑，高级编辑。著有《香茗诗书》《岁月流歌》《朱国才书画集》等。

夏承焘先生：

　　向您和夫人拜个晚年。蒋德闲同志将夏先生的大著一书交给我了，谢谢你们。因春节前后较忙，未及时复信，请见谅。今乘杭州大学教师倪同志[1]去北京之便，带上青春宝等小礼品两盒，向先生与夫人拜年。并祝先生与夫人新年好，长寿安乐！

学生朱国才
一九八五年新春元宵节[2]

（吴常云藏）

1　倪同志指倪健中（1959—　），杭州大学毕业，现任中国移动通信联合会执行会长。
2　夏承焘日记1985年4月2日有记："夕《中国妇女报》倪健中来，代朱国才带到来信及人参精、青春宝二盒。"即指此函。4月8日有记："无闻复朱国才片，谢惠补药。"

淳安县千岛湖风景区规划建设办公室　1通

夏老：

您好，请接受我们的问候。

您的近作，《菩萨蛮》一首，是对淳安千岛湖风景区一大勉励，使我们感到欣慰。

目前，为缅怀清官海瑞而重建的海公祠已在龙山岛破土动工，主体工程可望年内竣工。为此，恳祈您老先生为此祠撰写一副楹联，以冀承先启后。[1]

祝您

健康长寿！

浙江省淳安县千岛湖风景区规划建设办公室

一九八五年三月十日[2]

（吴常云藏）

---

[1] 海瑞于嘉靖三十七年（1558）至四十一年（1562）任淳安知县，颇有政声，当地百姓为感恩海瑞，在他离任那年建海公祠。1959年，千岛湖拦坝筑湖，该祠被淹没在湖底。1986年，重建竣工。夏承焘为海公祠撰联并书："忧世匡时，刚烈肝肠昭日月；依山傍水，巍峨祠宇壮湖天。"落款："乙丑三年夏承焘联并书。"此联至今还挂在海公祠。

[2] 夏承焘日记1985年3月17日有记："定之转来淳安千岛湖风景区规划建设办公室函，嘱为海公祠撰联。海公祠已在龙山岛破土动工。"即指此函。定之乃胡树淼之子。

遂昌县文联　1通

夏老师、夏师母：

　　我县王权同志转来您老为我们县的汤显祖研究文集题签，已经收到，特向你致以感谢和敬意。

　　夏老的题签，对我们山区小县的文艺同行是很大的鼓舞和鞭策。我们这里对汤显祖有关研究限于学历和水平，仅仅是开始作了一些探索，尚望今后能得到您老的指导。我们当尽所能及，认真地编写好《遗爱集》来向您老汇报。

　　敬祝老师、师母健康长寿！

遂昌县文联
1985.3.16[1]

附：我县汤显祖研究会成员照片一帧。

（吴常云藏）

---

[1] 夏承焘日记1985年3月19日有记："遂昌县文联来信，谢为《遗爱集》题书名。附来汤显祖研究会成员照片一帧，谓'夏老的题签，对我们山区小县的文艺同行是很大的鼓舞和鞭策'云云。"即指此函。

张宪文　1通

张宪文（1920—2004），浙江永嘉（今瓯海区）人。毕业于温州师范学校，曾任小学教员、浙江税务管理局职员等。新中国成立后担任温州工商联干部，后调任温州市图书馆馆员。编校有《张骢集》《王叔果集》等。

瞿翁世丈、无闻先生惠鉴：

去冬都门之会，得亲謦欬，何幸为之。别来岁琯又更，遥惟起居佳胜，定如臆颂。

在京承垂注梓里文化，重申捐书之议，回乡后即浼洪君震寰一再与如岳[1]先通款曲，春节晚复与如岳再作长谭，渠意对存书捐赠温馆，颇表赞同，惟又言此事仍当商之兄长，容缓图之。当言定俟有定议，再作联系，晚意欲少待时日，再一询究竟，未悉尊意以为如何？

在京曾作芜词，由鹭山丈转呈以介眉寿，未知收到否？[2]《学词日记》第二、三册何日可出，出时如仍见赐一二册，俾乡贤著作得入藏以充地方文献，则幸甚也。

专此布悃，敬颂

著安，不儴

晚张宪文敬叩
一九八五年三月十八日[3]

1　如岳即游汝岳。

2　夏承焘日记1984年12月19日有记："鹭山带示张宪文贺词：临江仙　梅折团湖簪白发，天风吹下清音。词宗了了见精神。门墙三尺雪，湖海十年灯。　喜见麻姑频晋酒，书成百卷辛勤。故山猿鹤几知闻。谢邻池草绿，遥接北都春。"即指此贺词，已收入《夏承焘教授纪念集》。

3　夏承焘日记1985年3月25日有记："张宪文来信，谈留温书籍捐赠事。"即指此信。

唐弢　1通

唐弢（1913—1992），原名端毅，笔名有晦庵等。浙江镇海人。中国科学院文学研究所研究员，著有《海天集》《识小录》《文章修养》《落帆集》《晦庵书话》等。

夏老、吴闻同志：

日本早稻田大学教授芦田孝昭，有一个学生叫小林基起，在辽宁大学外语系教书，期满回国，路过北京，芦田托他带了两张迟到的贺年条，一张托转上，请洽。

即颂

俪安！

唐弢
85. 3. 22[1]

（吴常云藏）

1　夏承焘日记1985年3月26日有记："唐弢转来日本芦田孝昭贺年片。"即指此函。芦田孝昭贺卡贴于夏承焘日记，已收于本书。

陈邦炎 1通

陈邦炎（1920—2016），祖籍湖北浠水，生于浙江杭州。毕业于中国大学法学院，当过记者、工人，后进入上海古籍出版社任编辑，第二编辑部主任，编审。著有《说诗百篇》《唐人绝句鉴赏集》等。

瞿禅、无闻先生文席：

前奉大札，稽复为歉。

瞿老文集经敝编辑室研究，决定由沈善钧[1]君担任责任编辑，根据前在京商定及一月底以古字第一七〇号公函奉陈的初步出书打算，此文集的第一部分为论文集，希望争取早日发稿。二月上旬，敝编辑室邓长风君赴杭，曾由其向陆坚、吴熊和先生询问此集的收辑整理情况，欣悉此工作正在进行中。目前进度不知如何？以后请随时与沈善钧君联系为感。

敬颂

台安

陈邦炎拜上

四月二日[2]

（原粘贴于夏承焘日记稿本，现已刊《夏承焘日记》）

---

1 沈善钧，见本书403页。

2 夏承焘日记1985年4月4日有记："陈邦炎来信，谓《夏承焘文集》责任编辑沈善钧嘱争取尽快发稿。"即指此函。

杨宝霖 1通

杨宝霖（1936— ），广东东莞人。先后任教于广东广宁县第四中学、东莞县常平中学、东莞中学、华南农业大学等。特级教师。著有《自力斋文史农史论文集》，编校有《词林纪事词林纪事补正合编》《张家玉集》《东莞可园张氏诗文集》等。

瞿禅、无闻先生词席左右：

自八三年季冬，敝校急电催归以后，科研、教学重担双挑，重赴京华，于今未遂。久违雅教，茅塞难开。而两先生之雅音懿范，时绕心头，粤海燕台，徒劳魂梦。去腊志成自先生身边省亲回粤，得知先生矍铄如前，私心窃喜，此国家之福，词学之福也。

迩来学校有晋升之举。霖自八二年初奉调华农，于今三年有余，而一领青衫，依然故我，以中学教师工资，以中学教师身分，从事大学科研教学，长此以往，终非了结。近闻有"解冻"之风，学校亦预为之备，故纷交论著，请专家审评。得学校准许，霖添入晋升之列。身虽在农史研究室，然三年来的兼授研究生"古代汉语"，农业经济系"大学语文"，且霖廿年来，爬梳剔抉者，为宋词也。得学校领导俯察下情，准以教学线评审，故霖送《词林纪事补遗证误》拙著以为审评之材。拙著虽未刊行，然上海古籍出版社已允为排印。探得校方送评审者，为唐圭璋先生及夏老先生，已于三月初寄往杭州大学，未知杭大转送先生否？窃念困顿半生，沉沦卅载，今有晋升之望，可谓盛遇难逢，机缘不再。霖之浮沉，系于先生一语也。乞赐以嘉言。霖原为中教四级，相当讲师之阶，今申请为副教授，未知先生许之乎？

清明已至，乍暖还寒。先生晨窗夜灯，千祈珍摄。

谨颂

吟安

晚杨宝霖顿首又拜

四月五日[1]

（吴常云藏）

---

1 夏承焘日记1985年4月14日有记："上午梁志成来，带示杨宝霖来信，嘱为其《词林纪事勘误补遗》作鉴定。"即指此函。

费在山 2通

费在山（1933—2003），字远志，号崇堂，浙江湖州人。曾任职于湖州王一品斋笔庄，与沈尹默、高二适等名家皆有往来，喜作诗词。著有《杂杂集》《闲闲书》《话话卷》《缘缘录》《了了篇》等。

1

无闻夫人尊前：

　　书件收到。词意至佳，不愧大手笔！此间领导均拍案叫绝。

　　册叶仍请一挥，夏老启蒙师都湖州人，留作乡邦文献以俟纪念耳。

　　六客堂[1]动工后，即将题额放大制匾。

　　此次叨扰，求书多多，谢谢！

　　祝

俪安

费在山叩
四．十五[2]

（原粘贴于夏承焘日记稿本，现已刊《夏承焘日记》）

1　六客堂因苏轼、张先、陈舜俞、杨绘、李常、刘述六位词家相聚此堂而得名。原址在湖州府治后圃东，始建于北宋治平、熙宁年间，1996年在湖州飞英公园重建。

2　夏承焘日记1985年4月18日有记："得费在山复，谢为碧浪湖题词幅。"即指此函。

2

无闻夫人妆前：

京都归来，会议不断。湖州六客堂正筹款待建。求夫人以夏老名义作一卷长词，带个头，以便邀请其余五位赐作，不胜冒昧，乞恕罪。

词成请书于四尺宣之四分之一立幅，式样附图，多多拜托，叨在桑梓之情，看在彊村、铁铮两师之面，再次恳求，以垂后世，亦为乡邦文化一大贡献。

俪安

              费在山叩

              五、一[1]

（吴常云藏）

---

[1] 夏承焘日记1985年5月4日有记："费在山（湖州王一品斋笔店）来信，嘱无闻为'新六客堂'题词。"即指此函。

湖州市碧浪碑廊筹建委员会　1通

夏承焘台鉴：

　　湖州碧浪碑廊在社会各界人士的大力支持与赞助下，业已动工兴建。台端为碧浪碑廊惠赐墨宝壹件[1]，已登记在册，谨此致谢。

湖州市碧浪碑廊筹建委员会（代）

一九八五年四月十五日[2]

（原粘贴于夏承焘日记稿本，现已刊《夏承焘日记》）

1　此为费在山所托。夏承焘日记1985年3月30日有记："无闻拟题碧浪碑廊词。《浣溪沙·题碧浪碑廊》：岸柳斜风碧浪船。骚人墨客有新篇。高歌圆绿一湖天。　载雪苕溪怜白石，倾杯霅水忆张先。先有《定风波·霅溪席上》词，词有"尽道贤人聚吴分"句。自来吴分最多贤。"

2　夏承焘日记1985年4月18日有记："得费在山复，谢为碧浪湖题词幅。"此函附于费信。

史鹏 1通

史鹏（1925—2019），字翼云，湖南长沙人。长期任职于湖南省公路管理局，长沙嘤鸣诗社创始人之一，湖南吟诵学会会长。

瞿髯词丈、无闻老师赐鉴：

上月湘西归来，奉读手示承赐彩照两帧，至感至感。[1]旋以赴郑州参加全国《当代中国》丛书编写会议，迟复为歉。所寄底片，当逐帧放大，并按合影者分致湘中友人，再妥邮寄上。惟我办摄影编辑近赴常德拍摄沅水大桥施工电影，故须稍迟时日耳。

家兄史穆（荫嘉）[2]近以参加全国书协会议来京，专诚晋谒。谨此函候，并请

俪安

史鹏叩
4月18日[3]

胡遐之同志嘱代问安

（吴常云藏）

1　夏承焘日记1985年2月28日有记："无闻复史鹏信，附去庆寿会照片一帧。"即是此函。
2　史穆（1922—2009），别名荫嘉，湖南长沙人。湖南文史研究馆馆员。善书，曾任长沙书法家协会主席，出版有《史穆自书诗卷》等。
3　夏承焘日记1985年4月29日有记："下午史荫嘉来，示其弟翼云覆信，谓照片在印制中。赠荫嘉《学词日记》一册。"即指史穆转交史鹏此函。

李谊 1通

李谊（1935— ），重庆人。毕业于四川大学，后任职于成都杜甫纪念馆、四川社科院等。编校有《花间集注释》《韦庄集校注》等。

尊敬的夏先生：

您好。

我是四川社科院文学所的研究人员。最近，我受出版社委托，完成了《韦庄集校注》一书的书稿（包括诗、词、文）。为使读者和研究者方便一些，除搜集历代诗论家和词论家对其作品的评论和书录题跋之外，还辑录了有关韦庄史传方面的资料。大作《韦庄年谱》十分系统、翔实，拟一并收入韦集之中，其稿酬按出版社规定奉给。不知先生是否同意收入？请予函示，以便决定大作是否排印。谢谢！

即颂

安好

李谊敬上
一九八五年四月三十日[1]

（原粘贴于夏承焘日记稿本，现已刊《夏承焘日记》）

---

[1] 夏承焘日记1985年5月10日有记："四川省社科院文学所李谊来函，谓近成《韦庄集校注》，拟将予《韦庄年谱》收入韦集中，征予同意。"即指此函。吴无闻在信下方上书写有"成都青年宫"字样，应是李谊通讯地址。5月12日复函："复李谊挂号函，同意《韦庄年谱》被引用。"《韦庄集校注》，李谊校注，四川省社会科学院出版社1986年第一版，附录有夏承焘《韦庄年谱》。

刘锡荣　1通

刘锡荣（1942—），江西瑞金人。毕业于浙江农业大学，曾任温州市长、市委书记，浙江省副省长、省委副书记，中共中央纪委副书记等职。

夏老同志：

您好，惠书敬悉，谢谢！[1]关于信中提及房产问题已请市房管局调查，按政策规定解决。特呈告，盼释念。

祝康乐长寿。

此致

敬礼

刘锡荣

一九八五年五月二日于温州[2]

（原粘贴于夏承焘日记稿本，现已刊《夏承焘日记》）

1　夏承焘日记1985年3月14日："发温州市卢新（声）亮市长、刘锡荣副书记各一信，请求归还谢邻产权事。"3月15日："发卢新（声）亮、刘锡荣挂号信。"是为该函。

2　夏承焘日记1985年5月7日有记："得温州市委副书记刘锡荣复，谓谢邻房产问题已交市房产局调查，按政策规定解决。"即指此函。

周少雄　1通

周少雄（1956—），浙江杭州人。杭州师范大学教授，著有《浙江古代文学考论》等。

尊敬的夏先生：

冒昧地麻烦您，请原谅。

我是浙江师院中文系（专）古典组的教师。日前，我因事寻检古籍，发现了一首岳飞《满江红》词的异文。关于岳飞《满江红》词真伪的争论，至今一直未能结束。我是岳飞诗词爱好者之一，但从实事求是的科学观点出发，我赞同您在这场争论中发表的高见。今天这个材料，或许对这桩公案的了结有所裨补。您是词学大师，我特将原词抄录下来，请先生鉴别，究竟有无价值。其他有关资料，先生如需要，俟我整理寻索后，一并寄上。先驰短文，敬告先生。

《满江红》词附于后页，原见载于《须江祝氏谱》中的，是北宋岳飞与祝允哲的唱和词。

盼先生在百忙之中，能作一二指点。

我的地址是：浙江金华浙江师院中文科。

等待聆听先生的教诲。

专颂

安好！

后学周少雄敬上

85.5.4[1]

附：

与祝允哲述怀　调寄《满江红》　岳飞

怒发冲冠。想当日，身亲行列。实能是，南征北战，军声激烈。百里山河归掌握，一统士卒捣巢穴。莫等闲，白了少年头，励臣节。

靖康耻，犹未雪。臣子恨，何时灭？架长车，踏破金城门阕。本欲饥餐胡虏肉，常怀渴饮匈奴血。借君行，依旧奠家邦，解郁结。

祝允哲公和岳元帅述怀原词

仗尔雄威。鼓劲气，震惊胡羯。披金甲，鹰扬虎奋，耿忠炳节，五国城中迎二帝，雁门关外捉金兀。恨我生，手无缚鸡力，徒劳说。

伤往事，心难歇。念异日，情应竭。握神矛，闯入贺兰山窟。万世功名归河池，半生心志付云月。望将军，扫荡登金銮，朝天阙。

（原粘贴于夏承焘日记稿本，现已刊《夏承焘日记》）

1　夏承焘日记1985年5月8日有记："浙江师院中文系（专）古典组教师周少雄来信，谓在寻检古籍时发现一首岳飞《满江红》异文，原文见于须江祝氏谱中，是岳飞和祝允哲唱和词。"即指此函。

中国作家协会浙江分会　1通

夏承焘同志：

中国作家协会浙江分会第三次会员代表大会订于一九八五年五月十一日在杭州召开。

参照中国作家协会第四次会员代表大会的做法，对德高望重、年高体弱、行动不便、不能与会的前辈作家，设荣誉代表，特聘请您为第三次会员代表大会荣誉代表。

会议全部文件，会后立即寄上。

此致

敬礼！

中国作家协会浙江分会
一九八五年五月[1]

（原粘贴于夏承焘日记稿本，现已刊《夏承焘日记》）

---

[1] 夏承焘日记1985年5月17日有记："收到浙江作协寄来荣誉证一个，谓参照中国作家协会第四次会员代表大会的做法，对德高望重、年高体弱、行动不便不能与会的前辈作家，设荣誉代表，特聘您为第三次代表大会荣誉代表。"即指此函。

季炜 1通

季炜,曾任职于天津电影制片厂,与胡树淼合编有《战国策选读》。

夏老、师母:

你们好!

好久没有来信问安了!夏安。近来身体如何?念念!

由于一直瞎忙,未能抽出时间,静下心来完成二老交给学生的黄仲则词的校刊任务,十分负疚,总像欠笔债似的,最近下决心动笔了(我已搜集了一些资料,作了一些准备工作),再不动笔就对不起二老对我的信任了。

师母:上次交给你的黄仲则诗词版本清单(当然可能不全),不知考虑了没有?以哪个版本为底本合适呢?请来便函示之。我手头有本《两当轩集》二十二卷,《考异》二卷,《附录》六卷,咸丰八年家塾刊。收的词较全,不知是否可用?

到电影厂后冗事缠身,一直未能抽出时间到北京去。如去,一定拜望二老。

听树淼说,二老送我一本书,放在他那里,十分感谢!看到后一定仔细学习。

向你们家的那位阿姨——我的同乡问好!

祝

二老夏安!

学生季炜上
六月一日[1]

（原粘贴于夏承焘日记稿本，现已刊《夏承焘日记》）

1　夏承焘日记1985年6月2日有记："天津电影制片厂季炜来信，谈《两当轩词》版本问题。"即指此函。6月3日："夕遣金芳去问统一关于《两当轩词》版本情况。统一谓应以光绪二年本为底本，此本系仲则孙黄老达〔志述〕之妻吴氏费十年之力刻成。"即指此事。吴无闻附信："统一同志：请看此信左上峉字。又：陈海烈来信，说广东出版社拟将天风阁丛书今后与岳麓书社合出，问我们意见，您看合出有何利弊？请告。祝双好！无闻即日"此信"左上峉字"亦为吴无闻留字："我已忘却把清单放在何处，记得你看后曾答允归翻卡片，请查告。"冯统一有复信，已收录在本书。6月4日："复季炜信，谈《竹眠词》版本问题。"

马镜泉　2通

马镜泉（1928—2015），浙江上虞人，马一浮侄子。毕业于杭州市教师进修学院，曾任杭州师范学院党委办公室副主任、马一浮研究所副所长。与赵士华合著有《马一浮评传》，编有《中国现代学术经典·马一浮卷》《马一浮学术文化随笔》等。

1

承焘先生：您好！

明年是先伯父马一浮先生逝世二十周年。为追念先哲，经与浙江有关方面初步商定，届时将举行一些纪念活动：除出版《马一浮集》（学术专著）外，还将举办一次小型展览会，展出书法、篆刻、照片以及纪念文字等。为了配合这次展出，晚已着手编写先伯父年表，但深苦资料不足；特别是抗战前那段经历不甚了之。现阅读尊著《天风阁学词日记》，知先生在卅（年）代与先伯父早有交往，私交甚笃。为此，不揣冒昧，谨乞鼎助，提供必要资料，如有可能，为先伯父写点纪念文字，则不胜幸甚。

专此奉达，叩请

撰安

马镜泉手上
一九八五年六月七日于杭州师范学院[1]

（吴常云藏）

---

[1] 夏承焘日记1985年6月12日有记："得杭州师院马镜泉函，谓将举办马一浮先生作品展览会，嘱写纪念文字。镜泉，一浮先生侄也。"即指此函。

2

承焘先生：

廿一号寄来印挂收到，谢谢。[1]

为配合纪念马老逝世二十周年纪念活动，晚已着手收集编写先伯父年表，但对早年经历，深苦资料不足。现闻林同庄先生之子林镜平[2]君曾随先伯父学，对当时情况比较了解，但不知他的近址；如您老知其下落，烦请函告，以便取得联系，至感。

专此，即请

著安

马镜泉顿首
六．卅[3]

（吴常云藏）

---

[1] 夏承焘日记1985年6月22日有记："发马镜泉词幅，书《鹧鸪天》'数遍当门柳几行'呈湛翁词，附鹭山诗幅。"应指此信。

[2] 林同庄（1880—1936），名大同，浙江瑞安人。曾就读于上海南洋公学，与马一浮同学。后留学日本，考入帝国大学土木工程科。归国后曾任浙江水利工程局局长、温州旅杭同乡会会长。译有《论理学达旨》，著有《鉴止水斋随笔》。林镜平（1900—1997），浙江瑞安人，林同庄子。日本千叶医科大学毕业，曾任南通大学医科外科学教授、江西第八临时医院院长、浙江医专外科教授、温州瓯海医院（今温州医学院附属第一医院）院长、温州市卫生局长等职。

[3] 夏承焘日记1985年7月1日有记："马镜泉来信，问林镜平地址，即复一片告之。"即指此函。

沈善钧　1通

沈善钧（1928—），字澄波，号蜗寄，浙江湖州人。卒业于浙江农学院，曾在上海市园林管理处、市农业局工作，后调入上海古籍出版社，副编审。善诗文，著有《曼曼集》《蜗寄诗词钞》等。

无闻先生道席：

为出版夏老文集事，我于五月下旬专程来京请教，叨扰甚多，无任感谢。[1]师友之间，切磋获益尤夥，树淼兄初交如旧雨，不避炎暑，陪访宋庆龄主席故居，尤令人铭感无已。此皆先生所赐也。所需《唐宋词论丛》经回社了解，目前已无存书可供应，但我社资料档案中尚存二册，备发稿必要时用，现特检出，另用挂号件邮奉。有关夏老文集，如修改、校核、标点等项，还望能就手头已有材料先行整理，他日稿齐后汇总纂辑当较方便也。当否？请定夺。

专此，即请

---

[1] 夏承焘日记1985年5月28日有记："上午晓川伴沈善钧来，统一也来，留午酌。沈君此次专程来京面商为予出文集事，约定卅一日午后三时再来商议。"5月31日："晚宴请沈善钧，约晓川、统一、翔华、树淼、志成作陪，共商文集编辑有关事宜，议决：一、论文通俗者不收，录篇目；二、《唐宋词欣赏》录末数篇；三、不收《读词常识》；四、附录移附本文之后；五、《承教录》以小一号字低二格附后；六、收论学通信，来信小一号字低二格附后，重要、针锋相对者；七、手迹一幅；八、照片二（一黑白，二彩色）；九、繁体直排。引词标点依《词律》，用句、逗、韵。食烤鸭。《文学评论》祖美与晓川同来，参与晚酌。"即指此事。

台安

　　　　　　　　　　　　　　　　　　　　　　　沈善钧上
　　　　　　　　　　　　　　　　　　　　　　六月二十四日[1]

（原粘贴于夏承焘日记稿本，现已刊《夏承焘日记》）

1　夏承焘日记1985年6月26日有记："沈善钧来信，谓有关夏老文集，如修改、校核、标点等项，望能就手头已有材料先行整理，他日稿齐后汇总纂辑云云。"即指此函。7月12日复函："复沈善钧函，寄去《词集》三册，赠沈、陈邦炎、黄屏。"

卢声亮 1通

卢声亮（1929—2016），苍南金乡人。毕业于中国人民大学，曾任平阳县长、苍南县委书记、温州市长、温州人大常委会主任等职。

夏承焘同志：您好！

托吴思雷[1]同志送来在京照片三帧收到。[2]所赠思雷国画一幅，待裱好后再送来。谢谢您了。

顺祝

健康长寿

卢声亮

85.6.29[3]

（原粘贴于夏承焘日记稿本，现已刊《夏承焘日记》）

1　吴思雷（1939—2002），浙江乐清人。吴鹭山之子。毕业于浙江美术学院附中，后一直从事美术教育。温州书画院画师。著有《一代词宗夏承焘轶闻》等。

2　夏承焘日记1985年4月9日有记："下午温州市卢声亮市长由胡桐伴同来过，小坐片刻，赠温州录像带，由胡桐面交。会见时陈翔华在座，阿芒摄影。"应指此行所摄照片。6月13日："写一书致卢声亮，告谢邻房屋事，托吴思雷就近联系办理，内附彩色照三帧。函由吴鹭山夫人带温。"即言此事。

3　夏承焘日记1985年7月14日有记："接温州市长卢声亮复。"即指此函。

徐培均　2通

徐培均（1928—2019），原名佩珺，江苏建湖人。先后就读于华东军政大学、复旦大学，毕业后进入上海戏剧学院戏曲创作研究班学习，获研究生学历。后任上海越剧院编剧、上海社会科学院文学研究所研究员。编校有《淮海居士长短句笺注》《唐宋词小令精华》等。

1

夏老师、吴师母：

前日赴京造访，承蒙热情接待，至为感激。后匆忙赴津，未及辞行，谨致歉意。

关于夏先生六十五周年学术活动诗词集出版一事，回沪后即与上海学林出版社联系，承欧阳文彬[1]同志见告，此类书需完全自费，每十万字约五千元（诗词排版较松，不能按散文计数）。若销路较好，可收回大部成本，归作者自己。具体情况，须视书稿来后方可定。特此奉告，请老师酌处。

天气日趋炎热，望老师、师母千万珍摄。

即颂

福安！

学生徐培均
1985.7.1[2]

1　欧阳文彬（1920—2022），笔名黄碧、俞斌，湖南宁远人。曾任开明书店编辑、《新民晚报》副总编、学林出版社编审等。著有《斯大林》《刘连仁》《书缘》《金色年华》《赏花集》等。

2　夏承焘日记1985年7月3日有记："徐培钧来信，谓夏先生学术活动六十五周年诗词集出版一事，回沪后即与学林出版社联系，谓此类书须完全自费，每十万字约五千元云云。"即指此函。

家庭地址：上海南昌路136弄49号

（吴常云藏）

2

尊敬的夏老师、吴师母：

　　来函敬悉，夏师专集如浙江能出版，自是好事，切望早日编成付梓，以飨我辈。上海学林欧阳处由我打个招呼，问题不大。以后倘有需要，可再行联系。

　　夏师词集，承蒙惠赠，无任感慰。再三雒诵，滋乳复多，惟有潜心治词，方不负夏师与师母培养后辈之一片苦心也！

　　学生所作《淮海居士长短句校注》[1]，上海古籍出版社已于《古籍书讯》及《出版通讯》中报道，大约国庆前可以出书，届时当请二位老前辈指教。

　　兹又请者，拙作《唐宋词小令精华》将由中州古籍出版社出版[2]，拟请夏师赐予题签。书名中本可省一"词"字，唯恐读者不懂，尚祈吾师指点以何者为好。如蒙慨允，是否用一幅宣纸写好寄我。倘吾师身体欠佳，亦不必为难也。

　　耑此，谨祝
福体康绥！

学生徐培均
1985.8.24

（吴常云藏）

1　《淮海居士长短句》，徐培均校注，上海古籍出版社1985年8月第一版，宋词别集丛刊一种。后此书改名为《淮海居士长短句笺注》，列中国古典文学丛书，上海古籍出版社2008年8月第一版。

2　《唐宋词小令精华》，徐培均评注，中州古籍出版社1987年5月第一版，1994年11月第二版；黄山书社2016年12月新一版。中州古籍出版社初版扉页印有夏承焘题写的书名。

张令杭　1通

张令杭（1913—2000），浙江鄞县人。沙孟海女婿。毕业于上海光华大学，曾任浙江省政府会计处专员、国立编译馆编审，后任浙江大学校长办公室主任秘书、民盟浙江省委文史委委员等职。著有《文学纲领》《令杭杂著》等。

承焘先生前辈尊鉴：

囊在浙大饱聆海益，以后高校院系调整，杭调至浙江农大，退休之后，在民盟浙江省委工作，光阴易过，杭今年亦七十有三矣！现在杭又承乏《浙江近代书画选集》编务，承吾公为《选集》亲题《望江南》词，捧读再三，仰见高云，品题歌咏，感幸何极。兹附奉收件公文函，敬乞察存！再《选集》所需玉照及作者简介，尚祈赐掷是幸。

　　尚肃，虔请

崇安

　　　　　　　　　　　　　　　教晚张令杭叩
　　　　　　　　　　　　　　　一九八五年七月八日[1]

师母均候

赐教乞寄杭州安吉路十六号民盟浙江省委转

1　夏承焘日记1985年7月11日有记："《浙江近代书画选集》编辑部张令杭来信，谓收到《望江南》词幅一件，将编入《浙书画选集》，尚须供近照及简历。张君住杭州安吉路十六号，予浙大学生也。"即指此函。7月12日复函："复张令杭，寄去简历及照片。"

附件

夏承焘先生：

承寄望江南词壹件，将由我部编入《浙江近代书画选集》。原件制版后奉还。

浙江近代书画选集编辑部
1985年7月8日

（原粘贴于夏承焘日记稿本，现已刊《夏承焘日记》）

周采泉　1通

周采泉（1911—1999），原名浞，浙江鄞县人。杭州大学教授，浙江文史馆馆员。著有《杜集书录》《柳如是杂论》《文史博议》《金缕百咏》等。

无闻大家荃鉴：

　　自去年以来迄未接奉惠函，至深悬系！辰维潭第安居，俪祺安康为颂！去岁在荧屏上曾一瞻丰采，青丝成雪，真可谓白头偕老矣。

　　采生于辛亥，与山荆同庚。今年合寿一百五十岁，广征耆老题辞以资纪念，君坦、季思、千帆等诸老向未谋面者，均纷锡瑶章，而向荷垂爱之五十年师友髯翁尚未荷宠题，终感失望。

　　原知夏师已不常作书，平时简牍皆出自大手笔，诚如石斋之有蔡夫人，令人不辨楮叶。夏师能赐赠言，固所欢迎，否则，即请夫人代录其旧作词一阕即可。至大家则务希不吝珠玉！

　　此次所征集名家题辞已逾百帧，而词多于诗，且女作者特多，如王芷青（今年九十二）、刘蕙愔（今年九十一）、陈乃文、张珍怀等[1]，均属谬采虚声，宠以佳作。夫人闻之当亦不甘示弱耶？兹特托素子[2]女弟前来奉上素笺，

1　王、刘、陈、张皆周采泉推崇的女诗人。王芷青即王芝青（1894—1985），福建福州人，居上海。曾从陈衍、林纾学诗词、书画，上海文史馆馆员，著有《芳草斋诗书画集》。刘蕙愔（1895—1998），名蘅，号修明。福建长乐人，长期居福州。曾从陈衍、何振岱学诗文，"福州八才女"之一。著有《蕙愔阁集》。陈乃文（1906—1991），字蕙漪，号蕙风楼主。上海崇明人。曾任暨南大学讲师、上海市私立冶中女子中学校长。上海文史馆馆员。著有《鸣鸾集》《蕙风楼烬余幸草》等。

2　周素子（1935—2023），浙江乐清人，周昌谷之妹。作家，晚年居新西兰。著有《晦侬往事》《情感线索》《水云集》《周素子诗词钞》等。

面请梁孟宠题,万万勿却为幸!(此事曾托晓川兄转请,想荷钧洽)

尚有二事:

(一)夏老《日记》,晓川兄说将托德闲兄转致,迄未收到,可否即检付一册(并请题款),交素子带下;

(二)前托张璋[1]兄转上沈瞿禅山水照片二帧,未知有意承受否?如无意收购?希将原照掷下。

贱况素子面详,不一一。

瘿公均此叩安

弟周采泉叩
85.7.23[2]

(吴常云藏)

---

1 张璋(1917—2004),河南焦作人。1937年参加革命,曾任志愿军后勤运输郎副部长、西北机械局总局长、机械科学研究院党委书记兼院长等职。1983年离休。喜爱诗词,为中华诗词学会副会长。与夏承焘合编《金元明清词选》,又编有《历代词萃》等。

2 夏承焘日记1985年8月9日有记:"素子、二妞来,带到周采泉函,嘱为诗词贺其夫妇一百五十岁双寿。"即指此函。二妞为周素子女。

江西波阳县文联　1通

波阳今称鄱阳，旧称楚番、饶州、番阳、鄱阳等，1957年改名波阳县，2003年恢复鄱阳县。该县文联成立于1951年。

夏教授：

我县是南宋爱国词人、音乐家、书法家、文艺理论家姜夔的故乡。今年是他诞辰八百卅周年，为了纪念这位历史文化名人及其在文学艺术上的伟大成就，我县将在十月中旬举办纪念报告会和印刷出版纪念姜夔专辑的刊物《鄱阳湖》，为此特约请您撰写纪念性文章或为我们刊物题字。若你还有姜夔什么资料都可寄给我们，如能应约本会，不胜感激之至，一经采用，即寄薄酬。请在九月寄来为盼。有关约稿事宜已同时告知你所在单位。

江西波阳县文联
一九八五年七月[1]

（吴常云藏）

---

[1] 夏承焘日记1985年7月25日有记："收到鄱阳县文联姜夔纪念报告会来信，嘱为会题字或寄有关姜夔文章资料。"即指此函。7月26日复函："发鄱阳县文联姜夔纪念会办事处函，附去《石湖仙·题孤山姜白石像》词幅。"

浙江省人民政府办公厅教卫处　1通

庆祝夏承焘教授从事教学与学术工作六十五年筹备委员会并陈翔华、胡树淼俩同志：

你们关于出版《庆祝夏承焘教授从教与学术工作六十五年纪念册》的意见，省府领导已转我处理。

《纪念册》的出版和印刷问题，考虑到《纪念册》只能赠送，无法出售，因此不宜作公开出版。内部印刷我们已与杭大联系，由他们承担。妥否，请你们酌定。

现有两个问题需与你们商量：

1. 《纪念册》的设计、编写需请你们负责。
2. 经费如何开支，亦请你们提出意见。

浙江省人民政府办公厅教卫处
一九八五年八月一日[1]

（原粘贴于夏承焘日记稿本，现已刊《夏承焘日记》）

---

[1] 夏承焘日记1985年8月12日有记："陈翔华下午来，示浙省府办公厅公函，谓印纪念册经费如何开支请提意见。"即指此函。

虞佩玉　1通

虞佩玉，吴无闻侄媳妇。

夏伯伯、姑母：

　　您们好！

　　前几天抄附一份"温州市人民东路开发建设工程指挥部的通告"，全文请鸥姐[1]转寄姑妈，姑妈是否已经收到？

　　我来温已二十余天，大事没做好一件，实感羞愧，只好请姑母恕我无能。雷弟[2]的情况以后详述，现就谢池巷的房子情况做详细汇报，望姑母回信指示。

　　我于8月2日、8月5日两次到市府秘书办公室了解夏伯伯私房归还问题，由李秘书接见，做如下回答："夏老给鲁（卢）市长之信，市长批示由房管局落实按政策办理"，"房管局经过调查核实向鲁（卢）市长汇报说：夏老的房子59年前是属于向外出租，本人不居住，其出租面积超过100平方米，经调查落实，当时的游之（止）水，租用面积89.80平方米，租金5元；臧渭英[3]，租用面积79.05平方米，租金6元；两户共用面积35.88平方米；合计出租面积204.73平方米，收租金11元。他们反映1958年城市私房普查时有表格记录夏老的房子游止水是租用的。游之（止）水盖有私章说明他每月交纳租金5元。"

1　吴思鸥，吴鹭山之女。
2　指吴思雷。
3　臧渭英（1904—1986），浙江乐清人。东南大学数学系毕业后，曾任教于瓯海中学、温州中学、浙江师范学院等。编著有《算术表解》。夏承焘日记1953年9月5日有记："发怡哥复片，告病愈。前日接其来函，云臧渭英已迁入谢邻。"

政府李秘书向我传达了这些情况说，根据以上情况，按照温政（1984）12号文件，凡纳入社会主义改造的私有出租房屋不再退还。这个情况我前几天打电话给思雷，他不在单位，就想听听他还有什么要求，能否提供些文字依据，可以再商量研究。话没说死！我当时提出以下疑点：（1）夏老和游是亲戚，夏老没收租金，是借给游住，请他代管一下，游将多余部分出租，租金自用了，与夏老无关。（2）游是代管人，此屋纳入改造应通知夏老本人，他是房主，是否通知？（3）游本人盖私章证明他确是租用，并说夏老收租金，不足为凭。如果夏老出证明否认收到游之租金，当时是借给他住，该如何判断？等等。他们也做了些解释，但也不能说服我，都是现在分析和假设当时的形势和游的做法，处于胆小怕带帽子等等，用租金来证实自己与房主的关系……据夏老的大哥家中房屋落实政策的情况看，夏老的私房当时没纳入改造，这个问题已托人到税务局查看，是否每年交有地皮税？凡纳入改造的私房就不再上交地皮税了，还由国家发给租息，就等于国家赎买了私人房屋，这还不能叫摸（没）收，因夏老之屋，属劳动人民的私房。李秘书派人查看夏老私房之固定租息是否已领过？如没领，还可发给到1966年9月底止，我讲不必查，我也不领，我是查问房屋落实情况的。

谈话还很多，我就不多啰嗦了，总之我感到这里边有疑点，从他们谈话的口气中也发现些问题，政策问题是没有灵活性的，如此屋已确切纳入改造就没什么可再谈的，当然也有纳错了的，这次纠正退还。我始终怀疑夏老之屋是属当时没纳入改造，由于办医院将大哥的一家搬迁出来，同时也将游迁出公用，做了医院，而现在游之儿子知道此屋，并非夏老回来住，从中讲了坏话，对国家来讲能少退就少退（因为要求落实的很多），本来中央文件规定大中城市出租面积可在200平方米，或稍多一点，温州市定在100以下，是属小城市，当然人多房子少啊。为了向姑妈及时汇报今天先写到这里。明后天查完后再寄信给您。望姑妈及时回信给予指教。

四四问爷爷和夏爷爷姑奶奶好

佩玉上

85.8.6

姑妈：

　　根据那个通告的全文看，谢池之房屋必拆，拆后不属居民区，因此夏伯伯的纪念馆设谢池是不可能了。这是十分叫人难过的事，夏伯伯辛勤劳动一生，建得此屋，如今不能归还，还要拆建，所以我们也十分着急。该如何办呢？望姑妈一定回信指示。

佩玉又
85.8.6晨[1]

爸爸处不另寄。

向常云弟一家问好。

（原粘贴于夏承焘日记稿本，现已刊《夏承焘日记》）

1　夏承焘日记1985年8月8日有记："培玉自温州来信，谈谢邻归还问题。"即指此函。

黄屏 1通

黄屏（1929—2019），浙江杭州人，生于上海。1950年毕业于浙江大学中国文学系，曾在华东军政委员会文化部、中共上海市委宣传部文艺处、上海作家协会文学研究所、中共华东局宣传部文艺处工作，1984年调任上海古籍出版社副社长，副编审。参加过《中国历代文论选》编选工作，撰有《施蛰存先生摭忆》等文章。

瞿禅师、无闻师母：

您们好！自一九七九年在京开文代会拜别后，由于公私事烦，加以生性疏懒，一直未曾书信奉候，深感歉疚。我原以为总有出差来京之机会，可以拜谒瞿师和师母，谁知数年来，竟未能如愿。但心中常念及您们，尤其是去华东师大探望徐震堮师时，总谈到瞿师，回忆当年在浙大种种；郭绍虞师在世时，也以追忆共同编选《历代文论选》时的情景为乐。年初，中央电视台介绍瞿师，在电视荧屏上见到瞿师满面含笑，精神矍铄，欣慰之至。

今年一月，我由市委宣传部调至上海古籍出版社工作，任副总编，奈业务荒疏之久，想搞好工作，颇力不从心，深悔昔日从师学习不认真，根底不扎实。

月初蒙瞿师、师母厚爱，赐赠《天风阁词集》一册，喜极。[1]夜来捧读，韵味无穷。当年瞿师讲课风貌，又涌现眼前，然岁月冉冉，倏忽已近四十载矣。今日瞿师、师母在京，惜相隔千里，不能时时前来聆教，憾甚！惟望瞿师、师母善自珍摄，健康长寿。

---

1 夏承焘日记1985年7月12日有记："复沈善钧函，寄去《词集》三册，赠沈、陈邦炎、黄屏。"即指此赠，故此信系于该年。

敬颂

大安

生 黄屏敬上
8月15日

又：我爱人庄人葆[1]问候无闻师母。

（吴常云藏）

1　庄人葆（1922—2013），民治新闻专科学校毕业，长期从事新闻工作，曾任《文汇报》要闻部副主任，主任编辑。

杨向群 1通

杨向群（1939— ），湖南蓝山人。南开大学数学系研究生毕业，先后任教于江西师范大学、邵阳第二纺织机械厂子弟学校、长沙铁道学院等，后选调到湘潭大学执教，曾任湘潭大学校长。著有《可列马尔科夫过程构造论》《生灭过程与马尔可夫链论》等。

夏老、吴老：

暑假到您家多次打扰，真是抱歉；还受到你们的热情款待，衷心感谢。

您为我校校庆和教师节的提（题）词，以及给我个人的提（题）词都已收到。[1]写得非常非常地好，太感谢你们了，我代表我们学校的师生员工向你们致谢。祝夏老健康长寿，祝吴老工作顺利，也健康长寿。有机会到我校来。

　　致

敬礼

杨向群
8.27

（吴常云藏）

1　杨向群赴京拜访夏承焘乃彭岩石牵线搭桥。夏承焘日记1985年7月29日日记有记："午前彭岩石偕王霞瑜、湘大校长杨向群来，留午酌。"8月10日："为杨向群、陈忠红等书诗词幅，书'楚畹芝兰，香籁九域'字幅贺湘大十周年校庆。"8月13日："岩石明早离京返湘，托带'楚畹芝兰，香播九域'题字，贺湘大建校十周年。托带词幅三纸与杨向群、谭林、陈忠红。"

戴家祥 1通

戴家祥（1906—1998），字幼和，浙江瑞安人。清华大学国学研究院毕业，曾任教于中山大学、南开大学、四川大学、英士大学等，后长期任华东师范大学历史系教授。主编有《金文大字典》。

尊敬的夏老：

来信及何新[1]君的《诸神的起源》已由殷同志送来，读后十分钦佩。先论这个题目，到目前为止还没有别人做过。其次是收集的内容十分丰富，既有书本上的资料，又有地下新发现的资料，可谓持之有故，言之成理。关于他所引用的卜辞及古文字上的论证，虽然有些材料，目前尚有争论的地方，作为取用材料的作者，一一注明出处，即使错误，也不会负担科学性的责任。总而言之，我对何君的著作是肯定的。

戴家祥
十月八日[2]

（原刊《诸神的起源》，何新著，时事出版社2002年1月版）

---

1 何新（1949—），浙江苍南人。曾任中国社会科学院研究员，全国政协委员。著有《诸神的起源》《诸神的世界》《中华复兴与世界未来》《思考：新国家主义的经济观》等。

2 《诸神的起源》有多个版本，最初由生活·读书·新知三联书店于1986年5月出版，故此信应写在1985年。

浙江图书馆　1通

夏承焘同志：

　　浙江素称文物之邦，浙江图书馆是浙江的图书文献资料中心，建馆八十余年，以收藏浙江地方文献名闻海内外。

　　浙馆之有今日，赖于社会各方面人士之助益，尤得益于浙江籍而又关心浙江乡邦文献建设之著名学者为多。

　　我们深信，作为浙江人，您也一定会像我省的许多先贤一样，关心支持我馆的乡邦文献建设，浙江地方文献工作，能够在您的大力支持下，有一个新的飞跃，为"四个现代化"和"两个文明"建设作出贡献。

　　为此，我们热诚地希望您能够向我们提供您的著作、手稿和照片，虽点滴之惠，亦当珍如拱璧，加意保存，并以这些极宝贵的图书文献资料造福于当世，嘉惠于后代。

　　此致
敬礼

浙江图书馆敬启
八五年十月九日

附：浙江图书馆征集地方文献启事[1]

（吴常云藏）

1　《浙江图书馆征集地方文献启事》已遗失。

陈太一 1通

陈太一(1921—2004),江苏宜兴人[1]。陈思之子。曾就读于上海大同大学物理系、广西大学数学物理系、上海交通大学电信研究所等,毕业后在中山大学、张家口军事通信工程学院、西安军事电信工程学院、解放军通信兵科学技术部、解放军总参通信部科学技术部、南京通信工程学院等院校、部门从事科研。中国工程院院士。译有《通信论原理导论》《纠错编码入门》等,另有《陈太一文集》行世。

承焘、无闻老师:

喜闻崔颂明[2]同志从您处来。

今托他带上我们家乡的茶壶一把,这是邓大姐访问日本时指定我乡特制的。敬赠老师,以领高风亮节,另带上江苏特产人寿保灵蜜两瓶,敬祝健康长寿。

另请他带上先父遗墨(临褚遂良《圣教序》)[3],敬请夏老在前面题字,以增光彩。字后敬请无闻老师、笃文老师跋,不胜感谢。我回京时来取并

---

1 陈太一资料均说他生于苏州,籍贯宜兴,若从其父陈思籍贯,系辽宁辽阳,实乃陈思与江南情缘颇深,久寓常州,宜兴多亲友,与钱名山、谢玉岑等有姻谊。

2 崔颂明,1935年生,祖籍广东南海。大学毕业后任中国国际广播电台、中央人民广播电台记者、编辑,上世纪八十年代调任新华社香港分社宣传文体部副部长,2000年退休后回到广州,从事岭南文化研究。据吴无闻辑《夏承焘教授学术活动年表》,崔颂明曾撰《梦路应同绕永嘉——记著名词学家夏承焘先生和他的学生台湾女作家潘希真》,发表于1982年11月香港《文汇报》。托温州商学院教师白林淼请香港《文汇报》中国新闻部副主任林舒婕检索,崔文刊1982年11月7日香港《文汇报》第七版,题为《梦路应同绕永嘉——"一代词宗"夏承焘回忆他高足台湾著名女作家琦君》,并配夏承焘于北京住宅近照,署名姚基。

3 陈思遗墨《临褚遂良〈圣教序〉》收入陈太一编《慈首公遗墨》,西安电子科技大学出版社1993年4月第一版,夏承焘为题"见遗墨,思故人",落款"丙寅春"。故系此信于1986年。

致谢。

　　最近宜兴县邀我回去做一报告,今将讲稿呈上,敬请批评指正。

　　敬祝
健康长寿

学生太一敬上
4.9

　　（吴常云藏）

沈祖安　1通

沈祖安（1929—2021），祖籍浙江诸暨，生于上海。肄业于国立西湖艺专，曾任职于浙江省文联创作组、浙江越剧团、浙江昆剧团等，从事艺术评论和剧本创作。著有《纵横谈艺录》《变与不变——沈祖安艺术论集》等。

瞿髯、无闻先生：

久疏问候，谅必一切皆好。近日刘海粟先生的艺术经验谈《存天阁谈艺录》一书，想请夏老题词几句，中国青年出版社十一月内发稿。有旧作请吴闻先生代书亦好。[1]用手迹制锌版，以作扉页。望能俯允，并早日见示。寄杭州浙江文化厅我收。拜托！

　　此请

近安

晚沈祖安敬上
十月七日[2]

（吴常云藏）

1　《存天阁谈艺录》，中国青年出版社1990年6月出版。应是拖延了几年，才正式面市。正文收有江泽民、蔡元培、赵朴初、沙孟海、刘开渠等题词，未见有夏承焘题者。
2　据该书刘海粟撰《前言》落款时间"丙寅残岁"，此信应写于1986年。

夏步瀛　1通

夏步瀛（1869—1939），字蓬仙，号永嘉老民，永嘉下河乡石坛（今温州龙湾状元）人。光绪年间开办布行，后筹建永嘉布业公会公所，任驻所经理。育有四子二女，次子为夏承焘。

予由照儿[1]处致尔之信，谅亦收到。狐皮褂料可不必买，南方天时穿狐皮者日少，近因盛行洋货骆驼绒、紧宽绒等代皮，况携带又费事。望尔告知会、校长，早日登程是为至要。家中大小均安，途中一切望尔加意谨慎。

此嘱承焘知照。

父字

十月十七日[2]

（游汝岳藏）

1　指夏承照。
2　此信大概写一九二〇年代，夏承焘在北京、西安等地工作时。

王伯尹　1通

王伯尹（1911—1949），名准，浙江遂安人。章太炎、马一浮弟子。复性书院肄业，曾任教于东北大学，后追随马一浮，来杭在浙江通志馆工作。著有《清闻斋诗稿》《杜诗长笺》等。

瞿禅先生吟席：

首夏清和，想安善为念，季思先生闻在城内，乞垂示其处，便当造访也。[1]渎神殊为感愧，祗颂教安，不宣。

后学准再拜

廿五日

（吴常云藏）

1　夏承焘日记1946年5月8日有记："早与季思过通志馆访刘祝群翁，十二年不见矣。晤王伯尹准，遂安人，太炎、湛翁弟子。郑君量谓其治杜诗有心得，曾讲杜诗于东北大学，壁悬湛翁字甚多。"这应是夏承焘、王季思第一次见到王伯尹。此信或是回访，或是王季思1948年到广州中山大学之后到杭州来，王欲去拜访。尚有信封，上书："即送呈哈同花园内浙江大学师范学院夏教授瞿禅台启，通志馆王伯尹缄。"故此信最早写于1946年，最迟在1949年。

周振甫 1通

周振甫（1911—2000），浙江平湖人。无锡国学专修学校肄业。曾任开明书店、中国青年出版社、中华书局、人民文学出版社等社编辑，编审。著有《诗词例话》《文章例话》等。

夏先生、吴闻同志：

今有北师院郑光仪女老师从江西来[1]，带来江西人民出版社聘请夏先生任《中国诗联辞典》顾问的聘书，及油印本一。说顾问只是借重夏公大名，不会给夏公任何麻烦事。嘱将聘书转上，乞洽。

祝好。

敬礼。

周振甫上

6月9日[2]

（吴常云藏）

---

1 郑光仪（1920—1997），北京人。1941年毕业于北平中国大学，曾任首都师范学院中文系教授，主编有《中国历代才女诗歌鉴赏辞典》等。

2 此信不知确切年份，大概写于二十世纪八〇年代。

编后记

夏承焘喜作日记，七十余年不辍。日记记录了他的学术交游，留下了很多往来书札的线索。一方面可以看出，学术交游带来的相互砥砺，促进了夏承焘的成长。"观其交游，则其贤不肖可察也。"另一方面可以看出，夏承焘善于与人交往。书信是他那个时代的微信，长长短短，夏承焘用书信建立起了他的朋友圈。读夏承焘日记，每周都有好多封信往来。但他一生辗转北京、西安、严州、杭州、上海等地，历经时事变迁，能保存下来的师友书札，十不存一。举个例子，谢玉岑后人处保留了七十多通夏承焘书信，照理夏承焘那里也有相等数量的谢玉岑书信，但事实上今日夏家已没有一封谢玉岑的信。夏承焘生活的年代，动荡是一种日常，除了因避乱、搬家等而遗失大量书信外，夏承焘本人也曾处理过一批书信。1936年4月13日日记有记："夜理各泛交书札付火，共数百封。"

夏承焘整理过师友书札，举两条日记为证。1942年4月5日："理各友人论学书札，孟劬、眉孙最多，映厂、庚白、瞿安次之。"1976年4月4日："理到京以后书札，牲翁最多，论词皆精确。"晚年在《文献》发表《关于词曲研究的通讯》《致胡适之论词书》等，更是有意识地从保护文献、学术研究角度整理往来书札了。

某种意义而言，本书的出版是一种抢救行为。感谢吴常云先生的信任，能将他手上保存的这些书信拿出来，让我整理。意外的惊喜是，夏承焘日记稿本粘贴了一部分书信，承蒙路伟兄关照，让我参与到夏承焘日记的整理工作当中来，使得这些书信"一鱼两吃"，既收录到了《夏承焘日记全编》，又在本书呈现，大大丰富了夏承焘师友书札的内容。

整理过程中，得到了杭州陆坚先生、温州陈增杰先生以及复旦大学游汝杰教授、北京大学邓小南教授、北京大学钱志熙教授，温州市图书馆研究馆员卢礼阳先生、浙江大学朱则杰教授、上海古籍出版社原社长高克勤先生、天津师范大学王振良教授、杭州师范大学楼培副教授等帮助，陈胜武、倪渠淼、刘旭道、陈发赐、沈迦、潘德宝诸兄亦常施以援手，陈小林兄牵线搭桥，周密女史接手编辑，在此一并致谢。

近年来做类似的工作，如履薄冰，此次尤甚。2022年11月拿到一校样，费半年时间才返回，前所未有。俗务缠身是借口，阳了是借口，但更多的时间是花在辨识、纠错，增补新发现的书札上。拿到二校样时，又增补了十七通信。即便如此，遗漏、错讹还有不少吧，敬请各位方家批评指正。

此外，需要说明的是，我已尽力与信作者及其家属联系，取得授权。但由于时间久远、能力有限，仍未能与一部分信作者及家属搭上线，敬请谅解。盼见书后，与我联络，共同推进夏承焘研究。

方韶毅
癸卯小满后一日初稿，
2024年4月10日改定